Mi querido asesino en serie

W0222931

Crimen y Misterio

Alicia Giménez Bartlett

Mi querido asesino en serie

DESTINO

El papel utilizado para la impresión de este libro está calificado como **papel ecológico** y procede de bosques gestionados de manera **sostenible**.

No se permite la reproducción total o parcial de este libro, ni su incorporación a un sistema informático, ni su transmisión en cualquier forma o por cualquier medio, sea éste electrónico, mecánico, por fotocopia, por grabación u otros métodos, sin el permiso previo y por escrito del editor. La infracción de los derechos mencionados puede ser constitutiva de delito contra la propiedad intelectual (Art. 270 y siguientes del Código Penal). Diríjase a CEDRO (Centro Español de Derechos Reprográficos) si necesita fotocopiar o escanear algún fragmento de esta obra. Puede contactar con CEDRO a través de la web www.conlicencia.com o por teléfono en el 91 702 19 70 / 93 272 04 47

© Alicia Giménez Bartlett, 2017
© Editorial Planeta, S. A., 2017, 2019
Ediciones Destino, un sello editorial de Editorial Planeta, S. A.
Avda. Diagonal, 662-664, 08034 Barcelona (España)
www.edestino.es
www.planetadelibros.com

Diseño de la cubierta: Booket / Área Editorial Grupo Planeta
Ilustración de la cubierta: © DUMA
Primera edición en Colección Booket: marzo de 2019
Segunda impresión: noviembre de 2019

Depósito legal: B. 1.482-2019
ISBN: 978-84-233-5520-4
Impresión y encuadernación: CPI (Barcelona)
Printed in Spain - Impreso en España

Biografía

Alicia Giménez Bartlett (Almansa, Albacete, 1951) ha publicado, entre otras, las novelas *Exit*, *Una habitación ajena* (Premio Femenino Singular 1997), *Secreta Penélope*, *Días de amor y engaños*, el gran éxito *Donde nadie te encuentre* (Premio Nadal de Novela 2011) y *Hombres desnudos* (Premio Planeta 2015). Con la serie protagonizada por la inspectora Petra Delicado se ha convertido en una de las autoras españolas más traducidas y leídas del mundo: *Ritos de muerte*, *Día de perros*, *Mensajeros en la oscuridad*, *Muertos de papel*, *Serpientes en el paraíso*, *Un barco cargado de arroz*, *Nido vacío*, *El silencio de los claustros*, *Nadie quiere saber*, *Crímenes que no olvidaré* y *Mi querido asesino en serie*. Ha recibido los prestigiosos premios Grinzane Cavour en Italia, Raymond Chandler en Suiza y Pepe Carvalho en Barcelona.

I

La vida es extraña a veces, o para ser más precisa, es extraña casi siempre. No te das cuenta de que vas envejeciendo y de repente un buen día, frente al espejo, percibes que te han caído encima un montón de años sin comerlo ni beberlo. Aquella mañana me sucedió exactamente así. Salí de la ducha y, al peinarme, descubrí la imagen de una casi cincuentona que me observaba. La muy descuidada tenía el pelo encrespado, la piel macilenta y cara de haber visto al diablo en persona. Era yo, yo misma pero con una edad que no sentía como propia. ¿Alguien me había lanzado un conjuro, o se trataba de la antigua y conocida maldición del Paraíso Terrenal sobre los seres humanos? Puestos a ser supersticiosos, me decanté por el Génesis, con mucha más tradición y categoría que el mal de ojo. Además, como las maldiciones de la Biblia son de amplio espectro, enseguida recordé otra que también me concernía: «Ganarás el pan con el sudor de tu frente». No podía iniciar un autosalvamento de urgencia yendo al salón de belleza porque, pasada una hora, me esperaban en comisaría. Ya era demasiado tarde para pedir una jornada libre por asuntos privados. Sin embargo, puesto que en el fondo son conceptos casi paralelos, me arriesgué a decantarme por la estética en detrimento de la ética. Le pediría a Garzón que me solapara un rato en el trabajo mientras yo intentaba insuflar cierto orden en el caos de mi aspecto.

El subinspector no puso ningún inconveniente, si bien me hizo la típica pregunta capciosa:

—¿Y qué digo si el comisario pide verla?

—Depende.

—¿De qué depende?

—Del tono que emplee para la petición. Si el tono es rutinario, ni caso. Si está nervioso, mienta, dígale que he tenido que ir al médico. Si se pusiera trágico, avíseme.

—¿Y si lo noto en plan borde?

—Mándelo directamente al carajo.

—De su parte, inspectora.

El salón de belleza al que solía ir a menudo cuando era más cuidadosa con mi físico ofrecía un montón de servicios: peluquería, masajes, tratamientos faciales y corporales. Calculé que en tres horas tendría tiempo de pasar por casi todos los departamentos. Y así lo hice: primero, me cortaron un poco el pelo. Más tarde, para no perder demasiado tiempo, me aplicaron en plena cara una mascarilla, densa y olorosa cual mermelada, mientras una joven muy atlética me masajeaba la espalda.

Empecé a sentirme más reconfortada. Intentar mejorar tu apariencia es ya una primera victoria contra el paso inmisericorde de los años. Al menos, eso es lo que nos han enseñado a las mujeres, y vive Dios que lo hemos aprendido bien. Sólo con leer el prospecto de una crema nutritiva o atender a las explicaciones de la esteticista, ya empieza a experimentarse un efecto placebo. Del ungüento que llevaba en el rostro me habían dicho: «Está hecho de los brotes más tiernos del té de Ceilán y tiene propiedades muy diversas: redefine el óvalo facial, alimenta las capas más profundas de la piel, minimiza las arrugas y borra las manchas de sol». En definitiva, puro bálsamo de Fierabrás con textura y color de moco verde. Para completar los cuidados, al acabar el masaje me untaron por todo el cuerpo otra crema maravillosa, capaz en teoría de devolverte la lozanía de tu primera juventud. Entonces se largó todo el mundo y me dejaron sola en una tumbona, con luz tenue y musiquilla suave por toda compañía. «Relájese», me ordenó en tono bajo una voz femenina. Obedecí con tal intensidad que la relajación acabó primero en modorra y luego en sueño reparador.

Me despertó el sonido del móvil, que había colocado estratégicamente junto a mi oreja. Eché una mirada exánime a la pantalla: el comisario Coronas. ¿Coronas? En cuanto me encontrara cara a cara con Garzón se iba a enterar. Le tiraría algo a la cabeza, lo haría trizas.

—¿Hablo con la inspectora Petra Delicado, o debería llamar al departamento de personas desaparecidas?

—Buenos días, comisario.

—¿Se puede saber dónde cojones está, Petra?

—Llegaré en un rato a comisaría. Ya le explicaré.

Colgó. Dejé pasar cinco minutos y llamé al subinspector. Ni siquiera me permitió hablar.

—No me ha dado tiempo de avisarla, jefa. El comisario estaba entre trágico y borde pero tirando a histérico. En cuanto vio que usted no ocupaba su puesto la llamó delante de mis narices. Lo he pasado fatal.

—¡No sabe cómo lo siento, Fermín! Casi estoy a punto de llorar por usted. ¿Se puede saber a qué viene tanto escándalo por parte del jefe?

—Una mujer asesinada, Petra, y debe ser algo bastante especial; pero Coronas no quiere decir nada hasta que no esté usted delante en cuerpo y alma.

—Cuente con una hora por lo menos, antes no puedo llegar.

—¡¿Una hora?! Se pondrá más histérico aún. ¿Qué le digo si vuelve a aparecer por aquí?

—Dígale que estoy embadurnada de pasta verde y que tengo que tomar una ducha y secarme el pelo.

—Eso no pienso decírselo.

—Entonces, calle para siempre.

Calculé el tiempo perfectamente bien, y aun tuve suerte de que el tráfico de Barcelona se presentaba fluido. Al cabo de una hora justa ya me encontraba en condiciones de afrontar mi destino fatal.

Coronas me miró con un odio que excedía su deber. Yo puse una expresión tan neutra que casi no era una expresión.

—¿Algún tipo de excusa que quiera darme? —echó mano de la retórica.

—Estaba visitando a mi médico —mentí.

—¡Qué bien! Creí que cuando uno iba al médico pedía permiso en el trabajo.

—Era mi ginecólogo, un pequeño problema puntual, no tuve tiempo de dar parte.

Bajó los ojos con una actitud mixta: entre cohibido y *touché*. El tabú de la mujer como ente ginecológico había funcionado, nunca suele fallar. No hay hombre que, después de ese tipo de menciones, prolongue ni un minuto más el tema de conversación. Coronas fue directamente al grano:

—Petra, hace dos horas han encontrado a una mujer asesinada en su domicilio, una casita adosada a las afueras de la ciudad. En principio se ha pensado en violencia de género, pero la policía autonómica ha pedido nuestra colaboración porque el cadáver presentaba signos de ensañamiento y le habían puesto una nota escrita en el pecho. Eso ha decantado las sospechas en favor de alguna venganza de crimen organizado. Váyanse para allá.

Colaborar con los *mossos d'esquadra* no me hacía maldita gracia. En realidad, no me gusta colaborar con nadie cuando está en curso una investigación. Eso de que el trabajo en equipo es preferible al solitario me resulta un axioma incomprensible, aunque quede bien. Es cierto que la labor policial exige un montón de gente hoy en día: especialistas en huellas, informáticos, científicos, expertos en economía, en armas, pero de la unión de saberes no nace necesariamente un equipo. Lo que se entiende por «equipo» deviene normalmente en varias personas que se matan entre sí por destacar y porque sus ideas prevalezcan sobre las ajenas. No te digo nada si el equipo está formado por individuos que vienen de distintos cuerpos policiales. Entonces la cosa suele ponerse al rojo vivo. Al deseo de ser el más listo, el que lo hace mejor, se suma el orgullo corporativo, y entonces no hay dios que se entienda. Pero de entre todos los inconvenientes de los equipos, había uno que sobresalía con más fuerza: el imperativo de hablar. Yo estaba acostumbrada a Garzón, y después de tantos años, la necesidad de explicar los detalles o de cincelar los matices había casi desaparecido entre nosotros. Una palabra, un gesto, un simple gruñido estaban más cargados de significaciones que la disertación de un académico. Debo señalar que, a medida que voy envejeciendo, el tener que hacer uso de la voz me parece progresivamente estúpido. ¿Para qué charlar tanto? ¿Ayuda eso a que los humanos nos entendamos mejor? Lo dudo, de verdad, y cuando veo a la gente parloteando compulsivamente por el teléfono móvil, me dan ganas de llorar, e incluso a veces también de arrearles con el bolso.

Coronas me miraba esperando alguna pregunta por mi parte, pero yo seguía perdida en mis inoportunas divagaciones mentales.

—¿Está pensando en quién es el culpable, Petra?

—No, señor. Me cuestionaba si es necesario que colaboremos con los autonómicos.

—Está al frente un inspector joven, dicen que muy brillante. Creo que le gustará porque tiene fama de ser casi tan impertinente como usted. En cualquier caso, le recordaré una expresión que ahora está de moda: «Es lo que hay»; lo cual, traducido al lenguaje clásico, queda en: «No nos quedan más cojones». Manténganme informado.

Avanzando por el pasillo, Garzón dijo:

—Antes de que empiece a blasfemar, piense que, si no hubiera colaboración con los *mossos*, nos quedaríamos sin muerto. Éste les corresponde a ellos sin ningún género de dudas.

—¡Puaf!, ¿sabe quiénes se disputan a los muertos? Las aves carroñeras, y no me tengo por ninguna buitresa. No pienso protestar.

El subinspector se encogió de hombros.

—Con tal de llevar la contraria es usted capaz de convertirse en una palomita.

—¡No me joda, Fermín, encima de que se nos viene encima un siniestro marrón, se hace usted el gracioso!

—¡Perfecto, me gusta más verla así! Cuando se pone dócil me entra una preocupación...

Pusimos rumbo a un barrio barcelonés, cerca de Trinitat Vella, en el que había varias ristras de casitas adosadas. Eran sencillas, apenas un patio exterior y, según la información, unos setenta metros construidos. El tipo de habitante se inscribía dentro de la clase media baja. En el número seis de la calle divisamos los coches celulares y la acotación con precinto policial que habían hecho los autonómicos. Los inevitables vecinos miraban desde lejos con más curiosidad que alarma. Un también inevitable reportero nos cortó el paso.

—¿Son ustedes de la Policía Nacional, van a llevar el caso junto a la policía autonómica?

No respondí, pero oí que Garzón decía lacónicamente.

—Sí.

—¿Por qué? —atacó el reportero.

—Porque todas las policías del país están para servir al ciudadano.

Sentí un ramalazo de algo parecido a la vergüenza ajena y apreté el paso sin mirar atrás, aunque pude adivinar la voz del subinspector repitiendo un no menos vergonzoso: «Sin comentarios».

Quien debía ser el brillante joven inspector vino a mi encuentro. Tenía unos treinta y tantos, macizo, no muy alto, con los ojos verdes y el pelo cortado a lo marine. Era extrañamente atractivo. Me dio la mano con gesto grave.

—¿Inspectora Petra Delicado? Soy Roberto Fraile. Parece que vamos a ir en el mismo barco.

En ese momento llegó el rezagado Garzón. Fraile le sonrió:

—¿Te han agobiado los periodistas? Lo mejor es no hacerles ni caso. Cuando ven que llevan un rato sin pillar nada, se cansan y se van.

—Ya sabemos cómo actuar con los periodistas, hace años que los soportamos. —Sonreí a mi vez, aviesamente.

No se dio por enterado de mi brusco aviso para navegantes. Siguió siendo el dueño de la situación y nos fue conduciendo hasta donde estaba el cadáver entre comentarios generales.

—He pedido que no lo envasen en la bolsa de plástico hasta que no lo hubierais visto vosotros.

—¿Ya ha estado aquí el forense?

—Sí, el forense y el juez. Los hombres también han estado recogiendo pruebas. Nada de particular. Falta interrogar a los vecinos, mejor que lo hagamos entre los tres.

—¡Vaya, con lo poco que le gusta a usted interrogar a vecinos, inspectora! —exclamó Garzón.

—¡Qué gracia!, ¿entre vosotros os habláis de usted?

—La fuerza de la costumbre. De la buena costumbre, quiero decir.

Me miró directamente por primera vez, estaba estupefacto. Descubrí que, si una mujer de cierta edad quiere que un hombre joven repare en ella, tiene que recurrir sistemáticamente a la mala uva.

—Si le parece bien, inspectora, podemos pasar a ver a la muerta —rectificó al instante el tuteo. Eso estaba mejor. Fraile debía estar pensando a qué especie de monstrua formalista y anticuada se estaba enfrentando. Ya habría tiempo para demostrarle que yo no era la criatura fría y distante que acababa de conocer; y si no lo descubría sería porque habría hecho méritos para ello.

Entramos en la casa por entre guardias uniformados. En el suelo, rodeada de un charco de sangre renegrida ya tras el tiempo trascurrido, yacía una mujer. Tenía la cara destrozada. Llevaba un pijama cuya parte superior estaba arremangada alrededor de los pechos. Los pantalones le enmarcaban el vientre desnudo, cuajado de marcas que parecían ser profundos cortes. Quedé horrorizada un instante. Fraile se dio cuenta enseguida.

—Poco agradable de ver, ¿verdad? Se trata de Paulina Armengol, cincuenta y cinco años. Funcionaria del estado. Soltera. Vivía sola. El forense dice que se la cargaron sobre la una de la madrugada. Alguien llamó a la puerta y ella le abrió. La apuñaló al instante veintidós veces. Luego le cortó la cara hasta que quedó irreconocible. Dejó una nota encima del cuerpo y se largó, así de fácil.

—¿Qué tipo de nota?

—Una carta de amor.

—¿Cómo? —salió la pregunta exclamatoria del gaznate de Garzón.

—Se la han llevado como prueba, pero he hecho una foto, ampliándola se puede leer muy bien.

Me pasó su móvil, pero antes de que pudiera echarle una ojeada se lo llevó de nuevo.

—Lo que haré será mandarlo a la oficina y que hagan una copia en papel.

—Sé leer en pantalla.

—Ya, pero así se verá mejor.

—¿Quiere prestarme el puto móvil de una maldita vez?

No quedó impresionado por mis rudas maneras, simplemente me pasó el teléfono y empecé a leer. Vi que Garzón hacía esfuerzos por no reír.

—Leeré en voz alta, así se entera el subinspector:

«Queridísima Paulina: Sabes que te he querido con toda la fuerza de mi corazón. En el fondo, sabes que te quiero todavía. Sin embargo, has sido tan dura conmigo, me has demostrado hasta tal punto que ya no me amas, que no he tenido más remedio que matarte contra mi propia voluntad. No se juega con el cariño ajeno. Firmado: Demóstenes».

—Demóstenes es un alias inventado, claro está —subrayó Fraile innecesariamente.

—Pero puede dar pistas.

—Pistas, ¿sobre qué, inspectora?

—¿Sabe quién fue Demóstenes, Roberto?

—No, ni idea.

—El más grande de los oradores griegos clásicos. Era tartamudo de pequeño, pero gracias a una gran constancia, la leyenda dice que metiéndose piedrecillas en la boca superó los problemas en el habla y se hizo célebre con sus discursos políticos. Cayó en desgracia delante del poder y acabó suicidándose.

—¡Joder! —dijo Fraile quedamente—. O sea que si eso nos da pistas, hay que pensar que a lo mejor buscamos a un político.

—O a un suicida cuyo cuerpo está por aparecer —añadí.

—O a un tío que masca piedras —bromeó Garzón.

—En cualquier caso, buscamos a un hombre culto —sentencié.

—Y cursi, porque eso de que con el cariño no se juega... —siguió en vena cómica el subinspector.

—Es demasiado pronto para lanzar hipótesis. Lo primero que hay que hacer es buscar a la familia, al círculo de amigos.

—Yo empezaría por los vecinos —objetó Fraile.

—De acuerdo. Encárguese usted mismo, puede ayudarle el subinspector. Yo iré a hacer unas diligencias previas en comisaría.

—No diga nada a los periodistas sobre la carta de amor, es el tipo de cosas que les flipan. Si se enganchan a eso no habrá manera de quitárnoslos de encima.

—Descuide, Roberto, todo está bajo control. Por mí ya se pueden llevar el cadáver.

Me encaminé directamente a comisaría y de allí al despacho de Coronas, donde entré casi sin llamar.

—Perdone, comisario, pero antes de empezar con el caso que acaba de encomendarme hay algo que quiero saber. ¿Quién asume el mando en la investigación, Roberto Fraile o yo?

—¡Coño, Petra, vaya entrada! ¿Le ha caído mal el compañero?

—Ni mal ni bien; pero ése no es el tema. El tema es que, como usted sabe muy bien, las investigaciones colegiadas no funcionan. Tiene que haber alguien que decida, que indique el orden de prioridades, que reparta el juego a los demás. Fraile y yo tenemos el mismo grado, así que...

—Usted es mayor que él, tiene más experiencia. Tome el mando y en paz.

—No está tan claro, señor. Eso debe hacerse de modo oficial, para que él se entere. De lo contrario pueden presentarse muchos malentendidos.

Coronas se puso a pensar en silencio. Luego resopló como un búfalo de las praderas y finalmente accedió.

—Está bien, Petra. Hablaré con los superiores de Fraile. La llamaré por teléfono con lo que haya. Mientras tanto, póngase al trabajo sin más tardanza.

Me puse sin tardanza ninguna, no sin antes imaginar qué estaría pensando Coronas. Algo así como: «Esta maldita Petra tiene ya el colmillo retorcido, cosas de la edad, que no perdona». Me importaba un pepino; no tenía la menor intención de pasar el tiempo peleando con un tipo presuntuoso para hacerme con un trozo de muerto. Que los años vayan cayendo sobre tu espalda tiene también cosas positivas: te sientes con derecho adquirido para no aguantar según qué gilipolleces y puedes protestar sin vergüenza. Si le concedían el mando último a aquel pisaverde que me miraba sin llegar a verme, no tendría más remedio que aceptarlo, pero al menos todo estaría claro, no habría tensiones.

Paulina Armengol no tenía más familia que unos primos en Mallorca. Me puse en contacto con ellos por teléfono. Que a su prima la hubieran asesinado con saña les pareció un asunto de ciencia ficción. La veían sólo una vez al año, por Navidad. Era la típica pariente de la que no se tienen demasiadas noticias y a quien se recibe por obligación, casi por caridad. Sin embargo, no pusieron dificultades en venir a Barcelona para hacerse cargo del cuerpo. No cerré ninguna puerta sobre su posible implicación, pero tenía escasa fe en que algo entrara por ella.

El siguiente paso fue ir al lugar donde trabajaba la muerta. Era funcionaria. Resultó muy fácil, prestaba servicios en una de las comisarías donde se gestionan los pasaportes y carnets de identidad de los ciudadanos. Estaba concretamente en la calle Muntaner. Los policías me saludaron y no resultó nada complicado que seleccionaran para mí a los compañeros de turno laboral de la víctima. Tres hombres. Mal asunto, fatal casualidad; con la cantidad de funcionarias mujeres que figuran en el censo estatal y tenían que tocarme tres varones. A no ser que a la muerta le gustara el fútbol, pocas confidencias habrían intercambiado con ella. Los hombres son trabajadores tan discretos como poco curiosos, capaces de estar años con un compañero sin enterarse de si está casado o no. Tanto que al final una no sabe si se trata de discreción o indiferencia. Bien distinto de las señoras, que suelen saberlo todo las unas de las otras a los cinco minutos de conocerse, incluido el número de calzado.

Empecé por un hombre mayor, que debía estar a punto de jubilarse. No salía de su asombro cuando se enteró de que Paulina había sido asesinada. Repetía una y otra vez las obviedades de siempre: «No tenía enemigos, era una buena mujer». Como si saber eso pudiera ayudar a esclarecer un crimen. Tampoco los testimonios de los otros compañeros aportaron nada de interés. Me enteré de que siempre llegaba al trabajo con extrema puntualidad, de que no salía a media mañana para tomar café y de que era muy amable con las personas a las que atendía en la ventanilla. Pues bien, resultaba evidente que a su asesino no le impresionaron su eficiencia ni su puntualidad, tampoco a mí, ya que nada me aclaraban sobre su vida. En cualquier caso, el retrato superficial que de ella iba pergeñándose no resultaba nada original: soltera, meticulosa, clara y corriente como el agua de un grifo. ¿Qué amante despechado puede cargarse a una mujer así? Y sobre todo: ¿cómo una mujer con tan poco carisma puede tener un amante apasionado hasta el punto de cargársela al sentirse rechazado? Había algo que no salía a la luz en aquellas primeras pesquisas. Quizá Paulina era una tigresa con apariencia de cordera, una bomba sexual, un sepulcro blanqueado que las mataba callando hasta que callando murió.

Cuando salía decepcionada de la comisaría de Muntaner, una señora de la limpieza, vestida con una bata azul y que asía con una mano un mocho de fregar y con la otra un cigarrillo, me interpeló:

—Esos que han hablado con usted no saben nada de Paulina.

—¿Y usted sí?

—Me apuesto cualquier cosa a que le han dicho que era muy buena chica y muy formal.

—¿Y no lo era?

Echó una bocanada de humo al aire apuntando hacia arriba. Se daba cuenta de que me tenía en ascuas e infundía a sus gestos una estudiada teatralidad que prolongaba el suspense.

—No digo que no, pero era muy orgullosa y siempre miraba a todo el mundo por encima del hombro.

—No me han dicho eso sus compañeros.

—Los hombres no se enteran de nada. Además, puede que con ellos no fuera así, pero conmigo era muy antipática. ¡Mil veces me había hecho volver a limpiar su mesa!: que si hay unas pelusas aquí, que si dale con limpiacristales a la pantalla del ordenador. Se creía muy señorita. ¡Y siempre tan emperifollada! Venía a trabajar como si se fuera a una fiesta: blusitas de flores, zapatos a juego Y cuando se echó novio la cosa fue a mayores.

La interrumpí inmediatamente:

—¿Tenía novio?

—Bueno, digo yo que debía de ser su novio. Más o menos el año pasado empezó a venir a esperarla un tipo como de la misma edad que ella. No muy alto, gordito, de lo más vulgar, pero a ella se le subieron los humos y parecía la reina de Saba. Él la esperaba en aquella esquina, siempre igual, y se iban cogiditos del brazo como dos tórtolos. Yo los veía porque a esa hora estoy fregando las escaleras y porque, de vez en cuando, salgo a fumar. Me pasaba por el lado arrugando la nariz como si yo oliera mal. Al cabo de un tiempo dejó de venir el hombre.

—¿Y a ella se la veía triste o abatida cuando el novio dejó de acudir?

—¡Ay, no sé! Pero está claro que si se había hecho ilusiones de casorio la cosa acabó en nada. Y es que a una cierta edad, ya me dirá usted si es normal ir de novios por la vida.

Por mucho que intenté que ahondara en sus comentarios malévolos, no lo conseguí. Era muy probable que no supiera más de lo que acababa de decir espontáneamente. Y, sin embargo, resultaba plausible que estuviera señalando al asesino de Paulina Armengol: un novio de madurez. Volví a entrar en las oficinas e interrogué de nuevo, sin fe y sin resultados, a todos los compañeros varones. Ninguno sabía nada de novios ni de la vida privada de la mujer.

De regreso a mi despacho me encontré con Garzón. Un solo vecino, de nuevo una mujer, había visto a un acompañante de la víctima en alguna ocasión. La descripción de gordito y bajo coincidía con la que yo acababa de escuchar. Íbamos en busca de un novio despechado, un Romeo añejo que no había asimilado el abandono de la amada. La hipótesis de crimen organizado parecía desvanecerse casi definitivamente. Todo apuntaba a la execrable violencia machista.

—Tengo la impresión de que no será difícil encontrar al asesino, inspectora. Por más reservada que fuera Paulina, por más sola que estuviera en la vida, a alguien tuvo que contarle que andaba liada con un tipo, ¿no? —comentó sensatamente Garzón.

Saber a qué grado de soledad puede llegar una persona era un ejercicio sociológico muy difícil de realizar. Barcelona es una ciudad discreta, donde los ciudadanos conviven sin preguntarse gran cosa, casi sin mirarse por no interferir en la vida del otro, por no molestar. Todo sucede en medio de un silencio social compartido, como una especie de pacto implícito. Pensar que una mujer soltera que se enamora a los cincuenta y cinco no quiere decírselo a nadie hasta que no compruebe la durabilidad de ese amor no es algo descabellado ni fuera de lo normal.

—¿Han revisado ya su teléfono móvil? —pregunté.

—No sé, lo tiene el inspector Fraile.

—Esto no puede seguir así. Voy a hablar con Coronas.

—La espero aquí.

El comisario me recibió sin problemas. No sólo eso, me recibió con una alegría que me pareció fingida, y que me escamó. Estaba amable, solícito, sin atisbo de impaciencia o mal humor. Me puse en guardia definitivamente.

—Justo quería hablar con usted, Petra. Resulta que… bueno, he estado reunido con los mandos del inspector

Fraile y… bien hemos llegado al acuerdo de que sea él quien lleve el mando de la investigación. En cualquier caso es algo un poco nominal, puesto que se trata de una colaboración. Supongo que eso no tendrá la menor importancia para usted, siendo una buena profesional como es.

Parece absurdo, y dice muy poco a mi favor, pero lo cierto es que no había pensado ni un momento en aquella posibilidad. Teníamos el mismo grado, yo era mayor que él, con más experiencia en homicidios… Sentí como si me hubieran dado un mazazo en el cráneo.

—¿Quería decirme algo cuando ha entrado, Petra? —añadió Coronas con aire angelical.

—Nada, señor. Ya está todo muy claro.

—Le aseguro que he luchado para que el mando de esta investigación recayera en usted, pero nuestras relaciones con los autonómicos han sido a veces un poco tirantes y no he querido tensar más la cuerda.

—Gracias, señor.

—¿Todo bien, Petra? ¿Puedo contar con sus máximos esfuerzos en este caso?

—Por supuesto, señor.

A tenor de los paños calientes que había puesto el jefe, debo tener fama de ser muy mandona, una especie de adicta al poder. Comprobé lo mismo al comunicarle la nueva al subinspector.

—¡Joder! —dijo por lo bajo, y me miró entrecerrando los ojos como si esperara alguna explosión. Luego preguntó—: ¿Y usted qué le dijo a Coronas?

—A sus órdenes, señor.

—Claro —farfulló—. ¿Y ahora qué vamos a hacer?

—Esperar órdenes. ¿Tiene el número de Fraile?

—Sí, pero si quiere verlo ahora está en el Anatómico Forense.

—Vamos para allá.

Estaba un poco conmocionada por la noticia de que no tendría el mando, y, en el fondo, me dolía más mi reacción que el hecho de no tenerlo. Por eso intentaba encontrarle explicaciones razonables a mi actitud de frustración. Calma, Petra, me decía, no te fastidia recibir órdenes, simplemente te has acostumbrado a llevar las investigaciones a tu manera y ahora temes no saber cómo actuar. ¿Era así? Probablemente, pero eso vendría después, de momento no podía negar ante mí misma que no ser la jefa me sentaba fatal. Dicen que las mujeres no tenemos ese tipo de pruritos profesionales, pero no es verdad. Soy un ejemplo: estoy segura de ser una mujer, quizá ésa sea una de las últimas seguridades que me quedan, y tener que obedecer a Roberto Fraile me jodía cantidad.

Como conozco a Garzón, pude intuir en él un ánimo expectante, señal de un conocimiento recíproco. Sí, por más que intentara evitarlo, podía darse el caso de que, a la primera impertinencia de Fraile, yo le soltara una coz espectacular. ¿Pero había sido Fraile impertinente hasta el momento? No en especial.

Mi nuevo jefe estaba, en efecto, en el depósito, observando junto al forense el cuerpo de la víctima. Me miró, siempre de soslayo, y enseguida me invitó a participar en el aquelarre.

—Acérquense. Aquí el doctor Guitart me estaba diciendo que el cuerpo no presenta señales de lucha. La agresión se llevó a cabo con un cuchillo muy cortante y afilado, quizá de cocina. Los destrozos en la cara fueron hechos después de la muerte. Ninguna sustancia tóxica había sido consumida por la mujer, estaba limpia también de alcohol.

Me estremecí al ver aquel rostro zaherido, ultrajado, roto al buen tuntún sin método ni simetría. Recordaba un cuadro cubista de Picasso, pero lleno de livideces, de promontorios tumefactos y hendiduras cárdenas. Era espantoso.

—¡Dios! —exclamé en voz baja—. ¿Qué tipo de mente perturbada es capaz de hacer eso?

—No estoy seguro de que sea un perturbado —adujo Fraile—. Puede ser una agresión derivada de un acceso de ira profunda y súbita.

—Pero sólo un perturbado puede sentir ese tipo de ira.

—No crea, Petra. Según la revista *International Psychology* puede haber accesos de furia puntuales de una fuerza descomunal en individuos mentalmente sanos que estén sometidos a una gran presión ambiental o personal.

¡Vaya!, pensé, un tipo que no sabe quién era Demóstenes, pero que está fuerte en psicología forense.

—¿Qué piensa usted? —preguntó Garzón al médico.

—El inspector lleva razón. No se centren en buscar a un loco de libro porque esto pudo hacerlo alguien en estado de máxima excitación, incluso en estado de embriaguez.

Guardé silencio hasta que salimos de allí. La visión terrible del cadáver me había quitado las ganas de exhibir mi frustración de jefa humillada y me guardé mucho de comentarle nada a Fraile sobre la decisión de nuestros mandos. Tampoco él abrió la boca, aunque me puso en bandeja abordar la cuestión al decir:

—¿Qué les parece si vamos a inspeccionar la casa de la muerta? Ya no hay peligro de contaminación de pruebas.

—Lo que usted mande.

No recogió el guante, sólo remachó:

—Observando el lugar donde vivía podremos hacer una aproximación a su personalidad.

—Hemos descubierto que hace aproximadamente un año salía con un hombre que la esperaba muchas veces en la calle cuando ella acababa el trabajo. También solía recibirlo en su casa. Tenemos una descripción de dos personas que coincide, muy vaga sin embargo: gordito y de baja estatura.

—¡Fantástico, inspectora, un diez por ustedes!

—¿Qué hay del teléfono móvil, lo han revisado ya?

—Están en ello, no creo que tarde en llegar el informe.

Nos plantamos los tres en la casa de Paulina Armengol. Abrió Fraile. Me pregunté si él mismo se ocupaba de los detalles, como por ejemplo coger las llaves del lugar. En nuestro caso, ese tipo de cosas solía hacerlas Garzón, pero el inspector no parecía tener ningún ayudante. La casa estaba tal y como la dejaron los policías de la Científica. Empezamos por el dormitorio de la víctima. Roberto Fraile iba tomando notas en su libreta. Comentaba en voz alta:

—¡Muñecas de su infancia! Eso es típico de mujeres solitarias que superan mal el pasado, la ausencia de maternidad. Ropa de cama rosa. Otro signo de falta de madurez emocional característico.

—¡Me sorprende, Roberto!, ¿ha estudiado psicología?

—Tengo ciertos conocimientos relacionados con nuestro trabajo, nada de particular. Lo de la ropa de cama rosa es un clásico.

—A lo mejor sólo quiere decir que era un poco ñoña —soltó el subinspector.

—No, fíjese, el resto de la decoración resulta sobria. El detalle de la cama rosa es especial.

Abrió el armario ropero e hizo un gesto de presentación de los vestidos colgados:

—Écheles una mirada, inspectora. Usted podrá determinar el estilo y las preferencias mejor que yo. Entiendo poco de modas.

Le hubiera arreado con un zapato por aquel comentario sexista, pero me callé. Estaba reservándome en espera de atesorar munición más contundente para responderle. Miré detenidamente la ropa. Sabía que los compañeros habían inspeccionado todo en busca de pruebas, de modo que me limité a observar. Luego, según la sabiduría femenina que me atribuía mi compañero, determiné:

—Estilo ecléctico, discreto. Propio de una mujer de

su edad que no quiere llamar la atención pero sí resultar atractiva: blusas floreadas, faldas tubo, colores pastel. Ropa de precio medio tirando a bajo. Confección en serie. No tiene vestuario para eventos o fiestas.

—¡Toma diagnóstico a lo Christian Dior! —dijo Garzón, divertido.

—Bueno, debemos entonces suponer que es una mujer de lo más normal y corriente. Una solterona que no cerraba la puerta a las relaciones amorosas, como ustedes acaban de descubrir.

Había llegado el momento. Ya tenía suficientes balas en la recámara. Disparé:

—¿Usted está casado, Roberto?

—Sí. ¿Por qué?

—Me preguntaba qué tal deben sentarle a su esposa sus comentarios sexistas.

Oí la carcajada de Garzón al tiempo que veía la estupefacción marcada en el rostro de Fraile. Se horrorizó:

—¡No, inspectora, no piense eso! Yo sólo pretendía...

—No sé qué pretendía, pero en un minuto ha sugerido que de modelitos frívolos sí entendemos las mujeres y ha llamado solterona a la víctima.

—Tiene su explicación, es lógico que de moda femenina entiendan las mujeres y de moda masculina, los hombres. En cuanto a lo de solterona... suena feo, pero si hubiera sido un soltero varón de cierta edad hubiera dicho lo mismo: solterón, se lo aseguro.

Estaba atribulado, compungido, tanto que el subinspector terció a su favor:

—Ya se acostumbrará, inspector Fraile. La inspectora Delicado es muy puntillosa en cuestiones de sexo y condición femenina. Puntillosa quiere decir que, si puede, te clava la puntilla.

La risa del subinspector sonó aislada en la casa. Como vi que Fraile no salía de su aflicción, decidí aflojar.

—Sigamos, Roberto, era una simple puntualización. Vayamos a la cocina, el comer es completamente unisex.

La minúscula cocina estaba en orden, como el resto de la casa era un espacio estándar, sencillo y vulgar. Incluía un botiquín con aspirinas, antiácidos y material de primeros auxilios para heridas de poca importancia. Sólo me llamó la atención un estante en el que se veían alimentos de régimen: tés diversos, pastillas de ginseng y demás productos de los vendidos en herboristerías y tiendas de dietética. Fraile dijo al verme husmear en esa dirección:

—Creo haber visto una tienda de todo ese tipo de productos a unas calles de aquí. Deberíamos pasar a visitarla. Muchas veces los propietarios de esos comercios aconsejan a sus clientes y recaban mucha información sobre ellos: dolencias, hábitos, manías…

No cabía duda de que nuestro nuevo compañero era hábil, rápido e intuitivo, probablemente el empollón de su clase. Descarté hacerle ningún comentario irónico sobre su brillantez porque cada vez que yo abría la boca me miraba con horror, esperando no haber metido la pata. Al menos, había conseguido finalmente que me mirara con atención, que se diera cuenta de que una mujer de mediana edad puede ser algo más que una mujer de mediana edad, o al menos que tiene una capacidad considerable para tocar las narices al prójimo.

La tienda de dietética estaba justo donde él la había visto y, lógica deducción, allí compraba sus mejunjes Paulina Armengol. La dueña era alta y delgada como un lápiz, y se quedó desconsolada cuando le comunicamos nuestra condición de policías y el asesinato de su clienta. La recordaba perfectamente.

—Pues claro que me acuerdo, pobrecita, ¡no me lo puedo creer! ¿Ha sido para robarle?

—No lo sabemos aún. Cuéntenos algo sobre ella, puede ayudarnos mucho.

—Era muy reservada. De su vida no hacía ni mención. Piense que aquí vienen clientes que te cuentan lo habido y por haber. Es lógico, la gente a veces es desgraciada y buscan en los productos naturales una vía de equilibrio, de consuelo. Pero ella no derivaba nada hacia lo personal, tampoco me pareció nunca alguien que sufriera demasiado.

—¿Qué tipo de productos consumía?

—Bueno, cosas corrientes: valeriana, té verde, a veces pan integral... Ahora que me acuerdo hace una temporada vino muchas veces a buscar barritas y píldoras saciantes, cápsulas de alcachofa, todo remedios para adelgazar. No me dio la impresión de que hubiera ganado peso a ojos vista y le pregunté: «Quiere ponerse guapa, ¿eh?». No me contestó pero me guiñó un ojo, ya ve, la pobre.

—¿Eso pudo pasar hace más o menos un año?

Miró hacia arriba como si el calendario de su memoria estuviera en el techo.

—Sí, algo por el estilo.

Dimos por terminado un interrogatorio que, al menos, había servido como corroboración. Cuando ya habíamos salido y cruzado la calle, vimos a la dietista que venía corriendo a nuestro encuentro. Gritaba algo extraño que no entendí: «¡Hipérico, hipérico!». Al tenerla ya encima oí cómo Fraile me susurraba: «El hipérico es una sustancia natural que sirve para tratar la depresión».

—Me he acordado de pronto de que la señora Armengol me pidió grageas de hipérico durante un tiempo. Pensé que se encontraba baja de moral porque su dieta de adelgazamiento no había dado resultado.

—¿No le preguntó usted nada?

—Inspectora, para una clienta callada que tenía... si les preguntara detalles a mis clientes me pasaría la vida oyendo historias.

Regresó, también corriendo, a su tienda porque acababa de entrar un anciano que movía garbosamente su bastón al caminar. A Garzón no le pasó desapercibido:

—A ése le han funcionado los potingues, va marchando como un general.

—Esos potingues tienen un efecto moderado, pero lo tienen —le contestó Fraile, aunque no convenció a mi subalterno:

—¡Puafff!, sólo de pensar en esas porquerías me da dolor de estómago.

—Porque es usted sano y optimista. Si tuviera alguna debilidad…

—¿También entiende de plantas, Roberto? —intervine.

—¡Bah, cuatro cosas leídas en algún suplemento dominical!

—¡Le cunden mucho los suplementos dominicales; es casi un sabio!

Me miró con desconfianza, preguntándose qué segundo sentido crítico encerraban mis palabras. Garzón sonreía como un beato, gracias a aquel chivo expiatorio que había surgido en nuestras vidas, se veía libre de mis invectivas por una vez.

—¿Qué hacemos ahora? —preguntó mi compañero inspector.

—Lo que usted ordene. Supongo que ya le han comunicado que es el jefe de la investigación.

—En cuanto a eso, inspectora, yo no he tenido nada que ver. Personalmente preferiría que trabajáramos en equipo, sin ningún tipo de jerarquías.

—No es cuestión de jerarquías sino de método. Usted debe señalar el camino a seguir.

—¿Qué les parece si redactan el informe de lo que ustedes han hecho hasta ahora? A mí me gustaría estar presente en el análisis del ordenador incautado a la víctima.

—Porque también entiende de ordenadores, claro está.

—Tengo nociones.

—¿Sacadas de otro suplemento dominical?

Sonrió con cierta tristeza:

—No, he estudiado algo de informática; sólo para aplicarla en las investigaciones.

Asentí varias veces con la cabeza y nos despedimos. Mientras volvíamos en coche a comisaría Garzón me exhortó cordialmente:

—No le dé tanta caña a este chico, Petra. Seguro que es buen tío.

—¡Me pone de los nervios! No se altera, sabe de todo, siempre está en su papel... y no tiene ni pizca de sentido del humor. ¡Apuesto a que también es abstemio!

—Algún defecto tenía que tener. Y hablando del tema: ¿qué le parece si nos arreamos una cervecita antes de empezar con el informe ese de los cojones?

—Me parece de perlas. Después de lo que acabo de decir es obligatorio marcarse alguna libación. Pero es algo que no puedo evitar: desconfío de quien no bebe.

2

Al día siguiente era sábado. Seguíamos trabajando en el caso, pero con horario elástico y presencia parcial en comisaría. No fui por la mañana y como los hijos de mi marido estaban pasando el fin de semana con nosotros, aprovechamos para celebrar un desayuno familiar. Marcos había comprado churros de buena mañana y yo preparé chocolate a la taza bien denso para poder mojarlos en él, según marca la antigua tradición hispana. Hugo y Teo, los gemelos, se relamían como críos más pequeños de lo que eran, trece años ya.

—Si mi madre nos viera comiendo esto le daría un infarto —comentó Hugo.

—¿Por qué? —pregunté.

—Ahora le ha dado por la comida sana y la vida saludable y nos tiene machacados.

—Es porque tiene novio —terció Teo—. Es médico. Especialista del estómago.

—A esa clase de médicos se les llama gastrónomos —dijo Marina.

—¡Gastroenterólogos, burra! —soltó Hugo.

—¡Gasterópodos! —se pitorreó su hermano.

Marcos puso paz en su eterno papel de *ombusman*. Teo continuó:

—Bueno, se diga como se diga, el caso es que el novio se pasa todo el tiempo dándonos la paliza con lo de la dieta perfecta, y a mi madre le ha llenado la cabeza de ideas raras: desayunar fruta, comer poca carne de vacuno, dice «vacuno», el tipo. Dulces y azúcar, lo mínimo. Total, seguro que en la cárcel se come mejor. ¿No, Petra? Tú que eres poli lo sabrás.

—En realidad, todo lo que os recomienda son buenos consejos.

—Sí, vale, pero tú nos das chocolate con churros y tampoco pasa nada.

—No sabía que vuestra madre tuviera novio —se interesó Marcos.

—Pues sí, y esta vez parece que va en serio. Viene mucho por casa y salen a cenar todos los fines de semana que estamos con vosotros. Se llama Francesc. Es divorciado pero no tiene hijos. ¡Menos mal, porque te aseguro que no estoy para aguantar a más críos! Ya aguantamos a ésta —recalcó señalando hacia Marina.

—A mí no me aguantáis. Os aguanto yo a vosotros que sois unos plastas y os odio.

Mi marido dio un nuevo toque de atención:

—Marina, no se dice «os odio». No se debe sentir odio contra nadie.

—¡Eso!; ellos me han llamado cría horrible y, encima, me la cargo yo.

—¿Cría horrible?, ¿quién te ha llamado cría horrible? —saltó Teo.

—¡¿Queréis callaros todos de una maldita vez?! —aulló el padre de las criaturas.

Se callaron y siguieron comiendo churros en silencio. A medida que iban acabando pedían permiso para abandonar la mesa. Finalmente, quedamos solos Marcos y yo.

—Esto es espantoso, Petra, cuanto mayores se hacen, peor se portan. Creí que los años irían haciéndolos más razonables, pero parece que es justo al revés.

—¡Bah, no hagas mucho caso!, discuten por bobadas.

—Sí, pero a mí me ponen la cabeza como un bombo. Fuiste sabia no teniendo hijos, la verdad.

—Pero mucho menos sabia casándome con un hombre que tenía tantos.

Nos echamos a reír. Paradojas de la vida, Marcos era un hombre infinitamente sereno y flemático a quien sin embargo sus hijos conseguían sacar de quicio de vez en cuando. Por el contrario, teniendo un carácter mucho más explosivo que el suyo, yo conseguía soportarlos con mucha más facilidad. Suele ocurrir así, las faltas de quienes nos resultan más cercanos se aceptan con mucha menos condescendencia.

—Afortunadamente, pasarán casi todo el sábado fuera. Marina se va a casa de una amiga y los chicos tienen concentración deportiva. Eso significa que podemos dedicar el día a uno de nuestros planes ciudadanos. Te propongo que vayamos esta mañana a un mercadillo de barrio a ver si encuentro algunos vinilos interesantes. Después, un paseíto por las Ramblas y aperitivo en la Boquería. Comida en algún sitio del Raval o del Borne. Por la tarde, tranquilidad en casa, lectura, música, gintonic, todo muy relajado hasta que sobre las nueve vuelvan a invadirnos los bárbaros del norte. ¿Qué me dices?

—Que voy a arreglarme ya.

Me gustaban esos planes de fin de semana en pareja; si bien a veces la teoría era más placentera que la práctica; porque los barrios céntricos de Barcelona estaban progresivamente atestados de turistas, porque no habíamos reservado en ningún restaurante y sería un problema encontrar mesa, porque lo imaginado siempre es más hermoso que la realidad. Aun así, vagar por Barcelona con un hombre atractivo como Marcos, una especie de santón neohippy a lo Jeff Bridges, hacía que me sintiera una mujer afortunada, razonablemente feliz. Los psicoanalistas dicen que ir por la calle del brazo de un hombre genera sensación de poder en las mujeres. Eso siempre me ha parecido una gilipollez, tiendo a pensar que exhibir junto a ti un trofeo sentimental es tan aborrecible como tener la cabeza de un ciervo colgada de la pared del salón. Si me apetecía pasear junto a mi marido era más bien porque me decía a mí misma que, tras dos matrimonios fallidos, podía sentirme contenta de que el tercero estuviera saliendo bastante bien.

Mientras curioseábamos al aire libre entre los libros y discos de viejo, de repente Marcos me preguntó:

—¿Qué te parece eso de que mi segunda mujer tenga un novio formal?

—Nada, no me parece nada. ¿Te importa a ti? —respondí vagamente celosa.

—No, mientras no pretenda influir en nuestra dieta... sólo me preguntaba qué tipo de hombre es. Dicen que todos acabamos repitiendo un mismo patrón en nuestros enamoramientos. ¿Crees que éste tendrá algo de mí?

—Me temo que estás preocupado por una cuestión de vanidad. Ninguna de tus dos exmujeres se había emparejado nunca seriamente y pensabas que eso se debía a la huella indeleble que había dejado en ellas tu personalidad.

—¡Joder, Petra, cómo compadezco a Garzón! Él pasa contigo muchas más horas que yo. A estas alturas debe ser ya candidato a una canonización en toda regla.

—Compartiremos altar por lo mucho que yo lo soporto a él. Anda preocupado estos días porque tiene alto el colesterol. Su mujer lo ha sometido a una dieta estricta de verduras y pechuga asada.

—¿Y cómo lo lleva?

—¿Tú qué crees? Le echa miradas libidinosas a cada chorizo que ve y está perdiendo hasta el sentido del humor. Hace chistes malísimos últimamente.

—¿Crees que se está volviendo viejo?

—¡Como todo el mundo! Pero hubiera podido jubilarse ya si hubiera querido. Beatriz lo anima todo el tiempo y él se niega a hacerlo.

—La vida es difícil, ¿verdad?

—Más que resolver un crucigrama en chino.

—¿Tú te jubilarás sin sentir nostalgia de tu trabajo?

—¡Pues claro! Tendré mil cosas que hacer.

—Por ejemplo, envejecer a mi lado dulcemente.

—Como dos tocinillos de cielo.

—Te cuesta decir palabras cariñosas, ¿verdad? —protestó.

Llevaba toda la razón. Fui educada en la ocultación de mis sentimientos, no por una cuestión moral sino estética. Verbalizar el cariño es una horterada, casi igual que decirle abiertamente a un tipo que lo detestas. Recurrir a la ironía es mi sistema, tanto para bien como para mal.

Si fue el destino o la casualidad lo que hizo que el teléfono sonara en ese momento de la conversación es imposible de saber. Pero de repente, entre promesas de jubilación y minimizaciones del trabajo, a Roberto Fraile le había dado por llamar. Temí lo peor para mí, aunque fuera lo mejor para el caso.

—¿Inspectora Delicado?

—Dígame, Fraile, ¿qué pasa?

—Ya tengo los informes del móvil de Armengol.

—¿Ah, sí? Dígame si son interesantes.

—Muchas llamadas al supermercado, a la peluquería, a su familia de Mallorca... lo habitual, pero hay un número que se repite más que ninguno y que pertenece a una mujer: Rosana Morente.

—¿La ha llamado?

—Un montón de veces, pero tiene el teléfono apagado o fuera de cobertura.

—No sé qué decirle, Roberto, quizá esté pasando el fin de semana en algún lugar alejado de la civilización. ¿Me necesita?

—No, sólo era para tenerla al corriente. Yo seguiré intentándolo.

Al cortar la comunicación me dirigí a mi marido:

—Las nuevas generaciones no descansan; no es que el trabajo sea lo más importante para ellos, es simplemente lo único. Colaboramos con los autonómicos en un caso y el inspector Fraile me desconcierta por completo.

—¿Es joven?

—Treinta y tantos. Por un lado, es como el típico empollón que sabe de todo, pero luego no parece mal tipo.

—Se enamorará de ti.

Solté una sincera carcajada.

—Me halaga mucho que pienses eso, pero no es realista. Voy a cumplir cincuenta, querido, y una mujer de esa edad no resulta atractiva para nadie.

—Una mujer, no sé; tú sí eres atractiva.

Le sonreí con cariño. No sabía si era o no sincero, pero la debilidad ante el piropo es uno de los defectos contra los que le resulta difícil luchar a todo ser humano.

No tuve más interrupciones durante el fin de semana, que fue tranquilo y placentero. Sin embargo, a primera hora del lunes, cuando estaba desayunando, Fraile volvió al ataque:

—Inspectora, debería venir inmediatamente a comisaría.

—¿Quiere decir antes de las ocho?

—Acaba de llamarme Rosana Morente y ya se dirige hacia aquí. Estaremos en su despacho, si a usted le parece bien.

—¡Adelante, adelante, Roberto, siéntase como en su casa! Iré en cuanto pueda.

Seguí comiendo con tranquilidad. Si hay algo que la madurez te enseña es que una hora más o menos nunca suele alterar el resultado de una gestión. Así que me vestí y cogí el coche sin prisa.

Garzón fue el primero en recibirme. Observé que se

estaba quedando más delgado. Enseguida me tomó por banda.

—¡Fraile es un pelmazo de marca mayor! ¡Me ha llamado tres veces este fin de semana! Quería que hiciéramos turnos para marcar el número de teléfono de la tal Morente. Si no contesta, no contesta, tío, ¿qué se gana con llamar más veces? Usted y yo somos buenos trabajadores, nunca nos hemos escaqueado de nuestro deber, pero de ahí a ser un obsesivo que no puede dejar de currar hay un paso, ¿no?

—Está perdiendo peso, Fermín.

—¡No me hable, y la ilusión por la vida también! Beatriz me lleva mártir. Total, porque tengo un poco de colesterol. ¿Es eso razón suficiente para que me haga comer cada día pescado hervido y acelgas? Voy a coger una depresión.

—No sea exagerado.

—¿Por qué todo el mundo se toma las cosas tan a la tremenda? La salud, el trabajo... ¡Es excesivo!

—Es el signo de los tiempos. Como influir en lo realmente importante nos está vedado, ponemos toda nuestra pasión en las chorradas. Ya nadie se plantea rebelarse o hacer revoluciones, ¿verdad? Pero cuidamos compulsivamente de nuestra salud, nos desesperamos por ser eficientes en el trabajo... desviamos la atención hacia lo superfluo.

—¡Hostia, no lo había pensado así! Pues le aseguro que me voy a zampar el primer chorizo grasiento que vea, y cantando «A las barricadas», además.

Entramos en mi despacho riendo, lo cual, por contraste con la seriedad que reinaba en la estancia, produjo una pésima impresión. En una silla estaba sentada una mujer de unos cincuenta y tantos, con los ojos enrojecidos por el llanto y un pañuelo arrugado en la mano. Paseándose de un lado a otro se hallaba Fraile. Casi ni nos saludó, pasando inmediatamente al grano.

—La señora Morente no sabía nada de la muerte de su amiga Paulina. Estaba pasando unos días en el Pirineo, en un lugar donde no alcanza la cobertura telefónica; por eso no contestaba a nuestras llamadas.

La doliente señora asintió. Fraile nos presentó y le hizo la primera pregunta:

—¿Era usted muy amiga de la víctima? ¿Se veían con frecuencia?

—Yo diría que era su única amiga. Somos un grupo de mujeres que salimos por ahí a cenar, al cine o a hacer excursiones. Pero Paulina era bastante especial y sólo venía de vez en cuando. Únicamente se animaba y se la veía contenta cuando estábamos las dos solas. No le gustaba la gente.

Se había recuperado y hablaba con serenidad. Intervine:

—¿Tiene usted alguna idea de quién ha podido asesinar a Paulina?

—¡No, en absoluto!, ¿cómo podría saberlo?

—Su amiga tuvo un novio hace poco, ¿cierto?

—Bueno, novio lo que se dice novio... pero sí, salió con un hombre.

—Necesitamos que nos diga todo lo que sepa sobre él —cogió el testigo Roberto.

—Se llamaba Ignacio.

—Ignacio ¿qué más?

—No lo sé.

—Bien, díganos entonces a qué se dedica, dónde vive, cómo se conocieron.

—Ya les he dicho que Paulina era un poco especial. No me contó nada sobre él. Sólo que salían, que estaban enamorados, que era un buen hombre y que se conocieron en un parque porque él se le acercó diciéndole que era la mujer más guapa que había visto en su vida. Naturalmente no me creí que eso hubiera pasado de verdad; imagínense un flechazo a estas edades, pero ella se ponía fantasiosa de vez en cuando. Supongo que cuando tratas con poca gente, al final tienes que montarte tus propias historias aunque no sean ciertas.

—¿Nunca se lo presentó, nunca lo vio físicamente o en fotografía?

—Nunca. A mí eso me mosqueaba. Tampoco me gustaba que el tipo no le diera su número de teléfono. La llamaba desde cabinas. En estos tiempos en los que todo el mundo tiene móvil, no me diga que eso no es raro.

Tomé de nuevo las riendas:

—Rosana, damos por buena su descripción de que la víctima era una mujer un poco especial, pero que, siendo usted su mejor amiga, no le contara nada personal sobre ese hombre resulta poco creíble.

—Usted tiene pareja, ¿verdad, inspectora?

Me quedé un tanto descolocada.

—No creo que eso…

—Seguro que tiene pareja.

—Sí, de acuerdo, tengo pareja.

—Entonces tendré que explicárselo muy bien. Las mujeres que llegamos a maduras y estamos solas porque somos divorciadas, viudas o solteras, lo que solemos hacer es salir en grupo con otras mujeres en las mismas condiciones. Eso no significa, sin embargo, que seamos amigas de verdad. Nos relacionamos, vamos a sitios, hacemos vida social, pero hay veces que no nos aguantamos las unas a las otras. Tampoco nos contamos demasiados detalles de la vida privada porque… en fin, eso sirve para que surjan comparaciones, para que nos critiquemos a escondidas… Son unas relaciones más de mutuo interés que de auténtica amistad. Los hombres son distintos, como no tienen gracia para estar en grupo, si se quedan viudos o se divorcian enseguida vuelven a casarse, y si son solteros se largan a un bar, siempre el mismo, y le dan palique al camarero.

Hubo un silencio compacto. Lo que estaba diciendo

la testigo era terrible, pero presentaba todos los aspectos miserables que suele ofrecer la realidad.

—¿Su amiga había tenido otros novios? —preguntó oportunamente Garzón.

—No que yo sepa. Pero siempre le daba por decir que encontraría al hombre ideal. Imagínese, éste le duró no más de tres meses. Y ahora está muerta. ¡La vida no fue buena con Paulina!

—¿Por qué rompieron?

—No lo sé. Y tampoco si tomó la decisión ella o él. Por cualquier bobada sería. Yo también soy soltera y nunca se me ocurriría salir con un hombre pensando que me voy a casar con él a estas alturas. Sé cómo está el patio y no tengo malditas ganas de cargar con ningún inútil. Sola se está muy bien.

—¿Dónde pudo Paulina haber conocido a ese hombre? ¿Tenía aficiones, estaba apuntada a algún club, a alguna asociación?

—Ni idea. Bueno, iba a nadar una vez a la semana a una piscina municipal. Creo que la que está en Vall d'Hebron. Aparte de eso…

Habíamos terminado. Como siempre, le pedimos que nos llamara si se le ocurría o recordaba algo más. Nos quedamos desfondados. Paulina Armengol era la víctima ideal: solitaria, reservada y frágil. El hecho de que el fugaz novio no hubiera querido proporcionarle su número de teléfono añadía sospechas a su figura misteriosa. Quizá había contactado con ella pensando de antemano en asesinarla, pero ¿por qué?, ¿y por qué había dejado pasar un tiempo entre la ruptura y la agresión?, ¿y por qué aquella carta de amante herido?

—¡Vaya tela con los grupos de mujeres solas! —comentó Garzón.

—¡No todos serán iguales! —objeté con rapidez.

Fraile no estaba para sociologías humanistas. Enseguida dijo:

—Bien, nos falta por saber el contenido de su ordenador y el de su cuenta bancaria.

—Usted manda, díganos lo que debemos hacer.

—Inspectora, yo preferiría que en lo del mando…

—Sí, ya sé, somos un equipo y todos vamos a una; sin embargo, es mejor que el jefe reparta juego. Por muy unitarios que seamos, usted está al frente.

Serio, casi compungido, suspiró con resignación:

—De acuerdo. El sobrino mallorquín de Paulina ha llamado desde el aeropuerto y se dirige hacia aquí. ¿Pueden interrogarlo ustedes? Yo me dedicaré al ordenador y al teléfono.

Se fue arrastrando los pies. Garzón me miró con aire de reproche:

—¡Joder, inspectora!, ¿no está siendo demasiado dura con él? El tío no parece que vaya a abusar de su poder.

—Me jode tener que compartir caso con otro cuerpo policial.

—También le jode no ser usted la que manda.

—¿A mí? ¡Nada en absoluto, Garzón! Eso son prejuicios eminentemente masculinos. A las mujeres lo del mando nos da igual.

Puso cara de rechifla interna que decidí ignorar. Necesitaba tener la cabeza fría para cumplir las órdenes de Roberto Fraile, lo cual pude llevar a cabo una hora después, cuando tuvimos delante al sobrino mallorquín de la víctima, que resultó llamarse Salvador. Estaba seriamente afectado. Fraile le había hecho pasar por el depósito para que identificara el cadáver de su tía. ¿Por qué coño el autonómico preguntaba mil veces qué debíamos hacer y luego tomaba iniciativas sin avisar? Yo hubiera sido partidaria de realizar el interrogatorio antes de cualquier identificación. Tengo observado que los familiares pierden objetividad después del trauma de ver a sus muertos. Pero, en fin, no había más remedio que apechugar.

Salvador era alto, pausado y con pinta de profesor, aunque en realidad regentaba un pequeño hotel en la isla. Le ofrecimos café y esperamos a que, por lo menos, se le borrara el espanto de la cara. Empezó a hablar sin necesidad de ser preguntado.

—No hay ninguna razón, ninguna, para que alguien le haya hecho eso a mi tía. Ella era una mujer sin enemigos, con una vida ordenada y tranquila, convencional.

—¿Descarta la posibilidad de que llevara una doble vida?

—¿Mi tía? —Dio varios cabezazos para ahuyentar la absurda idea planteada—. Inspectora, mi tía era de lo más normal, una mujer corriente y un poco anticuada. Si me deja ser políticamente incorrecto le diré que era la típica solterona. No bebía, no fumaba siquiera. Su vida consistía en el trabajo y la casita que se había comprado después de mucho ahorrar. Pasaba con nosotros una semana al año en Navidad, y durante sus estancias daba paseos, leía novelas, ayudaba en la cocina, jugaba con mis hijos; nada hace pensar que fuera el tipo de persona que lleva una doble vida. Es ridículo sólo pensarlo.

—Nos han dicho que su tía casi no tenía amigos. ¿Está de acuerdo con esa afirmación?

—Era reservada, un poco maniática, cosas de la edad, de haber vivido siempre sola.

—¿Nunca tuvo novios, relaciones sentimentales?

—No lo sé, pero me cuesta pensar en ella emparejada con alguien. No creo que le interesara el amor. Convivió con su madre hasta que murió y, después, como vivían en un piso de alquiler, toda su preocupación consistía en encontrar un sitio propio donde asentarse. Pertenecía a una generación en la que las mujeres tenían miedo de estar solas. Más que amor lo que buscaban era tener una mínima seguridad económica. Por eso le hizo tanta ilusión poder comprar su casita con los ahorros de toda la vida, con la pequeña herencia que recibió.

—Su tía, Salvador, tuvo un novio unos meses antes de morir. Al parecer, ella lo abandonó. Desafortunadamente no conocemos su identidad, pero dejó una carta anónima confesando su crimen, un crimen a todas luces pasional.

Me miró con el mismo estupor que si le hubiera contado una inverosímil leyenda urbana. Sonrió:

—No me lo creo. ¿Mi tía Paulina levantando pasiones? ¡Hombre, inspectora! Todo es posible en la vida, pero eso…

Le mostré la fotocopia de la carta en cuestión. Pasó más de cinco minutos observándola, se puso colorado. Por fin balbució:

—¡Demonio!, ¿qué te parece? Es como si me hubieran dicho que el rey de España se dedica a la trata de blancas.

—Eso resulta excesivo, estoy de acuerdo con usted, pero no me parece tan impensable que una mujer, por muy solterona que sea, ponga alguna esperanza en el amor, tampoco que alguien pueda enamorarse de ella.

—Siempre hay un roto para un descosido, decía mi difunta madre. Aun así, es la noticia más sorprendente que me han dado jamás.

—Quiero que cuando regrese a su casa, pregunte a su esposa y a todos los miembros de su familia si tuvieron algún indicio de lo que acabo de contarle. Si guarda en la habitación donde soliera dormir alguna pertenencia de su tía, algún libro olvidado, una nota, le ruego que los revise en busca de algún detalle que pudiera interesarnos.

—Por supuesto que lo haré. ¿Quién piensan que es ese hombre, inspectora?

—No tenemos pistas todavía, pero todo se andará.

Salió, ahora más intrigado que desconsolado. Que su tía hubiera tenido una historia de amor le hacía compadecerla menos, como si su muerte, al ser pasional, justificara una vida que antes se le había antojado inútil y absurda. Es obvio que una biografía femenina es considerada yerma si no figuran en ella datos amorosos. Da igual que la interfecta haya encontrado una solución para el cambio climático o haya compuesto óperas más sonadas que las de Wagner. Si no inspiró amor a algún tipo, aunque fuera un maldito gañán, su existencia no vale un pimiento. Yo debo ser valiosísima, contando con mi accidentada vida sentimental, aunque en aquellos momentos me sintiera como una policía fracasada: cada nueva pesquisa era una frustración. Cuanto más anodina es una víctima, más cuesta desentrañar por qué lo es. Cuando matan a un mafioso, los posibles culpables crecen en los árboles, pero una funcionaria veterana y solitaria, ¡ah, eso ya es otro cantar!.

—Antes de que Fraile aparezca por algún lado tocándonos las pelotas, vamos a hacer nuestra propia inspección en el piso de la víctima.

—¿Se lo va a comunicar, inspectora?

—Yo no, ¿y usted?

—¡A mí que me registren!

Siempre me produce un placer especial saltarme el precinto policial en la escena de un crimen. Aunque las pruebas presuntamente importantes hayan sido ya retiradas, una quizá vana ilusión me lleva a pensar que vamos a encontrarnos con la llave maestra del caso. Por otro lado, entrar en esos lugares cerrados provoca al principio un instante de terror, como si el alma del muerto estuviera todavía presente.

—¿Qué quiere que miremos, Petra? —me sobresaltó Garzón hablándome a la espalda.

—¿Ve esa librería? Vamos a ver qué tipo de libros tiene. Luego quiero que los abramos uno por uno en busca de papeles o notas.

Los libros eran casi todos de corte romántico, ese tipo de novelas de autoras inglesas que a veces incluyen misterios y otras se basan exclusivamente en sagas femeninas o historias amorosas con final feliz. Sí, a Paulina le interesaba el amor; y en caso de haber leído toda aquella basura, debía tener una idea edulcorada y poco realista sobre el tema. Vi que el subinspector miraba los resúmenes de algunos argumentos. Dijo en voz alta:

—Margaret está secretamente enamorada de su jefe, pero éste apenas se da cuenta de su existencia. Poco a poco y gracias a su perseverancia y bondad, consigue que él repare en su modo de hacer las cosas. Un imprevisto desata una serie de circunstancias adversas en la empresa: ha desaparecido una gran cantidad de dinero y todas las sospechas de malversación recaen sobre Margaret. ¿Qué sucederá?

—¿Usted qué cree que puede suceder, Garzón?

—¡Ni se me ocurre!

—Lo que se me ocurre a mí es preguntarme por qué demonios una mujer independiente, que ha ganado una oposición para ser funcionaria, lee mierdas semejantes. ¡Eso sí es un misterio!

—Hay que huir de la realidad, Petra.

—¿Tan abominable es la realidad sin amor? Existen al alcance de todos buenos libros, música maravillosa, puestas de sol, películas, amistades, conversaciones interesantes, viajes a lugares exóticos...

—¡Y chorizos picantes!; pero ustedes las mujeres están empeñadas en la coña del amor.

—¡Usted se ha casado dos veces! No está cualificado para criticar.

—Pero nunca busqué el amor. Si Beatriz no hubiera aparecido en mi vida, hubiera seguido viudo tan ricamente.

—Eso no es así. Hay que estar por lo menos en disposición de enamorarse, receptivo; de lo contrario, nada sucede. No creo en la fatalidad.

—¿Ve como también usted es una romanticona? Igual está enamorada del comisario Coronas en silencio.

—¿Quiere dejar de decir chorradas y ponerse a trabajar?

Se reía quedamente bajo su bigotón de morsa, ya nevado por la edad. Empezó a poner cabeza abajo los volúmenes haciendo volar las páginas en acordeón. Le ayudé. Al cabo de un rato cayó al suelo un papel, un tarjetón de tamaño mediano que nos aprestamos a observar. Era un dibujo, una especie de anagrama sinuoso donde, con un poco de imaginación, se podían adivinar dos corazones entrelazados alrededor de una llave.

—¿Qué es esto? —preguntó Garzón—. Parece el símbolo de una secta o algo por el estilo.

—Yo hubiera dicho que se trata del diseño de un exlibris.

—Pero puede ser cualquier cosa.

—O nada.

—Servirá como excusa de haber venido. ¡Al menos hemos recogido un papel!

De vuelta al despacho nos encontramos con Fraile. No se atrevía a preguntar de dónde veníamos, tuve que decírselo yo. No hizo comentario alguno sobre la iniciativa de visitar de nuevo la casa de la víctima por nuestra cuenta. En cuanto al dibujo, lo miró sin interés y prometió que lo buscaría en internet, por si era el anagrama de algo conocido. Aunque no lo había tratado mucho, me dio la impresión de que estaba cabreado.

—Yo, por mi parte, ¡nada! —exclamó—. Ni en el móvil ni en el ordenador. Compras de ropa por internet, alguna llamada a Rosana Morente, a la familia de Mallorca y pare usted de contar. ¿Cómo se puede tener novio y no hacer o recibir llamadas? ¿Cómo quedaban citados, nunca hablaban para decirse nada? Los expertos me aseguran que no hay ninguna comunicación que haya sido borrada. No puedo entenderlo, de verdad. A no ser que el tal novio no lo fuera en realidad.

—Nosotros hemos concluido que existía. Paulina

leía novelas amorosas y bien pudo caer en la tentación de protagonizar una de esas historias, aunque luego se arrepintió y dejó plantado al otro protagonista.

—¿Y qué clase de friki se carga a una novia, le destroza la cara y deja una carta sobre su cadáver? ¡Por mucho que le dejen plantado, eso es algo bestial!

—El mundo está lleno de locos que andan sueltos —apuntó el subinspector.

Al oírlo, Fraile cambió de color como un camaleón, se puso tenso y aulló como un maldito basilisco:

—Me temo que tiene usted una idea un tanto desfasada de lo que es un loco, Fermín. La característica principal de un loco es que padece una enfermedad mental que le hace sufrir. Los locos, como usted dice, no andan sueltos por ahí acuchillando a la gente. Tengo la impresión de que esta investigación conjunta no está dando buenos resultados. Me voy, señores, tengo informes que redactar; les sugiero que hagan ustedes lo mismo.

Salió dejando un reguero de furia tras de sí. Garzón y yo nos miramos, consternados.

—¿Y eso? —preguntó él sin salir de su asombro.

—Debe estar jodido porque nos hemos atascado y no contamos ni con una mala prueba.

—¿Y la toma conmigo? ¡Este tío es un grosero y un mamón! ¿Quién se cree que soy, el conserje? Mire, ni siquiera se ha llevado el dibujo de los corazones para buscarlo por internet.

—Déjelo, no se lo tenga en cuenta. Si nos liamos en una pelea interna las cosas pueden empeorar, Fermín.

—¡Pues no sé cómo pueden empeorar! Sólo falta que nos caiga un meteorito en medio del puto coco.

Decidí que lo más conveniente era dejar la comisaría y escribir los informes en mi casa. Le aconsejé hacer lo mismo a Garzón. Cuando todo se pone en contra, cambiar de aires es, al menos, terapéutico. Pero las cosas sí podían empeorar; de hecho, empeoraron drásticamente a partir de aquel momento.

Para empezar, cuando llegué a casa me encontré a Marcos trabajando en su despacho. Añadía detalles a los planos de una casa. Lo envidié, nadie le hurtaba información para llevar a cabo su tarea. Hablaba con los propietarios, consultaba con sus socios, buscaba precisiones en sus libros; el viento siempre estaba a su favor. ¿Qué sentido tiene una ocupación como la mía que consiste en escarbar en lo oculto, en sacar a la luz lo que alguien intenta no mostrar? Ser policía es como una maldición divina, pensé por enésima vez en mi carrera. Si en el caso de Paulina Armengol se generaba una corriente de enemistad entre Garzón y Fraile, estábamos apañados. Conozco bien las desavenencias entre varones. Son como las luchas de renos, con estridentes topetazos de cornamenta a cornamenta sin que ninguno de los machos eche un solo paso atrás. Marcos me saludó con un beso distraído aunque cariñoso y cuando ya me retiraba, demostró cómo, efectivamente, las situaciones pueden empeorar sin fin:

—Petra, antes de que se me olvide. Pasado mañana viene mi madre a pasar unos días con nosotros. No será mucho tiempo, una semana como máximo.

Sentí lo mismo que si ante mis ojos se desplomara una catedral. Recibir a mi suegra en aquellas circunstancias laborales se me antojaba como llevar a efecto todos los trabajos de Hércules cargada encima con dos piedras y obligada a tararear el Bolero de Ravel. Un deber difícil, tedioso y machacón. Me sorprendió a mí misma el tono de falsedad que empleé para decir:

—¿Ah sí?, ¡qué bien!

Tanta fue la inverosimilitud de la respuesta que mi marido replicó:

—No tendremos que hacerle mucho caso, sabes que cuenta con varias amigas en Barcelona; pero quiere convivir unos días con sus nietos, no he podido evitarlo.

—No pasa nada —añadí con la resignación de un condenado—. De trabajo me coge fatal, pero ya nos iremos arreglando.

Fui a la cocina y me serví un buen whisky. Mi suegra no me cae en realidad ni mal ni bien. A veces incluso me parece divertida. Es una mujer de unos setenta y tantos, conservada a la perfección, un poco pija, que compensa su tendencia a la verborrea con una buena dosis de excentricidad. La verdad es que la había visto pocas veces y durante cortos espacios de tiempo. Vivía en Tarragona, y venía con frecuencia a Barcelona, aunque siempre se alojaba en un hotel. No sabía muy bien cómo tratarla, pero eso a ella no parecía importarle demasiado. Considerando que yo era la tercera esposa de su hijo, debía hacer años que había renunciado al espejismo de una familia tradicional. Yo era alguien que estaba por allí y nada más. Con Marcos mantenía una relación de lo más peculiar, ambos se llevaban bien, quizá porque no tenían por costumbre escucharse mutuamente. En fin, intentaría ser correcta, educada y moderadamente comunicativa.

Cenamos casi en silencio, los dos estábamos cansados. En cuanto terminamos, yo me retiré al dormitorio porque tenía ganas de estar sola, de leer hasta que me venciera el sueño. No pensar ni un instante en el dichoso caso de Paulina Armengol me parecía el único modo de enfrentarlo de nuevo al día siguiente. Pero no, el destino me preparaba un encontronazo previo con realidades imprevistas.

Oí mi teléfono sonando en el salón. Recordé que lo había olvidado allí. Me levanté a tientas sin encender la luz para no despertar a Marcos, aunque vi que estaba sentado y se frotaba la cara. Caminé en la oscuridad, con el timbrazo del maldito móvil sonándome en el alma. En el salón sí hubiera podido activar un interruptor, pero estaba tan confusa y nerviosa que había olvidado dónde se encontraba. Me golpeé un pie desnudo contra la pata de la mesa donde descansaba el despiadado artefacto. Blasfemé internamente. Miré la pantalla. Primera comprobación: eran las cuatro de la madrugada. Segunda: la llamada provenía de Roberto Fraile. Más blasfemias virtuales.

—¡Dígame! —ordené con ímpetu castrense.

—¡Por Dios, Petra, menos mal que ha contestado! Tiene que venir inmediatamente.

—¿Es consciente de la hora, Roberto?

—Han encontrado a otra mujer muerta, Petra, asesinada.

—¿Y también vamos a llevar ese caso los dos juntos?

—No me entiende, inspectora. La mujer ha sido asesinada de la misma manera que Paulina Armengol y también le han dejado una carta de amor sobre el pecho.

Me quedé sin habla. El cerebro me funcionaba como una maldita máquina tragaperras: manzanas, peras y piñas multicolores circulaban de arriba abajo a toda velocidad. ¿Un asesino en serie? ¿En el juego de la muerte nos había tocado un asesino en serie?

—¿Dónde está usted ahora?

—En la confluencia de la calle Madrazo con Muntaner.

—Voy a llamar al subinspector.

—No se moleste, ya lo he llamado yo.

Imaginé frívolamente la cara que habría puesto Garzón viendo el nombre de Fraile en la pantalla. Entré en la ducha a toda castaña sin darme cuenta de que seguía a oscuras. La voz de Marcos no se hizo esperar.

—¿Por qué no enciendes luces, Petra, qué es lo que pasa?

—Enciéndela tú ya que estás despierto. Tengo que salir pitando. Han encontrado a otra mujer asesinada. Podría tratarse de asesinatos en serie.

—Tú siempre dices que en España los asesinos seriales sólo aparecen en películas y novelas.

—Vuelve a la cama, Marcos.

—No sé, me da repelús seguir durmiendo cuando sé que un asesino en serie anda suelto por ahí.

—No te preocupes, no eres su tipo en absoluto.

Soltó una carcajada desabrida y desapareció. Al pasar por la habitación vi que había seguido durmiendo sin dejarse alterar por las cuestiones de orden público. Lo envidié de nuevo. ¿Cuándo despiertan a un arquitecto de madrugada por una cuestión laboral? El mundo era injusto, y yo imbécil, porque nadie había influido en mi elección profesional.

3

Sin haberme permitido ni un café, enseguida pude comprobar que la cosa era seria al ver quién se había reunido en el lugar del crimen. El comisario Coronas, rostro fúnebre y ligeramente legañoso, departía con el juez, el forense y una nutrida representación policial. Al verme hizo indicación de que me sumara al grupo.

—No hará ni una hora que se la han cargado. Dio el aviso del cuerpo tirado en la calle un vigilante de obra que acababa su turno. Nuestros hombres y los *mossos* están peinando la zona, pero ya se puede imaginar que todo el mundo dormía. La mujer, treinta y cinco años, llevaba el carnet de identidad en el bolso: Aurora Retuerto, ecuatoriana residente aquí. He apuntado la dirección, no vive muy lejos. Agresión con arma blanca y la cara destrozada, como la otra vez. Este papel lo tenía colocado encima; puede leerlo desde lejos. No lo toque, es el original.

Me puso una cuartilla frente a los ojos con su mano enguantada en látex. Leí: «Te he amado con todas mis fuerzas, eras mi sol, mi trocito de tierra lejana. Tú te lo has buscado, cariño mío, porque sólo me diste dolor y abandono. Adiós».

Coronas esperaba mi reacción con gravedad.

—Todo coincide con el caso anterior —dije sin temer la obviedad.

—Siguen ustedes al frente del caso, Petra, pero supongo que se da cuenta de que nos hallamos ante algo especial y muy delicado. Todo indica que el culpable es un asesino en serie. Eso implica mucha más discreción de cara a los medios y... trabajo, trabajo sin cuento, sin descanso, sin final hasta que todo quede resulto. Se activa la alarma interna y pueden ustedes contar con los dispositivos extra que sean necesarios. Apúntese un máximo de horas extraordinarias y ¡adelante, no hay tiempo que perder! Quiero estar informado al segundo.

Me pareció que se insinuaba un resplandor en sus ojos pitañosos. El término «asesino en serie» era como un «ábrete, Sésamo» cargado de resonancias contradictorias. Por un lado, causaba horror, pero, por el otro, era como una de esas enfermedades raras que los médicos encuentran en algún paciente: se preocupan, aunque en el fondo se alegran de poder investigarla. Sí, lo del *serial killer* había calado hondo en el imaginario general. No se pesca uno todos los días.

Al acercarme al operativo descubrí a un Garzón que parecía Drácula volviendo de una juerga sangrienta. Contrariamente, Roberto Fraile tomaba notas sin parar y no se advertían en él signos de cansancio o madrugón imprevisto.

—Todo es idéntico al asesinato de Paulina Armengol. ¿Quiere ver el cadáver, inspectora?

Era impresionante. La mujer llevaba una camiseta arremangada que descubría las cuchilladas oscuras que tenía en el estómago. En la cara le habían marcado una especie de tosca cuadrícula que dejaba al aire parte de la esfera ocular izquierda, que seccionaba los labios por varios lugares. Un ensañamiento concienzudo.

—¿Ha leído la carta? —me preguntó Fraile

—Sí.

—Vámonos a su despacho. El juez quiere que se lleven el cadáver antes de que la gente vaya a trabajar. Crear alarma social sería poco sensato. Los de la Científica están al llegar y he mandado a varios agentes a buscar testigos. Para nada, ya lo sé, pero no puede descartarse que gritara y que alguien viera la escena desde alguna ventana.

—Veo que ya está todo solucionado —dije con un poco de mala fe.

—Los trámites, sí. Ahora hay que ponerse a pensar.

—Yo soy incapaz de pensar en nada si no me tomo un café bien cargado —intervino Garzón.

—Podemos tomarlo en comisaría —repuso Fraile.

—He dicho un café, no un aguachirle infame.

Medié con celeridad:

—La Jarra de Oro ya debe estar abierto. Propongo que desayunemos allí.

El bar estaba, en efecto, abierto, y los primeros parroquianos daban cuenta de cruasanes y pastas varias. Me animé sólo con oler el aire cafetero que flotaba en el ambiente. A Roberto Fraile eso de darse al bollo mientras un cadáver mutilado yacía en plena calle le parecía a todas luces una frivolidad. Fue remiso a que nos sentáramos a una mesa.

—Quizá en la barra nos servirían más rápidamente.

—Ni hablar, inspector. No tenemos tanta prisa. Comer es una necesidad primaria y en el bar también podemos intercambiar impresiones sobre el caso —objetó un Garzón muy seguro de sí mismo.

—Pero estamos tan cerca de su comisaría que si alguien nos viera sacaría una pésima impresión.

—Me la sopla —espetó mi compañero dispuesto a un acto de rebeldía a lo acorazado *Potemkin*. Me vi en la necesidad de intervenir de nuevo:

—Sólo será un ratito. A todos nos vendrá bien reparar fuerzas.

No sé si envalentonado por su salida reivindicativa, Garzón pidió un bocadillo de chorizo y un platito con aceitunas. Yo me contenté con unas tostadas, mientras Fraile optaba por un zumo y un yogur. Cuando el subinspector había dado el primer bocado a su preciado tesoro, Roberto comentó:

—No le tiene usted miedo al colesterol, ¿verdad, Fermín?

Empecé a preguntarme si Fraile quería tocarle las pelotas a mi subalterno de modo consciente o si era simplemente torpe. En cualquier caso, ya no pensaba templar gaitas más veces; estaba harta de articular lugares comunes con buena intención. Me preparé para escuchar el exabrupto del devorador de chorizos.

—En Estados Unidos acaban de descubrir que el colesterol del chorizo es excelente para la salud.

Fraile sonrió desmayadamente y afirmó:

—Yo soy partidario de cuidar la salud mientras se tenga.

—Pues yo soy partidario de la libertad. Si uno quiere que sus arterias parezcan el tubo de escape de un camión desguazado, ¿quién se lo puede impedir?

—Nadie, es verdad.

—¿Qué les parece el nuevo caso, señores? —pregunté para abortar tanta esgrima verbal.

—Dos asesinatos rituales y con nota inculpatoria del autor. Creo que podemos encontrarnos ante el caso de un asesino en serie de tipo paranoico.

—Como en las series de la tele —le respondió Garzón.

—Algo así. Los perfiles psicopatológicos que he estudiado se adaptan perfectamente a la ocasión.

—¿Y por dónde empezamos? En principio las víctimas no parecen tener mucho en común: diferentes edades, distinta nacionalidad... —apunté.

—Ahora mismo empezamos con eso. Hay que averiguar lo máximo de esta segunda mujer. Esperemos que no fuera tan solitaria como la anterior.

Subimos al despacho y Fraile sacó su teléfono móvil. Apuntó varios datos y los comentó:

—Los hombres ya han estado trabajando para nosotros. El domicilio que figura en el documento de Aurora Retuerto está en Pedralbes, en un inmueble de alto standing. La propietaria es Purificación Sistach.

—¿La han avisado del suceso?

—Lo haremos nosotros. ¿Están preparados para una visita domiciliaria?

—¿Qué hora es? —pregunté.

—Las siete y media.

—¿No le parece demasiado pronto para irrumpir en una casa? Deduzco que la víctima puede pertenecer al servicio doméstico, quizá la propietaria sea una mujer o una pareja mayor. Si los despertamos de buena mañana con la noticia, el impacto puede anular la efectividad del interrogatorio. Propongo esperar hasta las ocho y media.

—Buena deducción y buen plan. Me iré a la sala de juntas y empezaré a escribir en mi portátil el informe de lo hecho hasta ahora.

Una vez solos, me encontré con los ojos asustados de Garzón.

—Este tío va como una jodida moto.

—Es eficiente, ya lo ve.

—Eficiente, pero aficionado a aplicar etiquetas. ¿Por qué demonios piensa enseguida que el culpable es igualito al ejemplo de su libro?

—Le falta experiencia pero es eficiente, créame; lo cual nos viene de perlas porque nos libera de un montón de trabajo rutinario.

—Quiere ponerse medallas, resolver el caso él solito. Además, siempre se está metiendo conmigo.

—Conténgase, Fermín. Ya tenemos suficientes complicaciones, no cree una más. Quédese con que es eficiente y punto.

—Eficiente y gilipollas. ¿Qué tipo de tío es capaz de desayunar un zumo de melocotón y un yogur, a usted le parece normal?

—Tampoco me parece normal que usted se salte los consejos del médico.

—¡Ah, sabía que es usted tan discreta que no me diría nada delante del otro inspector! Me he aprovechado un poco, eso es todo.

—Es su salud, Fermín; supongo que sabe lo que hace.

—Yo controlo, inspectora, pero me encanta saber que sufre por mí.

Lo miré de través.

—¿Sufrir por usted? Antes sufriría por un perro callejero. Me inspiran más compasión y no comen bocadillos de chorizo.

Se rio como un ogro travieso. Podíamos pasarnos cien años practicando el mismo juego de réplicas falsamente hirientes; no había cuidado, el subinspector lo disfrutaría como si fuera la primera vez.

Procuré atrasar todo lo posible nuestra salida de comisaría porque las nueve me parecía una hora más realista que las ocho y media para aparecer en una casa elegante con motivo de un interrogatorio policial. Sin embargo, Fraile empezó a ponerse muy nervioso y a meterme prisa sin contemplaciones. A aquellas alturas ya había llegado a la conclusión de que nuestro nuevo compañero de equipo era más un teórico policial que un hombre experimentado.

Llegamos al barrio de Pedralbes a las nueve en punto y a las nueve y cuarto una asistenta con uniforme azul cielo nos abrió la casa de la señora Sistach. En vez de hacernos pasar, nos dejó plantados en el quicio de la puerta. Como ya habíamos tenido que franquear la entrada principal enseñándole al portero nuestra identificación, me temí media hora más de prolegómenos. Pero no, al cabo de un instante una señora mayor alta y huesuda vino casi corriendo a nuestro encuentro. Vestía un anticuado salto de cama de piqué blanco sobre lo que parecía un camisón a juego. Curiosamente, a pesar de su atuendo matinal, ya llevaba los ojos maquillados con esmero.

—Perdonen que mi chica les haya dejado aquí. Pasen, por favor, la pobre no tiene ni idea de cómo deben hacerse las cosas. Son ustedes de la policía, ¿verdad? Me lo ha dicho el portero por el telefonillo.

Pasamos a un enorme salón que debía haber sido de decoración moderna en su época. Nos invitó a sentarnos, nos ofreció café. Aceptamos y se lo pidió a la chica que no tenía ni idea de cómo hacer las cosas. Luego nos miró con gesto preocupado.

—Se trata de Aurora, ¿verdad? Esta noche no ha venido a dormir.

Guardó silencio, preparada para lo que pudiéramos decirle a continuación. Fui yo quien disparó la noticia:

—Aurora ha sido encontrada muerta entre las calles Muntaner y Madrazo. Se trata de un asesinato.

La señora Sistach se cubrió la cara con las manos. El bruto de Fraile, sin darle tiempo a reaccionar, completó el cuadro con los detalles que yo había querido evitarle:

—La acuchillaron varias veces en el estómago y el abdomen. Luego, le desfiguraron la cara a navajazos.

La mujer emitió un lamento sordo, se echó a llorar quedamente. Le hice un gesto a mi compañero para que no añadiera ninguna truculencia más, para que le diera una mínima tregua, pero intervino Garzón dando al traste con mis precauciones:

—Anteriormente asesinaron a otra mujer de la misma manera. Pensamos que el culpable puede ser un criminal en serie.

Nuestra pobre interlocutora dio unos hipidos profundos. Al destaparse la cara brevemente pude ver cómo las lágrimas fluían por sus mejillas como por dos torrenteras embravecidas.

—Lo sabía, lo sabía —murmuró.

Iba a preguntarle qué era lo que sabía, pero de pronto entró la asistenta que no tenía ni idea de hacer bien las cosas. Como por arte de magia, la señora Sistach dejó de llorar, se irguió y tomó un pañuelo de papel para limpiarse la cara. Hasta que el café estuvo servido, nadie abrió la boca. Una vez bien asegurada de que la sirvienta había salido, Purificación Sistach tomó la palabra, ya casi restaurado su equilibrio:

—Perdonen, pero no es conveniente que el servicio te vea experimentando emociones. Siendo tan vieja como soy, si me descubren cualquier debilidad estoy perdida. Desde que Leonardo, mi marido, murió hace seis años, vivo sola y sola debo protegerme contra todo. Bueno, en realidad vivía con Aurora. No tuve hijos en mi matrimonio, así que busqué a alguien que pudiera cuidarme. Y acerté de pleno en mi elección con esa pobre chica.

Fraile dio alguna muestra de nerviosismo, moviéndose en su asiento. Lo miré con aviso gestual de que no la interrumpiera.

—Aurora era muy buena chica, simpática, encantadora. Mandaba casi todo su sueldo a su familia en Ecuador, se quedaba un poquito para ella, nada más que una parte. Pero siempre estaba contenta. Íbamos juntas a pasear y de tiendas. Me contaba cosas de su país. Una vez a la semana ella cocinaba platos típicos de su tierra y los sábados comíamos juntas en un restaurante.

El inspector no pudo aguardar más, la interrumpió:

—Señora, cuando ha entrado la criada estaba usted diciendo: «Lo sabía, lo sabía». ¿A qué se refería con eso?

—Como les decía, Aurora venía de una familia muy humilde, que apenas tenía para comer. Era muy religiosa y…

—Señora, por favor, le ruego que conteste a nuestras preguntas de manera concreta.

—¡Es lo que intento hacer, inspector!

Le propiné una patadita subrepticia a mi compañero y él me miró como si me hubiera vuelto loca.

—Continúe, señora Sistach, por favor —dije dulcemente.

—Era muy religiosa y lo cierto es que aquí en mi casa no tenía mucho trabajo, ya que lo compartía con la acémila que acaban de conocer. Yo le daba bastante tiempo libre para que hiciera su vida y ella solía hacerla en un centro parroquial que hay cerca de aquí. El párroco es joven y reunía a un montón de muchachas de servicio hispanoamericanas, prestándoles su salón de actividades para que pudieran intimar. Allí hizo amigas, salían, iban al cine, todo funcionaba muy bien hasta que hace un tiempo conoció a una joven cubana que la llevó por otros derroteros.

—¿Qué derroteros?

—No digo yo que hicieran nada malo, pero se reunían en grupo en un centro social que les prestó el ayuntamiento. Dejó de ir a la parroquia. Y aquello era otra cosa desde que cambió de amistades. Salían por la noche, iban a la discoteca, empezó a quedarse con más dinero para comprarse algún vestido A mí aquello no me gustaba ni un pelo; prefería con mucho cuando el cura las llevaba por el camino de la religión. Y no piensen que soy religiosa, no lo soy en absoluto, no tengo necesidad, pero una chica que está sola en un país extranjero y no dispone de dinero abundante, lo mejor es que busque consuelo en un centro parroquial. Para mí resultaba más fácil de esa manera, la verdad, el cura controlaba lo que yo hubiera tenido que controlar.

—Mirándolo desde ese ángulo… —masculló Garzón.

—Pues ya han visto qué ha pasado cuando nadie la controló. En el centro del ayuntamiento había hombres y mujeres, hacían bailes, bebían alcohol. Hace unos meses Aurora se presentó en casa diciendo que tenía un novio. «¿Un chico inmigrante?», le pregunté. Y me sale con que era español, mucho mayor que ella pero con dinero. Naturalmente, le canté la verdad: «¿Qué crees que puede buscar en una chica como tú un hombre mayor y con dinero, la mujer de su vida, la madre de sus hijos?». Se enfadó mucho conmigo y me dijo que era injusta. ¡Injusta! Le pedí que lo dejáramos ahí, que hiciera lo que le diera la gana con su vida pero que yo no quería saber nada. Sólo esperaba de ella que siguiera cumpliendo sus obligaciones laborales como de costumbre. Y las cumplió, nada tengo que objetar en ese aspecto. Al cabo de unos meses me la encontré llorando en su cuarto y me soltó que yo llevaba razón, que el novio era un desgraciado y un machista. Le contesté que no quería saber más, que olvidara el pasado y siguiera viviendo con alegría. Pero es evidente que no me hizo caso. La vida que escogió la ha llevado a la tumba.

—¿Recuerda fechas concretas?

—¡Uy, no, yo para eso soy malísima! Hace ya meses, quizá era verano cuando rompió, pero no podría asegurarlo, mentiría.

—¿Recuerda el nombre del novio, algo que le contara de él?

—¡Ni hablar, ya le dije que no quise saber nada de esas historias! Ya no estoy para confidencias amorosas, inspectora. Quiero llevar mi rutina y estar en paz, es lo único a lo que aspiro hasta que me llegue mi hora final.

Pedimos inspeccionar el cuarto de Aurora y nos llevó a una habitación que había junto a la cocina. No era muy grande. Contenía una mesa camilla con un gran televisor, un ordenador que nos llevamos como prueba, una cama coronada por un par de peluches, un corcho en la pared en el que había pinchadas con chinchetas varias fotografías y un armario que abrimos e investigamos. Pocas pruebas a primera vista, quizá ninguna en realidad.

La señora nos dio la dirección de la familia ecuatoriana, nos informó de que Aurora hablaba a menudo con ellos vía Skype. Su teléfono móvil estaba en nuestro poder, poco más podíamos sacar de allí. Sin embargo, en una iluminación, Fraile dijo que debíamos interrogar a la otra sirvienta por si había intercambiado con la víctima algún comentario significativo.

Fue una buena idea porque Dolores, que así se llamaba la pretendida acémila, no sólo había oído hablar del novio misterioso sino que lo había atisbado a cierta distancia en una ocasión.

—Vino a acompañarla una tarde. Yo salía de trabajar. Estaban hablando en la puerta de la tienda que está allí enfrente, así que sólo lo vi de lejos. Un poco gordo y no muy alto, moreno, bastante mayor, con un traje que no estaba mal. Ella ya me había hablado, estaba contenta de haberse echado un novio rico. La muy inocente ya se veía con el vestido de novia, subiendo al altar. Pero a mí todo aquello me olía a chamusquina, ¡qué le voy a decir!

—¿Tiene una razón concreta para afirmar eso?

—No es normal que un novio vaya con tantas precauciones. Por ejemplo, nunca le dio a Aurora su número de móvil. ¿Ustedes creen que eso es normal?

—¿Cómo explicaba ella esa circunstancia?

—Decía que era un hombre muy importante y que sólo usaba el teléfono para trabajar.

—¿Y cómo quedaban citados?

—No lo sé, ni tuve la curiosidad de preguntárselo. Yo ya sabía la razón.

—¿Cuál era?

—¡Pues que el tío estaba casado, a ver qué va a ser! El típico jeta que se lo monta con pobres chicas que no tienen donde caerse muertas y que no quiere que se entere su mujer. Se lo comenté, pero no me hizo ni caso, decía que lo suyo era amor verdadero.

—Pero rompieron al cabo de un tiempo.

—¿Un tiempo? ¡El amor no llegó ni a dos meses, fíjense qué tipo de amor sería!

—¿Sabe cuál fue el motivo de la ruptura?

—¡Pues claro que lo sé! El tío desapareció un buen día sin dejar ni rastro.

—¿Y ella no pudo localizarlo?

—¡De ahí venían tantos tapujos! A la hora de la verdad no tenía dónde buscarlo: ni su teléfono, ni su dirección... supongo que hasta el nombre sería falso.

—¿Recuerda el nombre?

—El apellido nunca me lo dijo, pero creo que el nombre era Jesús, pero igual eso también se lo inventó.

—Gracias, Dolores. Su testimonio ha sido de gran ayuda.

—Con tal de que cojan a ese hijo de puta...

Fraile comentó en el trayecto de vuelta a comisaría que no sabía cuál de los dos testimonios le había parecido más descarnado, si el de la señora o el de la sirvienta.

—La señora Sistach, tan fina, tan elegante, tan impresionada por la muerte de la chica, pero lo único que le importaba era que los curas la mantuvieran dócil y controlada. Y esa Dolores, a pesar de trabajar mucho tiempo junto a Aurora, parece que le importe tres carajos que esté en el depósito.

—Ninguna de las dos tiene un futuro halagüeño por delante, me imagino que eso te hace más duro de pelar —apuntó Garzón.

—Una espera de la vida sólo comodidad, la otra ni eso: trabajo y una vida miserable —dije para puntualizar—. Me hace reír la igualdad de oportunidades de la que disfrutamos los países civilizados —concluí.

—La desigualdad no sólo la crea el dinero, inspectora —exclamó Fraile—. También influyen la belleza y la fealdad, la enfermedad y la salud, la estupidez y la inteligencia... un mundo completamente justo es imposible.

—Si usted lo dice...

—Yo, si pudiera elegir —salió Garzón por peteneras—, preferiría ser feo, rico y sano. Me da en la nariz que puede ser una buena combinación. Y, sin embargo, soy guapo, pobre y tengo algunos achaques, una contrariedad.

Solté una risita de oficio y miré de reojo al inspector, que se había abismado en un silencio denso, conservado tras el rictus amargo de su rostro, que nunca le abandonaba del todo.

Depositamos el ordenador en los servicios informáticos y nos reunimos en mi despacho.

—Hay que avisar a la familia —dije—. Quizá el consulado pueda pagar el billete a alguno de sus miembros para que vengan a recoger el cadáver.

—No sé si estarán por la labor —comentó Garzón.

—¿Qué les parece todo esto, señores?

—Yo diría que vamos en busca de un donjuán, inspectora. Un donjuán de pacotilla.

—Todos los donjuanes lo son, Roberto.

—Sí, pero éste es muy peligroso. Algo le han hecho las mujeres.

—Y sin embargo, el perfil de las dos víctimas es tan diferente que me cuesta pensar en el típico asesino serial perturbado psicológicamente.

—Todos los asesinos son perturbados, Petra. ¿Qué hombre mata varias veces por placer?

—Por placer no, pero…

—Buscamos a un perturbado, no le quepa la menor duda.

—Está usted muy seguro de sí mismo, ¿verdad, Roberto?

—No me queda más remedio, quien vive solo debe fortalecer bien sus cimientos.

Se levantó e hizo ademán de marcharse.

—¿Adónde demonios va?

—A escribir el informe.

—¿Y nosotros qué hacemos? Habría que visitar el centro del ayuntamiento al que Aurora asistía.

—No abren hasta las seis, lo he consultado en internet. Por cierto, está en la calle Madrazo, debía venir de allí cuando la sorprendió el asesino. ¿Por qué no van a la parroquia? Quizá el cura tenga algo que decir.

Se largó. Garzón estaba listo para montar en cólera:

—¿Usted cree que son maneras de investigar? Este tío es más raro que un perro verde. Me pone histérico. De repente es como si se enfurruñara y ya no se pudiera razonar con él.

—Unas veces le pone nervioso a usted, otras a mí... por lo menos su trato resulta variado.

—¿Y ahora qué hacemos, inspectora?

—Vamos a recapacitar.

—Y digo yo que igual podríamos recapacitar en el bar tomando una cervecita.

Cruzamos a nuestro bar habitual. Yo estaba bastante cabreada, aunque evitara que fuera demasiado evidente para Garzón. En un principio, Roberto Fraile me había parecido un hombre fácil, incluso el típico policía empollón y preparado que es muy corriente encontrar entre los de su generación. Pero luego habían ido aflorando facetas de su personalidad que resultaban inquietantes, contradictorias, complicadas de articular entre sí. Se había mostrado irascible sin motivo, reservado, unas veces crítico, y otras, indiferente con los testigos. Me tenía bastante despistada y eso me hacía moverme con inseguridad. Quizá estaba acostumbrada a descubrir con cierta facilidad el carácter de la gente, no voy a negar ahora que poseo dotes de observación. Pero Fraile se me resistía.

Hubiera debido contar con más información sobre su biografía, aunque, vista su manera errática de reaccionar, descartaba hacerle preguntas directas. Supongo que Garzón hubiera diagnosticado sin empacho que mi inseguridad se debía a no tener el mando de la misión que llevábamos entre manos, y puede que hubiera llevado razón. Que Fraile marcara a su entender las iniciativas me impedía pensar con claridad. Y sin embargo, ¡era tan cómodo!, ¡alejaba de mí con tanta fuerza la responsabilidad de caer en alguna equivocación! Las investigaciones policiales eran ni más ni menos como la vida: cuanto más amarradas llevas las riendas, mucho más temes el error. Muy diferente es cuando otros ponen las reglas: la religión, la sociedad, la política, entonces puedes caminar más ligero de equipaje, encauzado en el itinerario que marcan los demás.

—¿Dos muertes hacen un asesino en serie, o son necesarias más? —me sacó el subinspector de mis reflexiones.

—No entiendo lo que quiere decir.

—Muchas cosas a la vez. ¿Y si el tipo gordito sólo quería cargarse a dos novias? Entonces no sería un asesino en serie, sino un asesino doble y ya está.

—¿Y qué diferencia hay?

—Una grandísima: no nos darían tantas facilidades, ni operativos especiales, ni trato preferente para investigaciones complementarias. Además, si lo cogemos no ganaremos la misma gloria.

—Ya me dirá usted en qué consiste la gloria aquí, un golpecito en la espalda y hasta la próxima.

—¡Hombre, Petra, la gloria es la gloria!

—Parece que esté usted deseando que haya más crímenes.

—El inspector Fraile está convencido de que este tipo volverá a actuar.

—¿Se lo ha dicho a usted?

—Hace un rato.

—Vendrá escrito en alguno de sus libros.

—Usted suele decir que los libros siempre llevan razón.

—De cualquier manera, me parece inmoral estar esperando nuevos asesinatos para tener la gloria de atrapar a un «en serie».

—Los «en serie» no son muy corrientes en España; sería un puntazo.

—Claro, ahora sólo le falta decir que, total, para el tipo de víctimas que se carga, tampoco se pierde demasiado: pobres mujeres solitarias que no tienen a nadie en el mundo.

—¡Qué fácil es escandalizarla, inspectora! —Sonrió encantado.

—¿Y por qué no se centra en lo difícil?

—¿A saber?

—Dejarme en paz.

Se reía, feliz y contento, como si en vez de estar inmersos en un caso de deleznables crímenes, aquello fuera una especie de fiesta con invitación. Pensé que yo tampoco había meditado en exceso sobre el horror de aquellas muertes. Y si lo había hecho, mi reacción no había sido la habitual: la furia. Sí, normalmente la furia que me genera pensar en las desgraciadas víctimas de un asesinato potencia mi capacidad de resolverlo. Y esta vez me había faltado indignación. Sin embargo, se daban los elementos que hubieran debido ponerme fuera de mis casillas como nunca: mujeres indefensas, atroz sistema de matar, ensañamiento indigno... Me levanté de un salto.

—¿Se puede saber qué hacemos aquí, trasegando cerveza como dos gilipollas?

Garzón se quedó muy sorprendido. Me miró sin comprender.

—El inspector Fraile está redactando el informe y esperamos sus órdenes.

—Por mí como si quiere redactar la segunda parte de *Los hermanos Karamazov.* Vamos a ponernos inmediatamente en acción.

—¿En qué acción, inspectora?

—He dicho en acción, Fermín. Voy a pagar.

Nos fuimos de comisaría sin avisar a nadie, dirigiéndonos al centro del ayuntamiento de la calle Madrazo. Peinaríamos los bares de los alrededores, esperaríamos la hora de apertura del centro viendo si alguien se presentaba con anticipación. Cualquier cosa antes que permanecer allí en estado vegetativo. El mundo lo mueve la pasión y quien diga lo contrario es porque nunca la ha experimentado, con lo cual casi no tiene derecho a vivir.

4

El bar más cercano al centro cívico del ayuntamiento era un cuchitril donde sólo servían café. Lo regentaba un colombiano que tenía sin duda buena vista para los negocios. Su café era excelente y conociendo el placer que experimentan en general los pueblos hispanoamericanos con esta bebida (sólo superados por los italianos), todos los que acudían al centro hacían una parada en el local antes o después. El dueño era simpático y tenía ganas de colaborar, pero no recordaba a la víctima tras observar la fotografía que le mostramos, sólo cuando Garzón le dijo que quizá en una época había venido acompañada de un hombre español de cierta edad, se quedó embobado un instante y afirmó:

—Sí, me acuerdo de él. Era un hombre chiquito pero corpulento. Es que verá, inspectora, me acuerdo de él porque a mi bar no vienen muchos españoles. Somos pueblos hermanos, españoles e hispanos, pero debe ser en la distancia, porque cuando los hispanos venimos a la madre patria para trabajar parece que la familia no está tan unida. Me entiende, ¿verdad?

—Le entiendo a la perfección.

—Por eso me acuerdo de que un tipo español ya no jovencito venía por acá, pedía café y esperaba a una chica que salía del centro. Puede que no me acuerde de ella porque nunca entró en mi local, pero lo veía a él ir al encuentro de una chica y marchar. No sé si es el que busca usted.

—¿Hay algo que le llamara la atención de él, algún comentario que hiciera, algún rasgo personal?

—No creo que habláramos nunca, pero me fijé en que llevaba un anillo muy elegante, pequeño pero con un diamante que brillaba mucho. Lo llevaba en el dedo meñique. Hay hombres con anillos gordos y llamativos que les quedan muy feos. Éste no, éste era elegante y él parecía todo un señor.

—Si lo tuviera delante, ¿podría reconocerlo?

—Yo pienso que sí.

—La última pregunta sobraba —me soltó Garzón al salir—. No tenemos ni puta idea de quién es este tío y usted se comporta como si fuéramos a cazarlo pasado mañana.

Estaba de mal humor, quizá la imposibilidad de arrearse un chorizo prohibido en aquel bar lo había contrariado. Continuó renegando:

—Este caso del asesino en serie y la madre que lo parió empieza a no gustarme nada de nada. Vamos teóricamente en busca de un perturbado, como dice Fraile, que seduce a mujeres con la intención de borrarlas del mapa. Se comporta con sigilo, no da a nadie su número de móvil, pero luego nos enteramos de que va a un bar a cara descubierta y se deja ver por todo dios. Hay algo que no cuadra, inspectora.

—Tranquilícese, es pronto aún.

—Será todo lo pronto que usted quiera, pero también es posible que hayamos hecho una falsa hipótesis y estemos yendo en una mala dirección.

—Eso sería fantástico; al menos indicaría que vamos en una dirección, pero hay que mantenerse sereno, estamos en los prolegómenos.

—Dos mujeres muertas es un prolegómeno excesivo. Me compadecí de la primera víctima, una pobre funcionaria que vive sola, pero el caso de esta chica me saca de quicio. Que un mamón, que encima lleva anillo, masacre a una criatura tan indefensa es superior a mi aguante. Cogería a ese monstruo y lo apiolaría con mis propias manos.

—Le ruego que se calme, Fermín. Sabe de sobra que las actitudes vengativas están proscritas para un policía. La pasión debe ser desterrada de nuestro quehacer.

Le mentí sobre la pasión porque era necesario, y porque cuando quieres ayudar psicológicamente a alguien, el noventa por ciento de las veces debes mentir. La verdad es puro veneno para el equilibrio mental.

Media hora antes de que abriera el centro municipal empezaron a llegar los asistentes. Eran chicos y chicas hispanos de los que ninguno pasaba de los cuarenta. La foto que habíamos sacado del perfil telefónico de Aurora inició un periplo de mano en mano. Todos la habían visto alguna vez, pero de ahí a saber algo sobre su vida mediaba una distancia que no conseguíamos acortar. Sólo después de dos horas llegaron un par de chicas peruanas que reconocieron muy bien a la víctima y se declararon amigas suyas. Antes de decir nada, preguntaron qué le había sucedido. Para ahorrar tiempo tuve que mentir de nuevo e improvisé una desaparición; así las reacciones serían más contenidas. Nos desplazamos a una cafetería con ambas y allí procedimos a un interrogatorio que no debía aparentar serlo.

Según el relato de aquellas dos, Aurora era una delicia, una chica feliz y normal que trabajaba sin descanso para poder enviar dinero a su numerosa familia en Ecuador. Con su patrona, la señora Sistach, se llevaba bien. No tenía queja de ella: le pagaba el sueldo puntualmente y nunca se mostraba exigente o caprichosa. No se podía pensar en enemigos porque Aurora nunca hizo méritos para tenerlos. Simpática y agradable, su personalidad incitaba a la concordia más que a la enemistad.

—¿Y en cuanto al amor?

—Ella tuvo un novio —se precipitó a decir una de las chicas mientras la otra callaba y miraba hacia el techo—. Parecía que estaba enamorada y el novio también, pero al cabo de poco tiempo ella lo dejó. Resulta que el hombre no estaba dispuesto al matrimonio y Aurora ni pensaba en seguir con una relación sólo por el sexo o la compañía. Casarse con un español hubiera estado bien, pero el tipo no quería ni oír hablar del asunto.

—¿Dónde y cómo lo conoció?

La más parlanchina continuó dando información.

—Pues lo conoció por casualidad en un supermercado.

—¿Recuerdan en cuál?

—¡Ay, pues no! ¿A ti te lo dijo, Luz Eneida?

La otra negó con la cabeza.

—¿Y el nombre del novio se lo dijo?

—No, nunca me lo dijo enterito, sólo una vez dijo que se llamaba José —contestó en voz baja la silenciosa.

—Necesito que piensen en todos los datos que pudiera darles Aurora sobre ese hombre.

Luz Eneida me miró con sus grandes ojos oscuros y tristes:

—No está desaparecida sino muerta, ¿verdad, inspectora?

—Así es, su amiga ha sido encontrada cadáver. Sin duda, asesinada.

Luz Eneida se tapó la cara, su amiga estalló en un llanto histérico y escandaloso. Como no podíamos consolarla y los clientes del local no nos quitaban el ojo de encima, le pedí a Garzón que la llevara hasta al centro de nuevo y allí se asegurara de que alguien la atendía. Luz Eneida ni se movió. Miraba al suelo todo el tiempo. Le toqué el codo suavemente.

—Usted sabe algo más que su amiga, ¿verdad?

—Sí, algo sé. Aurora se sentía muy sola, era una romántica, una ingenua. Me dijo muy en secreto que había recurrido a una agencia matrimonial. Allí conoció a ese tipo.

—¿Qué agencia?

—No lo sé. Me dijo que si las cosas le salían bien y yo quería casarme, me daría la dirección. Yo le contesté que ni hablar, que sólo me casaría cuando me enamorara realmente. Nunca me pasó el nombre porque nada salió como quería. Al principio, el tal José la trataba como a una reina, aunque había cosas raras: no le dio su teléfono ni le informó de dónde vivía. Al cabo de un tiempo ella le planteó una relación más formal y él se esfumó en el aire.

—¿Le contó algo de él: dónde trabajaba, si estaba casado o era separado?

—Me dijo que era empresario y tenía mucha plata, nada más. Es que yo, inspectora, tampoco quería saber. Veía de lejos que aquello no iba a ninguna parte y me daban muchos nervios cuando Aurora ponía los ojos en blanco hablando de su amorcito. Se lo dije, se lo advertí, pero ella andaba feliz y contenta como una niña, hasta que se estampó. Yo estaba segura de que aquel hombre no era de fiar. Un día quiso presentármelo y yo me negué.

—¿El novio estaba de acuerdo en conocerla a usted?

—Pues pienso que sí, hasta habíamos quedado para comer en un restaurante, pero luego me arrepentí y deshice la cita. ¿Para qué quería yo conocer a aquel tipo? Si las cosas salían bien, ya tendría tiempo para saludarlo.

—¿Sabe si Aurora lo presentó a alguna de las chicas del centro, a alguien en general?

—Estoy segura de que no; era tan reidiota que no quería que nadie se lo robara. Así mismo me lo dijo, fíjese usted en la joya que creyó que había encontrado. Le juro por Dios bendito que nunca se me había pasado por la mente que pudiera ser un asesino. Un huevón sí lo pensé, pero matarla...

—Nadie pudo pensar eso, si es que fue él.

Me observó con furia y le afloraron en los ojos gruesos lagrimones que no le impidieron hablar:

—Todas acabaremos igual, inspectora. Venimos aquí a trabajar duro porque hablamos la misma lengua y aquí hay dinero que ganar. Somos países hermanos, ¿ya? Pero no le importamos a nadie. Los españoles nos desprecian, que estemos vivas o muertas les da igual. Atrapen a ese hijo de mala madre, por Dios se lo pido. Si ahorita lo tuviera delante yo misma lo liquidaba, aunque me pasara el resto de mi vida en una prisión.

—Lo atraparemos. Aquí tiene mi teléfono. Si se acuerda o se entera de cualquier cosa...

Al salir me di de bruces con el subinspector.

—¡Uf, esa chica se ha puesto fatal! Por fin he conseguido que se quedara un poco más tranquila con las demás mujeres. ¿Hay algo nuevo?

—¡Y muy importante, Fermín! Buscamos una agencia matrimonial. A lo mejor esto va a ser más fácil de lo que parecía.

—¡Joder, igual Fraile se cabrea porque no le avisamos al venir!

—Por mí, como si echa espuma por la boca.

No la echó, aunque quedó sorprendido de que hubiéramos tomado la iniciativa por nuestra cuenta.

—Pensé que me esperarían como les sugerí. —Evitó la palabra «ordené».

—Quizá hubiéramos debido hacerlo, pero esperar se nos da fatal cuando hay trabajo que hacer. De cualquier manera, los resultados han sido buenos.

—Los míos también —soltó enigmáticamente.

—¿Y podemos compartirlos? —pregunté con mala uva.

—¿En qué guerra anda usted, Petra, en la de sexos o en la de cuerpos policiales?

—Soy muy peleona, Roberto, así que cualquier batalla me viene bien.

—Pues le aseguro que a mí no. Necesito saber que mi colaborador no es mi enemigo.

—Y yo necesito saber que no soy un florero, inspector Fraile. Así que sírvase a no dejarme en el dique seco nunca más, esperando a que usted acabe de hacer algo.

Apretó las mandíbulas con fuerza, se puso colorado. Creo que por primera vez desde que lo conocía estaba cabreado de corazón. Noté que contaba mentalmente para alcanzar cierta serenidad. Permanecí impasible. Por fin dijo:

—Informémonos mutuamente de lo que hacemos. ¿Está bien así?

Tenía pintada en el rostro una sonrisa siniestra.

—Bien está.

—De acuerdo. Paso a informarles de lo que he descubierto. Hace unos meses, quizá antes, quizá al mismo tiempo que conoció a su novio, Aurora Retuerto había retirado cinco mil euros de su cuenta corriente. La dejó casi a cero, y en esas cifras se quedó. No figuran compras ni transferencias. Sacó el dinero en metálico.

—¡Joder! —exclamó Garzón—. Así que a nuestro hombre no sólo le interesaba el amor.

—Hay algo más. En la cuenta de Paulina Armengol falta la misma cantidad de dinero. La retiró ella misma en las fechas en las que estaba en relaciones con el presunto asesino.

—¡Joder! —reincidió Garzón en el taco—. Eso es raro de cojones —renovó la palabrota esta vez—. Que el donjuán se dedique a desplumar a sus enamoradas es un clásico, pero que les saque exactamente la misma cantidad… ¿es que trabajaba con tarifa, el muy cabrón?

—¿Quedó algo en la cuenta de Armengol? —pregunté.

—Más de diez mil euros.

—Pues no entiendo nada, señores. Díganme una posibilidad ustedes que tienen más graduación que yo.

—Es pronto para explicaciones. ¿Está de acuerdo conmigo, inspectora?

—En eso, sí.

—¿Qué les parece que hagamos entonces? —inquirió Fraile cargado de paciencia.

—Creo que debemos dedicarnos por entero al amor y al matrimonio.

Le expliqué el significado de mi frase contándole el interrogatorio de las dos peruanas y el descubrimiento de la agencia matrimonial. Inmediatamente después salimos hacia mi despacho aprovechando la coincidencia general sobre lo que debíamos hacer. El primer paso fue una ojeada previa vía internet y debo decir que fue un paso muy fértil. Estaba lleno de árboles, arbustos, matas, matojos. No había uno o dos nombres en la búsqueda de agencias matrimoniales, había mil o al menos eso nos pareció. Enseguida concluimos que adentrarse en aquel bosque sin un guía resultaría demasiado complicado.

Por muy extraño que pueda sonar, existe en Barcelona una delegación de Anarema que, a una letra de distancia de «anatema», es la Asociación de Empresas Matrimoniales y de Amistad. Nada más fácil que dirigirse a su sede y hablar con el presidente, que por cierto era una presidenta; aunque debo decir que ahí acababan las facilidades. A la presidenta le fastidiaba infinito que una agencia matrimonial estuviera relacionada con un crimen, quizá dos. Habló de reputación, habló de intrusismo profesional y sólo después de que la hubiéramos tranquilizado sobre la confidencialidad de las pesquisas, se avino a colaborar abiertamente y empezó a hablar:

—Ya pueden imaginarse ustedes que, después de la irrupción de internet, nuestro trabajo se ha complicado en extremo. Cualquier pelagatos puede abrir un portal de contactos sin ningún control, de donde la gente entra y sale dejando unos datos y unas fotografías que en la mayor parte de los casos no corresponden a la realidad. Un horror. Engañan a las personas que usan ese método de buena fe para encontrar pareja y, encima, se saltan cualquier tipo de legalidad porque no están constituidos como empresa, ni pagan impuestos ni nada de nada.

—¿Todas las agencias *on line* son así? —preguntó Roberto Fraile.

—No, todas no. Las hay serias y legales. Suelen ser internacionales y para acceder a ellas debes dejar unos datos personales fiables que se puedan comprobar. Tienen un *site* legal, y, teóricamente, quien se inscribe en sus listas está diciendo la verdad sobre sí mismo. Pero hablamos de teoría; luego en la realidad, el noventa y nueve por ciento de quejas que surgen en el sector vienen de ese tipo de agencias virtuales. Digamos que las agencias no virtuales tenemos un montón de clientes que vienen rebotados del mundo de internet. Es curioso porque, por un lado, nos perjudica esa competencia a veces fraudulenta, pero, por otro, ha cimentado las bases de nuestra fiabilidad. Y estamos muy orgullosos de eso, se lo aseguro.

—¿Cuántas hay en Barcelona?

—Agencias presenciales hay nueve, o por lo menos nueve están inscritas en nuestra asociación.

Aquella respuesta me tranquilizó. Nueve era un número asequible para llevar a cabo nuestra investigación. Sin embargo, lo que oí a continuación volvió a intranquilizarme.

—Claro que se han dado muchos casos de agencias presenciales de tipo pirata. Piensen que, en principio, para abrir una agencia de este tipo no hace falta una gran infraestructura. Y digo en principio porque las serias, como la que yo dirijo, tenemos una base enorme: buenas instalaciones, psicólogos, secretarias, fotógrafos, relaciones públicas... La mía es la mayor de España.

—¿Cómo funciona una agencia matrimonial? —inquirió con gran oportunidad Garzón.

—En la nuestra los clientes deben pasar por una serie de filtros. Los más importantes son una entrevista con uno de nuestros psicólogos y otra de tipo general para determinar sus gustos, aficiones, ingresos... Lo comprobamos todo y pasan a un fichero. A partir de ahí nosotros realizamos un trabajo muy complejo para ver quiénes son complementarios entre sí. Les proponemos una cita y ellos están obligados a decirnos si la cosa ha salido bien o no. Si la respuesta es no, hacemos nuevos intentos.

—¿Puede decirnos cómo funciona la parte económica? —intervine.

—Hacemos un contrato por una cantidad total que ellos van pagando una vez al mes. En el momento en que haya habido una cita satisfactoria, el cincuenta por ciento de la cantidad total pasa a nuestro poder, el resto se cancela como deuda. Si ésta se agotara con todos los intentos fallidos, el cliente debería suscribir un nuevo contrato. Si en medio del proceso el cliente decide darse de baja, no puede hacer reclamación del dinero que también pasa a nuestro poder.

—Así ustedes nunca pierden.

—Hacemos un trabajo y lo cobramos. El resultado final no depende en realidad de nosotros, sino de la subjetividad del cliente.

—No lo entiendo —afirmó el subinspector.

—Imagínese que hemos propuesto al cliente un montón de contactos bien trabajados y teóricamente ideales para él; pero, sin embargo, una cliente viuda busca a un compañero que le recuerde a su esposo fallecido o un cliente varón está esperando encontrarse con el *alter ego* de su mamá. ¿Qué podemos hacer nosotros? No se puede complacer el detalle subjetivo.

Garzón estaba tan interesado que olvidaba la investigación, siguiendo los caminos de su curiosidad.

—Pero en ese caso, se supone que ustedes les buscan a unos aspirantes que coincidan con las descripciones que ellos les dieron, y si les describieron a su mamá…

—¡Era sólo un ejemplo, señor! ¿Cree que los clientes lo cuentan todo, cree que se conocen a sí mismos como para saber lo que quieren en realidad? ¡Ah, si ellos supieran que inconscientemente andan buscando a su propia mamá, a lo mejor no necesitarían de nuestros servicios!

Devolví el interrogatorio a un contexto más policial.

—¿Puede decirnos de qué montantes económicos estamos hablando?

Se notaba que no le hacía maldita gracia contestar, pero no tenía alternativa.

—Nuestra agencia es la más cara, naturalmente, porque es la mayor y la mejor. La cantidad contractual son mil quinientos euros. Las mensualidades suben a doscientos.

—Eso garantiza gente de cierto nivel económico.

—No lo crea, inspectora. Hay gente que es capaz de pedir un préstamo para poder contratarnos.

—Deben tener un alto concepto del matrimonio.

—Tienen un alto concepto del amor, de la amistad, de la relación, de la compañía. Actualmente las personas buscan más eso que el matrimonio en sí.

Nos quedamos los tres callados, mirándola sin saber qué más decir. Fue aquella mujer dispuesta y práctica quien nos sacó del estado de casi estupefacción.

—Voy a darles una lista de las agencias. ¿Incluyo las de internet?

—Los ordenadores de las víctimas no han dejado rastro de ningún contacto.

—Eso no garantiza nada. Pudieron hacer el contacto desde un locutorio —dijo la directora muy segura de sí misma.

—¿Usted cree? —respondió un Fraile escéptico.

—Se han dado casos. Para cualquier cliente de una agencia la discreción y la exclusividad son básicas. En especial la discreción, se lo aseguro.

Abrió el ordenador, manipuló en él e imprimió una lista que le pasó a Fraile. Se quedó con una copia y empezó a comentarla:

—Las nueve primeras son las presenciales, con teléfono y dirección. Las demás son las fiables vía internet. Ésta es una plataforma europea. Estas dos se especializan en posibles esposas rusas. Esta otra en esposas hispanoamericanas. Luego está ésta, que se reserva para ejecutivos que no tienen tiempo para conocer a posibles esposos o esposas. Se les da todo hecho. ¿Les hago copia de las de tipo homosexual, de las de contactos esporádicos, de las de intención meramente sexual?

—Haga lo que quiera —respondió el inspector, francamente desmoralizado ante la avalancha.

—Muy bien. Ahí van todas, y cuando digo todas ya saben las salvedades que hay que hacer. Mañana por la mañana estaré en mi agencia. Les dejo mi teléfono y me llaman si quieren alguna aclaración.

—¿Puede acceder a los archivos de su agencia desde aquí?

—Sí, puedo mirar si el nombre de esas mujeres asesinadas figura en nuestras listas. Supongo que es eso lo que quiere.

Buscó, tecleó y, como nunca hay que contar con la suerte en una investigación, no aparecieron ni Paulina Armengol ni Aurora Retuerto en sus listas.

Salimos de allí como si hubiéramos sido alcanzados

por un gran chaparrón. Garzón era quien llevaba la ropa más mojada.

—¡Joder, quién hubiera podido pensar que sería tan complicado! Hay más variedad de agencias matrimoniales que de setas. ¡Y hablamos sólo de las legales! Porque si a la Retuerto o la Armengol les dio por escoger una agencia pirata y contactarla desde un locutorio como dice la señora, más vale que abandonemos desde ya mismo.

—Que algo sea difícil no significa que sea imposible —respondió Fraile.

—Es usted un hombre de fe, ¿verdad, Roberto? —pregunté.

—Soy un hombre de esperanza, Petra.

—La esperanza es lo último que se pierde —recurrió al tópico Garzón.

—O lo primero, depende del carácter que se tenga —adujo el inspector, y continuó muy serio—: Si yo no tuviera esperanza, les aseguro que me hubiera suicidado hace tiempo.

Cuando íbamos a subir al coche, Garzón me cuchicheó en un aparte:

—¿Qué ha querido decir?

—Ni idea —susurré.

Pasamos toda la tarde en comisaría, intentando poner orden en el berenjenal de los matrimonios, relaciones y amistades. Después nos repartimos el trabajo para el día siguiente. El comisario Coronas se acercó a vernos antes de marcharse. Quería comprobar cómo iban las cosas, pero, sobre todo, su visita buscaba reñirnos por no haber usado los servicios del operativo especial que se puso a nuestra disposición.

—Hemos usado a la Científica y los servicios informáticos por la vía de urgencia —se defendió Fraile.

—Pero no a las fuerzas especiales.

—No ha hecho falta, señor. No hemos entrado en fase de acción.

Paseó su mirada de jefe por nosotros tres con intención amenazante:

—Hasta el momento he conseguido parar la marea periodística. Prácticamente he ocultado los detalles principales de los dos casos y la obvia relación entre ellos. Sin embargo, no creo poder hacerlo durante mucho tiempo más. En cuanto la noticia del posible asesino en serie salte a los periódicos, quiero que pongan en funcionamiento a todos los operativos a su alcance, a todos, hagan falta o no. ¿Me han comprendido?: a los geos, a los tiradores de élite, al cuerpo de montañeros, al ejército si es necesario. Organicen un buen ballet, una película de acción. Es preciso que todo el mundo esté convencido de que estamos poniendo todo de nuestra parte.

Un resquemor flotaba en el silencio que se generó a su salida. A nadie le hace gracia que le suelten un sermón.

—¡Cojonudo! —dije por romper el hielo—. Quiere que montemos una película y que usemos todos los cachivaches que se han inventado para rodar: el *travelling*, la jirafa, la cámara al hombro... ¿Ustedes creen que un buen director consentiría en filmar así?

Roberto bajó la vista, cabeceó:

—El comisario hace su trabajo, inspectora, y además lleva razón: si estos casos adquieren relumbrón mediático, tendremos que dedicar una parte de nuestro quehacer a la galería.

Lo observé fijamente.

—¿Usted nunca se da una alegría, Roberto? Digo yo, beber una copa más de la cuenta, hacer un poco de crítica destructiva, poner a parir al jefe... no sé, las sanas expansiones habituales.

—Yo procuro vivir al día, inspectora, y poco más. Buenas noches, nos reunimos mañana para confrontar nuestras investigaciones. Si hay resultados positivos, llámenme inmediatamente.

Se fue, tristón y cabizbajo como de costumbre. Me volví hacia el subinspector.

—Este tío no tiene sangre en las venas.

—Es aburrido, Petra, y poco más. Lo que ocurre es que usted está acostumbrada a mi ingenio, a mi salero, a mi finísimo sentido del humor.

—Sí, eso será. Buenas noches, Fermín. Y aunque en este momento no añada ningún comentario gracioso, creo que sobreviviré.

Llegué a casa tardísimo, y supuse que Marcos estaría ya durmiendo. Sin embargo, oí que hablaba con alguien en el salón, una mujer. Al abrir la puerta, mi suegra, a la que había olvidado por completo, saltó sobre mí para abrazarme:

—¡Dichosos los ojos, nos visita el imperio de la ley! Ya pensé que me iría a la cama castigada sin ver a mi queridísima nuera. ¿Cómo estás, Petra?

—¡Bien, Elvira, bien! ¿Y tú?

—Bueno, sabes que soy capaz de resistir cualquier adversidad, y como no se me ha presentado ninguna, no he tenido que hacer ningún esfuerzo.

Recordé enseguida el estilo barroco de la madre de Marcos, su extenuante vitalidad, su simpatía, un poco extenuante también. Era alta, el pelo entrecano, y siempre iba vestida de modo elegante, con un punto de sofisticación. Me miró de arriba abajo:

—Tienes pinta de cansada.

—Lo estoy. Intentamos resolver un caso muy muy complicado. Algo que no suele presentarse en la rutina normal.

—¡Qué apasionante! ¿Me lo contarás?

Intervino Marcos rápidamente:

—Mamá, sabes muy bien que Petra no puede decir nada de su trabajo.

—¡Ay, hijo, Marcos, siempre tan aguafiestas! A lo mejor yo podía ayudarla con alguna sugerencia… A ver, Petra, ¿tú crees que podría ayudarte?

—Pues... sólo podrías ayudarme si hubieras recurrido alguna vez a una agencia matrimonial —dije riendo—. Ya ves lo variopinto que es este trabajo.

—¿Lo dices en serio?

—Completamente.

—Pues no entiendo nada.

—Ni falta que te hace, mamá. Yo creo que deberíamos tomar una copa de cava para brindar por tu llegada y marcharnos pronto a la cama porque Petra tiene que descansar.

Brindamos, y Elvira nos contó algo de su vida, recurriendo a su tema preferido: las relaciones con sus amigas, todas viudas, todas previsibles y aburridas, según la imagen que de ellas gustaba ofrecer.

—Son unas pelmazas, siempre hablando mal de sus hijos y bien de sus nietos. Lo brillantes que son, cómo triunfan en los estudios, hasta qué punto ellas han influido indirectamente en su educación. ¿Vosotros creéis que una mujer inquieta como yo puede aguantar semejantes palizas?

—¿Y por qué sigues saliendo con ellas?

Me miró con un punto de tristeza.

—¡Ay, Petra, querida, cómo se nota que no conoces la soledad forzosa! Las mujeres necesitamos contacto social cuando nos quedamos solas. Los hombres son diferentes: se casan de nuevo, se hacen ilusiones de ligar, pero nosotras no queremos volver a ver nunca más a un hombre de cerca una vez que enviudamos. Por eso nos reunimos y pasamos las horas charlando entre nosotras, aunque sea de bobadas. Es mejor que encerrarse con los recuerdos, incluso los buenos.

Procurando no profundizar en ningún tema, Marcos levantó enseguida la sesión. Elvira protestó un poco:

—Entonces, ¿no podré ver a mi valiente nuera en plan tranquilo?, ¿no podremos comer ningún día, ni cenar? ¿El trabajo me privará de tu compañía?

—Haré todo lo posible para que no sea así, te lo aseguro.

Con el pijama a medio poner, mi marido me dijo:

—Lo siento, Petra. Con la idea del cava he intentado acortar un poco la cosa, pero mi madre es tan torrencial... Muy bueno, por cierto, lo de la agencia de matrimonios, una perfecta salida por la tangente. ¿Cómo se te ocurrió?

—No sé, recursos que una tiene —contesté.

5

Sólo visitando Ángel, la primera agencia de nuestra relación, ya me resultó evidente que no sería bien recibida en ninguna de ellas. Aquel negocio tenía un aire de confidencialidad tan profundo que rozaba lo clandestino. Pero había algo más, la enorme sinrazón que supone comerciar con los sentimientos humanos envuelve a ese tipo de empresas en un halo de ilegitimidad. Proporcionar amigos, amantes o cónyuges a la gente es algo conceptualmente cercano al timo. Por otra parte, los directores de las agencias sabían que traficaban con materiales sensibles y temían al escándalo como al fuego. La presencia policial en sus sedes sociales era ya de por sí indeseable. Me daba igual, no pensaba mostrarme especialmente amable o condescendiente.

El director de Ángel, en un interrogatorio incómodo, quería saber a toda costa detalles del caso que investigábamos. Consiguió impacientarme y le pedí fríamente que me mostrara sin más dilación sus archivos de clientes para comprobar si las dos víctimas figuraban en ellos. Aún se pasó media hora dándome la tabarra sobre la máxima discreción que necesitaba para su trabajo y por fin se avino a que yo misma accediera al ordenador. No encontré ninguno de los dos nombres. ¿Ya habíamos terminado?

—No, necesito que me dé una copia de todas las fotografías femeninas que aparecen en sus archivos.

—¿Por qué motivo?

—Esas mujeres pudieron inscribirse con nombre falso.

—Eso es imposible, inspectora. Comprobamos rigurosamente todos los carnets de identidad.

—En mis años de experiencia he visto muchos carnets falsificados. Grábeme en este *pen drive* todas las fotos de mujeres, por favor.

—Puede comprobarlas aquí mismo, las fotografías no pueden salir de nuestra empresa.

—Creo que no se está usted dando cuenta de la gravedad de la situación. Investigamos un doble asesinato, si se niega a colaborar le acusaré de obstrucción a la justicia.

Me echó una mirada incendiaria antes de obedecer, y no fue la única que coseché en aquella mañana funesta. Los tres responsables restantes de las tres agencias que investigué reaccionaron exactamente igual cuando les pedí sacar fotografías de sus archivos. Estaba metiéndome en su sanctasanctórum, y eso les revolvía las tripas. Fraile y Garzón se habían encontrado con idénticas situaciones en las agencias que les había correspondido inspeccionar. Uno de los responsables le había soltado al subinspector: «Están ustedes jugando con el amor, y eso es algo importantísimo».

—Estos tíos son la leche, créanme. Si yo fuera presidente del gobierno, prohibiría las agencias matrimoniales. ¿Qué coño se han creído?

En cualquier caso, habíamos pasado por todas las empresas presenciales y lo único obtenido eran ristras de fotos femeninas que debíamos cotejar buscando la improbable probabilidad de que correspondieran a algún nombre falso.

—Tomaremos un par de policías que nos ayuden para seguir con la comprobación de las fotos —decidió Fraile.

—¿Y no vamos a comer? —preguntó Garzón de un humor más que agrio.

—Yo he pedido que me traigan un poco de comida de un restaurante chino. Vayan ustedes.

Todo el camino hasta La Jarra de Oro lo pasó Garzón soltando denuestos en general. Protestó contra las agencias amorosas, contra el inspector Fraile y contra la comida china muy especialmente.

—¡Pues ya puede este tío comerse todo el arroz chino del mundo, que yo me voy a zampar un menú bien español! ¡Cómo se puede comparar un buen cocido con unos fideos de Cantón! ¡Y encima rodeados de expedientes y trabajando en el despacho! Yo creo que este Fraile ha visto demasiadas películas americanas.

—Este Fraile es como es y mientras no nos obligue a seguir su plan de vida, habrá que aguantarlo.

—No nos obliga a seguirlo pero a mí me hace sentir culpable. Nosotros aquí zampando a dos carrillos y el tipo en comisaría dale que te pego con las fotos.

—La culpabilidad es opcional, Fermín.

—¡Un cuerno! ¡Y encima este jodido caso de los cojones que no hay por dónde meterle mano! Amor, amistad y matrimonio por vía subrogada. ¿Dónde se ha visto que una relación por agencia o internet pueda llegar a buen puerto? Yo me curré mis dos matrimonios a pie firme, y no tenía ni idea del perfil psicológico de mis esposas.

—No sea antiguo, por favor.

—Seré antiguo pero tengo sentido común. Esta sociedad es una mierda. Parece que la gente necesite de los servicios profesionales para todo, ya nadie es capaz de pensar ni sentir por sí mismo.

—¡Por Dios, Garzón, cómase algún chorizo que calme su ansiedad! Me está poniendo la cabeza como un bombo.

Comimos en silencio, y habiendo seguido el subinspector mi consejo en cuanto al chorizo, se mostró mucho más relajado. Al volver a comisaría, le llevamos a Fraile un café, el cual agradeció con una sonrisa desvaída. Me pasó los tres archivos de fotos femeninas que me tocaba cotejar. Los cargué en mi ordenador y empecé la tarea.

La infinita soledad de las mujeres se mostraba en aquellas caras. Tenían edades muy desparejas: desde veinte a sesenta. Más allá de los sesenta debe darse por supuesto que el amor ya no tiene cabida. Cada una había elegido una actitud para posar: pícara, sexy, recatada, infantil, seria y responsable, interesante, enigmática, pero en todas palpitaba la esperanza de encontrar compañía. Me pregunté qué era lo que las movía, de dónde sacaban el ánimo para usar aquel método tan impersonal y arriesgado. ¿La necesidad de encontrar un amor es congénita o todo se confabula para que los humanos la sintamos? La publicidad con sus fotografías de deliciosas parejas entrelazadas, los comentarios de la gente sencilla, la religión con su puñetero «creced y multiplicaos», el arte con sus idealizaciones amorosas, la literatura con las suyas... El amor es una inmensa tela de araña bien tejida, siempre dispuesta a atrapar a los insectos que, encantados, vuelan hacia ella para dejarse enredar. Suspiré. Dos mujeres como aquéllas habían encontrado la muerte en semejantes redes, una muerte absurda y brutal. Esperanzas de compañía que habían acabado en la soledad absoluta: una caja en el depósito. Algo se me anudó en la garganta, aquel caso empezaba a parecerme más desolador que cualquier otro que hubiera investigado.

Eran cerca de las nueve de la noche cuando decidí parar el trabajo. Me enfundé la gabardina y fui a comprobar qué tal les había ido a mis compañeros. Mal; ni Fraile, ni Garzón, ni ninguno de los policías que nos ayudaban, habían encontrado los rostros buscados.

—Yo no puedo más —dije—. Me bailan las caras y los rasgos. Mañana seguiré.

Garzón corrió en busca de su gabán.

—Yo también acabo mi jornada. ¿Se queda, inspector Fraile?

—Un par de horitas si acaso. Si me dicen en qué letra del alfabeto se han quedado, yo mismo completaré el cotejo de sus archivos.

—¿Está usted casado, Roberto? —me dio por preguntar una vez más. Fraile levantó los ojos de la pantalla, alarmado, y se quedó un momento mirándome con intensidad.

—Sí —musitó, volviendo inmediatamente al trabajo.

—¿Y no protesta su mujer por sus horarios eternos?

—No hay problema con eso —contestó sin levantar la cabeza—. De momento, vivimos separados.

Yendo a por nuestro coche, tuve que oír de boca de Garzón las mismas palabras que resonaban en mi mente:

—Así que de verdad está casado. ¡Nunca lo hubiera dicho, en serio! Siempre me había parecido que era soltero, quizá divorciado. ¿Y qué habrá querido decir con «de momento»? ¿Estará fuera su mujer por asuntos de trabajo? ¿Se habrán dado «un tiempo para pensar» como suele decirse?

—No sea tan cotilla, Fermín —le solté injustamente.

—Me intereso por la felicidad de mis compañeros, espero que eso no le parezca mal. Oiga, Petra, ¿por qué no le pregunta a Fraile algunos detalles?

—¡¿Yo?!

—Las mujeres están más dotadas para hacer y recibir confidencias.

—No cuente conmigo. Si su corazón está inquieto por la felicidad de Roberto Fraile, pregúntele usted.

Se despidió diciéndome que yo era como un cactus de los más pinchudos y yo le contesté que él era peor que las alegres comadres de Windsor, pero en triste; así que quedamos en paz.

Esta vez sí recordaba perfectamente que mi suegra estaba de visita, así que empecé a fingir una amplia sonrisa antes de abrir la puerta. La mirada que me lanzó

Marcos me hizo saber que mi fingimiento no resultaba demasiado verosímil.

—Lo siento, lo siento de verdad. Estoy hasta el cuello de trabajo, creedme. Hubiera querido llegar antes, pero…

—¡Pobre!, encima que vienes medio muerta, no pidas disculpas, por favor —exclamó alegremente aquella bendita mujer.

—¿Has cenado? —preguntó mi marido—. He preparado suficiente ragú para que sobrara. ¿Te caliento un poquito?

—No tengo nada de hambre. Mejor repetimos la maniobra del cava.

Mientras Marcos iba en busca de copas y botella, su madre se enzarzó en un monólogo que talmente parecía interior, sacado directamente de sus entrañas.

—Te aseguro que me encantaría ser una madre maternal, pero nunca he sido así, fíjate. Supongo que influye el haber dado a luz a tres hijos varones y ninguna niña. En muchas ocasiones me paraba a pensar y me decía: ¿pero qué hago yo con tantos hombres en casa? No había más remedio que mostrarse fuerte y enérgica, porque de lo contrario se me hubieran comido viva.

La observé con curiosidad. Puede que fuera parlanchina y entrometida, pero nadie la superaba a la hora de ser sincera. Continuó, bajando la voz.

—Creo que a causa de esa actitud mía Marcos se ha casado tantas veces. Buscaba a una mujer dulce y cariñosa, justo lo que yo no soy.

—Pues no sé si ha acertado conmigo.

—¡Bah!, que seas una aguerrida policía no significa que no palpite en tu pecho un tierno corazón.

Pasmada ante aquel estilo poético que no le conocía, di gracias a los cielos cuando Marcos volvió a entrar, pertrechado para la ceremonia del cava. Pensé que Elvira cambiaría de conversación, pero no hizo sino descontextualizarla.

—¡Todos buscamos lo que no hemos tenido! ¡Inmenso error!, porque al menos lo que ya tenemos lo conocemos bien y deberíamos haber aprendido a gestionarlo.

—¡Vaya!, os dejo cinco minutos y os descubro metidas en vericuetos filosóficos.

—Tienes razón, hijo, cambiemos de tema. ¿Cómo va el caso, Petra?

—Aún no estoy autorizada para comentarlo.

—¡Pues es un aburrimiento, la verdad! Estaba convencida de que vivir junto a un policía sería el colmo de lo emocionante y mira: ¡ni una palabra! Cuando vuelva a mi casa tendré que inventarme algo que pueda contar a mis amigas.

—¡Mamá, por favor! —exclamó Marcos cansinamente.

—Pero, Elvira, si tus amigas sólo comentan las gracias de los nietos, no te harán falta muchas aventuras policiales para desbancarlas.

—¡Ah, no, no creas que todas son así! Tenemos a Gabriela en el grupo. Gabriela es de origen italiano y vive en Barcelona. Aunque tiene mi edad, sigue al frente de su propia galería de arte. Se trata de una mujer genial. Ha viajado sola por todo el mundo y una vez hasta ligó con un maorí. Nos enseñó las fotos. Era un tipo moreno con el cuerpo pintado de mil rayajos, ¡el colmo de lo exótico! Estuvo a punto de casarse con él, pero el maorí no quería abandonar su tierra y ella no se veía viviendo en un país tan lejano. Lo abandonó, y aquel pobre hombre semisilvestre agarró una depresión de caballo. Creo que hasta tuvo que ir al psiquiatra. ¿Os imagináis a un maorí, con pinturas y todo, tumbado en el diván del psicoanalista?

—Mamá, Petra está muy cansada y quizá no le apetece oír las historias de tu amiga.

—¡Ay, hijo, eres un triste! De algo tendremos que hablar, ¿no te parece?

—¡Adelante, Elvira, adelante!

—No, si ya casi había terminado. Lo del maorí es lo más gordo que le ha sucedido a Gabriela; eso y no haber querido nunca contraer matrimonio. Suele decir que casarse debería ser un contrato renovable cada dos años, pero que como no es así, con ella que no cuenten.

Siguió disertando sobre las desventajas matrimoniales según el relato de su amiga, pero en algún punto me perdí y noté con horror que mi cabeza se había vencido hacia delante. No sé si mi suegra se dio cuenta, pero su hijo se levantó inmediatamente y me hizo subir a la habitación. Temo que quedé como una grosera.

La primera sorpresa del día siguiente en comisaría me la dio el policía que estaba en recepción.

—Inspectora Delicado, hay un cura que quiere verla.

—¿Un cura? ¿Está usted seguro?

—Va de negro y lleva una cinta blanca en el cuello. Será un cura, digo yo.

—Alzacuello.

—No me ha dicho el nombre.

—Alzacuello es como se le llama a la cinta blanca de los curas.

—¡Ah, pues eso!

—¡Por Dios bendito, Domínguez, hágale pasar!

Detesto la ignorancia, pero mucho más la falta de interés por salir de ella. Sulfurada aún por la presentación de Domínguez, pude ver por fin al cura propiamente dicho. Y lo era, sí, traje negro y alzacuellos incluidos. Párroco de la iglesia de la Misericordia, según me informó.

—Mi nombre es Higinio Civit. He estado hablando con la señora Sistach, inspectora. Lo de su chica de servicio ha sido terrible. No lo había leído en el periódico.

—Procuramos ser discretos sobre este caso para que no cunda la alarma social.

Un ramalazo de inseguridad me recorrió entera. Fraile nos había indicado que interrogáramos al cura de la parroquia a la que había acudido un tiempo Aurora Retuerto. Primero, desestimé esa opción, y después la había olvidado por completo. Si aquel hombre sabía algo importante quizá llegara a desear que la tierra me tragara por completo.

—¿Hay algo que quiera contarme, reverendo?

Creo que lo de «reverendo» le cogió a contrapié, quizá es un apelativo que se usa más en el mundo protestante.

—Quería contarle que Aurora me visitó tres meses antes de morir. Ya no venía a las actividades de la parroquia, había preferido, muy a mi pesar, el mundo laico que les ofrece a esas chicas el ayuntamiento.

—Sí, estoy informada de eso.

—En el centro al que acudía Aurora tuvo todo tipo de influencias que no resultaron beneficiosas para su alma.

—Reverendo —dije ahora muy consciente del término incómodo—. El estado del alma de la víctima ya sólo le interesa a Dios, quizá también a usted. Sin embargo, yo me ocupo únicamente de descubrir a su asesino. ¿Hay algo sustancial que deba saber?

Agrió el gesto, ya bastante agrio de por sí, y muy dignamente sentenció:

—Aurora salía con un hombre. Cuando me visitó dudaba de si debía contraer matrimonio con él. Quería mi consejo en ese sentido.

—¿Tiene datos de ese hombre?

—Más o menos. Dijo que tenía unos sesenta años y que era empresario.

—Sí, eso lo sabemos también. ¿Hay algo más?

—Dijo que se llamaba Armando y que estaba en el negocio de la construcción.

Conecté las antenas y empecé a escribir.

—¿Le dijo el apellido, el nombre de su empresa?

—No, estaba remisa a darme detalles. Le pregunté si era un buen hombre y me contestó que no estaba segura. Me contó que sabía poco de su vida anterior, que tampoco tenía la dirección de su casa ni su teléfono. Por supuesto le aconsejé que no continuara con esa relación. Tanto misterio me pareció que buscaba la ocultación de algo importante. Quizá estaba casado, quizá su actividad laboral no era respetable, ¡qué sé yo! Hoy en día se ven tantas cosas y esas chicas están tan indefensas, mire cómo ha acabado la cosa.

—Siga, por favor.

—Supongo que si tenía tantas dudas era porque ella misma veía algo raro en aquella relación. Por eso recurrió a mí. Si la señora Sistach se hubiera enterado de que andaba saliendo con alguien, hubiera sido capaz de echarla a la calle sin más explicación. Por eso no se me ocurrió en ningún momento comentárselo.

—Continúe....

—Ya no puedo seguir porque no sé nada más. Le di mi consejo, ella lo agradeció y se fue por donde había venido. No volví a saber de ella hasta...

—De acuerdo. Le doy las gracias por haber venido. Si recuerda algo más, no dude en volver.

Había sido bastante desabrida con él, nunca me mostraba tan hosca cuando un testigo se presentaba voluntariamente dispuesto a colaborar. Pero no podía soportar que les llamara «esas chicas» ni que presentara hacia ellas un determinismo que les negaba la posibilidad de vivir libre y felizmente como los demás.

Volé hacia la sala de juntas, donde trabajaban conjuntamente Garzón, los policías «prestados» y Roberto Fraile. Habían empezado a entrar en agencias virtuales de las denominadas «serias» y yo no pretendía sino llevarles más trabajo. Llamé aparte al inspector y al subinspector.

—Tengo dos datos más de fiabilidad media alta.

Les referí la visita del párroco, el presunto nombre propio del presunto asesino, su ocupación. Una incierta esperanza se dibujó en los rostros de los dos. Eran migajas de un pan al que no lográbamos dar forma, pero estaban hechas de la misma masa.

—¿Y qué hacemos con eso? Ya tenemos tres nombres del presunto asesino: Ignacio, José, Jesús... —exclamó Garzón.

—Para empezar, ponerlo en cuarentena. Pero les señalo que nunca nadie se había referido a su ocupación —dijo Fraile.

—Aurora pudo mentirle al cura —señaló el subinspector.

—¿Con qué objeto?, ya no tenía contactos con él y fue a pedirle consejo. ¿Qué hubiera podido inducirla a mentir? —objeté.

—Que el cura le diera buenos informes a la señora Sistach, por si acaso se enteraba de que tenía un novio.

—Es una posibilidad, pero improbable. En ningún caso le ocultó la parte negativa de la relación, el misterio que rodeaba al novio. Además, a los curas no se les miente.

—Cierto —admitió Roberto Fraile—. En ese caso, señores, y considerando que Armando no es un nombre de los más corrientes, y que viene enmarcado en el mundo de la construcción, habrá que incluirlo en las búsquedas de las agencias matrimoniales.

—¿Y de las empresas de construcción? —pregunté.

—Me temo que haya muchas, pero... sí, supongo que no se puede ignorar esa línea de investigación.

Garzón bufó sonoramente.

—¡Joder, nos estamos liando! ¿Ustedes se dan cuenta del currelo que eso implica?

—Pediremos refuerzos. ¿No nos han dado carta blanca en ese sentido? —adujo el inspector.

—¡Todo sea por atrapar a un asesino en serie! ¿Ustedes saben la fama que eso nos proporcionará? Nos subirán de categoría, nos condecorarán, los periódicos hablarán de nosotros como de héroes. Seremos un ejemplo para las nuevas generaciones de agentes. Estoy por gritar: ¡Viva nuestro querido asesino en serie! —peroré.

Fraile, que no sabía si hablaba en broma o no, me miró con censura.

—Supongo que no es todo eso lo que la incentiva para el trabajo.

Garzón le puso una mano en la espalda.

—Usted no conoce aún el extraño sentido del humor de la inspectora, pero ya se acostumbrará. Cuando resolvamos este caso, allá por el año dos mil cuarenta y pico, incluso le harán gracia sus comentarios.

Volvimos a repartir el trabajo de búsqueda en las agencias, esta vez, incluyendo a un Armando sin apellidos. En cuanto a las empresas constructoras, el primer acercamiento al tema que hicimos Fraile y yo estuvo a punto de disuadirnos del empeño. Había empresas de obra pública, de edificación, de cálculo de estructuras y proyectos, de repuestos, subcontratistas, especialistas... Y dentro de semejante crisol debíamos contar con el tamaño. Grandes empresas nacionales, internacionales, empresas medianas y empresas pequeñas, categoría que podía incluir a una sola persona en el organigrama, por ejemplo: un albañil que con un minúsculo equipo se constituía en empresa y hacía pequeños trabajos o chapuzas.

En el colegio de ingenieros nos pasaron un informe de nombres advirtiéndonos de que estaba incompleto. Parecía la lista de la compra de un hambriento. Por iniciativa mía, Fraile y yo nos metimos en un bar y pedimos dos cafés. Extendimos sobre la mesa los papeles. Aterrador. Ambos los mirábamos en silencio.

—¿Qué hacemos, inspectora, nos metemos en este marasmo o cerramos esta línea de investigación?

—No lo sé, Roberto, no lo sé. Ir a preguntar a toda esta gente por un tal Armando me parece una pasada, ni siquiera sabemos si es un nombre auténtico, pero si no lo hacemos…

—Estoy desanimado, Petra. En teoría, siempre hay puntos comunes entre las víctimas de un asesino serial y eso acota mucho el territorio. Sin embargo, aquí hay poco que compartan esas dos mujeres: la soledad, la brutalidad del propio asesinato, una carta con protestas amorosas y que faltan cinco mil euros de sus cuentas. ¿Qué se hace con eso?

—Desde mi punto de vista, tan desanimado como el suyo, deberíamos investigar en las empresas constructoras más grandes y olvidarnos de las demás.

—No creo que exista otra solución. Pero hacer eso y no hacer nada viene a ser lo mismo.

—Confiemos en el destino.

—El destino siempre tiende a deparar cosas negativas.

—Creí que era la persona más pesimista del mundo hasta que lo he conocido a usted. Pero me alegro de que esté desalentado. Al menos así compruebo que es humano.

—¿Antes le parecía que no lo era?

—Unas veces sí y otras no.

Sonrió tristemente, cabeceó:

—Soy humano, inspectora, demasiado quizá.

—Garzón y yo tenemos un método muy bueno para cuando nos asalta el desánimo en una investigación. ¿Por qué no se adhiere a él?

—¿Qué hacen?

—Nos emborrachamos. Salimos a tomar algo y cogemos una cogorza. Es como un bálsamo, créame. Al día siguiente estamos en plenitud de facultades y nos lanzamos al trabajo convencidos de que todo saldrá bien.

—Pero yo no suelo beber.

—Tómelo como una obligación.

—Lo pensaré.

Después de aquel tímido deshielo nos repartimos las siete grandes empresas de construcción que figuraban en el informe. Decidimos que las visitaríamos nosotros, cada uno por su lado, y dejamos que Garzón quedara al frente del equipo de buscadores en las redes del amor.

En la primera parada me di cuenta de que no estaba segura de a quién debía reclamar como interlocutor. Supuse que el jefe de personal sería lo indicado. Cuando hablé con él, que en realidad era ella, tuvo a bien corregirme antes de empezar cualquier conversación: no era jefa de personal sino de recursos humanos, y eso se debía a que en las empresas ya no trabaja el personal, sino las personas. El término «personal», frío y caduco, había sido erradicado. Estuve a punto de aplaudir. A lo mejor gracias a aquellos cambios sustanciales en el vocabulario los ejecutivos de la empresa conseguían una candidatura al Nobel de la Paz.

—Oiga, necesito saber si aquí trabaja o ha trabajado en los últimos tiempos un tipo que se llama Armando. Y no me pregunte el apellido porque no lo sé.

Después de las precisiones tecnicohumanísticas de las que me había hecho partícipe, mi pregunta, planteada tan a bulto y tan apeada de matices, sonaba poco profesional. Aún sorprendida y un tanto confusa, dio órdenes para que alguien comprobara aquel nombre propio en las listas de «personas». No hubo suerte.

Escenas muy parecidas se sucedieron en todas las constructoras a las que acudí, y en todas se producía un proceso siempre idéntico: el responsable a quien interrogaba delegaba automáticamente en un subalterno para que éste obtuviera la información. Quizá en las empresas modernas ya no existe «el personal», pero la jerarquía sigue manteniéndose incólume, pensé.

No, Dios no había llamado a los Armandos de este mundo por el camino de la obra pública o de la edificación. Ni uno, ni uno solo figuraba en las nóminas de aquellos gigantes empresariales. Había Pedros, Sergios, Agustines, Orioles y hasta Leandros, pero ni un maldito Armando sobre el que pudiera cargarse una mínima sombra de culpabilidad. Debía estar volviéndome loca, ¿la aparición de un simple nombre hubiera sido suficiente para calmar mi ansiedad, aunque no denominara al asesino? Sí, cualquier cosa antes que permanecer varados en la arena como barcos viejos y astillados.

Debo decir que, después de aquellas estúpidas horas de trabajo, me encontraba extenuada y, sobre todo, de pésimo humor. En cuanto vi a Fraile sentado en una silla, le pregunté con la mirada y él negó gestualmente, sin añadir nada más.

—¡Día perdido! —exclamé—. ¿Qué tal les ha ido a los buscadores amorosos?

La voz de Garzón, que entraba, me contestó desde atrás:

—Uno de los policías encontró a un Armando entre las agencias de internet. Me puse en contacto con ellos, comprobé la identidad. El tal señor murió hace dos años. Me he quedado con la curiosidad de saber si consiguió casarse y dejó viuda.

—No estoy para bromas, subinspector. Dígales a todos que pueden irse a casa, tienen que descansar. Y nosotros también. Estoy hasta las narices de Armandos, Retuertos y Armengoles. Mañana quizá veamos las cosas con más optimismo. ¿Alguien puede llevarme? Le he prestado el coche a mi suegra para que haga turismo por Barcelona.

—¡Yo mismo! —se ofreció mi compañero habitual.

—Quizá yo me quede un rato para completar alguna de las listas —dijo Fraile. Lo miré sacando chispas por las pestañas.

—¿Pero está usted agilipollado o qué? Llevamos días siguiendo pistas que no llevan a nada, este caso es una puta mierda que no se puede aguantar y a usted sólo se le ocurre trabajar un poquito más, siempre un poquito más. ¡Haga el maldito favor de venir a tomar una copa con nosotros y deje de jugar a Sherlock Holmes!

Hubo un silencio estremecido. Vi que Garzón entornaba los ojos como si esperara el estallido de una bomba. Entonces oímos que Roberto Fraile decía mansamente:

—Está bien, voy con ustedes.

Me había sorprendido a mí misma con aquella andanada categórica; tanto que no se me ocurrió adónde podíamos ir a tomar la copa exigida. Improvisé:

—En la esquina de mi casa hay un bar que no es demasiado asqueroso.

Me obedecieron como si fueran mi guardia personal. En el coche nadie osaba decir una palabra. Garzón aparcó donde pudo y los tres nos dirigimos en formación hacia el bar. Nos sentamos junto al amplio ventanal. Antes de que Fraile pudiera pedir un zumo de fruta, ordené:

—Tres gin-tonics bien cargados, por favor.

—¿Algo para picar? —preguntó el camarero.

—¡No! —afirmé con fuerza advirtiendo a Garzón de que no era momento de delirios charcuteros.

Hundimos los labios en la copa esférica los tres a la vez. El trago me supo a gloria divina. Suspiré:

—¿Tienen algo que contar o vamos a coger la tajada en silencio?

—Yo estoy escandalizado —soltó el subinspector—. He estado navegando por las agencias especialistas en mujeres rusas e hispanas y son un horror. Las anuncian como si fueran un género que hay que vender. De las rusas dicen: «Bellas, misteriosas, deseosas de tener un hogar feliz, se conforman con poco, dan mucho. ¿Quién no quiere tener una esposa así?». Repulsivo, créanme. Sólo falta que las pongan en las estanterías de un supermercado.

—¿Y qué dicen de las hispanas? —se animó Fraile.

—Con las hispanas es mucho peor, ahí no se cortan ni un pelo. Dicen que son exóticas, sumisas, cariñosas, recatadas, con gran sentido de la familia, deseosas de tener hijos y entregadas a ellos cuando los tienen. Para esas mujeres, el marido es el rey.

—¡Brutal! —dijo el inspector—. Está a un paso de los anuncios de prostitución. ¡Y eso es legal en internet!

—¡Todo es legal en internet! —casi grité—. ¿Y saben por qué? Porque no hay nadie que ponga coto. Se supone que es uno mismo quien debe marcarse límites, tener valores, sentido de la ética, humanidad... pero no, estamos en una época donde nada de eso importa un carajo.

—Suena un poco conservador —comentó Fraile.

—Yo misma me horrorizo cuando me oigo decir cosas así, pero lo pienso de verdad. Al principio, la religión controlaba al individuo, más tarde vinieron las convicciones morales y políticas, después un sentimiento de solidaridad universal. ¿Y ahora? ¡Ahora tenemos el rinconcito individual de internet donde cualquier descerebrado puede sacar sus instintos al sol guardando el anonimato! Estamos en caída libre, señores, no hay más. Y si asesinar por internet no fuera delito, la gente se lanzaría en tromba a liquidar a sus semejantes sin pensarlo dos veces.

—Bueno, Petra, está exagerando un poco, ¿no? —dijo asustado Fermín.

—¡Ni pizca! Usted mismo acaba de decirlo: mujeres que se ofrecen como ganado, eso es lo que hay.

—Aquí el inspector Fraile va a pensar que es usted una especie de moralista de Biblia y hoja parroquial.

—Ni lo uno ni lo otro, Roberto, puede estar bien tranquilo.

—Yo creo... —empezó Fraile pegándole un buen tiento a su copa— que la inspectora Delicado lleva razón en parte, pero que sus conclusiones son muy extremas:

no se puede vivir sin fe en el género humano. Vivir sin esperanza es algo terrible. También es necesario pensar que hay un futuro, que los malos momentos se pasan, que puede haber felicidad, que atravesamos una época que dará pie a otra mejor.

—Estoy de acuerdo con usted —dijo un empático Garzón—. Por ejemplo, en el caso que investigamos, todo parece estar en contra nuestra, pero estoy seguro de que sucederá algo que nos permitirá atrapar al culpable.

—Sí —solté sin pensarlo dos veces—, a lo mejor ese tipo vuelve a asesinar y ahí nos deja más pistas.

Mi ocurrencia generó un silencio estremecedor. Garzón pidió otra ronda para espantar a los espectros. Bebimos sin hablar, cada uno mirando los granos de pimienta o de cualquier otra porquería que la moda mandaba añadir al gin-tonic.

—Yo no tengo inclinaciones criminales, así que si estuviera permitido cargarse a cualquiera, no haría uso de mi prerrogativa. Sin embargo, si en vez de asesinar, no fuera ilegal arrearle a alguien un buen zambombazo, eso ya me provocaría más —deshizo la niebla el subinspector—. Por ejemplo, tengo una vecina muy mayor que siempre va con su perro a todas partes. El chucho es pequeño y esmirriado, pero en cuanto me ve, me ruge y me amenaza. Pues bueno, la señora no hace ni caso, tiene que pararse siempre saludando a la antigua: «¿Qué tal, señor Garzón, cómo van sus investigaciones, y su esposa, se encuentra bien su esposa? ¿Ha visto qué mañana tan soleada hace hoy?». Da igual que nos encontremos tres veces en un día, la buena mujer me repite la misma retahíla de preguntas, siempre exactamente igual, y el cabrón del perro gruñendo como si quisiera devorarme empezando por los calcetines.

—¡Usted a ese perro le atizaría! —exclamó Fraile, encantado como un crío con la historia.

—¿Al perro? ¡Qué va, el perro es una pobre alma de

Dios! ¡Le atizaría a mi vecina, zas, con un zapato en todo lo alto de la sesera!

Era un relato tan absurdo y surreal, tan poco indicado para el momento, que los tres nos echamos a reír como tres bobos. Nunca había visto reír al inspector Fraile. Le sentaba bien, tenía los dientes blancos y los ojos se le achinaban pícaramente. De pronto observé que mis acompañantes se interrumpían mirando a mis espaldas y oí el ruido de alguien que llamaba con los nudillos en el cristal. Era Elvira. Hizo indicación de que se disponía a entrar en el local.

—¡La cagamos, señores, mi suegra! —tuve tiempo de avisar—. No le cuenten nada de la investigación por mucho que pregunte.

Iba vestida de gala. Distinguida y esplendorosa, dio la mano en las presentaciones como una reina displicente. Se sentó sin pedir permiso.

—¡Es maravilloso poder conocer a los compañeros de Petra! ¡Nunca pensé que tendría esa suerte! ¿Qué tal, señores, tomando una copita después del servicio?

—Aquí estamos matando las penas —soltó el subinspector.

—¡Tres policías asesinos de penas, eso sí que está bien! ¿Qué han tomado? ¡Gin-tonic, perfecto! Me apunto yo también, y por supuesto esta última copa es invitación mía.

No nos dio opción a negarnos. Mirando a Fraile de reojo me dio la impresión de que le costaba fijar la vista en algo concreto. Sonreía todo el rato como un buda tontorrón. A aquellas alturas, debía llevar una curda de cuidado. Elvira nos contó que venía del Liceo. Había asistido a la ópera *El oro del Rin* y se explayó en los diversos éxtasis en los que había caído a lo largo de la representación.

—¡Wagner es mi perdición! —exclamó. Luego nos explicó la intensidad dramática con la que los cantantes habían hecho su papel, y el único rasgo de piedad que tuvo hacia nosotros fue no tararear ningún pasaje musical. Después, en un salto suicida, se lanzó a preguntar por el caso que nos mantenía tan ocupados. Yo opté por no contestar y Fraile hacía tiempo que estaba fuera de juego; fue entonces Garzón el encargado de echar pelotas fuera, diciendo cosas tan peregrinas como que matar estaba fatal y que la policía no ceja nunca en su empeño de perseguir a los criminales. Cuando Elvira estuvo harta de oír tanta chorrada, pegó el último trago resignado a su copa y levantamos la sesión. Yo subí a casa con ella mientras el subinspector se afanaba en llevar hasta el coche a un Fraile que se tambaleaba. Wagner, el gin-tonic y probablemente mi suegra habían acabado con él.

6

Me arrepentí de haber dicho aquello, diez, cien veces, mil, un millón. Aquella frase estúpida pronunciada sin pensar, sólo para ser graciosa, se había vuelto contra mí. «El asesino tendrá que asesinar de nuevo». Y bien, el falso deseo se cumplió. A las dos de la madrugada, en pleno sueño reparador, sonó el teléfono. Guiada por una intuición fatal, supe enseguida que nuestro querido asesino en serie había actuado otra vez.

La policía autonómica ya estaba allí, y el juez, y Garzón, y el forense, ¡y el comisario Coronas!, sólo faltaba Roberto Fraile, que no había podido ser localizado aún. La víctima era una mujer de unos cincuenta años, enfermera, que volvía del turno de noche. Apuñalada salvajemente y con la cara cortada. Esta vez el asesino se entretuvo menos en la infame mutilación. El cuerpo fue hallado en el portal de su casa, un inmueble del barrio de Sants. Coronas departía en voz baja con su homólogo de los *mossos d'esquadra*, graves y cariacontecidos los dos. Garzón me informó, casi en susurros:

—Es Berta Cantizano, jefa de enfermeras de obstetricia de Vall d'Hebron. Había salido del hospital y volvió en coche hasta aquí. Lo aparcó en su parking habitual, cruzó la calle, abrió el portal y, obviamente, el tipo la atacó. Pero estamos de suerte, hay un banco al lado y pensamos que la cámara de seguridad puede haber grabado imágenes, ya se la han llevado para procesar. Además, hay un testigo que al parecer vio salir al asesino del portal. Lo encontraremos en comisaría cuando lleguemos, listo para ser interrogado.

—¿No había carta de amor?

—Sí, como siempre, con esa mierda de «me has abandonado, eras la mujer de mi vida pero ahora te vas a enterar». También se la ha llevado la Científica.

—¿Hay algo más que deba saber?

—No encuentran a Fraile, debe estar durmiendo la mona de ayer, iba como una cuba, tuve que acompañarlo a casa. Su jefe está que trina. Habrá que decirle que anoche se encontró mal.

—Voy a enfrentarme a los comisarios.

—Que Dios se apiade de su alma.

Era el momento ideal para un primer contacto con Coronas. No se atrevería a abusar de su autoridad estando presente un colega de otro cuerpo. Sin embargo, ni él ni Elías Pinzón tenían ánimo beligerante. Al contrario, la pesadumbre que ambos sentían, y que los apaciguaba, saltaba enseguida a la vista. Saludé respetuosamente. Coronas cabeceó:

—¿Qué opina, Petra? Esto parece no tener fin.

—Ya lo he visto, señor. Es terrible.

—No conseguimos contactar con Roberto Fraile. Han ido a buscarlo a su casa. ¿Usted tiene idea de dónde puede estar? —preguntó Pinzón.

—Ayer no se sentía muy bien, lo cual no me extraña, los horarios que se impone van mucho más allá del deber.

Me miraron de hito en hito, como preguntándose si mi respuesta la dictaba la exactitud o la solidaridad. Siguieron intercambiando impresiones en mi presencia.

—Lo malo de esto es que a la prensa ya no la paramos esta vez. Aquellos chicos de allí son periodistas. No me pregunten cómo han llegado hasta el lugar del crimen porque no lo sé. No tendremos más remedio que abrir las compuertas del caso, ¿no le parece, Pinzón?

—Me temo que hay que hacerlo. Si seguimos ocultando los asesinatos en serie, nos privamos de la posibilidad de que algún ciudadano nos llame aportando datos.

—Eso es lo malo, joder, que llamarán todos los pirados de Barcelona, los lectores de novelas policiacas, los amantes de las series de televisión. Habrá que poner a alguien para que reciba todas esas oleadas de basura.

—Es lo que tiene este oficio, Coronas, hasta a la gente que no es morbosa le apetece saber quién mata y por qué lo hace.

—¡Si supiéramos eso, nos anticiparíamos a los crímenes! ¿No le parece, Pinzón?

La aparición de Roberto vino a interrumpir las filosofías baratas de los jefes. Estaba demudado, pálido y ojeroso como un alma recién salida del purgatorio. Se puso frente a su jefe y como a aquellas alturas había empezado a caerme bien, intenté anticiparme a una posible y fatídica confesión de resaca:

—¿Cómo se encuentra, inspector Fraile? ¿Le fueron bien los ibuprofenos que le di ayer? Justamente acababa de comentar que trabaja usted demasiado, y eso, al final, pasa factura.

El muy atontado me miraba con cara de despiste, aunque al final captó las circunstancias de la situación:

—Soy propenso al dolor de cabeza —acertó a decir.

—¡Más a mi favor! —exclamé.

Pinzón, algo mosqueado por mi preocupación sobre los hábitos poco saludables de su hombre, le preguntó:

—¿Ya está informado de todo?

—Me ha puesto en antecedentes el subinspector Garzón.

—Pues si el comisario Coronas está de acuerdo, yo creo que deben ponerse a trabajar ahora mismo, con dolor de cabeza o sin él. Aquí ya está todo hecho. Vayan recopilando resultados y a ver si resuelven este maldito crucigrama de una vez. Esto está llegando demasiado lejos.

Caminamos hacia un rincón.

—Quiero ver a la víctima —me dijo Fraile—. ¿La ha visto usted?

—Prefiero ver a los muertos en el depósito. Las escenas del crimen me dan pavor.

Lo acompañé, sin embargo, y abrieron la cremallera de la bolsa mortuoria para que pudiéramos descubrir el horror de aquel cuerpo. Haciendo de tripas corazón, yo también lo miré. Era espantoso, nuevamente los cortes desordenados en la cara, los navajazos en el estómago. La mujer llevaba un vestido floreado, una chaqueta de punto. Físicamente no tenía nada que ver con las dos víctimas anteriores; era alta y delgada, de huesos grandes. Se deducía que la sorpresa o el hecho de conocer a su agresor le habían impedido defenderse. ¿Qué era lo que paralizaba a las víctimas? No esperaban en ningún momento que su antiguo novio pensara en matarlas, pero, aun así, ni siquiera levantaban una mano para repeler los mortíferos golpes del cuchillo. Todas habían sucumbido como pajaritos, sorprendidas en un gesto de normalidad. Aquel maldito cerdo debía haber sido tierno con ellas durante la relación.

Fraile vino con nosotros a comisaría. Había orden de que todos los resultados de las investigaciones paralelas fueran enviados a mi despacho: autopsia, filmaciones... cualquier tipo de pruebas.

En un banco de recepción esperaba el testigo que vio huir al asesino. Era un hombre de unos treinta y tantos, se había dormido. El policía de la entrada me advirtió:

—Ha dicho que venía de una fiesta de cumpleaños. Como iba achispado decidió volver a casa caminando a fin de despejarse; pero para mí, inspectora, que no iba achispado sino curda del todo. Al poco de que los compañeros lo hubieran traído se durmió y mírelo, no tiene pinta de que vaya a despertarse.

Tuve que zarandearlo un poco para que saliera del sueño. Se sobresaltó, me miró como si yo fuera una aparición sobrenatural.

—Está en una comisaría, ¿recuerda? ¿Se encuentra en condiciones de testificar?

Como un gato después de haber comido, se pasó un eterno minuto restregándose la cara con el dorso de las manos.

—Sí, estoy bien —dijo sin mucha convicción.

—Venga con nosotros, por favor.

Lo llevamos a mi despacho.

—¿No tendrán un poco de café? —casi imploró.

Iba a decirle que la máquina aún estaba desconectada, pero Garzón fue en busca de una pequeña mochila en la que ni siquiera me había fijado y sacó un termo descomunal.

—Cuando me despertaron para venir, mi esposa preparó café para todos —explicó.

—¡Beatriz es un ángel! —exclamé, y fue la última exclamación que se oyó, porque tanto el testigo como Fraile se lanzaron en silencio sobre el vasito de papel como si fuera el líquido de la felicidad. Yo también bebí con avidez. Poco después, y bajo el efecto psicológico de tomar un reconstituyente, todos nos encontrábamos mejor.

—¿Puede decirme su nombre y ocupación?

—Me llamo Óscar Llimona y soy informático.

—¿Puede contarnos lo que vio?

—Ya se lo conté más o menos a sus colegas.

—Necesitamos la versión completa y detallada.

—Bueno, pues yo había salido tarde de trabajar y tenía una cena con unos amigos, de la que salí sobre las once y media. Luego también tenía que ir un rato a tomar una copa a casa de una amiga que celebraba su cumpleaños. Pasé por delante de la casa del asesinato.

—¿A qué hora?

—No me fijé mucho, pero entre ir a aparcar y todo el

follón... debían de ser las doce ya. Entonces vi a la mujer que salía de ese portal bastante deprisa y cuando se dio cuenta de que yo caminaba por allí, apretó el paso y bajó la cabeza. Me extrañó, pero no le di más importancia.

—¿Cómo era la mujer a quien vio?

—Pues no tengo ni idea, una mujer. Llegué a casa de mi amiga, la felicité, tomé una copa con todos los que estaban allí y pasadas un par de horas, me fui. A la vuelta, cuando iba a recoger mi coche, la policía ya estaba en la puerta. Me paré y pregunté qué pasaba. Me dijeron que había habido un asesinato en el portal y yo les conté que había visto a esa mujer unas dos horas antes.

—¿Está seguro de que era una mujer?

—¡Hombre, la vi de lejos, pero llevaba falda y tenía el pelo largo!

—¿Cómo era?

—¡Uy, eso sí que es difícil! Ya les digo que no lo sé. Me pareció alta, un poco mayor y el pelo lo tenía rubio chillón, como teñido. Pero no estoy seguro.

—¿A qué le llama usted un poco mayor?

—No sé decir, como ustedes, o quizá un poco más vieja.

—¿Qué más?

—¡Ni idea! Yo iba por la acera contraria a la suya y si no hubiera sido porque tuvo esa reacción rara de caminar más deprisa y bajar la cabeza, ni siquiera me hubiera fijado en ella.

—¿Cómo definiría esa reacción rara?

—Parecía como que quería escabullirse, evitar que yo la viera.

—¿Podría reconocerla si la tuviera delante?

—No.

—¿Había bebido durante la cena con sus amigos?

—Un poco, pero no daba el índice, ¿eh? Yo nunca conduzco cuando he tomado alcohol.

—Déjenos su dirección y su teléfono. Está obligado a

presentarse cada vez que le llamemos. También deberá declarar frente al juez.

Puso cara de resignación cristiana mal asumida y preguntó si podía marcharse.

Al quedarnos los tres solos nadie habló. Garzón volvió a llenar los vasitos de plástico con el café de Beatriz.

—¿Y bien? —pregunté en general.

—¡Una mujer! —resumió nuestra estupefacción Roberto Fraile.

—El testigo llevaba bebida en el cuerpo, más de la que está dispuesto a confesar, eso seguro. Además, era de noche y estaba a cierta distancia —puntualizó el subinspector.

—Pero parece muy seguro de lo que vio —afirmé.

—Está muy seguro de lo que creyó ver.

—¿Qué quiere decir con eso, Roberto?

—Que podía ser un hombre disfrazado.

Tardamos bastante en procesar su suposición.

—No entiendo por qué el asesino se disfrazaría de mujer.

—Para confiar a las víctimas, o para despistar a los posibles testigos como acaba de suceder.

—No tenemos elementos para mantener en pie esa hipótesis.

—Ciertamente es un poco arriesgada, pero el hecho de que llevara el pelo de un rubio llamativo, puede indicarnos que era una peluca.

—Veamos, Fraile —puntualicé—. Estamos ante el típico asesino que deja pistas de su actuación. Esas cartas de amor son la prueba. ¿Se molestaría en disfrazarse de mujer cuando en las cartas se declara varón?

—Pero, inspectora, en el caso de los psicópatas que establecen un juego de gato y ratón con la policía, hay elementos nuevos en cada pista que dejan, siempre intentan dar indicios que encaminen la búsqueda. Desean el riesgo, se burlan del contrario, quieren demostrar que son ellos quienes dirigen la partida. Sin embargo, esas cartas son siempre prácticamente iguales entre sí.

—¿Y entonces?

—Este asesino juega al despiste, sin más. Disfrazarse de mujer puede ser un elemento más del juego.

—Pues juega de puta madre —dijo Garzón—, porque despistados sí nos tiene. ¿Y si simplemente ignoramos la declaración de este testigo?

Me impacienté de pronto, salté como un resorte:

—¡Este caso es la hostia, créanme! Vamos a ciegas, cualquier hipótesis está basada en la nada. ¡Y ahora ni siquiera sabemos si el asesino es hombre o mujer! ¡Y siguen cayendo las víctimas!

—No se ponga nerviosa, inspectora —me aconsejó Fraile.

—Tiene que ser un tío, íbamos por el buen camino, señores. ¿Qué me dice de los testigos que vieron a las dos primeras víctimas con el novio misterioso? ¿Vamos a olvidar eso? Lo que tenemos que hacer es comprobar a todas las mujeres que viven en la casa de la enfermera. A lo mejor una alta y rubia salió por casualidad. En cualquier caso, el testigo andaba bebido —intervino el subinspector.

—Pero tuvo que pasar por al lado del cadáver, según las estimaciones del forense murió cerca de las doce —aseveró Fraile.

—Esas estimaciones no son milimétricas, y tampoco sabemos la hora exacta en la que la supuesta mujer salió a la calle —se empeñaba el subinspector.

—¡Basta, señores, basta! —grité—. Son casi las cuatro de la madrugada. Aún no tenemos acceso a ninguno de los informes periciales, a esta hora no podemos interrogar a nadie, y desde luego yo soy incapaz de pensar. Les propongo un sueño improvisado.

Se quedaron mirándome como si no entendieran mi lengua.

—Miren, ahí tenemos ese sofá, un poco desvencijado pero sirve, y quitando los dos cojines del respaldo, contamos con dos almohadas maravillosas. El suelo es muy duro, pero tiene la ventaja de la horizontalidad. ¿Nos jugamos a los chinos quién duerme en el sofá y quién en el suelo?

—¿Le parece indicado que nos durmamos?

—Es lo único que procede. A primera hora de la mañana empezarán a llegar datos y, si estamos hechos una mierda, no habrá dios que se aclare. Garzón, adjudicado el sofá por cuestiones de edad. Fraile, cierre la puerta con llave. Escriban un mensaje a sus familias para que no se alarmen porque no vuelvan a casa esta noche.

Se encogieron de hombros los dos. Me obedecieron. Busqué el cobijo de mi mesa y me tumbé debajo. Fraile apagó la luz. No sé si fue el cansancio o el cabreo, pero el caso es que enseguida me dormí.

Desperté gracias a las suaves sacudidas que Roberto Fraile me propinó en el hombro.

—Petra, vamos, ya se oyen ruidos fuera.

—¿Qué hora es?

—Las siete y cuarto.

Al incorporarme noté dolor en todos los huesos. Fui estirando lentamente brazos y piernas, arqueé la espalda.

—¿Ha conseguido dormir? —le pregunté a mi compañero.

—¡Como un tronco! Me siento mucho mejor. Tuvo una gran idea con lo de montar este campamento. Lo malo es el subinspector; no soy capaz de despertarlo.

—Déjeme a mí.

En efecto, Garzón parecía una estatua yacente. Con los brazos cruzados sobre el pecho y en perfecto estado horizontal daba pena descomponer su figura digna e impactante. Lo llamé acercándome a su oído:

—¡Fermín, despierte!

Era inútil, daba la impresión de haber pasado a mejor vida. Hice un gesto indicándole a Fraile que lo tomara de una pierna mientras yo lo asía por la otra. Estiramos de modo coordinado, así que el cuerpo del durmiente se desplazó hacia abajo con bastante brusquedad y él, inevitablemente, se asustó.

—¡Pero, bueno, ¿se puede saber qué coño están haciendo?! ¡Hace falta ser bestia, joder!

—¡No había manera de despertarlo, Fermín!

—¡Hay muchos métodos civilizados de despertar a la gente!

—¡Deje de renegar! ¿Qué quería que hiciéramos, darle a oler un chorizo? ¿Susurrarle: «Éstas son las mañanitas que cantaba el rey David»?

—¡Cualquier cosa antes que el estirón y tente tieso!

Por segunda vez desde que lo conocía, Fraile se echó a reír. Me alegré, era un auténtico triunfo.

—¡Venga, dense prisa los dos! Con un poco de suerte, tendremos tiempo de desayunar —los insté a ambos.

Pasamos por los lavabos y con una pinta más o menos presentable, corrimos al bar.

—Si el comisario pregunta por nosotros, dígale que acabamos de marcharnos a tomar un café —le advertí al policía de la puerta.

Nos sentamos en una mesa y ordenamos tostadas, cruasanes, bocadillitos variados y litros de café. Viéndonos cara a cara con calma era posible constatar los estragos que la noche había hecho en nosotros. Garzón era el que presentaba un aspecto más perjudicado. Estaba pálido y a su paso por los servicios, se había lavado la cara pero no había pensado en peinarse. Parecía Einstein después de una larga sesión de fórmulas relativas. Comimos con apetito, sin hablar. De pronto, Fraile dio muestras de sentido del humor:

—El sueño ha sido tan reparador que ni siquiera me acuerdo del caso que estábamos investigando.

—Pues yo me acuerdo perfectamente. El último testigo ha declarado que vio salir de la casa al presunto asesino y que era una mujer. ¡Una mujer!, ¿no te jode? ¡El puto informático debía ir como una cuba! —soltó un Garzón furibundo.

—No se obsesione con eso, Fermín. Ya veremos por dónde salta la liebre.

—En este jodido caso parece que todas las liebres sean cojas, inspectora.

Habíamos vuelto definitivamente a la realidad y ésta no era halagüeña. Nuestros rostros se ensombrecieron. Regresamos a comisaría y, al entrar, saqué un peine del bolso y se lo pasé al subinspector.

—Péguese un toque, Fermín.

Coronas acababa de llegar y quería reunirse con nosotros. Fuimos a su despacho. De su actitud había desaparecido la condescendencia del día anterior. Se le veía nervioso y preocupado.

—Ya sé que llevan horas sin dormir, pero no me queda más remedio que pedirles que continúen trabajando hasta la tarde. El comisario Pinzón y yo vamos a dar una rueda de prensa dentro de un rato. Se destapará la caja de los truenos y eso ya saben lo que significa: más presión. Periodistas, mandos policiales, políticos; a partir de ahora habrá que actuar con más discreción, pero hacer gestos de cara a la galería. Pondremos a un par de psiquiatras especialistas en perfiles paranoicos para que vayan diciéndole paridas a la prensa; eso siempre causa buena impresión. No se mencionará el nombre de ninguno de ustedes, pero si algún plumilla les preguntara algo, no lo manden directamente a la mierda, ya conocen las fórmulas: «Estamos en el buen camino» y «No se descarta ninguna hipótesis». Si hubiera que decir algo más sustancial, seré yo quien lo haga. ¡Ah!, y dadas las circunstancias, están autorizados también a añadir: «La cooperación entre ambos cuerpos está funcionando a la perfección». ¿Van entendiéndome?

Asentimos como tres colegiales reprendidos por el director de la escuela. El comisario continuó y, para lo que seguía, elevó un poco el volumen de su voz y el tono enérgico de su parlamento.

—Y ahora cosas más serias: quiero estar informado al minuto. Nada de dejar la redacción de los partes para el final del día. Echen mano de todos los especialistas que la ciencia policial pueda brindar y, sobre todo, quiero alguna actuación de las fuerzas especiales.

—Pero, comisario, eso es absurdo. De momento, éste es un caso de despacho, no de calle. ¿Para qué demonios vamos a utilizar a las fuerzas especiales?

—¡Petra Delicado! Usted no escucha nunca lo que se le dice, ¿verdad? ¡Hay que hacer gestos para la galería y dar carnaza a los periódicos! Para que la gente se cerciore de que ponemos toda la carne en el asador, las fuerzas especiales son lo más vistoso. Así que organicen si quieren registros peligrosos aunque no hagan falta, o hagan desfilar a los geos por el paseo de Gracia. ¡Lo que se les ocurra!, pero quiero ver fotos de tíos con metralleta y botas en el periódico. ¿He hablado con suficiente claridad?

—Meridiana, señor —saltó Garzón, temeroso de que yo pusiera alguna que otra pega.

Nuestra salida del despacho no fue triunfal. Lidiar con un asesino en serie y, encima, andar haciendo gestos para la galería podía resultar agotador. Por si eso fuera poco, debíamos mentir declarando que «estábamos en el buen camino». Nunca me había sentido tan perdida en ninguna investigación a lo largo de mi carrera. Jamás me había enfrentado con un caso tan endiablado.

Ocupamos nuestros lugares de trabajo. Garzón reclamó los informes periciales, pero no estaban aún preparados. Se consideraba las últimas horas de la tarde como el plazo más realista de entrega.

Hicimos una primera reunión y no hubo problema para que nuestros planes de tarea coincidieran por completo. El primer punto de interés era el hospital de Vall d'Hebron.

—¿Y la familia de Berta Cantizano? —pregunté.

—No hay tal familia —informó Fraile—. La víctima era viuda sin hijos. No tiene hermanos ni familiares más alejados.

—¡Característica común a las tres mujeres! Nuestro querido asesino en serie busca seres solitarios —exclamó Garzón.

—Si es cierto que contacta con ellas por medio de una agencia matrimonial, que sean solitarias no es demasiado extraño. No creo que recurran a esos servicios mujeres con una amplia vida familiar —aduje.

—Pero ¿tan solitarias? ¿Hay tanta gente sola en el mundo?

—Sí la hay, sí —dijo Fraile gravemente.

—Pues vamos a por los amigos y compañeros de trabajo —concluyó un Garzón que parecía pletórico de fuerza.

Al dejar la comisaría vimos que entraba gente ajena al lugar.

—Son periodistas —aseguró el inspector—. En dos minutos empieza la rueda de prensa de nuestros jefes.

—¡Dios nos coja confesados! —fue la exclamación clásica de Fermín Garzón.

En la puerta de la calle nos esperaba una sorpresa. Dos policías de las fuerzas especiales se presentaron con nombres y apellidos. Los miré de arriba abajo. No se habían ahorrado ningún elemento de la parafernalia oficial: uniforme vistoso, chaleco antibalas y metralleta al hombro.

—¿Van a atracar un banco? —pregunté.

—Tenemos órdenes de acompañarlos en sus desplazamientos, inspectora.

—En esta ocasión no va a ser necesario. No hemos detectado ningún peligro inminente.

—Nuestra unidad es también de prevención de riesgos, y ésa es nuestra función en este momento.

—Esto es absurdo. No les necesitamos en esta fase de la investigación.

—Nosotros cumplimos las órdenes que hemos recibido del comisario, inspectora Delicado. No puedo decirle más.

Fraile me tocó el brazo sutilmente. Se adelantó.

—De acuerdo. Síganos en un coche. Vamos al hospital de Vall d'Hebron.

Por mucho que hubiéramos acercado nuestras posturas personales, Fraile continuaba estando al mando de la investigación. Yo hubiera peleado, pedido audiencia a Coronas, intentado que nos quitara a aquel par de muertos de encima prometiéndole que más adelante los utilizaríamos. Fraile, sin embargo, estaba por la contemporización, por aceptar las órdenes, por transigir. Me cabreé profundamente, y mi actitud en el coche, mientras nos dirigíamos al hospital, lo dejaba ver muy a las claras. Estaba enfurruñada y Garzón, que me conocía bien, aprovechó la ocasión para meterse conmigo.

—La verdad, inspectora, no sé por qué le fastidia tener séquito imperial. A mí hasta me hace ilusión. Y luego está nuestra seguridad, naturalmente, ¿qué pasaría si tuviéramos que lanzar una o dos ráfagas de metralleta sin estar presentes estos chicos? Sería un compromiso del carajo, ¿no le parece?

—No tiene gracia, Fermín.

—Total... si se cansa de verlos les puede dar diez euros y que vayan a comprarse un helado.

—Me parece una irresponsabilidad que le apetezca bromear en estas circunstancias.

—Pero, Petra, si son órdenes no hay más remedio que cumplirlas —terció Fraile.

—Es que la inspectora es de una generación rebelde —se mofó el subinspector.

—¡Soy de una generación que suele analizar los hechos y a la que le jode hacer cosas absurdas porque sí!

—Vale, pero en su generación no había redes sociales y ahora sí. Cualquier descerebrado a quien se le ocurra escribir un tuit diciendo que en esta investigación la policía está escatimando medios, la puede liar —objetó Fraile.

—¡Pues me importa un comino que la pueda liar. Lo absurdo es absurdo, con redes o sin ellas! Y si tenemos que pasar desapercibidos en algún momento, ¿qué hacemos con los dos guripas disfrazados de guerra de las galaxias? ¡Joder, sólo nos falta un legionario tocando el trompetín!

Estaba genuinamente enfadada y el subinspector se mondaba de risa. Por su parte, Fraile no entendía en absoluto mi postura y tampoco el pitorreo de Fermín. Al menos no intentó volver a mediar entre nosotros.

Frente a la espantosa entrada principal de Vall d'Hebron tuvimos que esperar a que nuestros guardaespaldas aparcaran. Naturalmente, llamaban la atención de todo el mundo. Se dirigieron a mí:

—¿Qué hacemos, inspectora?

—Escalen la fachada —solté.

Di media vuelta y me interné en el hospital, dejándolos de piedra. Se quedó Fraile para darles las órdenes pertinentes. Supongo que se limitaría al típico: «Esperen aquí».

Transitando por aquellos kilométricos pasillos, el subinspector Garzón casi no podía caminar. Se caía de risa. No le hice el menor caso, pero Fraile no sabía a qué atenerse y lo miraba de vez en cuando con un punto de reprobación. A él le daba exactamente igual, reía como un bendito. Mi exabrupto de la fachada le había parecido genial. Sólo controló su hilaridad cuando estuvimos frente al director del centro. Fraile ya había hablado por teléfono con él y todo el mundo estaba informado sobre el asesinato. Nos llevó a la sala de enfermeras y allí aguardamos hasta que todas las del servicio que regentaba Berta Cantizano fueron presentándose para responder a nuestras preguntas.

Lo malo de la investigación de asesinatos seriales es que las pesquisas acaban por ser seriales también. Nos enfrentamos a una situación que ya conocíamos. El retrato caractericial que hicieron de la víctima sus compañeras era casi igual al de las dos víctimas anteriores: una mujer trabajadora, buena persona, excelente jefa pero muy reservada. Nadie tenía datos de su vida privada. Sólo sabían que era muy aficionada al senderismo, y que, en vacaciones o fines de semana, solía practicar esta actividad con dos amigas. No habían notado ningún cambio en su manera de ser durante los últimos tiempos y, desde luego, no tenían noticia sobre su vida sentimental. Topábamos siempre con la misma pared: «Muy reservada». ¿Eran las víctimas reservadas porque estaban solas, o estaban solas a causa de su falta de empatía social? Daba lo mismo, lo importante era que no soltaban prenda a nadie sobre sus circunstancias personales, al menos en sus lugares de trabajo. A la reunión con las enfermeras siguió otra con los médicos del servicio, inútil también. Preguntamos si Berta tenía algún lugar asignado en el hospital para guardar sus efectos personales. Tenía una taquilla de la que nos dieron la llave maestra. Nada interesante en su interior: una bata de repuesto y artículos de aseo. Todo continuaba igual.

Berta Cantizano vivía en un minúsculo ático. La brigada científica no había encontrado nada que mereciera una mención especial. El apartamento estaba en perfecto orden. Buscamos entre los papeles que tenía pulcramente archivados en el cajón de una cómoda: facturas, declaraciones de renta, fotografías antiguas

—Yo creo que estas mujeres no han sido asesinadas por ningún ser humano. ¿Ha pensado en la magia negra, en muertes telepáticas vía vudú? —dijo Garzón de vuelta en comisaría.

Hice un gesto desesperado como toda contestación. Entró Fraile con los informes. Por el modo displicente en que los echó sobre mi mesa, era obvio que no contenían ningún tesoro.

—Las llamadas del móvil corresponden al hospital, al supermercado, a una peluquería, a la Sociedad Senderista de Barcelona y a sus dos mejores amigas. El ordenador registra navegaciones por páginas de viajes y senderismo, también de enfermería y sector sanitario en general, de cocina y recetas gastronómicas. He hablado con ambas amigas, están al llegar. ¡Ah!, y para que no falte ningún detalle, hay una extracción de dinero de su cuenta corriente que asciende a cinco mil euros exactos. De hace tres meses.

En ausencia de una reacción espectacular por mi parte, el subinspector se creyó en la obligación de montar una pequeña representación teatral.

—¡Esto es inaudito, señores! ¿Cómo puede un hombre pasar por la vida de tres mujeres sin dejar una huella tras de sí? ¿De qué está hecho ese tipo, de aire, de humo?

Fraile cogió el testigo y en un tono mucho más comedido, afirmó:

—Se diría que el asesino es un perfeccionista, pero, sin embargo, deja en el lugar del crimen el móvil y el ordenador de las víctimas. Supongo que los vínculos amorosos que le unían a ellas hacen que confíe absolutamente en que no se puede encontrar su identidad en ninguno de los dos.

—Vínculos que las dos primeras víctimas rompieron por propia voluntad —aduje—. Además, todos sabemos que la confianza, por muy ciega que sea, siempre tiene su límite. ¿Cómo sabe el asesino que alguna de las víctimas no dejó escrita alguna descripción de su aspecto, o al menos su nombre completo?

—Quizá ese hombre las tenía encandiladas; más que eso, abducidas —aventuró Fraile.

—Les repito que estamos olvidando lo que vio el último testigo: quien huía del lugar del crimen era una mujer.

—¡No siga con eso, inspectora. Me pone de los nervios! El testigo estaba borracho y ya está. ¿Qué pinta una mujer en todo esto? Cambiarle el género al asesino va en contra de toda nuestra investigación, ¿no se da cuenta? —se alteró el subinspector.

—¡No somos artistas pintando un cuadro, ni autores escribiendo una novela! En ningún caso podemos descartar los detalles que vayan surgiendo, aunque estropeen la armonía del conjunto —me impacienté.

—Señores, por favor, ¡haya calma! Vayamos despacio, paso a paso. Las hipótesis no nos ayudarán.

—Por mi experiencia sé —dije con toda la tranquilidad que pude— que cuando no hay hipótesis no se dan resultados.

—Pues ya las haremos más adelante —intentó el inspector devolver la paz a nuestro trío.

Un policía abrió oportunamente la puerta.

—Han llegado las testigos. ¿Las llevo a la sala de interrogatorios?

—No, Domínguez, hágalas entrar aquí, estaremos más tranquilos.

Pepi y Elisenda. Más joven la segunda que la primera y mucho más emotiva: lloraba como una Magdalena. Lamenté que no hubiera agotado sus lágrimas en la intimidad, detesto las manifestaciones emocionales de los testigos. La mayor, sin duda coetánea de Berta Cantizano, tenía pintado en el rostro un gesto de dureza y resolución. Nos mostraron sus carnets de identidad, indicaron sus ocupaciones: Pepi trabajaba como cajera en un banco, la desconsolada Elisenda era cartera. Ambas solteras, ambas residentes en Barcelona, ambas aficionadas al senderismo. Practicando esa actividad habían conocido a la víctima. Las tres estaban inscritas en un club.

Como la más joven no cejaba en su llanto, intenté con ella el método inglés:

—¿Quiere que le traigan un té?

Negaba con la cabeza, regueros líquidos cayéndole por las mejillas. Reforcé el método foráneo con un detalle de mi invención que no suele fallar:

—¿Un whisky, entonces?

No falló. La testigo se quedó mirándome con cara de susto, se enjugó la cara y dijo:

—No, no, ya estoy bien.

Fraile les preguntó enseguida por la vida privada de Berta. Pepi guardó silencio. Elisenda, ya repuesta, empezó a relatar lo que sabía de modo un tanto inconexo:

—Nunca nos contaba mucho de su vida. Sabíamos que era viuda. Su marido murió hace años de un cáncer y la pobre lo pasó muy mal, pero ahora vivía feliz. Yo me hice amiga suya por el club de senderismo, claro, pero también porque a las dos nos gustaba guisar. Intercambiábamos muchas recetas. Ella sabía un montón, fue la que me dio la auténtica receta de paella valenciana, que ustedes ya saben que cada uno dice que es de una manera.

—¿Salían juntas?

—Pues yo pocas veces, pero alguna sí. Me invitó un par de sábados a comer a su casa para que probara las croquetas que hacía. También si alguna vez había estado enferma, me daba buenos consejos porque era una enfermera fenomenal. Y como senderista era estupenda. A pesar de que ya tenía una cierta edad se apuntaba a las marchas más difíciles y más largas y nunca se cansaba. Estaba en muy buena forma. Yo no salía más con ella porque tengo novio y, claro, muchos fines de semana me quedo con él.

—¿Les contó alguna vez que hubiera iniciado una relación sentimental, que tuviera algún novio o amante?

—¡Uy, no sé! No tenía tanta confianza con ella, pero me extrañaría porque alguna vez me había dicho que tuviera cuidado con el amor porque los hombres no son de fiar hoy en día. Ella se acordaba mucho de su marido y decía que en sus tiempos el matrimonio era más serio, que hoy la gente se conoce por internet o de cualquier manera y luego las cosas salen fatal. Pero yo a mi novio lo conocí personalmente en una discoteca, o sea que...

—¿Usted no tiene nada que añadir? —la interrumpió Fraile, dirigiéndose a Pepi.

Pepi se quedó un momento callada, me miró y me hizo un movimiento discreto con los ojos que enseguida comprendí.

—Creo que será mejor que lo hagamos por turnos, inspector Fraile. Por mi parte la señorita ya puede marcharse —intervine mirando a mi compañero con gran intensidad. Él tampoco tardó en comprender.

—De acuerdo. Por mi parte tampoco hay más preguntas. ¿Usted, subinspector?

Garzón negó con la cabeza. Tuve la impresión de que estaba medio dormido. La chica comunicativa se marchó y nos quedamos a solas con Pepi. No fue preciso preguntarle nada para que empezara a hablar.

—Quería estar a solas con ustedes porque no tengo confianza con nadie. Elisenda es muy buena chica pero parlotea demasiado.

—Sí, ya lo hemos visto —abundé para darle confianza.

Miró de través a Fraile y Garzón.

—Ellos también son investigadores, ¿no?

—Puede hablar con toda tranquilidad, llevan este caso conmigo.

—No quisiera tener que leer en los periódicos lo que yo les cuente.

Ni yo tampoco, pensé de todo corazón. La animé a continuar.

—La confidencialidad está garantizada por nuestra parte.

—Yo sí era bastante amiga de Berta. Salíamos con cierta frecuencia —se arrancó por fin—. Nos contábamos algunas cosas privadas; tampoco demasiadas, no crean, Berta era cerrada y más rara que un perro verde. Supongo que son cosas de la edad, todas nos volvemos raras al ir cumpliendo años. Ya lo comprobará, inspectora. Berta nunca superó la muerte de su marido. Estaban muy unidos y, al no tener hijos, formaban una pareja un poco aislada del mundo. Los primeros años después de la desaparición de Agustín, que era como se llamaba el marido, fueron de luto total; no salía, no tenía interés en nada... Luego se conformó y hasta tenía más libertad que cuando estaba casada. Eso les pasa a todas las viudas, lo reconozcan o no. Tomábamos nuestros aperitivos, hacíamos senderismo, a veces íbamos al cine. Hace como un año más o menos, fuimos a cenar a un restaurante para celebrar su cumpleaños. Estaba muy animada y muy contenta y la verdad es que, bueno, bebimos bastante vino. Al final fuimos a tomar una copa a un pub y allí Berta se sinceró conmigo y me contó que echaba mucho de menos la presencia de un hombre en su vida.

Bajó la vista pudorosamente como si le costara seguir. Intenté darle pie para que no se amilanara ni buscara demasiado las palabras convenientes.

—Pero dice usted que Berta había encontrado un buen equilibrio en soledad.

—No sé si está usted casada o no, inspectora, pero muchas mujeres que lo han estado siempre desean volver a tener un hombre con ellas.

—Supongo que se echa de menos la compañía.

—La compañía y el sexo —dijo con decisión y nos miró a los tres valientemente como si hubiera pronunciado una frase de importancia descomunal.

—Y el sexo, sí —comenté en tono neutral, restándole

importancia a la revelación. Esperaba que todo aquel largo preámbulo sirviera al menos para llegar a alguna conclusión. No quería, sin embargo, acelerar su ritmo ni imponerle mis pautas.

—Esa noche Berta me contó que iba a recurrir a una agencia matrimonial para buscar un hombre. No pensaba casarse a no ser que conociera a alguien con quien las cosas funcionaran a la perfección.

Pude oír cómo las gargantas de mis dos silenciosos compañeros tragaban saliva a causa de la emoción. Intenté disimular. Prosiguió su relato mirándome sólo a mí.

—Yo le dije que no lo hiciera. Todas tenemos una reputación y en el trabajo ese tipo de noticias vuelan: Facebook, internet... Pero ella me contó que le habían hablado de una agencia muy especial. No utilizaba internet, ni se anunciaba en los periódicos y ni siquiera daba los números de teléfono a los posibles candidatos a pareja. Ella dijo: «Discreción total y absoluta». Tampoco se podía telefonear a la agencia, todo se hacía por presencia real.

Agucé el oído y sí, los corazones de Fraile y Garzón también golpeteaban en sus pechos, exactamente al mismo ritmo que el mío.

—Le insistí en que la discreción total no existe hoy en día. En cuanto se descuidara, estaría en boca de todo el mundo. Ya podía imaginarse el tipo de comentarios: la viuda inconsolable necesita consuelo, busca novio y todo lo demás. Pero ella estaba convencida y repetía que sabía lo que estaba haciendo. La agencia se comprometía por completo a guardar el secreto, aunque eso tenía un precio.

—¿Qué precio? —la avasallé sin poder contenerme.

—Cinco mil euros a fondo perdido, encontrara pareja o no. Naturalmente le señalé que eso sonaba a timo y que se lo quitara de la cabeza. Entonces, inspectora, fue cuando me dijo que ya había estado en la agencia, que le había causado muy buena impresión y que el desembolso de los cinco mil euros ya estaba hecho. ¿Se da cuenta, inspectora? ¡Cinco mil euros tirados a la basura! ¡En beneficio de unos desaprensivos! Me puse como una moto, creo que hasta la insulté, aunque no me acuerdo muy bien. Ella reaccionó fatal, me soltó que la tomaba por una niña y una imbécil, pero que lo único que ansiaba era rehacer su vida o, por lo menos, pasarlo bien. Le pedí que reflexionara, me ofrecí a acompañarla a esa agencia para que le devolvieran el dinero y eso la puso más histérica aún. Me llamó de todo, pero lo que más me dolió fue que me acusara de tenerle envidia por estar ilusionada y ser capaz de hacer algo para conseguir cambiar su vida. Eso no pude soportarlo. ¡Que me llamara envidiosa a mí, que insinuara que no quería su felicidad! Era demasiado. Le dije: «Hasta aquí hemos llegado, Berta. Cuando se acabe esta historia, que acabará mal, no te diré que yo ya te lo había advertido. De momento, será mejor que dejemos de vernos un tiempo». —Se emocionó mínimamente por primera vez y guardó silencio. Yo estaba al borde del infarto.

—¿Y? —balbucí.

—Y ya ve cómo ha acabado. Estoy segura de que en esa agencia conoció a alguien que después la mató.

—¿Qué pasó después?

—Estuvimos un tiempo sin hablarnos. Tuve la tentación de llamarla muchas veces, pero como ella no lo hacía... al fin y al cabo la ofendida era yo, nadie me había tachado nunca de envidiosa. Al final, un día se presentó a una convocatoria de senderismo después de no haber aparecido por el club en mucho tiempo. Se acercó y me dijo: «Tú llevabas razón, la cosa no salió como yo esperaba». Le respondí: «Te dije que no haría ningún comentario y no lo haré. Olvidemos el tema». «Olvidado está», fueron sus palabras. Nos dimos un abrazo y retomamos nuestra relación de amistad. Sin embargo, a pesar del abrazo y los buenos propósitos ya nunca fue igual. Salíamos menos y cuando estábamos solas no sabíamos de qué hablar. Aquella historia de la agencia lo envenenó todo. Empezamos a vernos siempre con gente delante: Elisenda, otros excursionistas del club... No perdimos la amistad, pero ya no había confianza entre nosotras. Una pena.

—Continúe.

—No hay nada que continuar, ésa es la historia completa.

—¿Cómo se llamaba la agencia matrimonial?

—No lo sé, nunca mencionó el nombre.

—¿Le contó al menos si había conocido a algún hombre, si había tenido algún encuentro amoroso?

—Dijimos que el tema quedaba zanjado y zanjado quedó.

—¿Y usted no le preguntó nunca nada, ni siquiera un detalle de aquel tiempo en que no se vieron, aunque sólo fuera por curiosidad?

—No soy el tipo de mujer que anda curioseando en las vidas ajenas. Creí que, con lo que le he contado, ya se había hecho una idea de mi personalidad.

—En el periodo en el que rompieron su amistad, ¿tuvo usted noticia de ella por otras personas, alguien le comentó algo: un estado de ánimo de Berta, haberla visto en compañía de un hombre?

—No, nadie me comentó nada. Ella desapareció del mapa y, como todo era tan confidencial, dudo de que hablara del tema con alguien. En cualquier caso, yo no pregunté.

La hubiera estrangulado en aquel mismo momento, hubiera despedazado su cuerpo con los dientes. Garzón debía estar pensando lo mismo que yo, porque, saliendo de su prudente silencio, casi gritó:

—¡Pero no puede ser, algo tuvo que decirle, algún detalle, alguna precisión...!

—Todo sucedió tal y como les he contado. Si me hubiera dicho algo me acordaría, desde luego que sí.

—¡No es lógico, no es natural. Las amigas se hablan aunque surjan diferencias, sobre todo si después hay una reconciliación! —bufó el subinspector fuera de sí.

—Les he contado todo lo que sé —respondió Pepi sin alterarse.

—Tendrá que repetir la declaración frente al juez —puntualicé.

—Pues le diré lo mismo que a ustedes, no lo duden.

Le canté la vieja canción del «si recuerda usted algo, cualquier cosa por pequeña que sea...» y la dejamos marchar. Salió del despacho altiva y segura de sí misma, como una reina madre. Garzón se tiraba de los pelos.

—¡Hay que joderse! Nos dibuja un desplegable de la historia, pero no hay ni un letrero de orientación. ¡Seguro que se calla algo! ¡Ah, las mujeres! ¡Son malas entre ellas, rencorosas, perversas, se guardan las afrentas las unas a las otras de por vida, se desean lo peor! ¡Y luego dicen que si ellas gobernaran no habría guerras! ¡Joder, incendiarían el planeta en menos que canta un gallo!

—¡Pare el carro, Fermín! —salté al instante—. No aproveche la oportunidad para ponerse misógino. Una cosa es que esté usted nervioso, y otra que me suelte un discurso machista que no se puede tolerar.

—¡De acuerdo, Petra, puede que me haya pasado! Pero no me negará que la declaración tiene bemoles. En algún momento mientras hablaba creí que teníamos el caso solucionado, pero luego resulta que no tenemos nada, ¡nada! Y todo por la cabezonería de dos señoras. A una no le dio la gana de preguntar, y la otra tampoco le contó ni un carajo. Dos mujeres actuando sólo por orgullo.

—Pepi no tenía noticia de que iban a asesinar a Berta, y ésta no imaginó dónde se estaba metiendo. De todas maneras, le aseguro que esta mujer no se guarda ningún dato. A mí también me han dado ganas de patearle el hígado, pero ella no puede inventarse lo que no sabe. Es lo que hay.

—Que no tenemos nada es mucho decir —intervino Fraile—. Ha revelado cosas importantes. Ahora sabemos que el tema de la agencia es crucial, ahí palpita el corazón del caso. También sabemos que no se puede encontrar el nombre o la dirección de esa agencia por procedimientos convencionales. Y, gracias al testimonio de Pepi, podemos hacer una deducción trascendental: Paulina Armengol conoció a su asesino por vía de la agencia matrimonial y lo mismo sucede con Aurora Retuerto. Que faltaran exactamente cinco mil euros de las cuentas bancarias de la tres no es una mera casualidad.

—Todo eso son corroboraciones más que datos completamente nuevos —objeté.

—Pero tienen su matiz. Llegamos a pensar que el asesino mataba a sus víctimas para estafarles un dinero. Ahora sabemos que es esa misteriosa agencia quien lo cobraba por sus servicios.

—¿Eso significa que es la propia agencia quien asesina? —preguntó Garzón.

—Es una posibilidad.

—¿Con qué objeto?

—Para que esas mujeres no se fueran de la lengua después de haber observado actividades fraudulentas.

—En ese caso tendrían que matar a todos los clientes de la agencia, ¿o es que sólo había tres? —repuse.

—Quizá estas tres mujeres habían amenazado a los responsables con denunciarlos.

—Nada parece indicar que haya sido así. Las tres víctimas, dos al menos que sepamos con seguridad, habían salido con un contacto de la agencia y parece que después continuaron con sus vidas plácidamente.

—No podemos estar seguros de eso —afirmó el inspector.

—¡No podemos estar seguros de nada! —berreó

Garzón—. ¡Odio este caso y a nuestro querido asesino en serie, y a la madre que lo parió!

—Ha quedado claro, Fermín, no hace falta que meta tanta bulla —dije de mal humor.

—Son ustedes demasiado temperamentales —sentenció Roberto.

—¿Usted es más equilibrado? —pregunté con retintín.

—Voy paso a paso, no me descorazono con facilidad. Si me dejara comer la moral por los acontecimientos hace tiempo que estaría fuera de juego.

Aquella exhibición de paz interior me cabreó profundamente.

—¡Pues vale, tomamos nota! Pero si el subinspector Garzón odia a la madre que parió al asesino, está en su derecho de decirlo. Y añadiré algo más: yo odio a la madre de la madre que parió al asesino; es decir, a su abuela. ¿Algo que objetar?

—Estamos muy cansados. La noche pasada hemos dormido poco y mal. Mañana hay que levantarse pronto para volver a hablar con la directora de la asociación de agencias matrimoniales. Quizá ella sabe algo de ese supersistema de confidencialidad. Les propongo que dejemos aquí el trabajo hasta el día siguiente.

—¿Y el informe quién lo escribe? —apuntó Garzón.

—¡Por todos los demonios, el informe puede esperar! —exclamé.

—Yo lo escribiré —se ofreció Fraile, contemporizador.

—Si yo tuviera el mando de este caso... —empecé a decir algo que luego me guardé.

—¿Qué haría, inspectora? Vamos, dígalo —me animó Roberto.

—Le prohibiría absolutamente que ahora se pusiera a trabajar durante más tiempo. Nuestros jefes pueden decir misa. A ellos esta investigación sólo les toca tangencialmente. Lo único que se les ha ocurrido es ponernos de escolta a ese par de guripas disfrazados de bomberos. Pues bueno, deben de comprender que estamos hechos de carne y hueso y que la carne y los huesos necesitan descansar.

El inspector se echó a reír (nueva batalla ganada) y me miró afablemente:

—Es usted muy reivindicativa, Petra. ¿Y sabe qué le digo?, que su soflama me ha convencido. Vámonos todos a casa. Yo también. Mañana escribiremos el informe.

Confiaba en que Roberto Fraile no esperara de mí una felicitación por irse a descansar. Cuando estoy enfadada y exhausta no soy proclive a reírle las gracias a nadie. Y esa noche estaba rendida, cabreada, dolida con el azar que nos ponía pistas en bandeja para hurtárnoslas poco después. Di a todos las buenas noches y me largué.

7

Cuando llegué a comisaría por la mañana todo el mundo estaba felizmente en movimiento. Se notaba que ninguno de mis compañeros había tenido que desayunar con su suegra. Fue el mío un desayuno terrible porque, naturalmente, Elvira había visto la rueda de prensa de los jefes y se había tragado todas las tertulias televisivas que ya habían empezado a decir estupideces sobre los crímenes del asesino en serie. Los sinsentidos circulaban a tumba abierta. Según me informó mi suegra, las hipótesis de los periodistas no tenían desperdicio. Habían hecho un retrato perfecto que concordaba con cualquier película de serie B. El criminal era un psicópata despiadado que atacaba a mujeres solitarias porque quizá había sufrido un trauma infantil. Perfecto, ya teníamos el tópico servido, ahora sólo había que salpimentarlo con un poco de sordidez y devorarlo a pequeños bocados amarillistas. Después de hacerme aquel interesante resumen de prensa, Elvira entró al trapo sin dudarlo un segundo: «¿Por casualidad no estarás tú investigando este caso, Petra? Como se te ve tan atareada estos días». ¿Qué podía hacer, mentirle abiertamente? Era demasiado lista como para tragarse una negativa categórica. Bajé la vista y dije que aquél era un tema por completo confidencial sobre el que no estaba autorizada a realizar comentarios. Su reacción fue sorprendente:

—¡Qué ilusión, querida, estoy muy orgullosa de ti! Te diré que cuando mi hijo se casó contigo no me hizo demasiada gracia el hecho de que fueras policía. Pensé que había otras carreras profesionales más tranquilas y menos peligrosas. También tenía la idea, lo confieso, de que los policías cuentan con poco relumbrón social. Y ahora, mira, ahí estás llevando el caso de un asesino múltiple que tiene aterrorizada a la sociedad.

Con gusto hubiera hundido la cabeza en el café con leche, pero por cuestiones de protocolo familiar me limité a decir con cara de pena:

—Discreción, Elvira, discreción.

En la puerta de comisaría había varios periodistas que compartían el espacio con los dos agentes de las fuerzas especiales que seguían a nuestra disposición. Le pregunté a Fraile inmediatamente.

—¿Alguien ha filtrado que nosotros llevamos el caso?

—Hay periodistas en todas las comisarías de Barcelona, pero aquí hay más, como ven a los dos geos en la puerta…

—¡Joder, esos geos tienen que largarse ahora mismo con la metralleta a otra parte!

—Ya lo he intentado.

—¿Y?

—Los jefes dicen que se quedan donde están.

—¡Magnífico, vamos bien! En esta ocasión no hay que temer filtraciones, nosotros solos alimentamos al monstruito. ¿Ha visto lo que dicen por televisión?

—Dicen tonterías, como sobre cualquier otra cosa. No creo que debamos preocuparnos demasiado.

—De acuerdo, no me preocuparé, me limitaré a cabrearme. ¿Hay algo nuevo, Roberto?

Habían llegado los resultados de la autopsia de Berta Cantizano, pero no aportaban ninguna novedad. La víctima había muerto a la hora que se estimó en un principio, las heridas abdominales resultaron mortales y la desfiguración del rostro había sido menos lesiva que en los dos casos anteriores. Tampoco Cantizano había ingerido ninguna sustancia tóxica, ni siquiera un poco de alcohol.

Fraile me mostró también los resultados negativos de la inspección en el lugar del crimen. No había sido hallado ningún pelo ni muestra significativa que se pudiera analizar. Por último, me comentó el informe del psiquiatra. Coincidía casi por completo con las descripciones psicopatológicas que mi suegra había oído por televisión.

—El psiquiatra quiere hablar con nosotros.

—¿Para qué?

—Supongo que quiere darnos consejos para que no metamos la pata.

—¡Vaya por Dios! ¿Por qué no lo recibe usted, Roberto? No me siento con ánimo de que me den consejos.

—De acuerdo, yo estoy acostumbrado a tratar con ellos.

¿Debía pasar por alto aquel comentario, preguntarle por qué alternaba habitualmente con ese tipo de médicos? Mejor callar.

—Si le parece bien, mientras habla con el loquero voy a entrevistarme de nuevo con la directora de la asociación de agencias matrimoniales. ¿Qué está haciendo Garzón?

—El informe de ayer. Como usted insistió en que nos fuéramos todos a la cama…

—¡No puedo creer que me hiciera usted caso! Pensé que dijera yo lo que dijera, se quedaría trabajando un rato más.

—No soy tan raro, inspectora, el trabajo es importante para mí, pero también descanso de vez en cuando.

Le sonreí desvaídamente y me largué. Sí era raro Roberto, un tipo misterioso que nunca hablaba de sí mismo; lo cual en el fondo me parecía perfecto pues me eximía de corresponder con otras confidencias personales. Así debería ser cualquier policía, sin trastienda, ni pasado, ni intimidad; una máquina al servicio de la investigación. ¡Con razón nos encontraba vehementes a Garzón y a mí! Habíamos potenciado tanto el lado humano en nuestra relación policial que nuestro entorno parecía un patio de vecinos. Suspiré, ya no se podía volver atrás.

La directora de la asociación me recibió mucho peor que la primera vez. Eso es clásico, hablar con la poli puede resultar exótico al principio, pero cuando lo intentas de nuevo, el interlocutor suele tomarlo como un ultraje. Intenté ser concreta:

—¿Ha oído hablar de alguna agencia que no se publicite por internet ni en la prensa, de la que no existan datos concretos y que exija de sus clientes la presencia física para cualquier gestión?

No lo pensó ni un instante.

—Inspectora, cuando estuvo usted aquí le di todas las informaciones de las que dispongo.

—Bueno, pues ahora estoy aquí de nuevo y le hago una pregunta. Contéstela, por favor.

—No, no he oído hablar de una agencia así.

—Le ruego que piense antes de responder. Estamos frente a un caso muy serio. Supongo que ha visto o leído alguna información sobre los asesinatos en serie que están cometiéndose. Pues bien, sepa que ése es el tema que me mueve a hablar con usted.

Redondeó los ojos como dos circunferencias perfectas, se irguió en el asiento:

—¡Espero que esté segura de lo que hace, inspectora Delicado! Por un montón de razones estúpidas, entre ellas la incomprensión y la ignorancia de la sociedad, las agencias matrimoniales tenemos mala fama. Sólo falta que ahora nos inmiscuyan en un escándalo de esas proporciones para que salgamos escaldados. Le aseguro que es muy improbable que ninguna agencia matrimonial prestigiosa cobije a un psicópata. Ya le conté con sobrado lujo de detalles la selección de todo tipo que hacemos con nuestros clientes, la cual incluye largas charlas con psicólogos. No hay psicópatas asesinos en nuestros ficheros, créame.

—Pues estamos persiguiendo a un tipo que ha matado a tres mujeres y las tres habían solicitado los servicios de una agencia matrimonial. La cuota que pagaron a fondo perdido fueron cinco mil euros. ¿Le suena?

Nerviosa y agitada, se había levantado y miraba por la ventana. Vi que, de pronto, ponía cara de horror.

—¿Esos robocops vienen con usted? —preguntó casi chillando.

Me levanté y fui junto a ella. ¡Dios!, los dos geos me habían seguido y esperaban en la puerta del inmueble charlando amigablemente. La directora desató toda su furia contra mí:

—¿Qué es lo que quiere, que esto se llene de periodistas en cinco minutos, dar al traste con la reputación de un montón de buenos profesionales?

Más cabreada por la presencia de los policías que por los denuestos de la directora, eché mano de toda mi sangre fría y me senté.

—Hay algo que debería temer más que a los periodistas, señora, y es que el juez que instruye este caso la llame por haberse negado a contestar a mis preguntas.

Se sentó, tenía los ojos vidriosos, estaba al borde del llanto. Optó por mostrarse cansada, exhausta, victimizada, harta de la incomprensión del mundo.

—¿Qué quiere saber?

—Si existe alguna agencia de las características que le he expuesto al llegar, o al menos si ha oído hablar de ella.

—Sí, he oído hablar. Hace tiempo corrió el rumor entre los profesionales de que había una en Barcelona, pero nadie ha constatado que sea verdad. En Estados

Unidos sí existe ese tipo de agencia de confidencialidad total y, como aquí copiamos todo lo americano, no hubiera sido extraño que se hubiera intentado su implantación, pero no he sabido nada más. La cosa ha quedado en leyenda urbana, un simple rumor.

—¿Puede hacerme un favor?

Me miró como implorando clemencia. Le sonreí:

—Investigar entre todos sus colegas de otras empresas si han tenido noticia de esa agencia o agencias fantasma me llevaría mucho tiempo y trabajo. ¿Puede hacerlo usted por mí?

Asintió varias veces, seria y compungida.

—Claro, claro que lo haré. Me espanta pensar que una agencia matrimonial se encuentre involucrada en ese caso abominable. Si lo está, será mejor desenmascararla cuanto antes.

—¿Me llamará cuando sepa algo ya sea positivo o negativo; puedo confiar en usted?

—Sí, puede confiar —dijo con desmayo, pero recuperó ímpetu inmediato para añadir—. ¡Pero le ruego por lo más sagrado que...

—Procuraré no volver —la interrumpí—. Y si vuelvo, le aseguro que vendré sin los robocops.

Los geos me esperaban tan frescos en plena calle.

—¿Por qué me han seguido? —les pregunté.

—Pero, inspectora, ya sabe que tenemos órdenes de la superioridad.

—Pues por lo menos avisen de que andan detrás de mí. De lo contrario me siento como una sospechosa.

Soltaron una risotada, como un par de tontos. Puede que les hiciera gracia, pero a mí no. En cuanto puse un pie en comisaría pedí audiencia a Coronas, que enseguida me recibió.

—Comisario, le hablo muy en serio. La presencia de los escoltas especiales está poniendo en riesgo el éxito de la investigación.

—No sé a qué éxito se refiere, Petra. De momento no han tenido ninguno que la presencia de los geos pueda poner en peligro.

—Señor, usted no se da cuenta pero...

—Siéntese, Petra, por favor —me interrumpió—. Usted, quizá los otros investigadores también, creen que los jefes no nos enteramos de nada y que son ustedes quienes se enfrentan a todos los inconvenientes del día a día. ¿Voy bien?

—Comisario, esos hombres que nos siguen...

—¿Puede escucharme? ¡Es usted testaruda como una maldita mula! Lo que quiero decirle es que los jefes, entre ellos yo mismo, estamos recibiendo muchas presiones en este caso, muchas. Un asesino en serie no es algo que ocurra todos los días. La prensa, y aquí incluyo a la europea, los mandos máximos de la policía y los *mossos*, el ministro del Interior... todo dios se ha puesto a presionar. Pues bien, nuestra labor ha consistido en que ustedes, el equipo entero de investigación, se vea libre de tales presiones. No estamos acosándolos, ni exigiendo resultados en tiempo mínimo; no, los dejamos trabajar a su aire. ¿De acuerdo? Pues tenga por cierto que esa libertad de la que disponen la estamos propiciando nosotros. Quiero que sean conscientes de ello.

—Lo somos, señor, pero esos robocops que nos siguen...

—¿Cómo los ha llamado? —Se echó a reír de todo corazón—. ¡Joder, Petra, es usted la hostia en versos endecasílabos! Está bien, revocaré la orden de los robocops si mi homólogo de los *mossos* está de acuerdo. Se ha salido usted con la suya una vez más. Ahora regrese a sus obligaciones y deje de poner motes infamantes a las fuerzas de seguridad.

Se quedó tan campante, sonriente y feliz. Yo también estaba satisfecha. Sólo lamentaba que lo de los robocops no se me hubiera ocurrido a mí.

Garzón estaba en mi despacho. Me miró con desánimo.

—¿Qué pasa ahora? —pregunté intentando disuadirlo de una arenga fatalista.

—¡Coño, Petra! Cuando acabé de escribir el informe, Fraile me mandó que pasara revista a todo este material.

—¿Qué es?

—Los resultados de la ayuda ciudadana que se solicitó.

—Vamos mal. ¿Hay algo interesante?

—Un montón de memeces. Por ejemplo, nos escribe una señora diciendo que últimamente, más o menos desde que empezaron los asesinatos, ve a su cuñado muy nervioso.

—¿Y ya está?

—Eso es todo.

—Apuesto a que su cuñado no le cae muy bien.

—Pues todo son cosas del mismo jaez.

—La única ayuda ciudadana que podría servirnos es publicitar que buscamos una agencia matrimonial de tipo fantasma; pero eso no podemos hacerlo, alertaría al asesino de que estamos tras su pista.

—Sí, y además seguro que escribía la misma señora diciendo que sospecha de que el cuñado haya puesto una agencia clandestina. Aunque el tipo sea barbero, lo diría igual.

Lo miré sonriendo.

—¿Ha comido ya?

—Una pera que Beatriz me metió en el bolsillo al salir de casa esta mañana.

—Pues vámonos a La Jarra de Oro. Estoy harta de tanta investigación. ¿Avisamos a Fraile?

—He visto que le traían una hamburguesa de la calle.

—Allá él.

Éramos el primer turno de almuerzos en el bar restaurante, así que pudimos escoger mesa y pedir la comida en paz. Los dos estábamos cansados y hundimos los labios en la cerveza casi con desesperación.

—Es frustrante, ¿verdad, inspectora? Un psicópata matando por ahí y no conseguimos encontrarle el fallo para trincarlo.

—Déjese de psicópatas ahora. Estoy fatal. Tengo la sensación de que he abandonado a mi marido, de que he salido de mi propia biografía. Nos pasamos la vida trabajando. No leo un libro, no voy al cine, no ceno en ningún restaurante, ¡ni siquiera he tenido tiempo de hacerle caso a mi suegra!

—Bueno, eso último no creo que la torture demasiado, ¿verdad?

Solté una risotada.

—En cualquier caso se marcha mañana y esta noche vamos al restaurante con ella y los niños. Esta vez no puedo excusar mi presencia aunque se entregue el asesino con el cuchillo bajo el brazo.

—Pues deje el teléfono en casa, así podrá cenar tranquila sin que nadie la interrumpa.

—¡Hombre, eso es mucho decir!

—¿Por qué no me lo deja a mí? Yo miro quién la llama y, si es muy importante, telefoneo a su marido y él le pasa a usted el aviso. Si se trata de alguna gilipollez de comisaría, les contesto diciendo que está un poco indispuesta y que me dejen el recado a mí.

Lo miré sin salir de mi asombro:

—¿Estaría dispuesto a hacer eso por mí?

—¡Eso y mucho más! Por ejemplo, le voy a pedir otra cerveza porque ésa ya la tiene recalentada.

¡Mi querido Garzón!, por más que a veces renegara de él, en verdad nunca encontraría un hombre tan bondadoso y dispuesto a agradar. Sin duda el día en que se jubilara yo debería dimitir y dedicarme a otra cosa, a vender flores en las Ramblas, quizá.

Así lo hicimos. Le di mi teléfono antes de irme a casa. Era un plan bastante irresponsable, aunque perfecto en su simplicidad.

A las nueve de la noche en punto me presenté en casa dispuesta para la cena familiar. Marcos no podía creérselo. Estaba convencido de que no asistiría, al menos con puntualidad. Mostró dudas todavía:

—Seguro que te llamarán a media cena y tendrás que largarte.

—Eso no sucederá.

Le expliqué el plan de Garzón y se quedó bastante sorprendido.

—¿Estás segura de que puedes hacer eso?

—Estoy segura de que ya lo he hecho.

—No me gustaría que tuvieras ninguna complicación con tus jefes por culpa de mis cenas familiares.

—Por una vez en la vida, esta noche seré un ente completamente libre de deberes.

Cumplí mi palabra al pie de la letra y, justamente gracias a ello, la resolución del caso pudo avanzar.

Al entrar en el salón de casa descubrí un cuadro tierno. Elvira charlaba con sus tres nietos, sentados mansamente a su alrededor. Todos iban elegantemente vestidos, por lo que deduje que querían darle a la cena de aquella noche un lustre especial. Saludé y subí para cambiarme. Marcos entró en la habitación.

—Me temo que tenemos el patio un poco revolucionado.

—¿Por qué?

—Tu querido asesino en serie. Los chicos han encontrado noticias en internet y los he sorprendido comentándolas con mi madre. Van locos por saber si el caso lo lleváis tú y el subinspector.

—Tu madre lo sabe ya. Espero que sea discreta.

—Su fuerte no es la discreción. Estaba interesadísima oyendo las novedades que los chicos le pasaban.

—¡Bah, poco pueden saber!

—Le contaban que los crímenes tienen que ver con una agencia matrimonial.

Se me cayó de las manos el vestido negro que iba a ponerme.

—¡¿Qué?!

—¿No deberían saberlo?

—Ayúdame a subir la cremallera.

Me vestí en un santiamén y bajé precipitadamente al salón. Los conciliábulos familiares cesaron al verme llegar. Encaré a Teo, el primero a quien vi intentando evitar mi mirada.

—¿Puedes explicarme qué demonios es lo que habéis visto en internet?

Miraron todos a su abuela como buscando protección. La obtuvieron. Elvira me dijo casi con dulzura:

—Los chicos se han topado por casualidad con nuevas informaciones sobre esos terribles asesinatos.

—Estoy convencida de que ha sido una absoluta casualidad. ¿Puedes contármelo, Teo?

—Lo que he leído decía que la policía está investigando en el entorno de las agencias matrimoniales de Barcelona porque quizá el psicópata había recurrido a alguna de ellas. No decía nada más, sólo que lo estáis llevando todo con mucho sigilo.

—Entonces lo que me dijiste sobre las agencias matrimoniales no era una broma —soltó mi suegra.

—Dime exactamente dónde has encontrado esa información.

—Está en todas partes, Petra, hasta en las webs de todos los periódicos. Supongo que mañana lo publicarán —intervino Hugo.

—¡La madre que los parió! —exclamé—. Ha habido filtraciones.

Al tiempo que soltaba expresiones inconvenientes, pensé que quizá algún periodista me había seguido hasta la asociación de agencias e hizo después sus deducciones, que, aunque aventuradas, no dudó en publicar. Añadí muchas más inconveniencias en mi fuero interno.

—¡Estaba seguro de que tú llevabas el caso, Petra! —soltó Teo, completamente feliz.

—¿Cómo puedes estar tan seguro?

—¡No hace falta ser policía para eso! Si no lo llevaras tú, no te habrías cabreado tanto por las filtraciones.

Marina, que a pesar de su edad entendía casi perfectamente lo que estaba pasando aunque no por completo, preguntó:

—¿Qué son filtraciones, Petra?

—Vámonos a cenar. Supongo que habréis reservado.

Mi suegra, que quizá temía represalias por mi parte, se puso a trinar como un alegre pajarillo:

—¡Por supuesto que sí! Os invito al mejor restaurante de la ciudad. Me han dicho que se come de maravilla.

—¿Tienen pizza? —quiso saber Marina.

—¿Cómo pizza? ¡Qué horror! ¡Tienen comida muy refinada que te encantará!

Tomamos dos taxis y yo intenté calmarme y olvidar mi mal humor.

El restaurante era moderno y lujoso. Elvira pidió la carta de vinos y nos enzarzamos en la típica conversación de los nuevos españolitos: denominaciones de origen, añadas, tipos de uva... Al final, mi suegra nos sorprendió inclinándose por los cariñenas, que eran una opción novedosa y excelente.

—Estos vinos acabarán poniéndose de moda y marcando tendencia, ya veréis.

—La abuela es total —dijo Hugo muerto de risa—. Siempre os pasa por la izquierda a toda velocidad.

—Yo quiero beber coca-cola —soltó Teo.

—¡Ni hablar! —exclamó su padre.

—¡Ya somos mayores, papá!

—Justamente por eso. No se puede acompañar una buena comida con coca-cola.

—Pues, entonces, vino.

—Para eso aún no tenéis la edad.

—Mamá con su nuevo novio nos hace tomar un zumo de uvas que sabe a cuernos.

—Con nosotros os limitaréis al agua.

Murmuraron varios tacos por lo bajo. Marina se sumó a la protesta general.

—Mi madre no me ha dejado nunca ir a un McDonald's. ¡Todos los de la clase han ido menos yo! Hago el ridículo.

Me divertían las reivindicaciones gastronómicas de mis hijastros. Debían ser generales en muchos chicos. Las familias cultas y acomodadas habían hecho de la «dieta saludable» una religión políticamente correcta, y adherirse a la «comida basura» era quizá la única prohibición tajante que se imponía a los niños.

—Seguro que Petra come un montón de hamburguesas y bebe coca-cola cuando está en la comisaría —dijo Teo maliciosamente—. Es lo que sale en las películas americanas. Los detectives se hacen llevar comida grasienta a la mesa donde trabajan dentro de unas bolsitas de papel.

Pensé en Fraile y su costumbre alimentaria, puede que importada de las películas que habían salido a colación. Me defendí:

—De eso nada, querido. Como tú mismo dices, esas películas son americanas. Aquí es otro cantar. Os aseguro que el subinspector Garzón y yo pasamos a La Jarra de Oro todos los días y nos arreamos unas buenas alubias con chorizo.

—¡Pues vaya horterada! —exclamó Marina—. Por eso no atrapáis a los asesinos en serie y los americanos sí.

Los gemelos no pudieron reprimir las carcajadas ante la intervención de su hermana, y Marcos se enfadó:

—¡Marina, deja de decir estupideces! Lo que coma o deje de comer Petra en su trabajo no es un tema adecuado de conversación.

A mi suegra, inconveniente hasta la saciedad, no se le ocurrió nada más que decir:

—No le riñas a la pobre Marina; lo que ha querido decir es que los efluvios de una comida contundente quizá provocan un sopor que…

—¡Mamá! —la interrumpió Marcos entre frenético y escandalizado.

Hugo y Teo estaban al borde del colapso hilarante y yo no tuve más remedio que poner paz:

—Nadie ha demostrado que la ingesta de un buen puchero esté reñida con la resolución de un caso de asesinatos en serie.

—¿Nos contarás algo, Petra? —quiso aprovechar Hugo la ocasión.

—No.

—No son asuntos para niños —dijo mi suegra juiciosamente.

—Ni tampoco para mayores —concluí con la peor intención.

—¡Pues tendremos que enterarnos de todo por las filtraciones esas! —dijo Marina, demostrando cómo los niños más pequeños son capaces de meter el dedo en la llaga y tocar las narices a rabiar.

—¡Ya es suficiente! —reclamó su autoridad mi marido—. Será mejor que nos centremos en los platos que vamos a pedir.

Pedimos, y comimos, y la conversación no volvió a recaer en mi trabajo, si bien flotaba en el ambiente una contención que demostraba bien a las claras hasta qué punto el tema censurado seguía concentrando el interés de la asamblea familiar.

Al acabar, Marcos acompañó a los chicos a sus casas mientras mi suegra y yo nos dirigimos a la nuestra. Cuando llegamos, Elvira me propuso tomar un whisky en espera de su hijo. Acepté, y nos arrellanamos en el sofá. Yo tenía unas ganas locas de telefonear a Garzón para preguntarle si se habían producido novedades, pero retuve el impulso. Si él no había llamado, es que no había nada que comunicar.

—A pesar de que los chicos no son tuyos y de que ni siquiera son de la misma madre, todos juntos formáis una familia muy bonita —se arrancó mi suegra en plan laudatorio.

—Bueno, discutimos tanto que casi parecemos una familia tradicional —bromeé.

—He visto que Marcos se pone muy nervioso cuando te preguntamos sobre el trabajo.

—Suele ser un tema de disensión entre los niños y yo.

—Pero no es justo, Petra. Tenéis que comprender el punto de vista de los demás. Si tú fueras cirujana, por ejemplo, y te preguntáramos por la operación que acabas de hacer, seguro que no tendrías ningún inconveniente en facilitarnos todo tipo de detalles. Las personas de la misma familia tienen curiosidad por el trabajo del otro. Eso es algo normal; si encima eres policía, la cosa tiene un plus de...

—De morbo, quieres decir —la ayudé a terminar la frase.

—No te lo discuto, quizá es morbo; pero en cualquier caso, si vas leyendo cosas en los periódicos, las ideas que te formas pueden ser todavía más morbosas que la realidad.

Le pegué un buen sorbo a mi vaso, suspiré profundamente, la miré.

—¿Qué quieres saber, Elvira? Te contaré hasta donde pueda contar.

No se cortó ni un pelo, ni siquiera disimuló. Entró inmediatamente en materia:

—¿Qué es esa historia de la agencia matrimonial?

—Las tres víctimas recurrieron al parecer a una agencia matrimonial. Eso hace pensar que allí conocieron a su asesino. Lo que ocurre es que se trata de una agencia que garantiza la confidencialidad hasta tal punto que no se conocen sus coordenadas, funciona por el boca a boca.

—¿Y los teléfonos móviles de las víctimas, sus correos electrónicos...?

—Llevaron tan lejos la confidencialidad que no hay rastro de contactos en ninguno de los tres casos.

Guardó un profundo silencio. De vez en cuando bebía un poco de whisky. Miraba al vacío, volvía a beber. Pensé que estaba tan fascinada por la historia que era incapaz de reaccionar. De repente dijo:

—Creo que yo podría ayudarte, Petra.

La observé con severidad. No estaba dispuesta a llevar el asunto más allá de los límites de la lógica. Una cosa es que intentara saciar su curiosidad dándole unos mínimos elementos informativos, otra muy distinta que me prestara a jugar con ella al juego de policías y ladrones de modo infantil, quizá senil.

—Mira, Elvira, será mejor que dejemos aquí la cosa, ya te he dicho lo más importante.

—Pero es que ahora me he acordado de pronto de que mi amiga Gabriela recurrió hace un par de años a una agencia así.

Dejé de beber para mirarla con incredulidad.

—¿Qué quieres decir?

—Pues lo que digo. Gabriela nos contó a todas las amigas que había contactado con una agencia que ni siquiera te daba el teléfono. No quería casarse pero sí salir con alguien interesante como simple experiencia, es tan excéntrica la pobre Luego nos contó que había sido un desastre, pero que en el fondo se divirtió y no le importó perder el dinero que había gastado.

—¿Pagó una cantidad a fondo perdido?

—Creo recordar que sí, cinco o seis mil euros.

—¿Sabes cómo contactó con la agencia?

—Alguien le habló de ella.

Me había levantado de modo instintivo y colocado de rodillas a un paso de su rostro:

—¿Recuerdas cómo se llamaba esa agencia?

—¡Ni la más remota idea!

—Llama inmediatamente a tu amiga.

—Imposible, Petra. Está de vacaciones en un resort al sur de la India. No se llevó móvil para que su familia no la controlara. Hasta dentro de quince días no volverá.

La cogí del brazo, casi la zarandeé:

—¿Te dijo en qué hotel iba a estar?

—No me lo dijo, tampoco sé el nombre de la zona de India que pensaba visitar.

—¡Piensa, piensa un poco!

—¡Ay, Petra, me haces daño, me asustas!

—¿Las demás amigas de vuestro grupo pueden saber en qué hotel se hospeda o dónde está?

—Es posible que lo sepan las que viven en Barcelona, no lo sé. Pero es casi la una de la mañana, no voy a llamarlas ahora.

—Tienes razón. ¿A qué hora sale tu tren mañana?

—A las diez de la mañana.

—Pues no lo vas a coger.

—¿Ah, no?

—A las nueve estarás conmigo en comisaría. La policía te pagará otro billete cuando puedas marcharte.

—¿De veras? ¡Qué ilusión, Petra, qué ilusión!

En ese momento oímos cómo Marcos abría la puerta.

—¿Aún estáis de charla? —preguntó al entrar en el salón.

—No me voy mañana, querido —se lanzó Elvira.

—¿Ah, no?

—Tengo que ayudar a la policía en la investigación de los asesinatos en serie.

Lo dijo con tal orgullo y alegría, con tal ímpetu infantil, que no pude por menos que sonreír. La parte peor vino después en la cama. Tuve que contarle a mi marido los pormenores del caso y, cuando acabé, vi que se había dormido. Parecía obvio que era el único de la familia a quien no le intrigaban los asesinatos que pudiera investigar su mujer.

A la mañana siguiente me encontré a mi suegra en la cocina, perfectamente vestida y arreglada. Hasta me había preparado café. Estaba un poco sobrexcitada. Intenté desayunar en silencio junto a ella, pero no fue posible.

—¡Ay, Petra!, ¿tú crees que tus compañeros me aceptarán en el equipo?

—¡Por Dios, Elvira, tampoco vas a entrar a formar parte de la nómina!

—Ya lo sé, pero como se trata de un tema tan delicado y de tanto impacto mediático…

—¡No vas a ir a contarlo en televisión!

—¿A mis amigas podré contárselo?

—Sólo cuando hayamos atrapado al asesino.

—¿Y si no lo atrapáis?

—Elvira, me estás poniendo un poco nerviosa.

—¡Llevas razón, cariño; ya no hablaré más!

No es necesario decir que incumplió su promesa. En el trayecto hacia comisaría se explayó sobre lo conveniente y providencial que había sido conocer a mis compañeros la noche que nos cazó en el bar. Comentó como de pasada que esperaba que hoy que estábamos de servicio, nuestro índice etílico fuera más bajo. Cacé la directa al vuelo.

Aparqué a Elvira en mi despacho y fui a buscar a Garzón. Empezaba a estar impaciente por recuperar mi móvil.

—¿Tuve alguna llamada? —le pregunté.

—Un tipo que se llama Sebastián Comín la llamó. No quiso dejar recado. Dijo que volvería a llamarla hoy.

—No sé quién es. Ahora hay novedades importantes que quiero comentar.

Le pedí a Fraile que acudiera a una reunión y les di a ambos todo tipo de detalles sobre la posibilidad que nos abría mi suegra por santa casualidad.

—Que su suegra localizara esa agencia nos haría ganar un montón de tiempo. Nos evitaría además tener que recurrir a la colaboración ciudadana.

—No venda la piel del oso antes de haberlo cazado, Roberto. La amiga de mi suegra es al parecer un poco especial. Pudo estar bromeando cuando hablaba con ella sobre sus planes de aventura amorosa, pudo inventarse algo, pudo simplemente mentir. Además, aunque localizáramos esa agencia fantasma, ¿quién le dice que es la única en Barcelona?

—Dudo sinceramente de que haya dos.

—Crucemos los dedos entonces.

Elvira recibió a mis compañeros llena de muestras de estudiada cortesía. Más que en unas dependencias policiales, parecía alternando en un té de sociedad. La única arma que llevaba con ella era su teléfono móvil. Le pedimos que se sentara.

—Para empezar, es necesario que se comunique con la familia de Gabriela Beltrán para constatar que ella no se llevó su teléfono a la India. También es casi seguro que ellos sabrán en qué ciudad se encuentra y el nombre del hotel donde se aloja —le propuso Fraile muy dulcemente.

—Pues empezamos mal, Gabriela sólo tiene familia lejana.

—¿Sabe el nombre de alguno de sus parientes?

—Ni idea.

—¿Alguna de sus amigas puede saberlo?

—Quizá sí, pero lo dudo. Mire, ya se lo dije a Petra, quiero decir a la inspectora Delicado, Gabriela es una mujer muy independiente, muy díscola. A lo mejor es que se pasó toda su vida reprimida en un ambiente demasiado tradicional, pero el caso es que desde que empezó a envejecer, se puso el mundo por montera. Se niega a que la controlen, se va de viaje sin avisar ni a su asistenta, nunca deja la dirección de donde va a estar alojada... Es un alma sin freno.

Fraile se quedó de una pieza con lo del alma sin freno, confieso que yo también. El subinspector quiso organizar un poco la cuestión.

—De acuerdo, yo creo que deberíamos sentarnos y empezar a trabajar. Le instalaremos un altavoz en el móvil para que las conversaciones con sus amigas nos lleguen a nosotros también. Esté atenta a nuestras indicaciones por si debe preguntar algo especial. Y si no es estrictamente necesario no revele que se trata de una investigación policial.

—Estoy preparada —dijo como si se dispusiera a cruzar el Rubicón.

En todas las conversaciones con sus amigas de Barcelona debía preguntar fundamentalmente dónde estaba Gabriela. La primera comunicación no tuvo desperdicio.

—Cuca, ¿eres tú?

—Pues claro, ¿ya estás de vuelta?

—No, aún estoy en casa de mi hijo.

—¿Qué tal por la ciudad condal? ¿Has hecho visitas turísticas?

—Más o menos.

—¿La familia, bien?

—Sí, todos bien. Yo te llamaba porque...

—¿Has conseguido que tu nuera te cuente cosas de la bofia? Oye, a ver si me enchufa con sus colegas, porque me entraron a robar en casa y los polis no averiguaron nada de nada. Me da la impresión de que no pusieron ningún interés.

Elvira se volvió hacia nosotros, algo violenta, e hizo un gesto de simpática impotencia.

—Yo te llamaba porque necesito saber dónde está Gabriela.

—En la India. Hasta dentro de unos días no volverá.

—Eso ya lo sé. Pero necesito el nombre de la ciudad a la que ha viajado, o del hotel donde se queda.

—¡Ay, hija, y yo qué sé! A mí me dijo la India y nada más. El hotel era un resort monísimo, con unos camareros que llevaban todos un traje regional que parecían marajás. Me lo enseñó por internet.

—¿Y no recuerdas el nombre?

—No, sólo me acuerdo de los turbantes de los tipos, con una raya azul y otra plateada, una auténtica preciosidad.

—¡Qué bien, qué maravilla!

—¿Pasa algo, Elvira?

—¡Nada, nada!, quería comentarle una bobada.

—¿Qué bobada?

—Ya te la contaré cuando nos veamos. Ahora tengo que colgar.

Resopló para aliviar la tensión acumulada. Yo sentía cierta vergüenza ajena por el tono frívolo de la charla a la que habíamos asistido; luego pensé que así era mi suegra. Sus amigas formaban un grupo de mujeres de clase acomodada, casi todas viudas, todas con biografías que las habían protegido de las inclemencias de la vida, pero todas tan solitarias como cualquier otra mujer en la actualidad. Se reunían una vez al mes, jugaban a las cartas, iban a ver alguna exposición de pintura, se hacían compañía, poco más.

Continuamos llamando a la lista de amigas que Elvira consideraba posibles depositarias de los datos que buscábamos. Ninguna de ellas sabía el paradero de Gabriela, ninguna conocía datos de su familia. Todas, sin embargo, habían sido informadas de que se iba de viaje. Increíble, pero cierto. Elvira pidió ir al lavabo y en cuanto salió de la habitación, Garzón comentó:

—Lo de las mujeres es acojonante. Se la sopla la geografía. Viajas con ellas y nunca tienen ni puta idea de dónde están. Ni les importa un pito, además. A Beatriz le da igual Austria que Australia. Y si tienen que mirar un mapa o interpretar un plano ya es el descojone.

Supuse que con tanta floritura de tacos se resarcía de tener que cuidar su lenguaje frente a mi suegra. Al llegar ésta, reiniciamos los telefonemas, sin éxito ninguno. A media mañana me pareció que la pobre estaba exhausta.

—Hagamos una pausa para ir al bar —propuse.

La Jarra de Oro se le antojó de lo más divertido a Elvira. Preguntaba sin cesar si aquél era nuestro punto de reunión en las pausas del trabajo, y cuando supo que media comisaría reponía fuerzas allí, se sintió muy orgullosa por la confianza que le demostrábamos. Mientras bebía su café con leche comentó, dando por cierto en el clavo:

—Ustedes, señores, pensarán que mis amigas y yo somos una panda de viejas estúpidas. Ninguna de nosotras fue capaz de preguntarle a Gabriela detalles de su viaje. ¡Se ha ido a la India y en paz! Como si la India fuera un país pequeñito y abarcable. No les estoy sirviendo de ayuda. Me siento fatal.

Fraile salió al quite en un tono cariñoso que no le conocía:

—Nada de eso, señora. Lo está haciendo usted francamente bien. Es normal que no preguntemos el destino concreto de un viaje; a veces no se hace por pura discreción. Pero le aseguro que su colaboración tiene un valor incalculable para nosotros.

Mi suegra sonrió, yo casi me conmoví, Garzón puso cara de estar aguantándose la rechifla interior.

—¿Cuántas amigas de tu grupo nos quedan?

—Cuatro, las otras viven en Tarragona.

—Pues vamos allá.

Volvimos a la carga. Cuando sólo quedaban dos amigas a las que interrogar, saltó una pequeña chispa de esperanza. Una de ellas, llamada Sole, estaba más informada que las demás.

—¿Si sé en qué parte de la India está? ¡Pues claro que lo sé! Está en Goa, en un resort al ladito de la playa.

—¿Sabes el nombre del resort?

—¡No hija, no sé tanto! Pensé en preguntárselo, no creas, pero luego me dije que pensaría que quiero cotillear.

La última amiga no añadió nada nuevo. Fraile miró las notas que había tomado.

—Bueno, solamente tenemos el dato de Goa —dijo.

—Y que está en un resort al lado del mar —agregó el subinspector.

—Debe haber cientos de establecimientos de ese tipo.

—Tenemos otro dato más —comenté—. El servicio masculino va vestido de marajá y lleva una franja azul y otra plateada en el turbante.

—Pues ya tenemos por dónde empezar —declaró el inspector Fraile—. Utilizaremos tres ordenadores. Sólo espero que ese resort incluya imágenes de los camareros en las fotografías de su web.

—En alguna parte tuvo que verlas Cuca, ¿no? —dedujo mi suegra.

Se apoderó de nosotros una fiebre total. Nos distribuimos los ordenadores y mi suegra fue a sentarse en el sofá. Al cabo de media hora estaba dormida, había soportado mal la tensión de ser policía aficionada. A mediodía la dejamos marcharse a casa, pero prometió que volvería por la tarde. Así lo hizo, y se sorprendió muchísimo de que aún no hubiéramos encontrado nada. Se colocó junto al ordenador de Fraile y allí se pasó las horas mansamente. Sólo cerca de las siete, Garzón cantó victoria: Hotel Resort Magic Nights. ¡Ya lo teníamos! Nos agolpamos frente a su pantalla y pudimos ver las idílicas fotografías del atardecer en las playas de Goa, los lujosos salones del hotel, las rutilantes piscinas y sí, allí estaban las imágenes del personal masculino: todos con sonrisas de dientes blancos, todos con rostros de brillantes pieles morenas, todos ataviados con el traje típico y un turbante de dos franjas decorativas azul y plata.

—No puede fallar —dijo el subinspector muy excitado—. Ya puede llamar, Petra, usted que se enrolla bien en inglés.

—¡Un momento! —avisó Fraile—. Tenemos que ver cuál es la diferencia horaria entre Goa y Barcelona. Si esta señora está durmiendo no podemos alarmarla sacándola de la cama.

De internet obtuvimos el dato: cuatro horas y treinta minutos de diferencia. Eran las once y media en Goa.

—Un poco justo —se inquietó el inspector.

—No lo creo. Gabriela se acuesta siempre tardísimo, y dudo de que estando en un lugar de vacaciones se retire tan pronto —intervino Elvira.

—Entonces... ¡procederé inmediatamente!

Hablé con la recepción del hotel. La encargada recordaba perfectamente a la dama española, como la denominó. No estaba en su habitación, pero creía saber dónde podía encontrarla a aquella hora. Esperé apenas cinco minutos, que aproveché para observar cómo mi suegra hacía crujir sus nudillos de pura excitación. Oí por fin una voz femenina, bastante cascada y con acento español. Le pasé rápidamente el teléfono a mi suegra, activando el altavoz.

—*Hallo?*

—¿Gabriela? ¡Soy yo, Elvira!

—¿Elvira? ¡No puedo creérmelo! ¿De verdad eres tú? ¿Cómo demonios has hecho para localizarme? ¡Pero si no he dado a nadie mi dirección! —Se oyeron unas risotadas mezcla de regocijo y estupefacción.

—Es un poco largo de contar. Cuando vuelvas nos vemos.

—¿Pasa algo malo?

—¡No, no, tranquilízate! Te va a sonar un poco raro, pero es que tengo que hacerte una pregunta.

—¡Adelante, soy toda oídos! Estoy en el bar tomándome una copa, me gustaría que estuvieras aquí, es un sitio precioso.

—Gabriela, ¿te acuerdas de que una vez te pusiste en contacto con una agencia matrimonial? Nos lo contaste hace un tiempo.

—¡Coño!, ¿qué pasa, te ha dado una urgencia sentimental, un apretón de sexo?

Mi suegra nos miró como pidiendo disculpas en nombre de su amiga.

—No, no es eso; pero mira, por una serie de razones que ya te explicaré, necesito que me digas dónde está esa agencia. ¿Lo recuerdas?

—¡Sí, claro que me acuerdo! Son unos cabrones que me cobraron cinco mil euros a fondo perdido y me presentaron a unos frikis de no te menees. Salí de allí escapada y escaldada para toda la vida. Además las gestiones eran un coñazo porque con el rollo de la confidencialidad no te daban teléfonos, ni siquiera el de la propia agencia y todo debía hacerse de forma presencial.

—Sí, eso ya lo sé.

—¿Y cómo diantres sabes eso? Todo esto es muy misterioso, de verdad.

—Te doy mi palabra de que te lo contaré, pero ahora necesito que me digas la dirección. Es un asunto muy importante.

—La agencia estaba en la calle Diputación esquina Balmes, un gran edificio de oficinas. Creo que era el piso tercero, como tuve que ir tantas veces…

—El nombre de la agencia, pregúntele el nombre —cuchicheó Fraile un poco desesperado.

—¿Cómo se llama la agencia?

—Vida Futura. ¡Figúrate, se me ponen los pelos de punta sólo de pensar que hubiera tenido que pasar la vida futura con alguno de aquellos tíos raros con los que me emparejaron!

—Gracias, Gabriela, mil gracias. Ahora tengo que colgar.

—¡Pero, oye, un momento!

Colgó haciendo un esfuerzo.

—Detesto ser maleducada; pero si no la interrumpo ahora mismo no hubiera sabido qué explicación darle.

Nos acercamos los tres hacia ella y la cubrimos de felicitaciones y golpecitos en la espalda. Fraile estaba emocionado.

—¡Muy bien, Elvira, muy bien! Lo ha hecho usted maravillosamente. ¡Toda una investigadora, vaya que sí!

Ella intentaba restarle importancia a su participación, se mostraba turbada, modosa como una niña. Cuando los parabienes finalizaron, hizo la pregunta que me estaba temiendo.

—¿Y ahora qué hacemos?

Fraile, que conocía menos el percal que yo, contestó lo que ella estaba temiendo oír.

—Ahora ya podemos dejarla tranquila. Puede regresar a Tarragona. Si necesitáramos de nuevo su colaboración, estoy seguro de que no se negará a echarnos una mano.

—Pero...

Intervine enseguida, sabiendo que sería difícil disipar su frustración:

—Te informaremos de todos los pasos que hayamos dado cuando esto se acabe. Sabrás lo que a los medios de comunicación nunca llegará. ¿De acuerdo?

—¿Y ustedes qué van a hacer?

—Hay que esperar a mañana —respondió Fraile.

—¿Y podrán dormir esta noche?

—¡Como un maldito tronco pienso dormir! —soltó Garzón la mar de contento.

—Éste es un oficio de acción —apuntó Roberto—.

Pero sobre todo hay que saber esperar. Nos pasamos la vida esperando, querida señora. Por muy fuerte que sea la pasión de saber, debemos neutralizarla con paciencia.

—Lo que haremos será ir todos juntos a tomar una cerveza para celebrar el éxito de la gestión.

Creí que así se sentiría menos excluida del equipo del que pensaba haber formado parte, pero su desolación era demasiado profunda. Y bien, así son los cinco minutos de gloria en la vida de una persona. A la mañana siguiente volvió a Tarragona.

8

No dormí todo lo bien que hubiera deseado. Como siempre sucede cuando avanzas en una investigación, se me agolpaban las dudas sobre la importancia de los nuevos hallazgos. ¿Y si habíamos cometido algún error que nos apartaba del camino correcto? ¿Y si en Vida Futura, a fuerza de confidencialidad, no figuraban los datos personales de los clientes? Estaba tan nerviosa que salí de casa sin desayunar. Por fortuna fue un detalle que pude corregir junto al subinspector. Lo encontré en mi despacho, que se había convertido en una especie de piso franco, y su saludo de bienvenida me pareció peculiar:

—Vamos a arrearnos un café, Petra. Fraile está haciendo no sé qué gestión y tenemos que esperarlo.

Obedecí encantada. Garzón se enfrascó en un bocadillo de jamón, que dosificaba comiéndolo a pequeños bocados para que le durara más, y yo pedí una simple tostada con café. Las perspectivas de éxito no sólo me habían quitado el sueño, sino también el hambre. Miré cómo mi compañero combatía cualquier grado de estrés que pudiera presentársele a fuerza de reivindicar su parte primaria. Llevaba un montón de años trabajando junto a él y todavía me sorprendía la energía que emanaba de su realismo vital.

—Veo que tiene usted apetito y seguro que también ha dormido como un lirón.

—Por apetito, me comería un buey. Y lo de dormir ha sido fácil, con las panzadas que nos pegamos a trabajar últimamente...

—Me gustaría ser como usted.

—No diga eso, inspectora, tengo el colesterol alto.

—Yo he dormido fatal, de vez en cuando me asaltaba la sensación de que algo no saldría bien esta mañana.

—Si es por eso no se preocupe, usted siempre tiene la sensación de que las cosas son peores de lo que son, como es tan pesimista...

—¿Le parezco pesimista?

—En realidad todas las mujeres lo son. Siempre ven el futuro negro. A Beatriz le pasa igual.

—No somos pesimistas; lo que ocurre es que anticipamos los problemas antes de que se presenten. Los hombres no son así, tienen que estar enfangados hasta las orejas para detectar que algo no funciona.

—Yo creo que alguna vez ya hemos hablado de este tema.

—Usted y yo ya hemos hablado de todo, Fermín; quizá deberíamos dejar de trabajar juntos.

—¿Y qué haría usted sin mí, sin nadie a quien embromar ni a quien pegarle un discurso feminista de vez en cuando? ¡Imagínese a Fraile de compañero habitual! Él venga pedirse comida preparada desde el despacho y usted sola y abandonada en el bar.

—Sí, no es una perspectiva muy alentadora. ¿Habrá desayunado Roberto en su casa?

—¡Qué va! Ha sacado un café de la máquina del pasillo y llevaba una bolsita con un donut que habrá comprado al venir.

—Seguro que tiene el colesterol muy bajo.

—Es tan soso que no debe tener ni colesterol.

Se echó la mano al bolsillo súbitamente. Cogió su teléfono móvil y respondió a las vibraciones.

—Enseguida estamos ahí, inspector.

Fraile nos desveló la gestión que había estado realizando: buscar la empresa Vida Futura en el registro de actividades mercantiles. Aparecía, y además lo tenía todo en regla: capital social, pagos... no se trataba en absoluto de una empresa clandestina. En el apartado de «objeto social» figuraba: «Relaciones públicas». No podía decirse que fuera exacto, pero tampoco parecía haber sido puesto deliberadamente para despistar. El matrimonio y los contactos amistosos no dejaban de ser relaciones públicas.

—Y bien, señores, empieza la función —nos animó Roberto.

El edificio era enteramente de oficinas, tenía varios ascensores y el tráfico de personas que subían, bajaban o se movían por el hall hacía que pareciera una especie de hormiguero. Me sorprendió, porque había asociado la confidencialidad con la idea de algún lugar recóndito y discreto. Preguntamos al conserje y nos indicó el piso tercero. En cada planta había tres oficinas, nada hacía pensar en lugares secretos por el momento.

Llamamos a la puerta y un automatismo la abrió inmediatamente. Una recepcionista nos recibió muy sonriente. En cuanto le enseñamos nuestras acreditaciones policiales dejó de sonreír y fue en busca de su jefa.

Era una mujer de unos cuarenta años, con mechas rubias en la media melena y vestida de traje gris, maquillada con un poco de exceso. En conclusión, la típica ejecutiva empresarial. No fui capaz de determinar si era bella o no, pero había en ella algo tremendamente vulgar, quizá los labios abultados, quizá las tetas voluminosas, que pugnaban por rebasar la botonadura de su blusa azul. Dijo llamarse Bárbara Mistral. No se inmutó demasiado ante nuestra presencia. Fraile tomó la iniciativa y fue directamente al grano, sin ningún estadio preliminar. Yo hubiera hecho lo mismo.

—Señora Mistral, ¿está usted al tanto por la prensa de los asesinatos en serie que se han cometido últimamente en Barcelona?

Se quedó bastante sorprendida. Hizo un gesto de incomprensión.

—Pues sí, claro, he seguido las informaciones. Todo el mundo lo comenta.

—Tenemos datos suficientes como para pensar que las tres mujeres asesinadas habían sido clientas de su agencia.

Se incorporó en el asiento, esta vez preocupada y nerviosa.

—¿Cómo ha dicho?

—Lo ha oído usted perfectamente, señora Mistral. ¿No sabía usted eso?

—¡No, cómo voy a saberlo! Las informaciones no han dado los nombres de las mujeres, sólo las iniciales.

—Eso es verdad, pero se facilitaron algunos detalles sobre ellas: ocupaciones, edades, nacionalidad... Ayer se filtró el dato de que una agencia matrimonial podía ser clave en el caso. ¿No se enteró?

Abrió las manos de par en par, negó con la cabeza como implorando comprensión.

—No leí la prensa ayer. Pero, inspector, ¿cómo voy a saber, cómo podía imaginar...? En ningún momento se me pasó por la cabeza, se lo aseguro. De lo contrario, yo... ¡cómo iba a pensar en una cosa así! ¿Están seguros de lo que dicen?

Parecía sincera y, superado el primer golpe, Fraile aflojó.

—Está bien. ¿Es cierto que no proporciona usted números de teléfono recíprocos a sus clientes, tampoco el de la agencia?

—Absolutamente verdad.

—¿Puede explicarme por qué?

—La diferencia crucial de nuestra agencia es la confidencialidad más absoluta. Se han cometido muchos abusos por causa de internet, también muchas indiscreciones en las agencias convencionales. Nuestra idea al abrir esta entidad era huir de todo eso y garantizar la absoluta tranquilidad de nuestros clientes.

—A quienes cobran una buena cantidad a fondo perdido.

—Cinco mil euros, sí, como cuota única e incondicional. Tengo la contabilidad a su entera disposición. Estamos al día con Hacienda, los empleados han sido contratados con la totalidad de los requisitos. Todo es absolutamente legal.

—¿Cuántos empleados tiene?

—Sólo dos. La recepcionista que ustedes han visto y un muchacho que lleva la contabilidad y los temas administrativos. Lo demás lo hago yo. Somos una empresa pequeña.

—¿Qué tipo de clientes tienen?

—Muy variados. Lo único en común es que son personas que por una u otra razón no quieren que se sepa que han recurrido a nuestros servicios.

—¿Cuáles suelen ser esas razones?

—A veces es gente muy importante y conocida. Otras, personas que no soportan que nadie pueda entrar en su ámbito más privado. Hay quien psicológicamente se siente inseguro...

—¿No hace usted cuestionarios psicológicos?

—¡Por supuesto que los hago, soy psicóloga de formación!

—¿Guarda usted un fichero de sus clientes?

—Sí, pero sólo de tiempos recientes. Después se destruyen todos los datos, es una de las reglas de la confidencialidad.

—Queremos ver esos ficheros.

—¡Naturalmente! Tratándose de un tema tan grave no puede haber ningún inconveniente.

Nos llevó a una habitación en la que había un ordenador en una gran mesa de reuniones. Llevaba tacones de aguja que repiqueteaban con fuerza al pisar.

—Siéntense, por favor. Aquí hay sitio para todos.

Se dirigió con decisión hacia el ordenador y Fraile la atajó suavemente:

—Si no le importa yo manejaré el teclado con las indicaciones que usted me dé.

—Muy bien.

Se puso de pie al lado del inspector. Sus tetas le rozaban peligrosamente la oreja. Le dio contraseñas varias que Fraile seguía sin dar señal alguna de nerviosismo. Cuando estuvo en la lista de contactos de los clientes buscó los nombres de las tres víctimas. Yo no miraba la pantalla, estaba pendiente de las reacciones de la mujer. Se la veía seriamente interesada, quizá muerta de curiosidad. No parecía estar representando ninguna comedia, ni ocultando ninguna información. Observé que Garzón también seguía todas sus reacciones con la mirada. Fraile no comentaba sus hallazgos en pantalla, si es que los había, de modo que empecé a impacientarme. Pasaron cinco minutos eternos. Por fin oí la voz de mi compañero:

—Voy a imprimir estas hojas.

Rápidamente Bárbara Mistral comprobó que la impresora tenía suficiente papel. Los folios escritos fueron saliendo de la máquina con una lentitud exasperante. No pude aguantar más en silencio.

—¿Hay algo que se pueda comentar, inspector Fraile?

—Regresemos al despacho de la señora Mistral.

Sentía instintos homicidas hacia mi compañero, que obviamente tuve que contener. Nos hizo pasar a todos y él se quedó en el pasillo para telefonear. Luego volvió. Por fin, cuando todos estábamos presentes, se avino a declarar:

—En efecto, hay un hombre que tuvo relación con las tres víctimas, con Paulina Armengol, Aurora Retuerto y Berta Cantizano: Armando Torres Martínez, constructor. Sesenta años. ¿Lo recuerda, señora Mistral?

Garzón interrumpió:

—¿Figura domicilio?

Fraile hizo un ademán tranquilizador.

—Ya estamos en ello, subinspector. Han ido a buscar la orden del juez.

El peso de la atención volvió a recaer en la directora. Estaba demudada, se cogía la blusa con la mano, se la llevó luego a la sien:

—¡Dios mío, no puede ser, no puede ser! —repetía como para sí misma.

—¿Recuerda a ese hombre? —insistió el inspector.

—¡Claro, claro que lo recuerdo! Y a las tres mujeres también. ¡Las tres muertas! ¡Dios santo, es terrible, no puedo...! —Soltó un sollozo profundo y se tapó la cara con las manos. Lloraba intentando no hacer ruido, aparentemente no podía parar. Respetamos su desconsuelo. Procuraba contenerse y hablar, pero enseguida reiniciaba el llanto. Por fin se controló, tomó varios pañuelos de papel de un dispensador que descansaba en su mesa. Se sonó estrepitosamente. Tenía los ojos manchados de maquillaje, se los limpió con esmero, como si hubiera sabido la localización exacta de las manchas negruzcas. Temblaba un poco.

—Perdónenme, pero es que esto es muy fuerte. Yo no hubiera podido nunca pensar, nunca, se lo aseguro, que... esas pobres mujeres... no es justo, no es normal...

Temiendo que se arrancara de nuevo a llorar, la interpelé con menos suavidad que mi compañero:

—Señora Mistral, es muy importante que hable con nosotros ahora. Procure serenarse, por favor.

—Sí, claro, ya está, ya estoy bien.

—¿Puede decirnos algo sobre ese hombre?

—Era un hombre muy tranquilo, afable, educado. Cuando vino a la agencia por primera vez pensé que podía presentar dificultades. El pobre no era muy atractivo y en muchas ocasiones hay clientes que aspiran a mucho más de lo que ellos son. Ya me entienden, hombres poco deseables que pretenden contactar con chicas bellísimas, jóvenes, activas en deportes... Pero él era consecuente por completo con su realidad. Sólo deseaba establecer relación con mujeres que fueran formales, serias, corteses. No ponía ninguna condición de físico ni de edad. Tuvo esos tres encuentros y otro más que aún no figura en el archivo porque es muy reciente, quizá están viéndose aún.

—Denos los datos inmediatamente —la conminó Fraile.

Buscó en el ordenador.

—Margarita Estévez Roldán. Cincuenta años. ¿Les doy la dirección? Ya saben que no me consta su teléfono.

Fraile apuntó inmediatamente el domicilio y volvió a salir para telefonear y ordenar que buscaran a la tal Margarita. Al entrar de nuevo reanudamos el interrogatorio.

—¿En algún momento pidió que sus contactos fueran con mujeres solitarias?

Me miró con una sonrisa extraña:

—Todos los clientes que vienen aquí son personas solitarias, inspectora; en especial, las mujeres. Es curioso, ya lo sé, porque las personas que no tienen mucha relación con nadie no deberían buscar una confidencialidad tan absoluta como la que nuestra agencia brinda a sus clientes, pero es así. La gente que vive muy sola acaba generando manías, y la más importante es que no quieren que nadie sepa hasta qué punto está sola. Suele ser siempre de esa manera.

—Continúe.

—Armando Torres siempre se comportó correctamente en sus tres intentos de relación estable. Ninguna de las tres mujeres tuvo queja de él.

—¿Por qué fracasaron los tres intentos?

—Verá, inspector, tenemos por costumbre no preguntar demasiado. Las relaciones humanas son complejas. Los encuentros salen bien o mal por mil razones, pero indagar demasiado intimida al cliente. Es como si lo acusaras de algo, como si quisieras cargarle alguna responsabilidad.

—Comprendo.

—Las tres señoras fueron dándose de baja de la agencia en fechas diferentes. Armando Torres, no. Él confiaba en encontrar pareja con nosotros.

—¿Alguna de las tres víctimas le contó algo sobre él, algo que les hubiera resultado raro, infrecuente, quizá algún rasgo de su personalidad?

—No, ninguna dijo nada. Bueno, quizá Aurora, la chica hispanoamericana, comentó que era un hombre tan serio que resultaba aburrido. Dijo que sólo le gustaba ir al cine como toda diversión, a ver películas de... —se quedó un momento callada— de crímenes, eso dijo. Señores, yo con un dato así no podía sospechar nada, hay millones de personas que disfrutan con ese tipo de películas y no son asesinos.

—Nadie la está acusando de nada.

Se puso inquieta y llorosa de nuevo.

—Pero yo no paro de pensar en detalles, en algo que hubiera podido alertarme. ¡Me siento tan mal!

—No pensamos que haya habido negligencia por su parte. Un asesino de ese tipo no es fácil de detectar —la reconfortó Fraile. Y añadió—: ¿Puede usted contactar con el señor Torres?

—Sólo yendo a su casa. Ahí tienen la dirección.

—Necesitamos sus datos completos, Bárbara, su número de teléfono móvil. Tendrá que declarar frente al juez. No se ausente del trabajo, ese hombre podría presentarse por aquí. Si lo hiciera... —La observé con atención.

Se estremeció, apretó el pañuelo que llevaba en el puño.

—¡Dios santo!

—No se asuste. Uno de nuestros agentes la escoltará a todas partes hasta que hayamos atrapado a ese hombre.

Asintió, suspiró.

Una vez en la calle, Garzón dijo:

—No me ha parecido que oculte nada o que mienta.

—A mí tampoco —abundé.

—De todas maneras, voy a pedir que le intervengan el teléfono, y el agente que la siga tendrá que reportar qué hace a cada hora del día —dijo Garzón.

El silencio que reinaba en el coche mientras íbamos al domicilio de Torres estaba cargado de electricidad.

—He pedido que manden a una dotación de hombres por si hay problemas —dijo el inspector Fraile.

—Por cierto, ¿dónde están los geos que nos seguían a todas partes? —inquirió Garzón, falsamente inocente.

—La inspectora los invitó a dar una vuelta por las antípodas.

—Pues ahora nos hubieran venido bien.

—¿Y usted cómo sabe que pedí que nos quitaran a los escoltas? —Me volví, sorprendida, hacia Fraile.

—Preguntando a la autoridad.

—La autoridad tiene la lengua muy larga.

—Y usted, Petra, unos cataplines como un toro —soltó Garzón, divertido. Noté que Roberto Fraile se sentía francamente escandalizado por oírlo hablar así. Le sonreí para que comprendiera que era lo habitual.

Habíamos llegado. Dejamos el coche aparcado en un parking subterráneo y, en silencio, nos dirigimos a casa de Armando Torres. Fraile se tocó la pistolera de modo inconsciente. Yo llevaba la Glock en el bolso, cosa por demás prohibida, pero dudaba de que nuestro objetivo fuera un hombre armado.

La vivienda era un ático en un inmueble bastante elegante. Nos sorprendió que tuviera portero, una costumbre casi desaparecida en esta ciudad. Interceptó nuestro paso preguntándonos adónde íbamos. Fraile le dio el nombre de Torres mientras le mostraba su placa. El hombre, mayor y discreto, comentó un tanto apurado:

—Pero es que el señor Torres salió de viaje el día diez.

Conté mentalmente: un día después de cometerse el último asesinato.

—Tenemos orden del juez para inspeccionar su vivienda. ¿Tiene usted llave? —pregunté.

El apuro del hombre viró hacia una angustia total.

—Pero, señores, yo no estoy autorizado; me la puedo cargar con todo el equipo.

Fraile sacó de su bolsillo una pretendida orden del juez, pero Garzón se le adelantó:

—¿Usted sabe lo que es una orden judicial? En ese papel que le está enseñando el inspector dice que la ley nos autoriza a entrar en el piso. Si usted no nos abre con su llave, le arrearemos una patada a la puerta y en paz.

Observé que Fraile se quedaba aliviado, pero no tuvo tiempo de reaccionar, el portero ya buscaba la llave en su cuartito. Salió al cabo de un instante y nos la dio; su cara de susto era un poema. Fraile aprovechó la pausa para llamar a los compañeros de la Científica.

Abrió Garzón con mano firme. A mi nariz llegó inmediatamente el olor potente de un ambientador. La luz del pasillo estaba encendida, señal de que Torres había salido con precipitación. Desembocamos en el salón, grande y ordenado: sillones cómodos, un televisor de pantalla gigante, cuadros no demasiado horribles en las paredes… el típico hogar burgués. Lo observamos todo sin tocar nada, sin hacer el más mínimo comentario. La cocina era amplia y moderna. En la pila había una taza y un par de platos sin lavar.

—Se largó después de haber desayunado —dijo Garzón.

—Y después de haber visto la información que pasamos a los medios —añadí.

—¡Dios! —exclamó Fraile un tanto desesperado—. ¿Será posible que se haya esfumado en nuestras propias narices?

En el dormitorio, lujoso y funcional, eran evidentes los signos de huida precipitada: el armario abierto, la cama deshecha, ropa tirada por todos lados y un maletín que debía haber sido descartado para el viaje.

—Si ese tipo tiene miedo de que le cacemos, es que hay modo de cazarlo —comenté más animosa de lo que en realidad me sentía.

Pasamos al baño. Estaba abierto un pequeño botiquín colgado de la pared. Sin duda no había olvidado la medicación que debía tomar. En el interior había productos sin interés: aspirinas, colutorios bucales, vendas... El resto de la casa lo formaban un cuarto para invitados y un pequeño despacho, donde relucía un ordenador de última generación.

—No vive mal, este cabrón. Vamos a ver si le estropeamos la fiesta de una vez —empezó a ambientarse el subinspector.

Llegaron los agentes de la Científica y, mientras hacían su trabajo, nosotros bajamos para interrogar al conserje. El pobre hombre estaba completamente anonadado, casi a punto de llorar. Nos hizo pasar a su cuchitril, una salita con un pequeño televisor y una mesa con tres sillas.

—¿Cómo sabe usted que Torres se ha ido de vacaciones?

—Lo vi salir con una maleta y le pregunté. No me dijo adónde iba.

—¿Qué nos puede contar de Armando Torres? —inició Fraile el interrogatorio más formal.

—¿Yo? Poca cosa, hace quince años que vive aquí. Tiene una empresa de construcción. Antes trabajaba todo el día, pero ahora menos; a lo mejor trabajaba desde su casa por internet, no lo sé. En todo caso nunca me dijo que se hubiera jubilado.

—¿Qué le hace pensar que trabajaba menos?

—No salía temprano por la mañana como antes hacía, y a veces se quedaba todo el día en su casa. Pero si alguna vez lo veía al salir y le preguntaba: «¿Qué, señor Torres, a trabajar?». Siempre me contestaba que sí, que se iba al trabajo; pero no comentaba nada más.

—¿Recibía a gente en su casa, mujeres tal vez?

—Bueno, mi horario dura hasta la ocho de la tarde; y hasta esa hora nunca vi a nadie que fuera a su casa. A mediodía me voy a comer a la una y media y paso tres horas fuera. Por la mañana entro a las diez. En todo el tiempo que yo estoy aquí nunca he visto a nadie que fuera a su casa: ni familiares ni amigos. Era un hombre muy solitario, pero, claro, a lo mejor invitaba a alguien a cenar y yo no podía verlo.

—De acuerdo. ¿Puede decirnos cómo era, qué carácter tenía?

—¡Uy, pues un hombre de lo más amable! Era un caballero, ¿me entienden lo que quiero decir? Hay vecinos que, sin querer criticar, pero la verdad es que entran y salen y a veces se olvidan incluso de saludarte; pero el señor Armando siempre me decía hola y adiós. Y si tenía que pedirme algo, siempre lo hacía por favor y me daba mil veces las gracias después. Era muy educado.

—¿Hablaba con usted, llegó a contarle algo de su intimidad? Supongo que, tras vivir tantos años aquí, tuvieron un contacto más directo que el simple hola y adiós.

—Poco más que eso. Yo entré a trabajar aquí hace dos años.

—Pero en dos años hay tiempo para mucho.

—Un conserje tiene que ser de pocas palabras. Si empieza a enrollarse con los vecinos, es mala cosa. Hay muchos que lo hacen, pero yo no. Luego siempre te pueden echar en cara comentarios que se te hayan podido escapar.

—O sea que nunca hablaba con él.

—A veces comentábamos el fútbol, que siempre es muy socorrido. Es que el señor Armando es del Madrid, y claro eso choca mucho en Barcelona. Y como yo...

—Usted también es del Madrid —aventuré.

Como si lo hubiéramos cogido en falta, se apresuró a precisar:

—A mí en el fondo me da igual, eso del fútbol es sólo un juego, pero, en fin, digamos que del Barça no soy.

—Aparte de temas de fútbol, ¿nunca le contó nada? Algún comentario que le llamara la atención, aunque no fuera una confidencia.

—Sí, yo le gastaba un poco de broma porque estuviera soltero. Dentro de un orden, claro, sin pasarme de confianzas. Él se reía; alguna vez me dijo que a lo mejor los solteros iban al infierno después de muertos, porque los casados ya teníamos el infierno en vida. Me llamó la atención. En el fondo era un hombre que daba un poco de envidia: libre, siempre tranquilo y bien vestido, no le faltaba dinero, sin responsabilidades familiares... Muchos se hubieran cambiado por él. ¿Puedo preguntar por qué lo están buscando?

—Aún no estamos seguros.

—Pues me quita un peso de encima, la verdad. Si hubiera hecho algo malo yo...

—Denos todos los datos de Torres que obren en su poder —le interrumpí.

—Tengo el número de su teléfono móvil, por si había alguna urgencia.

—¿Y sus datos bancarios?

—No. A mí me pagan los vecinos por vía de un administrador de fincas que se llama Estellés.

Nos dio todos los datos. Naturalmente, el teléfono no respondió a nuestras llamadas. Debía yacer en el fondo de alguna cloaca. Salimos a la calle. Fraile despidió a la dotación de seguridad que no había sido necesaria. Volvimos a comisaría. Coronas nos esperaba. No se puso contento con la noticia de la fuga. Nosotros tampoco lo estábamos.

—Voy a pedir que todos los protocolos se hagan ultrapreferentes. Pediremos al juez una orden de busca y captura. Implicaremos a todos los cuerpos policiales; por el momento, en España —dijo el jefe, y desapareció con gesto preocupado.

Fraile no se veía capaz de esperar resultados en un despacho, así que se fue para estar presente en los potenciales descubrimientos del ordenador de Torres. Garzón y yo nos desplazamos para hacer lo propio en la central de la Científica, donde se haría el estudio de huellas dactilares a todo correr. Cuando llegamos aún no había llegado el equipo destinado en la casa de Torres. Nos fuimos a un bar. Estábamos despistados, como en estado de shock. Pedimos dos cervezas y bebimos en silencio. Garzón se sobresaltó:

—¿Alguien se ocupa de su cuenta bancaria?

—Sí, no se inquiete, ya han dado órdenes. También están investigando su cuenta de teléfono móvil. Todo dios está trabajando para nosotros.

—¿Y si ha salido de España?

—Hubiera tenido que prepararse más; pero se diría que salió de estampida. Probablemente le dio un ataque de pánico al ver u oír la información sobre los asesinatos.

—Eso es raro, en ningún momento se facilitó a los medios ninguna frase diciendo que estábamos tras la pista del asesino. ¿Por qué entró en pánico? Ya sabía que habíamos encontrado los cadáveres, ¿no?

—La información sobre la agencia matrimonial debió de ser decisiva. Además, no olvide que supuestamente estamos ante un psicópata. ¿Quién sabe cómo piensa un psicópata? Igual al enfrentarse con la realidad que ofrecieron los medios fue consciente por primera vez de lo que había hecho.

—Francamente, inspectora, no me entra en la cabeza que alguien cometa tres crímenes en estado de inconsciencia.

—Las mentes perturbadas son complejas, Garzón; quizá haya que preguntar al psiquiatra que también trabaja para nosotros.

—Que le pregunte Roberto Fraile; a mí los psiquiatras me caen fatal, nunca entiendo nada de lo que dicen.

—Tampoco parece que a él le caigan de maravilla.

Acabó su cerveza de un trago. Me miró, desfondado.

—¿Cree que ya habrá llegado el equipo?

—No, es pronto aún. Tenemos tiempo para otra.

Nos sirvieron dos cañas más, frescas y relucientes como piedras preciosas. Era la única promesa de felicidad que se nos presentaba, todo lo demás se adivinaba oscuro y opaco. Garzón suspiró, con el bigote nevado y los ojos perdidos en el vacío.

—¡Joder, Petra! Para un asesino en serie que nos brinda la vida profesional y nos lo va a birlar el destino.

—¡No sea frívolo, Fermín! Ese mito barato del asesino en serie va a hacer que perdamos la responsabilidad.

—¿Y cómo quiere que le llame?

—No lo sé; prefiero pensar en un tipo que ha matado a tres mujeres.

—Vale, pero le apetece echarle el guante, ¿no?

—Claro que me apetece, pero no para ponernos medallas y ganar méritos por haber cazado a un asesino en serie, sino para darle a ese tipo su merecido, y, sobre todo, para que deje de matar.

—Eso es muy virtuoso por su parte; hay que actuar siempre con la más estricta frialdad profesional.

—No crea que estoy tan fría, dejo ese estado para Fraile. Acábese la cerveza, nos vamos ya.

El jefe de la brigada científica, un cordial andaluz alto y fuerte vestido con bata blanca, nos llevó al despacho donde iban a llevarse a efecto las investigaciones de las huellas halladas en casa de Torres. Allí trabajaban dos de sus hombres en sendos ordenadores. El material se había digitalizado. El quid de la cuestión era hacer comparaciones con las huellas de las tres víctimas para saber si habían estado en su casa. Garzón y yo no pintábamos gran cosa allí, pero al menos teníamos la sensación de estar ocupados en algo y disipábamos el impacto de la frustración sentida tras la fuga del sospechoso.

Perdimos horas asistiendo al procedimiento pero, al menos, pudimos estar presentes cuando se cantó victoria: aparecieron las huellas de Berta Cantizano, la última víctima. No fue fácil, la muestra digital fue sacada de un jarrón dorado que contenía flores secas, no había huellas de ella en ningún sitio más. Tampoco se hallaron las de las otras dos víctimas.

—Prueba irrefutable —masculló el subinspector.

Volvimos a comisaría mientras allí seguían trabajando. En ese momento entraba también Fraile, con la cara blanca como el papel. Ni siquiera saludó.

—Vamos a su despacho, Petra.

Por su actitud ausente y obsesiva deduje que había topado con algo importante. Pidió permiso para sentarse en mi mesa, sacó su ordenador personal, lo puso en marcha:

—Miren —dijo en voz baja.

Nos colocamos franqueándolo y en pie. Las imágenes empezaron a pasar por la pantalla. Eran fotografías, y en ellas aparecía un hombre bajito, rechoncho, vestido con traje oscuro y corbata vistosa. En todas estaba acompañado de una mujer.

—Fíjense bien en las mujeres. La de la primera fotografía es Paulina Armengol. La de la segunda, Aurora Retuerto. En la tercera pueden reconocer a Berta Cantizano. No estaban en este orden en la máquina de Torres, las hemos colocado nosotros así.

Las pasó una y otra vez. El efecto resultaba absolutamente estremecedor. Aquellas mujeres que habíamos conocido muertas, horriblemente desfiguradas, envueltas en sangre y en horror, con los ojos vacíos de expresión alguna, se veían allí alegres y llenas de vida. Sonreían. Aurora incluso reía, junto al que, todo lo indicaba, había sido su agresor y su verdugo. Por eso las víctimas no habían opuesto resistencia en ningún momento, las tres se habían divertido anteriormente junto a él.

—Es tremendo —comentó el subinspector.

—Terrible —ratificó Roberto Fraile—. Pero aún no han descubierto lo mejor. Miren.

Continuó la sesión. Fotos análogas a las que habíamos visto siguieron mostrándose en la pantalla. Mujeres junto a Armando Torres. De diferentes edades, con pintas muy distintas y estilos bien diversos. Todas sonrientes, todas en actitud de diversión. Parecían instantáneas tomadas en diferentes épocas.

—Un coleccionista de mujeres. Hasta treinta fotos he contado.

—¿Sin nombres?

—¡Sin nombres! Pero está la fecha en la que se hizo la foto digital. Pues no se lo pierdan, todas estas mujeres anónimas son anteriores a la entrada de Torres en la agencia matrimonial. En apariencia, sólo se cargó a las tres últimas de sus conquistas, justo las que conoció por medio de Vida Futura.

—No lo entiendo. ¿Se volvió loco de repente? —dije.

—Yo tampoco consigo poner lógica en los hechos. De momento he mandado este archivo de fotos para que se investigue si alguna de las mujeres figura en las listas de desaparecidos o de casos sin resolver.

—¡Buena idea! —soltó Garzón.

—¿Y ahora? —pregunté.

—Están intentando localizar en su casa a Margarita Estévez Roldán —me informó el inspector.

—Esperemos que no esté muerta.

—¡No llame al mal tiempo, subinspector!

—¿Alguna gestión más en curso?

—Investigan las cuentas de Torres. También siguen intentando dar con algo interesante en su casa.

—¿Qué más podemos hacer?

—En cuanto tengamos un hilo, tiraremos de él y buscaremos como posesos. Hay que encontrar a ese hombre.

—Quizá no ha salido de la ciudad —aventuré.

—En ese caso peinaremos todos los hoteles —afirmó Fraile categóricamente.

—¿Usted sabe cuántos hoteles hay en Barcelona? ¡Un montón!: de lujo, de medio pelo, pensiones de mala muerte... Luego hay que añadir los pisos alquilados de uso turístico, los legales y los ilegales. Yo creo —dijo Fermín muy convencido— que si quiere peinar usted todo eso vamos a quedarnos calvos los tres.

—Si no hay otra salida, la tomaremos.

Ahora sí era capaz de representarme un retrato completo de Roberto Fraile como policía. Era un hombre testarudo, obsesivo, que, contrariamente a la calma que parecía traslucir, permanecía en estado de alerta continua mientras investigaba un caso. Dudé de si ése era el perfil que necesitábamos en aquella ocasión. A veces, el detective que no sabe estar de brazos cruzados y ponerse a pensar genera a su alrededor una turbulencia poco recomendable. ¿Hacer cualquier cosa antes de estarse quieto? Es un modo de engañar la ansiedad. No serviría de nada que nos lanzáramos sin datos previos a rebuscar en cualquier alojamiento barcelonés. Armando Torres podía estar oculto en Pekín.

Me alejé un momento, quedé pensativa. Ni siquiera me había dado tiempo a hacerme una composición de lugar sobre el presunto asesino. Gordito, bajo, de aspecto afable e inofensivo. Un empresario de la construcción que era factible localizar. Por otra parte, un solitario empedernido y un coleccionista amoroso. Teníamos la prueba de que había salido con muchas mujeres. Imposible saber cómo las conoció. Era probablemente un tipo acomplejado por su aspecto físico, por no tener pareja fija, por vivir sin amor. ¿Le habían abandonado todas aquellas mujeres de las fotos? ¿Eso le había hecho decidirse a ir sobre seguro buscando pareja en una agencia matrimonial? ¿Le abandonaron también las tres víctimas y por eso se las cargó? ¿Había llegado a su tope de frustraciones, de desaires, de negativas? ¿Eso le hizo matar? Era una explicación; las notas llenas de reproches que había dejado sobre los cadáveres lo proclamaban. El sujeto me provocó repugnancia infinita: solo en su rincón, obsesionado por sus fracasos, cargando con impensables traumas, capaz de matar brutalmente y desfigurar la cara de mujeres con las que había tenido una relación más o menos íntima. Todo hedía a la terrible enfermedad de la locura. ¡Dios, Dios, Dios!, murmuré para mí misma, ¿qué hay tras las paredes de cada casa?

Sentí la mano caliente del subinspector agitando mi brazo:

—Petra, despierte, se ha quedado dormida.

Cierto, prácticamente lo estaba. Me miró con cara compasiva.

—¿Por qué no se marcha a casa? Yo también me iré enseguida, estoy hecho unos zorros.

Me puse en pie con poco ímpetu. Fraile seguía tecleando en el ordenador, los ojos insomnes e irritados. Le dije adiós pero no me oyó. Garzón, paternal, me hacía gestos con la cabeza para que saliera del despacho sin decir nada. Le obedecí.

Al llegar a casa Marcos se dio cuenta enseguida de que no debía hacerme ninguna pregunta, ni siquiera: «¿Has cenado?». Se sentó en el sofá y me abrió los brazos. Fui a ponerme junto a él y me acurruqué en su pecho.

Al cabo de un rato, pensó que podía atreverse con un:

—¿Estás bien, Petra?

Levanté los ojos. Su cara, madura y serena me pareció perteneciente a un mundo distinto de aquel en el que yo vivía.

—A veces la vida me da mucho miedo, Marcos.

—Estás cansada. Cuando uno está cansado se ven las cosas más negras de lo que son.

—Las cosas siempre son negras, lo que pasa es que no podemos o no queremos verlas.

—Tú no eres negra para mí; eres blanca como una nube, eres un rayo de sol.

—Eso es una cursilada —dije sonriendo.

—¿Prefieres que te diga que eres un chaparrón de los que te pesca sin paraguas?

—Mucho mejor.

—Perfecto, chubasca mía, y ahora vámonos a dormir.

9

Garzón se precipitó sobre mí por la mañana con ánimo chismoso. Quería contarme rápidamente que Roberto Fraile había pasado la noche en comisaría. Le parecía una excentricidad. Estaba de acuerdo en que un caso de asesinato múltiple no es algo común, de acuerdo en que nos hallábamos en un momento difícil de las pesquisas, pero sostenía que el hecho de excederse en el celo laboral no ayudaba a obtener buenos resultados.

—Mi madre siempre me decía que el cuerpo es muy importante y, que si no le damos lo que pide, acaba sin servir para nada. Hay que comer, hay que dormir, hay que darle un descanso a la máquina. De lo contrario, la máquina se va poniendo al ralentí y al final se para.

—Un concepto muy mecánico de la vida, el de su madre.

—Era un fenómeno. Cuando se estropeaba el tractor de casa, ella sola lo arreglaba en un rato. Mi padre no se apañaba tanto, era mucho más torpón.

Lo miré con curiosidad, se había afeitado cuidadosamente y olía a colonia como un bebé. Su máquina estaba lista para el trabajo. Una impresión muy distinta me dio Roberto Fraile al entrar. La noche pasada en las dependencias policiales se le notaba nada más verlo: barba incipiente, ojeras pronunciadas, pelo revuelto y camisa llena de arrugas. Ni siquiera saludó.

—Hemos localizado a la asistenta de Torres. No tardará en llegar. También tengo el resumen de los movimientos en la cuenta bancaria del sospechoso. Curiosamente, no hay ninguna salida de dinero por valor de cinco mil euros. Hubiera debido de figurar, ¿no? Si hace tiempo que es cliente de Vida Futura, bien tuvo que pagarles sus honorarios.

—Pudo pagar en metálico, dinero negro quizá.

—Se lo preguntaremos a Bárbara Mistral. ¿Qué hay de su seguimiento? —lo interpelé.

—Nada de particular. Por el teléfono ha llamado a un par de amigas. Al salir del trabajo hizo unas compras en el supermercado. Luego se metió en la filmoteca. De ahí se fue a su casa.

La llamó delante de nosotros, preguntándole por qué método había pagado Torres. Afirmó varias veces y colgó.

—Dice que no se acuerda a bote pronto, que mirará en el libro de cuentas.

—Si acepta dinero negro es porque quizá sus cuentas no están en regla —afirmó Garzón.

Fraile no hizo ningún comentario, se lo veía exhausto. Siguió informándonos:

—Hemos encontrado a Margarita Estévez Roldán. Aparte de darle protección las veinticuatro horas, vendrá a declarar hoy mismo. Se nos presenta un día complicado.

—¿Ha desayunado, Roberto? —le preguntó el subinspector.

Nos miró como un boxeador sonado, tuvo que pensar la respuesta:

—No, creo que no.

—Pues propongo que vayamos los tres a tomar algo.

—¿Y si viene la asistenta?

—Esperará, Roberto, esperará.

Pedimos una tortilla de patatas para los tres, también cerveza y café. El subinspector se encargó de contarle a

Fraile la teoría de su madre sobre el funcionamiento mecánico-corporal. Él tuvo una reacción curiosa; sonriendo, le preguntó a Fermín:

—¿Se preocupa usted por mí, subinspector?

Garzón quedó descolocado, con gesto levemente ofendido, respondió:

—Puede hacer con su cuerpo lo que le plazca; yo sólo me preocupo de que no se quede usted KO y tengamos que apechugar con su trabajo.

—No se enfade, Fermín. Lo que ocurre es que no estoy acostumbrado a que nadie se preocupe por mí.

—Pues ya ve, aquí tiene un experto en preocupaciones.

Comimos con apetito. Fraile se bebió tres tazas de café expreso, una detrás de otra, como una medicina que tuviera que tragar. No hubo ni una pequeña sobremesa porque con el último sorbo, Fraile se levantó y fue a pagar. Tenía prisa por volver.

—Hoy les invito yo —dijo tímidamente.

La asistenta de Torres nos esperaba ya. La hicimos entrar en mi despacho. Era una mujer fornida, de unos cincuenta años, de aspecto pulido y maternal. Se llamaba Lola. Estaba muy asustada. Fraile intentó tranquilizarla:

—Lo único que necesitamos es que nos conteste a unas cuantas preguntas, nada más. Luego podrá irse a su casa.

Hizo un retrato de nuestro hombre que no difería mucho del que conocíamos ya: solitario, amable, educado... hablaba de él con cariño y con respeto.

—Conmigo se portaba muy bien, me pagaba todas las semanas puntualmente y no se metía en mi trabajo, siempre le parecía correcto.

Mientras iba respondiendo, la impresión de normalidad que rodeaba a Torres se afianzó: no frecuentaba a mujeres, ni se metía en líos ni en juergas, no tenía amigos que ella conociera, era reservado, ordenado y puntual. Le costó un poco decirlo, pero al final lo definió como «un solterón feliz». Todo lo demás, para nuestra desesperación, fueron negativas: no sabía dónde trabajaba, aunque en los últimos tiempos trabajaba mucho menos, no tenía familia, no conocía sus costumbres cuando salía de casa, ni sabía si era cliente habitual de algún bar o algún club. De nuevo el desierto, hasta que por fin se me ocurrió preguntarle de la manera más tonta:

—Si usted tuviera que buscarlo, ¿dónde lo haría?

—A lo mejor buscaría en el apartamentito que tenía en la Barceloneta.

Hubo un movimiento de sorpresa general.

—¿Cómo ha dicho? —se le echó encima Garzón.

Lola retrocedió, impulsada por la brusquedad de la pregunta. Quedó callada como una muerta.

—¿Torres tiene un apartamento, por qué no lo dijo desde el principio?

La mujer se echó a llorar de buenas a primeras. Estaba aterrorizada. Fraile intervino inmediatamente.

—Serénese, por favor. ¿Usted sabe dónde se encuentra ese apartamento?

—Sí, sí que lo sé. Fui a verlo hace dos años más o menos porque mi hijo menor buscaba un sitio para alquilar. El señor Torres quería alquilarlo entonces, pero era demasiado pequeño y mi hijo dijo que no, que por el precio que le pedía podía encontrar algo más grande.

—¿Recuerda la dirección?

—Sí que me acuerdo. Está en la calle de la Sal, era un tercer piso al lado mismo de una librería que se llama Negra y Criminal.

—Puede marcharse, Lola —anuncié.

—No le dije antes lo del apartamento porque pensé que ya lo sabían, ¿cómo puedo enterarme yo de lo que saben y lo que no?

Fraile la condujo hasta la puerta entre frases tranquilizadoras. Luego se volvió hacia nosotros, había recuperado toda su fuerza, como si el cansancio se hubiera evaporado sin dejar rastro alguno en él.

—Vaya a buscar inmediatamente la orden del juez, subinspector. Usted y yo, Petra, salimos pitando hacia la Barceloneta. Llevaremos con nosotros una pequeña dotación.

—No creo que Torres vaya armado en caso de estar allí. Si llamamos demasiado la atención puede vernos desde lejos. ¿Quién sabe si en ese momento vuelve a casa, si está tomando café en un bar?

—Lleva razón, vamos usted y yo solos.

A pesar de haber estado tantas horas sin pegar ojo, Roberto Fraile parecía en perfecto estado de lucidez. Conducía con precaución y no se mostraba lento o torpe. Sin duda era un hombre con los nervios bien templados. Yo, sin embargo, no estaba en el estado de ánimo ideal como para detener a nuestro querido asesino. A medida que íbamos acercándonos al apartamento, notaba crecer en mí una brutal animadversión hacia aquel tipo que nunca había tenido delante. No deseaba detenerlo, sino que hacía semiinconscientes planes de agredirlo en cuanto lo viera. Quería abofetearlo, escupirle, arrancarle la ropa a tirones y dejarlo humillado y desnudo. Un cuadro emocional muy poco recomendable para lo que en realidad podría hacer en caso de tenerlo delante.

Aparcamos el coche en un parking público y nos dirigimos a pie hasta el lugar. La calle estaba tranquila. Identificamos el edificio y miramos al balcón que correspondía al tercer piso. Mientras en los demás había ropa tendida, el de Torres se veía vacío y cerrado. Daba la impresión de que nadie lo habitaba, pero quizá se había atrincherado procurando pasar desapercibido. Me arrepentí de haber ido sin una dotación, ¿quién podía estar seguro de que no iba armado un hombre como aquél? Era un loco, ¿lo era en realidad? Desde que habíamos tenido sus fotografías en la mano, desde que lo había visto sonreír estúpidamente al lado de sus víctimas, había dejado de pensar en él como en un enfermo mental. Tenía la impresión de que se trataba más bien de un tipo acomplejado, taimado, aparentemente inofensivo pero con un cerebro brutal que concebía sus vicios como un derecho que ejercer.

Fraile tocó ambos timbres del interfono. Había dos pisos por planta; contestaron sólo desde uno. Era la voz de una mujer que con tono muy poco amistoso, preguntó:

—¿Quién es?

—¿Vive ahí Armando Torres? —inquirió Fraile.

—No, aquí, no.

—Ábranos, por favor, preguntamos por su vecino.

—No queremos publicidad.

Como no quedaba más remedio, Fraile sentenció:

—Policía. Abra inmediatamente.

Abrió. Subimos al tercero y la mujer ya se encontraba en el quicio de su puerta, con un niño cogido al sucio delantal que llevaba puesto. No se mostraba intimidada por nuestra identidad policial.

—¿Qué quieren? Estoy haciendo la comida y no puedo perder tiempo.

—¿No vive aquí Armando Torres?

—Aquí no hay ningún Armando, ya se lo he dicho.

Una ojeada al interior del piso me descubrió un lugar muy pequeño, muy humilde.

—¿Quién vive ahí enfrente? —Señaló Fraile a la otra entrada.

—No lo sé. Casi siempre está cerrado. A veces oigo a alguien entrar y salir, pero muy de cuando en cuando.

—¿Ha visto a alguien alguna vez?

—Oiga, yo no ando mirando quién viene y quién va. Trabajo ocho horas y tengo tres hijos. Somos una familia normal. No tengo tiempo de nada, ni siquiera de respirar. ¿Cómo quiere que sepa quién vive ahí?

—¿Está su marido en casa?

—No; esta semana tiene turno de noche; pero él tampoco conoce al vecino, eso lo sé yo.

—Está bien.

—¿Ya está? ¿Puedo cerrar la puerta?

Asentimos. Cerró. El timbre del piso de Torres no funcionaba. Descendimos de nuevo a la calle. Dimos cortos paseos por la acera.

—El jodido Garzón está tardando demasiado en llegar con la maldita orden.

—Tranquila, inspectora, aún es pronto.

—¿Se habrá negado el juez a dársela?

—No lo creo. Ha estado colaborando con nosotros estrechamente, nunca ha puesto ninguna dificultad.

A la cuarta vez que pasamos por delante de la librería Negra y Criminal, salió de ella un hombre delgado y con gafas:

—¿Buscan a alguien? —preguntó.

—A este hombre —aproveché para preguntar al tiempo que le mostraba una foto de Torres. La miró con detenimiento.

—No, no me suena. Conozco a todos mis clientes y este hombre no lo es.

—¿Conoce a todos sus clientes? —me sorprendí.

—Ésta es una librería muy familiar. Estamos especializados en novelas de crímenes y todo el que viene charla un rato conmigo o con mi esposa. Es como si fuéramos todos del mismo gremio. La novela criminal hace muchos amigos.

En ese mismo instante llegó Garzón.

—¡Vaya, Paco, ya me imaginaba que estarías por aquí! —le soltó a nuestro interlocutor.

—¡El subinspector Garzón en persona! —exclamó él. Me quedé de una pieza. Estuvieron un momento dándose mutuos parabienes hasta que Fraile, un tanto impaciente, preguntó:

—¿Trae usted la orden, Fermín?

—Sí, sí, perdón; vamos al tajo. Paco, te tengo que dejar.

—¿Están detrás de alguien? —me interrogó el librero.

Le puse una mano en el hombro y dije cordialmente:

—Quédese en la ficción, amigo mío, y deje para nosotros la triste realidad.

Mientras remontábamos de nuevo la escalera, pues el edificio no contaba con ascensor, le comenté a Fermín con mucha sorna:

—¡Hay que ver, subinspector!; creía que ya lo sabía todo sobre usted, pero resulta que sigue sorprendiéndome. Así que es aficionado a las novelas de crímenes.

—La aficionada es Beatriz y algún sábado la he acompañado a comprar libros. Como yo no le cuento nada del trabajo policial, la pobre va pescando de las novelas aquí y allá.

Fraile, que iba delante, se paró y nos miró sin salir de su asombro. Él también descubría paulatinamente cosas sobre nosotros, y todas ellas iban en la misma dirección: éramos unos inconscientes y estábamos como dos cabras. No se explicaba de otro modo que en aquellos momentos de tensión saliéramos por semejantes peteneras. Nos quedamos callados por fin.

Llamamos al timbre. Nadie respondió. La puerta no tenía cerrojo de seguridad, de modo que la abrimos sin excesivas dificultades. El cuadro que se presentó ante nuestros ojos no admitía duda ninguna: habíamos encontrado el «nidito de pasión» de nuestro hombre. Contrastaba fuertemente con el interior del piso vecino que acabábamos de atisbar. Se trataba de una única estancia con una puerta al fondo y todo estaba pertrechado lujosamente y con notable mal gusto. Una gran cama ocupaba el centro; en el techo, el inevitable espejo. Un horrendo mueble bar lleno de botellas y vasos indicaba cuál era una de las actividades del lugar; no la principal, por supuesto. Lo demás eran complementos: una cafetera eléctrica y dos tacitas, un aparato de música y cuadros en las paredes, todos ellos proclives a crear una atmósfera sensual: fotos de labios velados por brumas, de una mujer con el rostro oculto tras el pelo; un tratado de antiestética al máximo de su potencialidad. El colofón lo ponían muchos cojines rojos en forma de corazón esparcidos por la estancia. Garzón, que desde su matrimonio burgués había adquirido cierto criterio decorativo, soltó:

—¡Jo, en un sitio tan hortera como éste a mí no se me levantaría ni con una grúa!

—¡Fermín!, ¿es necesario que sea tan basto? —lo reprendí.

Fraile soltó una sonora carcajada y fue a abrir la puerta del fondo. Lo seguimos. Era un baño amplio, aunque no luminoso, y seguía la misma tónica ornamental del apartamento: alicatado en negro, con espejo y adminículos dorados. La bañera incorporaba un spa ultramoderno.

—Puede que sea feo, pero no se lo montaba nada mal —me adelanté a los posibles comentarios soeces del subinspector.

Fraile llamó enseguida a una dotación de la Científica. Mientras llegaban estuvimos inspeccionando sin tocar nada. Todo estaba ordenado, pero no demasiado limpio. En un armarito disimulado tras la puerta había un aspirador. Probablemente era el propio Torres quien se ocupaba de adecentar la sala tras sus visitas.

—No se ven rastros de adminículos eróticos que hagan pensar en sadismo o masoquismo —dijo Fraile.

—Se limitaba a cargarse a sus amantes —farfulló Garzón con cara de asco.

Cuando llegaron nuestros compañeros volvimos a comisaría. Llegamos al acuerdo de que sería el subinspector quien escribiría el informe de lo investigado en el día hasta aquel momento. Se quedó frente a su ordenador. Fraile me siguió a mi despacho.

—Margarita Estévez Roldán no vendrá hasta dentro de una hora. ¿Puedo echarme un rato en su sofá? Me conviene descansar aunque sea un momento.

—Por supuesto, Roberto. Correré el cerrojo. Lo despierto cuando aparezca esa mujer.

Cayó como si fuera un saco terrero e instantáneamente se durmió. Me quedé observándolo. Tenía las manos cruzadas sobre el pecho, los ojos apretados con fuerza, la cabeza ladeada. Su cara presentaba un gesto doliente. ¿Quién era aquel hombre en realidad? ¿Qué pasaba en su vida, tenía una vida que no fuera el trabajo? ¿Trabajaba tanto por convicción, por simple deseo de medrar en su cuerpo policial? Hay personas, pensé, que pueden pasar años a tu lado sin mostrarte nada de su intimidad, de su pensamiento. Quizá nuestro querido asesino en serie era también así: convencional en la forma, monstruoso en el fondo. Me incliné hacia atrás en mi silla giratoria. El sonido de la respiración profunda y acompasada de Roberto Fraile me indujo al sueño. Me encontraba cansada, un cansancio alimentado por la frustración. Empezaba a sospechar que nunca atraparíamos al maldito Armando Torres, que todo lo avanzado hasta el presente se desvanecería delante de nosotros como se desvanece el recuerdo de una ficción. Un asesino en serie que a fuerza de aparente normalidad resultaba anodino. Un típico solterón de otros tiempos que construye una vida paralela para que nadie a su alrededor sospeche de él, lo critique, lo señale con el dedo. ¿El señor Torres?: un hombre educado, amable, puntual, honesto y lleno de virtudes. ¿Qué hay dentro de la gente, quién se agazapa tras cualquier personalidad? Sentí que alguien me zarandeaba, grité. Vi cómo Fraile descorría el cerrojo, abría la puerta. Oí la voz del policía Domínguez:

—Ha llegado la testigo. ¿La hago pasar?

—Acompáñela a la sala, ahora vamos.

Domínguez estiró el cuello hacia el interior del despacho para ver dónde estaba yo. Si seguíamos trabando la puerta con cerrojo, mi reputación se vería dañada. Puede que los compañeros de comisaría me perdonaran enseguida un desliz sexual, pero nunca me absolverían de haberlo cometido con un miembro de otro cuerpo de las fuerzas de seguridad. La expresión de Fraile era un arcano, cualquiera hubiera dicho que venía del más allá.

—Usted también se ha dormido, inspectora. Voy a lavarme la cara.

—Yo también —dije sintiéndome más culpable que solidaria.

Garzón, incombustible, acababa de llegar a la sala cuando entramos. Estaba sentado frente a la mujer: Margarita Estévez Roldán. Alta, recia, todavía guapetona, iba vestida con ropa cara y bastante llamativa. Enseguida me di cuenta de que nos hallábamos ante una cincuentona descarada y segura de sí misma. Nos miró con ademán retador.

—¡Vaya, ya estamos todos! —exclamó en plan irónico—. ¿Ustedes son los responsables de que la poli me siga a todas partes? Porque aquí este señor dice no saber nada.

—El señor, como usted le ha llamado, es el subinspector Garzón. Él es Roberto Fraile y yo Petra Delicado, ambos al mando de esta investigación.

—Vale, pues a los tres les digo, para que quede bien claro, que no estoy dispuesta a seguir teniendo una escolta policial.

—Es una medida que se ha tomado por su propia seguridad.

—Éste es un país libre, que yo sepa, y cada uno hace lo que quiere con su propia seguridad.

—Señora Estévez —inició Fraile, como siempre, conciliador—. Tenemos muchas pruebas concluyentes de que el hombre con el que usted está saliendo puede haber cometido una serie de asesinatos.

—¿Saliendo yo? ¡Yo no estoy saliendo con nadie!

—Le hablo de Armando Torres, que usted conoció por mediación de la agencia Vida Futura.

—¡Por favor, no me hable de esa agencia! Me seleccionaron a un par de gilipollas que no se podían aguantar. El primero, un viejo de casi setenta y cinco que me llevó a ver un partido de fútbol como máxima diversión. Y luego el tal Armando, un cursi inaguantable al que sólo vi un par de veces y al que enseguida largué. ¿Y dice que ese tío ha cometido asesinatos? ¡Por Dios, ése no era capaz ni de matar una mosca con un espray!

—Empecemos por el principio —se cargó de paciencia Fraile—. ¿Por qué recurrió usted a una agencia tan confidencial como Vida Futura?

—Mire, inspector, soy viuda desde hace unos años. Tengo tres hijos ya mayores y dos nietos. No hay nada que tenga que ocultar. Lo que ocurre es que no me pasa por las narices que mi familia sepa lo que hago en mis ratos libres, ¿me comprende? Como usted además ya debe saber, soy la dueña de un restaurante muy conocido en Barcelona, así que tampoco me conviene que se corran rumores sobre mí. Una amiga me habló de esa agencia y me pareció una buena idea para salir con algún hombre interesante, echar una canita al aire, ya me entiende. No pienso volver a casarme, pero...

—La entiendo muy bien. Cuénteme cómo fueron las cosas con Armando Torres.

—Horribles, ya le digo. Su aspecto físico ya no me gustó. No es que crea que soy una *top model*, pero al menos he intentado modernizarme un poco, mientras que él... era un tipo chapado a la antigua en casi todo, incluida su manera de hablar, de vestir, de pensar...

—¿Qué hicieron?

—Lo típico en una primera cita: fuimos a cenar a un restaurante, uno especializado en pescados.

—¿Dónde estaba?

—En la Barceloneta.

—¿Y qué pasó?

—Nada de particular. Se puso a charlar sobre viajes, tema muy socorrido, sobre las ciudades que había visitado y a las que le gustaría volver. Era muy pelmazo, no tenía la más mínima gracia ni mordiente. No nos reímos ni una sola vez. A los postres, cuando ya habíamos bebido un poco, se enrolló mal, diciendo que él era un caballero y que sus intenciones eran buenas. ¿Se imaginan, a estas alturas? Yo le contesté que no tenía ninguna intención concreta, que no buscaba compromisos y que me gustaba mucho mi libertad.

—¿Cómo reaccionó?

—De ninguna manera. Parecía uno de esos tipos que ni siente ni padece. Generoso sí era, y sin problemas de dinero, porque estuvo insistiendo en que tomara los platos más exquisitos de la carta y pidió un vino carísimo, lo sé muy bien por mi ocupación profesional. Luego se negó a que compartiéramos los gastos de la cena y me invitó él.

—¿Cómo acabó la cita?

—Con la excusa de conocernos mejor, me preguntó si me apetecía ir a tomar una copa a un apartamento que tenía cerca de allí. Le dije que estaba cansadísima, que otro día quizá. No sé qué suele pasar en estos casos, pero a pesar de que era evidente que la cosa no había funcionado, no se enfadó ni se puso impertinente. Pensé que a lo mejor sí era un caballero de verdad, pero, sinceramente, no era un caballero español chapado a la antigua lo que yo estaba buscando.

—¿Y no ha vuelto a verlo?

—¡Pues claro que no! Hubiera tenido que pasar por la agencia para avisar de que me enviaran a otro tipo, pero pensé que no valía la pena. El candidato anterior que me llevó a un partido de fútbol era todavía mucho peor. Parecía un hortera redomado. Me estuvo contando que, gracias a un negocio de exportación-importación, estaba muy bien situado y tenía una segunda vivienda en La Floresta. El plan que había hecho para nuestro próximo encuentro era pasar un fin de semana en el campo. Le dije que era alérgica al polen y me marché. Con esos resultados comprenderán que no tuviera ganas de volver a la agencia. Dije adiós a la pasta que había pagado y se acabó.

—¿Ellos no se pusieron en contacto con usted?

—No, ¿para qué? Habían cobrado por adelantado y yo no había dado más señales de vida. Lo ideal para ellos, ¿no creen? Pero desde luego no pienso volver a hacer caso de los consejos de la gente nunca más. Ni aunque me recomienden una película buenísima pienso ir a verla.

—Quizá no saliendo de nuevo con ese hombre ha salvado usted la vida, Margarita.

Soltó una risotada sarcástica y miró a Fraile con descaro.

—¡Por favor, inspector, ni en un millón de años me harán creer que aquel mosquito muerto tan galante es un asesino en serie, se lo aseguro!

El imaginario popular sobre los asesinos en serie continuaba anclado en el estereotipo de la ficción: psicópatas de aspecto patibulario o tipos raros que coleccionan animales disecados como el Anthony Perkins de *Psicosis*. Las últimas noticias publicadas en los periódicos no habían contribuido a deshacer esa leyenda. Margarita se volvió hacia mí:

—Supongo que ahora me quitarán a ese escolta que me sigue, ¿verdad?

—No sería prudente —argüí.

—Pues al menos que se quede en la puerta de la calle. No me apetece que esté en mi casa.

—Veremos qué se puede hacer.

Salió renegando levemente, con el paso decidido que definía su personalidad. A Garzón le faltó tiempo para comentar:

—Yo no me preocuparía demasiado por ella, si se encuentra con el asesino es muy capaz de hacerlo picadillo con sus propias manos.

Nos quedamos callados los tres, nos miramos. Nadie sabía cuál debía ser el siguiente paso. Estábamos pendientes de que los compañeros de la Científica nos dieran noticias del registro en el apartamento de Torres. Me levanté.

—Ustedes pueden hacer lo que les dé la gana, pero yo me voy a la calle. Necesito tomar una cerveza.

Mi necesidad fue compartida inmediatamente por Garzón. Fraile remoloneó brevemente pero también se puso en pie. Cruzamos la calle y el ambiente cálido de La Jarra de Oro nos dio la bienvenida. Pedimos tres cervezas. Empezamos a beber. Cuando no existe consuelo en lo principal, siempre quedan la cerveza y los amigos. Estábamos cansados, hartos quizá. Descubríamos cosas nuevas, pero la pista esencial se nos escapaba una y otra vez. ¿Dónde se escondía aquel cabrón? ¿Habría salido del país? Ninguna comisaría española había dado la más mínima voz de alarma. ¿Era el momento de recurrir a la europea, a la Interpol quizá? Los jefes se resistían a dar el paso, querían apurar un poco más. No resulta lucido movilizar a todo dios y que luego la presa aparezca debajo de tu mesa. Fraile, incapaz de desconectar del deber siquiera un momento, llamó por teléfono al hombre que seguía a Bárbara Mistral. Se apartó un poco de nosotros. Lo vimos cabecear, asentir, negar; regresó diciendo que no había nada nuevo ni sospechoso. Había ido otra vez de compras, se había visto con una amiga y después de nuevo a la filmoteca. La conclusión es que era cinéfila y rutinaria, poco más.

—¿Han visto cómo ha reaccionado Margarita Estévez frente al escolta? Nadie quiere la protección policial. Es casi ofensivo —dije entre dientes.

—Usted ha sido la primera en rechazarla —me espetó el subinspector.

—¡Porque casi venían con banda de música!

Nadie me rio la gracia. Miré a mis dos compañeros. Nunca había visto dos hombres en mayor estado de abatimiento. Si cualquier trabajador, fuera en el campo que fuera, permitiera que sus ocupaciones influyeran de tal modo en su estado de ánimo, sin duda le recomendarían acudir a un psicólogo. Y, sin embargo, allí estábamos nosotros, carcomidos por la frustración, como si encontrarse deprimido fuera nuestro más sagrado deber. ¿No estábamos haciendo todo lo posible, no robábamos horas al sueño y las añadíamos a nuestros prolongados horarios, no avanzábamos en la investigación, aunque fuera lentamente? Nadie en su sano juicio se atrevería a exigirnos más. Decidí zarandear el árbol; si no caían los frutos maduros, al menos nos desembarazaríamos de las hojas muertas.

—¿Saben lo que les digo, señores? Que, total, por la hora que es, hoy no vamos a hacer mucho más. Les propongo que llamemos a nuestros cónyuges, y una vez éstos avisados, nos larguemos a cenar por ahí. A lo mejor así conseguimos disipar tanto nubarrón como veo flotando sobre nosotros.

—Me apunto al instante —afirmó Garzón.

—Aunque usted mejor se mete en la cama, Roberto. No creo que esté para muchos trotes.

—He tomado tanto café que no podré conciliar el sueño. Además, si me acostara ahora no dejaría de pensar en el caso. Voy con ustedes.

Llamé a Marcos, Garzón a Beatriz. Fraile no avisó a nadie, como tenía por costumbre. Recogimos discretamente de la comisaría nuestras prendas de abrigo y salimos a explorar Barcelona en una noche húmeda y bastante desapacible. Sólo con el inicio de aquella pequeña subversión, el humor general parecía haber mejorado.

—¿Por qué nos inclinamos? —pregunté—. ¿Acaso un alemán?

—Yo no me inclino ni ante un alemán ni ante un sueco —soltó Garzón empezando a ponerse en forma—. Mejor vayamos a una tasca de las de toda la vida. Conozco una en la calle Montcada en la que sirven todo tipo de tapas tradicionales.

—¡Estará llena de turistas! —exclamé con fastidio.

—¿Y a nosotros qué más nos da? Nosotros a lo nuestro, que es la deglución artesanal y el tintorro. Además, Barcelona ya no tiene ni un maldito barrio en el que no haya turistas.

Hubo consenso y nos plantamos en la calle Montcada después de dar un paseo. El restaurante estaba, efectivamente, plagado de extranjeros, pero nos colocaron en una mesita cerca de la barra que prometía cierta intimidad. Después de haber olido los deliciosos aromas que impregnaban el aire, nadie estuvo dispuesto a abandonar el local por muchos que fueran los visitantes venidos de fuera.

El camarero nos informó al darnos la lista de tapas sobre un menú de pequeñas degustaciones que venían acompañadas de su vino correspondiente. Un «maridaje», tal como él lo llamó. Asentimos, nadie quería ponerse a pensar en sus apetencias personales; si bien el subinspector refunfuñó un rato cuando estuvimos solos.

—¡Ya empezamos con mariconadas! Antes, se metía uno en un bar y señalaba lo que quería entre las bandejas expuestas. Luego, pedía una botella de blanco, tinto o clarete y en paz. Pero ahora todo son invenciones y carajadas. Les aseguro que como nos larguen una tapa de sushi voy a montar un pollo.

—Es usted más tradicional que una hogaza de pan, Fermín. Todas estas innovaciones le gustan a la gente, compréndalo —solté.

—La gente se caracteriza por ser tonta del culo.

—No sólo es usted tradicional sino también grosero.

—Si no tuviera algún defecto resultaría insultante para los demás.

Inopinadamente, Fraile soltó una carcajada.

—Son ustedes increíbles —se explayó—. Llevamos un caso que está resultando endemoniado y no se les ocurre nada más que bromear y salir de cena.

—Ya le dije una vez que éste es un excelente método para tomar nuevos bríos en el trabajo —apunté.

Las tapas estaban buenas y las íbamos agotando sin demora. Junto a ellas, se vaciaban las copas de distintos vinos. Aquél era un maridaje con poca igualdad entre los contrayentes, ya que la bebida se servía con más abundancia que la comida. Sin embargo, ninguno de los tres le hacía ascos al acompañamiento líquido. Ni siquiera Fraile, poco acostumbrado a beber, dejaba pasar un solo turno. Los resultados no tardaron en hacerse notar. Estábamos alegres, achispados, y deseosos de olvidar el pasado reciente. Roberto Fraile intentó sin embargo, y con poca fortuna, reinstaurar las preocupaciones profesionales.

—¿Qué piensan del caso, señores? ¿Cómo ven el futuro?

Garzón, con un carraspeo sarcástico, declaró:

—En este momento no veo el caso de ninguna manera. Por mí, todos los psicópatas asesinos del mundo pueden irse a freír espárragos.

—¿Cómo puede decir eso, subinspector? —se escandalizó nuestro compañero.

—Mire, frívolo que es uno. Voy a improvisarles un verso: «Un psicópata asesino, solía subirse a un pino, como...».

Lo interrumpí, temerosa de que el sentido del humor de Fraile no coincidiera con el nuestro.

—Este tipo de conversaciones también ayuda mucho en el trabajo, Roberto. Digamos que desmitifica los puntos candentes e impide que se conviertan en obsesiones.

Garzón no estaba dispuesto a que mis mediaciones racionalistas estropearan su inspiración poética, así que siguió con el verso.

—«Como nadie lo encontraba, subido al pino, mataba. Vio a un alegre pajarillo y le estrujó el colodrillo...»

Afortunadamente, esta vez lo interrumpió el camarero que, abriendo los brazos ante nosotros, dijo con brío impostado:

—¡Y esto es todo, señores! ¿Hay algo más que deseen tomar?

Garzón, en vena absoluta, exclamó:

—Pasemos del maridaje a la soltería. Tráiganos una botella del mejor cava que tenga. —Luego se volvió hacia nosotros y añadió—: Hoy invito yo a la cena.

Mis precauciones frente al humor de Fraile habían sido inútiles porque, de pronto, estalló en un ataque de risa imparable. Se puso colorado y se apretaba los ojos con las manos, ocultando así parte de la cara. No sabíamos muy bien el porqué de su hilaridad, si se debía a que estaba borracho o se trataba de los efectos retardados del lírico pajarillo estrujado en el pino. En cualquier caso, su reacción, tardía o no, fue bienvenida.

Acabamos el cava y salimos de nuevo a la calle, ahora fría. Creo que nos tambaleábamos un poco. Inicié una despedida que abortó Fraile:

—Yo invito a la última.

La prudencia era una virtud que habíamos olvidado aquella noche. Nos metimos en un antro bastante oscuro donde servían combinados y cubatas. Allí empezó a bajar el suflé etílico. Estábamos callados, quizá pensando en la resaca que se apoderaría de nuestro cráneo al día siguiente. Entonces Fraile empezó a hablar, mirándose las manos:

—Ha sido una suerte conocerles y trabajar con ustedes, se lo aseguro. No sé si la investigación acabará en éxito o fracaso, pero me han ayudado mucho con su actitud. He relativizado muchas cosas, me he reído muy a gusto, hemos compartido copas... Quiero agradecérselo de verdad.

—¡Por Dios, Roberto, conseguirá hacernos llorar! —intenté quitar un poco de emotividad al asunto.

—Eso es justo lo que no quiero, hacerlos llorar. Me gustaría contarles algo.

—¡Adelante, somos todo oídos! —dijo Garzón jocosamente. Yo, por el contrario, me puse seria, había algo en el modo de hablar del inspector que parecía demandarlo.

—Como ya les dije soy un hombre casado. Lo que no les conté es que mi esposa está recluida en un sanatorio mental.

La brusquedad de la confidencia nos dejó sin capacidad de reacción. Él siguió hablando mansamente.

—Nos casamos muy jóvenes y vivimos en paz hasta que Susana sufrió un brote psicótico. No voy a entrar en detalles. Ha estado entrando y saliendo del sanatorio durante años. La medicación hace efecto un tiempo, pero siempre recae. La última vez intentó matarme con mi propia pistola. Los médicos consideraron necesaria una larga reclusión hospitalaria. Nunca pierdo la esperanza de que vuelva a casa, de que den en el clavo con los medicamentos y volvamos a vivir felices.

Se quedó callado, nosotros también. Por fin el subinspector rompió el aire gélido que se había extendido entre nosotros:

—¡Pues claro que no debe perder la esperanza! La medicina evoluciona continuamente, siempre salen sustancias nuevas, tratamientos...

—Eso pienso yo también —contestó Fraile.

—Le agradecemos mucho que haya tenido tanta confianza con nosotros —habló de nuevo Garzón.

—A medida que hemos ido conociéndonos tenía la sensación de que debía decírselo. No suelo hacerlo con nadie porque detesto que me tengan compasión.

—¡Ah, por eso no se preocupe, ya sabe que la inspectora y yo no tenemos piedad de nadie. Somos unos auténticos cabrones!

Roberto se echó a reír. ¡Qué bien lo había hecho Garzón, cuánta sensibilidad había demostrado en la elección de sus frases, hasta qué punto había acertado en el tono y el aire de sinceridad! Yo me había quedado muda como una muerta, sin ideas, sin palabras, sin ni siquiera un gesto de complicidad, de asentimiento, de comprensión. El desvelamiento de la intimidad ajena me atemoriza, me causa una timidez patológica. No quiero saber nada de la gente, no deseo penetrar en su mundo personal. Soy un desastre, lo sé, porque sabiendo el dato que Fraile acababa de revelarnos, se podían entender muchas cosas sobre nuestro nuevo compañero. Por ejemplo, su actitud entregada hacia el trabajo, que debía ayudarle a no pensar demasiado en su problema. En fin, lo único que se me ocurrió fue estrechar su mano con más fuerza de la necesaria cuando me la tendió para despedirse, nada más.

Nos quedamos Garzón y yo solos. Él debía pagar la cuenta. Al salir a la calle, resopló:

—¡Vaya apuro, no sabía qué decirle!

—Ha dicho exactamente lo indicado.

—¿Se imagina, Petra, vivir con semejante peso encima? Debe ser espantoso. ¡Por eso se puso como una furia cuando dije aquello del majara! Me voy a pasar una semana pensando en las inconveniencias que puedo haber soltado durante todo este tiempo.

—Yo de usted no lo haría. Es un tema en el que nosotros no podemos ayudarle, lo mejor es seguir igual que hasta ahora, como si no supiéramos nada.

—Supongo que sí, pero no será nada fácil. A los retrasados mentales ahora se les llama «discapacitados», a los que juegan «ludópatas»... ¿usted sabe si hay alguna expresión más suavecita para «psicópata asesino»? Porque decirlo tal cual delante de él me dará mucho corte.

—¡No me maree, Fermín, ya tengo muchas cosas en las que pensar!

Nos dijimos adiós soñolientos. Habían desaparecido por completo los vapores del alcohol.

Me preparé un vaso de leche en la cocina, procurando no hacer ruido para no despertar a nadie. Creía recordar que los hijos de Marcos pasaban la noche en casa. Cuando iba por el pasillo se corroboró ese recuerdo. Marina salió de su habitación, en pijama y con cara de sueño, y me preguntó en voz muy baja.

—Petra, ¿habéis averiguado algo del asesino en serie?

Me quedé estupefacta.

—¡Pero, Marina, deberías estar durmiendo!

—La abuela nos dijo que cuando lo cogierais se lo dirías a ella antes que a nadie. Hugo y Teo seguro que lo pescarán por internet y yo siempre soy la última en enterarme de todo —protestó.

—Vale, de acuerdo, ya te avisaré. Ahora vuelve a la cama enseguida.

Vivimos en un mundo enloquecido, pensé antes de dormir.

10

El registro exhaustivo en el nido amoroso de Torres no dio ningún resultado interesante. Era de esperar. Aquel tipo llevaba sin duda una doble vida, pero las dos eran igualmente convencionales, no dejaban huella tras de sí. Quizá era un asesino tan concienzudo que siempre había previsto que un día mataría y se dedicó desde el principio de sus días de donjuán a aparentar normalidad. La pregunta «¿dónde puede estar Torres?» me ponía inmediatamente enferma y angustiada. Lo hacía en Honolulú, tomándose un refresco mientras nosotros imaginábamos conjeturas sobre su paradero. Sin embargo, la mayor parte de las veces pensaba que un hombre tan anodino como él no se habría movido de España. Sus cuentas bancarias eran intocables, por supuesto. A la mínima que se acercara a un cajero y sacara algo de pasta, lo tendríamos a nuestra merced. Pero podía tener dinero negro guardado e ir tirando de él. Quizá durante su actividad profesional había acumulado alguna cantidad importante. Interrumpió mis pensamientos Garzón entrando en el despacho. Como parecía haber adquirido por costumbre, dio el parte sobre las actividades de Fraile.

—Ha ido a pedirle a Bárbara Mistral un estadillo de sus cuentas.

—Eso está bien.

—Lo malo es que ha llegado el psiquiatra. Dice que tenía una reunión con él y que parece haberse olvidado.

—Pues que espere un momento.

—Tiene prisa.

—Entonces hágalo pasar, lo atenderé yo.

Fraile era un fenómeno, no dejaba de lado ningún flanco de la investigación, lo controlaba todo a la vez, en todas partes tenía puesto un ojo. El psiquiatra que teóricamente colaboraba con nosotros era amable, pero como todos los profesionales que colaboran con la policía, debía atender a sus propios asuntos y siempre llevaba prisa. Le pedí que me confiara lo que tuviera que decirle a mi compañero.

—No hay nada que sea nuevo —respondió—. Hacemos reuniones rutinarias con el inspector Fraile. Él pregunta y yo contesto.

Lo dicho, Roberto era un crack. Intenté pensar en algo que pudiera preguntarle a aquel hombre circunspecto que me observaba.

—Hay algo que no entiendo —empecé—. ¿Por qué el sospechoso ha empezado a matar cuando ya ha cubierto más de la mitad de su vida? Si se trata de un psicópata, lo habrá sido desde siempre. ¿Por qué ha tardado tanto en lanzarse?

—Las psicopatologías son complejas. A veces sus síntomas no se traducen en hechos concretos durante años. Es posible que este hombre tuviera manifestaciones que no fueran visibles para los demás. ¿Quién sabe?, podría haberse dedicado a matar ratones compulsivamente, o a escupir sobre su imagen en el espejo, o a clavar alfileres de modo ritual en fotografías femeninas. Cosas malsanas en sí mismas pero inofensivas para la sociedad.

Me estremecí. De pronto, me parecía casi tan insano matar ratones en la intimidad como cargarse amantes despechadas. Había algo profundamente oscuro en una mente extraviada, algo que debía provocar un sufrimiento intolerable en el propio individuo.

—Y sin embargo —aduje—, la última mujer que estuvo con él se niega siquiera a considerar que pueda tratarse de un loco. Lo encontró vulgar, pacífico, sin el menor rasgo de insania o perversidad.

—Es corriente que eso suceda. Los auténticos psicópatas son difíciles de detectar.

—Tampoco en sus casas hay detalles que puedan hacer pensar en un enfermo. Entiéndame, fetiches, lecturas de tipo sexual...

El psiquiatra se impacientó levemente:

—Inspectora, algo puede dar por seguro: alguien que mata a sus amantes de modo serial, les destroza el rostro a cuchilladas y deja notas de despedida, tiene sin duda una patología mental. El ser humano puede ser malo y cruel, pero no tanto.

—Lo entiendo.

Pero no lo entendía del todo. ¿Hasta qué punto el ser humano puede ser malo y cruel por naturaleza, hasta qué punto por enfermedad? Un tema para la filosofía que era inútil tratar en aquel momento. Me fastidiaba, sin embargo, admitir que buscábamos a un enfermo. Eso significaba que, si lo atrapábamos y era juzgado, su pena consistiría en pasar buena parte del resto de su vida en el psiquiátrico de una prisión. No era evidentemente salir de rositas después de sus crímenes, pero me daba la impresión de que era una condena demasiado ligera para unos asesinatos tan odiosos. Sin duda debía llevar cuidado con mis sentimientos, podía caer con facilidad en el síndrome del policía justiciero por encima de la Justicia, algo profundamente fascista en sí mismo que me repelía siquiera imaginar.

Llegó Fraile, llegó Garzón y mi despacho volvió a ser el lugar bullicioso en que se había convertido a raíz de aquel caso. Pregunté al primero qué tal le había ido con Bárbara Mistral.

—No le hizo ninguna gracia que le pidiera las cuentas de su negocio, como es natural, pero no puso demasiados inconvenientes en hacerme una copia de la contabilidad general. Le pregunté cómo había pagado sus servicios Armando Torres. Tuvo que mirar en el ordenador porque no se acordaba. Fue en metálico, aunque no aparecía la factura por ninguna parte. Me dijo que quizá se había extraviado. Prometió buscarla y enviármela.

—Apuesto lo que sea a que no aparecerá —afirmó el subinspector con tonillo chocarrero—. Una agencia tan confidencial que es casi fantasma se presta mucho a cobrar en negro, con todo lo que eso significa. ¿Creen que deberíamos denunciarlos a Hacienda?

—De momento yo no lo haría, puede interferir en la investigación. Siempre estaremos a tiempo.

Sonó mi móvil, y como mis compañeros seguían hablando, salí al pasillo para contestar.

—¿Inspectora Delicado? Soy Sebastián Comín, ¿me recuerda?

—Sí, claro, dígame —balbucí sin tener la más remota idea de con quién estaba hablando.

—En primer lugar quiero disculparme. Dejé el recado a su compañero y le dije que la llamaría de nuevo, pero se me pasó por completo. Lo siento, todos vamos tan acelerados... como usted tampoco me ha llamado supongo que no tiene mucha importancia lo que encontré.

Me alteré profundamente. Fuera quien fuese aquel hombre y fuera lo que fuese lo que había encontrado, no haberme acordado de llamarlo significaba un fallo garrafal por mi parte: una línea de investigación dejada en el aire.

—Usted me preguntó si algún Armando había trabajado con nosotros en nuestra empresa. Estuve removiendo archivos y resulta que sí, un tal Armando Torres Martínez. Estuvo en el área de proyectos durante más de diez años. Luego dejó la empresa hace tres años y montó otra por su cuenta, una pequeña empresita de construcción que se llama o llamaba Aitor.

—¿Conoció usted personalmente a Torres?

—No, yo no estaba entonces en la firma.

—¿Puede darme más datos de Aitor?

—Pues los que el propio Torres dejó en su ficha cuando se dio de baja. Sólo figura el nombre y la sede social: calle Urgell, número 151, entresuelo. Eso es todo. Busqué en el registro de empresas y parece que al tal Torres no le fue muy bien en su nueva andadura, Aitor echó el cierre el año pasado. Inspectora, ¿está ahí todavía?

—Sí, le estoy escuchando.

—No hay más que decir. ¿Le han servido de algo mis datos?

—Me han servido muchísimo. Le agradezco infinitamente su cooperación.

Colgué y miré en todas direcciones sin saber qué estaba buscando. No buscaba nada, quizá sólo a aquel maldito santo que se me había ido al cielo de modo incomprensible. ¡Había olvidado el tema de las empresas constructoras! Me maldije a mí misma y salí escapada de comisaría sin decir ni una palabra a nadie.

No me enteré de si en la calle Urgell había tráfico o no. No recuerdo nada de lo que vi ni de lo que pensé durante mi trayecto porque creo que no vi ni pensé absolutamente nada. Iba cegada, absorta en una premonición: escondido en aquel despacho encontraría a Torres. Llamé al timbre y no hubo respuesta. No repetí la llamada. Caminé haciendo ruido con los zapatos, bajé la escalera. Una vez en la entrada, me descalcé y volví a subir sigilosamente. Me coloqué frente a la puerta. Silencio total. Oía el ruido de los coches en la calle, algunas voces amortiguadas que venían de pisos vecinos. Respiraba con dificultad. Al cabo de un momento, llegó un sonido brusco desde el interior: no hubiera podido asegurarlo, pero me dio la impresión de que alguien había corrido una silla, haciéndola chirriar sobre el suelo. Di unos golpes secos en la puerta:

—¡Policía, abra inmediatamente!

Ninguna respuesta. Repetí los golpes, pulsé el timbre muchas veces.

—¡Abran!

Miraba la cerradura con furia, estaba empezando a sentir un movimiento interior de ira compulsiva. No dudé ni un momento más, saqué la pistola y descargué varios tiros seguidos sobre la cerradura. Yo misma me asusté ante el estrépito. Al cabo de un instante, una voz aterrorizada suplicó:

—¡No disparen por favor, voy a abrir, pero no disparen!

Esperé, jadeante, y dulcemente, la puerta se abrió un poco. Le di una patada para dejarla de par en par. Con la espalda apoyada contra la pared y el rostro trasmutado por el pánico, había un hombre bajito. No se atrevía a mirarme siquiera, sus ojos estaban pendientes de la pistola.

—No dispare —repitió. Tenía tanto miedo que le costaba articular las palabras.

Seguí apuntándole. Le ordené poner los brazos en alto, darse la vuelta, abrir las piernas. Lo cacheé a fondo. Sólo entonces me di cuenta de que el hombre iba en pijama, un pijama de rayas anticuado y absurdo. No estaba armado. Puse una silla en medio de la habitación y le mandé sentarse en ella. Sólo entonces llamé a Fraile, le advertí de que viniera con una dotación de hombres y un furgón policial.

Tengo bien asumido que cuando la reflexión no antecede a la acción luego siempre hay problemas. Y los hubo. Pero si estás tan enajenado que no puedes pararte a reflexionar, ¿cómo recuperar la cordura? Y así es como yo actué en la detención de Armando Torres, abismada en el impulso de ir hacia delante, sin resquicio para la meditación o el equilibrio.

La primera consecuencia de mi precipitación fue la filípica que me soltó Coronas:

—¿Pero está usted loca, Petra? ¿Qué ventolera le dio

para presentarse sola a practicar una detención de ese calibre? ¡Por no hablar de los disparos en la cerradura! ¿Quién se cree que es, Harry *el Sucio*? El juez nos va a poner de vuelta y media. Espero que esto no tenga consecuencias en su expediente. Pero a estas alturas, ¿no sabe usted lo que es un protocolo de detención?

—No tenía la menor seguridad de que el sospechoso fuera a estar en el piso.

—¡Joder, Petra, pues para no estar segura fue usted en línea recta!

Las amonestaciones de mi jefe me dieron más o menos igual. Había recibido tantas broncas en mi vida policial que una más no me afectaba. Lo que de verdad me dolió fue la reacción de Roberto Fraile. Cuando Torres ya estaba encerrado y habían pasado los nervios del momento, se acercó a mí muy serio y me dijo:

—Nunca pensé que siguiera vigente entre nosotros la competencia entre cuerpos policiales.

—No le entiendo —respondí, y era completamente franca.

—Si quería todos los méritos para la Policía Nacional, sólo bastaba con decírmelo. Yo me hubiera abstenido de presentarme en la detención.

Se me clavó una astilla punzante en el pecho. El sentimiento de que se cometía una profunda injusticia conmigo me avasalló. Casi temblando, pregunté:

—¿De verdad piensas eso, de verdad has podido llegar a pensar que yo...? ¡Actué por impulso, Roberto, en ningún momento se me pasó por la cabeza que...!

Lo había tuteado sin darme cuenta, y estaba tan nerviosa que no era capaz de acabar mis frases. Él sonrió tristemente.

—Da igual, Petra, dejémoslo. Las cosas son como son y ya no pueden cambiarse.

Se fue caminando despacio. Me volví hacia Garzón, que se había quedado en segundo plano:

—Fermín, usted sabe que yo no soy así, lo sabe, ¿verdad?

—Yo sí que lo sé, Petra, pero convencer a Fraile de que no quiso robarle méritos va a costarle bastante.

Me encontraba perpleja, consternada. El subinspector se dio cuenta de mi estado de ánimo y enseguida quiso reconfortarme con el procedimiento habitual.

—Tampoco es para tanto, inspectora. Ya se le pasará el mosqueo. ¿Le apetece una cervecita?

—Ahora no me apetece, otro día. Creo que me iré a casa. Hoy no hay mucho más que hacer aquí.

—Tendrá que redactar el informe. Al haber estado usted sola en los hechos, nadie más puede hacerlo.

—Que lo haga Rita —dije de mal humor. Y me fui para casa. En vez de estar feliz por haber atrapado al asesino, me sentía como si la asesina fuera yo.

Una buena razón para tener pareja estable es que puedes descargar sobre ella tus estados de ánimo sombríos. Pensé eso cuando Marcos me recibió con los brazos abiertos. Hubiera podido empezar a contarle hasta qué punto estaba siendo víctima de una injusticia. Sin embargo, no me hubiera resultado nada fácil que llegara a entenderme. Acababa de cumplir un objetivo preferente: detener a Armando Torres, pero en vez de celebrarlo, lo que me pedía el alma era empezar a lloriquear porque mi reputación de buena compañera había flaqueado. Dudé de que mi marido comprendiera mis motivos. Me abstendría de aprovechar las ventajas del matrimonio, por lo menos en aquella ocasión. Informé a Marcos, sin embargo, de las importantes novedades que se habían producido, y él me felicitó. Lo único que me permití fue preguntarle:

—¿Crees que soy demasiado vehemente?

Él, completamente despistado sobre las auténticas razones que me impulsaban, respondió:

—No más de lo que debe ser un buen policía, y tú lo eres.

A pesar de no saber a qué estaba contestando, dio en el clavo. Cierto, ¿qué hacía yo preocupándome de lo que pensaba Roberto Fraile? Toda competencia entre cuerpos policiales debía traerme al pairo. También la concordia absoluta con el equipo investigador. Todo eso eran desviaciones infantiloides de mi auténtica labor: atrapar a un culpable. Yo era una buena policía y había seguido vehementemente mis impulsos. La caza dio buen resultado, era lo único que contaba en realidad. Inquietarse por cómo me juzgaran los demás no dejaba de ser un ejercicio narcisista: mi imagen perfecta había quedado dañada. Daba igual, las imágenes no capturan asesinos.

El comisario Coronas había pedido al juez que instruía el caso del asesino en serie que prolongara todo lo posible el permiso para que nosotros lo interrogáramos. No se opuso, era un juez complaciente que de pronto se había visto inmerso en un tipo de delito con el que nunca había tenido que bregar. Creo que incluso agradeció el periodo de tiempo extra que le brindábamos.

Perfecto entonces, Torres contrató a un abogado y todo estaba listo para comenzar. Comenzó mal, porque el presunto asesino se declaró absolutamente inocente de los cargos que se le imputaban: no había matado a nadie jamás. Se nos presentaba un mal trago, las pruebas que teníamos no dejaban de ser circunstanciales. La habilidad que demostráramos en los interrogatorios se revelaba como algo crucial. Con la aquiescencia del comisario, decidimos que los llevaríamos a cabo los tres: Fraile, Garzón y yo misma.

Naturalmente, lo primero que reclamó el juez fue un diagnóstico psiquiátrico del sujeto. Ningún problema, nuestro experto colaborador se encargaría de ello. Nosotros, por nuestra parte, tuvimos una primera reunión con el abogado. Reiteró que su cliente se declaraba inocente.

—¿Tiene su cliente algún tipo de coartada para las fechas y horas en las que se cometieron los asesinatos? —preguntó Fraile.

—Mi cliente lleva una vida muy tranquila, muy ordenada. Eso dificulta que recuerde qué estaba haciendo en los momentos concretos en los que se cometieron unos crímenes que no significaban nada especial para él.

—O sea que no tiene coartada. ¿Es usted su abogado desde siempre?

—No, ni siquiera nos conocíamos. Me ha contratado porque me vio una vez en una corta entrevista que me hicieron en televisión y pensó que era competente.

Fraile lo miró con gravedad, se dirigió a él en otro tono.

—Abogado Serret, yo creo que debería usted hablar con el juez y quizá llegar a algún tipo de acuerdo. El caso del que va a ocuparse pinta mal para Torres, y si se aviniera a confesar y…

El abogado lo interrumpió al instante:

—Me gustaría poder hacer lo que usted dice, pero el señor Torres insiste en su total falta de responsabilidad en esos horribles crímenes.

—¿Y usted lo cree?

—Sé que va a sonarles muy poco profesional, pero el modo en que me ha hablado me resulta completamente sincero.

—Muy bien, en ese caso, no tengo más que decir.

Cuando hubo salido de nuestras dependencias nos miramos los tres con aire escéptico.

—O tiene una estrategia muy secreta o se limitará a probar suerte —dijo Garzón.

—Antes de cualquier cosa tendrá que atenerse al dictamen del psiquiatra —afirmé.

—Eso tardará bastante. El juez mandará a otros psiquiatras para interrogar a Torres. Además, harán falta muchas sesiones antes de que tengan un diagnóstico fiable —terció Fraile.

Era obvio que la prisa había pasado a ser algo secundario, aunque no del todo. En algún momento, el asunto se judicalizaría por completo y la policía ya no tendría nada que hacer, quizá tan sólo declarar en el juicio. Debíamos montar nuestra propia estrategia. Nos reunimos, como siempre, en mi despacho y empezamos a pensar. Fraile procuraba que nuestras miradas no coincidieran. Me fastidió, pero era él quien había comenzado con aquella dinámica de alejamiento personal. Yo no tenía nada que oponer. En ningún caso intentaría hacerme perdonar algo de lo que no me sentía culpable.

Pensamos que lo ideal sería iniciar los interrogatorios los tres juntos, ejerciendo una mínima presión sobre el detenido. Más tarde, si no habíamos obtenido ninguna confesión, nos turnaríamos en el empeño y la presión aumentaría paulatinamente.

En la primera sesión el abogado se sentaba junto a Torres. Entré en la sala y no me atreví a mirar a aquel hombre hasta un buen rato después. Cuando lo hice, su aspecto no me pareció muy diferente del que tenía cuando lo detuve. Ya no llevaba aquel deplorable pijama de estilo tradicional, pero en su rostro seguía pintado el gesto indefenso que suele derivarse de la cobardía. Era bajo, rechoncho, de pelo ralo, bigotillo fascista y labios carnosos, siempre húmedos y enrojecidos. Me repugnó. Iba vestido con un traje impecable de buen corte, corbata rayada en tonos neutros, zapatos lustrosos. Un ciudadano de bien. Empezó Fraile:

—No ha sido usted capaz de aportar datos sobre dónde se encontraba en las fechas de los diversos crímenes que nos ocupan.

—Del primero, ni siquiera me enteré. No me gusta leer en los periódicos las crónicas de sucesos. Los demás, no puedo situarlos en el tiempo.

Tenía una voz meliflua, ligeramente musical, hablaba en tono bajo. Su dueño me repugnó mucho más después de oírla.

—¿Conocía usted a todas las mujeres asesinadas?

No dudó un instante antes de responder:

—Sí, las conocía a las tres.

—¿Cómo las conoció?

—Las conocía por medio de una agencia matrimonial y de contactos amistosos llamada Vida Futura.

—¿Salió con ellas?

—No demasiadas veces.

—¿Puede especificar?

—Unas cuatro o cinco veces con Paulina Armengol, más o menos diez veces con Aurora Retuerto, apenas dos con Berta Cantizano.

—¿Qué sucedió?

—¿Cuándo?

—¿Qué sucedió con todas ellas, por qué las relaciones no llegaron a más?

En ese momento empezó a sudar, sacó un pañuelo de tela de su bolsillo y se enjugó la frente.

—Verá, yo soy soltero. Nunca he pensado en casarme, aunque he tenido muchas relaciones que nunca duraron demasiado. Llegó un momento en el que por cuestiones de edad, y quizá por pereza, pensé que era mejor recurrir a una agencia.

Intervine en el acto:

—¿Qué les hacía a esas mujeres?

El abogado se incomodó visiblemente, casi saltó de su asiento para protestar.

—¡Inspectora, ésa es una manera capciosa de preguntar! Mi defendido no les hacía nada a esas señoras, se limitaba a salir con ellas.

Fraile intentó reconducir la situación, pero el propio Torres se le adelantó, sin hacer caso de su abogado.

—Me gusta la compañía de las mujeres porque las tengo en gran estima y consideración. ¡Nunca haría nada inconveniente a una mujer! Salgo con ellas, charlamos, vamos a un restaurante…

—¿Y su pisito en la Barceloneta? —le lancé con agresividad.

—Es un lugar al que, si se tercia, voy con alguna señora para tener un rato de intimidad. Pero naturalmente vamos de mutuo acuerdo. Jamás se me ocurriría llevar allí a nadie contra su voluntad.

—¿Por qué no iba con ellas a su casa? —continué.

—Soy un hombre muy celoso de mi vida privada. Por eso escogí una agencia de máxima confidencialidad. En mi casa hay portero y si me viera llegar con mujeres diferentes, seguro que haría una mala interpretación.

—¿Como por ejemplo?

—Que soy una especie de donjuán.

—¿Y no es así?

—¡Para nada!

—Entonces, ¿qué es usted?

—Un hombre que disfruta con la compañía femenina, nada más.

—¿Engañaba a esas mujeres?

—No entiendo qué quiere decir, inspectora.

—¿Les hacía promesas de futuro, les hablaba de matrimonio?

—¡En absoluto! Al contrario, si yo veía que alguna de ellas se hacía ilusiones de un futuro común, yo enseguida las sacaba de su error. En algunas ocasiones eso ya era motivo de ruptura.

—¿Ocurrió eso con alguna de las víctimas?

—Quizá con Aurora Retuerto. Al principio salimos sin problemas, frecuentábamos lugares divertidos, lo pasábamos bien. Pero a partir de un momento ella empezó a sacar el matrimonio como tema de conversación y yo le dije que casarme no era mi idea, me encontraba demasiado mayor para eso y me gustaba mi vida tal como estaba.

—¿Ella sufrió una desilusión, se desesperó, le amenazó de alguna manera?

—Inspectora, ya no soy ningún niño, tengo cierta experiencia. No creo que Aurora se sintiera despechada por amor; más bien lo que creo es que quería casarse conmigo para obtener la nacionalidad española. Parece evidente.

—Si damos por bueno lo evidente, entonces usted es un asesino —le solté.

En ese momento se armó un buen follón. El abogado protestó airadamente incluso poniéndose en pie, Fraile y Garzón intentaron inútilmente calmar los ánimos mientras yo vociferaba.

—¡Abogado, no voy a tolerar que se insulte la memoria de las víctimas ni se hagan conjeturas maliciosas sobre los motivos que tuvieron en vida!

El único que se había quedado clavado a su asiento era el principal sospechoso. Me miraba con cara de pánico. Serret hizo gestos para serenar la reunión y serenarse a sí mismo.

—Inspectores, les propongo que hagamos una pausa para comer.

La hicimos, aunque era pronto aún. Fuimos a mi despacho para recoger las prendas de abrigo. Fraile me interpeló:

—Petra, tiene que rebajar un poco su tono. Pienso que no es conveniente tanta agresividad, el individuo puede cerrarse en banda.

—¡Me repatea oírlo decir que colecciona mujeres como si ésa fuera una actividad tan respetable como jugar al golf!

—Coleccionar mujeres no es delito.

—¡Sí lo es si después las matas y les destrozas la cara! —grité.

—Está bien, inspectora Delicado, haga usted lo que le venga en santa gana, vaya por libre. Eso es al fin y al cabo lo que hace siempre, ¿no?

Garzón se interpuso como pudo en aquel intercambio destemplado:

—Me parece que deberíamos cruzar ya al restaurante; así cogeremos buena mesa.

—Yo no iré, muchas gracias, pediré algo por teléfono para comer aquí.

Dio media vuelta y se alejó dignamente. Garzón, en un gesto sin precedentes, me ayudó a ponerme la gabardina. Salimos, cruzamos la calle y entramos en el bar sin haber dicho ni una palabra. Una vez sentados, el pobre subinspector comentó:

—Me parece que hoy toca cocido.

—¿Cocido?, ¡pues vaya mierda! No pienso comer cocido aunque sea lo único que tengan. —Dejé fluir mi pésimo humor sin ponerle ningún impedimento.

Garzón, que me conoce muy bien, no se inmutó en absoluto.

—Entonces cerveza tampoco querrá. La cerveza es una mierda como un piano, con todos esos espumarajos, y esa temperatura bajo cero...

Se me escapó una sonrisa torcida bajo la nariz. Hablé con brío pero ya bastante curada del brote colérico.

—Subinspector, me jode infinitamente el aire de normalidad que está tomando este asunto. Armando Torres es un cínico y un cabrón. Habla acumulando eufemismos: compañía femenina, un rato de intimidad... ¡Me subleva!

—Ya lo sé, Petra, ya lo sé. ¿Cree que a mí me cae muy simpático? Le daría una manta de hostias que lo dejaría tieso. Así, por las buenas, antes de empezar a hablar. Lo que pasa es que quizá Fraile lleva razón y hay que ir despacito, dejar que se confíe y, en cuanto haya bajado la guardia, que la bajará, atacarle con todos los medios posibles.

—No me hable de Fraile, es un estirado y un rencoroso.

—Lo importante ahora es que se va a perder un cocido sobrenatural. Venga, inspectora, coma un poco, ¿cómo le va a romper la crisma al sospechoso si no repone fuerzas?

¡Por fin había conseguido hacerme reír! Y, sin embargo, persistía en mi interior un profundo malestar.

En el segundo asalto de preguntas al sospechoso empezó atacando Garzón.

—¿De qué vive usted, señor Torres?

—Tenía una empresa que cerré hace más o menos un año. Me quedó un dinero que he ido invirtiendo y me da beneficios, los suficientes para vivir.

—Para vivir bien.

—No me puedo quejar.

—¿Cómo pagó su cuota en la agencia Vida Futura?

—En metálico.

—¿Por qué?

—Tenía alguna cantidad de dinero en casa.

—De dinero negro.

—Sí.

El abogado volvió a inmiscuirse, esta vez en tono más calmado.

—Mi cliente no está aquí por ningún delito económico. Les rogaría que las preguntas se ciñeran a la acusación que pesa sobre él.

Garzón lo miró como si fuera una molesta mosca caída en su café.

—¿Por qué fracasó su empresa?

—Bueno, algunos desacuerdos con mi socio, pero sobre todo la crisis de la construcción que todos hemos sufrido.

—¿Quién era su socio?

—Darío Navarro, un contratista de obras, más joven que yo.

—¿Sabe dónde podemos encontrarlo?

—En su casa, supongo. No sé dónde trabaja ahora, pero tengo la dirección de su domicilio.

—¿La recuerda?

—La tengo escrita en la agenda, y la agenda la tienen ustedes. Me hicieron deshacerme de todas mis pertenencias al entrar aquí.

—¿Hay alguna persona más con la que haya tenido contacto en los últimos tiempos? ¿Familiares, amigos?

—Soy hijo único y me quedé muy joven sin mis padres. Me cuidó una tía que también murió. Amigos he tenido, desde luego, pero con la edad los he ido perdiendo. Soy una persona reservada y me he dado cuenta de que no necesito a nadie para ser feliz.

—Necesita la compañía de las mujeres —tomó Fraile el testigo.

—Bueno, eso sí; pero me he ido apañando con las agencias.

—¿Las agencias? ¿Estuvo en alguna otra aparte de la última?

—Hace años que soy usuario de las agencias matrimoniales, pero cuando internet empezó a meterse tanto en esos temas, decidí pasar a un modelo mucho más discreto.

—¿Quién le habló de Vida Futura?; no es una agencia que se encuentre con facilidad.

—Un tipo en un bar.

—¿Quién en qué bar?

—No me acuerdo, inspectora. A veces tomo algo en la barra de un bar cualquiera, y me lío a charlar con el que tengo al lado. Ésas son las amistades que tenemos los hombres solitarios.

—¿Por qué era tan importante para usted la confidencialidad absoluta en una agencia, qué pretendía ocultar? —inquirí desabridamente.

Tardó un poco en responder. Por primera vez en aquellos interrogatorios se lo veía turbado.

—Ya se lo he dicho. Para mí es muy importante la buena reputación, que nadie tenga que decir nada de mí, que ni siquiera haya malos entendidos sobre mi vida. Estoy chapado a la antigua, ya ve. Cuando empezaron a ponerse de moda las relaciones por internet me pareció algo horrible, muy impersonal y peligroso. Tener buena fama ha sido siempre mi primera aspiración. Por eso lo estoy pasando tan mal con todo esto, mi detención es algo tan injusto, tan brutal...

—¡Haberlo pensado antes! —le espeté.

—¿Antes de qué, inspectora? —saltó el abogado—. Le ruego que se limite a hacer preguntas a mi cliente y deje de insinuar cosas con sus palabras.

—Abogado, me tiene usted bastante harta. No estamos aún en el juicio sino en la investigación.

—Sus opiniones o exclamaciones no creo que aporten nada a la investigación.

—Es suficiente por hoy —interrumpió Fraile nuestra pendencia.

Entonces el detenido hizo algo inusual. Dirigiéndose a mí, dijo muy compungido.

—Si usted lo desea, mi abogado puede quedarse fuera en otro interrogatorio. En realidad no me hace falta, no tengo nada que ocultar. No me tenga manía, inspectora, yo no he matado a ninguna mujer. Nunca se me ocurriría hacerle el menor daño a una mujer, se lo juro.

Lo miré de modo desdeñoso pero no dije nada. Dimos por concluida la sesión y nos reunimos los tres en mi despacho.

—¿Qué les parece? —nos preguntó el inspector.

—Yo no lo tomaría por un loco —respondió Garzón.

—¿Ya ha tenido entrevistas con el psiquiatra? —quise saber.

—Sí, con nuestro colaborador y con los forenses del juzgado.

—¿Ha habido algún dictamen?

—No habrá dictámenes hasta el final. ¿Qué piensa usted, Petra?

—Independientemente de que esté loco o cuerdo, es un tipo muy listo. No se apea ni un instante de esa odiosa apariencia de normalidad.

—Hay graves patologías que no alteran para nada la imagen externa del individuo.

—Sé que usted piensa que ese hombre es un enfermo, Roberto; pero él sabe que nuestras pruebas no son concluyentes para condenarlo. Saldrá de rositas si no le arrancamos una confesión.

—¿Qué propone, el potro de tortura? Se está usted dejando llevar por la solidaridad femenina con las víctimas.

Hasta a mí misma me sorprendió el salto que di.

—¡Usted es quien se deja llevar por su orgullo de cuerpo herido! ¡Desde que se me ocurrió ir sola en busca del sospechoso no ha hecho más que llevarme la contraria!

Garzón intervino a toda velocidad.

—¡Señores, por favor, ya es suficiente; aunque tenga menor rango que ustedes, soy más viejo! Si continúan picándose por chorradas, ¡no vamos a dar el caso por cerrado en la puta vida! Y usted, inspector Fraile, convénzase de una vez: la inspectora Delicado es muy suya, de acuerdo, eso lo sabemos todos, pero nunca haría nada para medrar ni colgarse medallas, eso va contra sus ideas, se lo puedo asegurar.

—¿Cómo que soy muy mía? Me encantaría saber qué quiere decir con esa expresión.

—Por alusiones les diré que yo no he afirmado...

La entrada del comisario Coronas interrumpió el parlamento de Fraile. Nos miró a todos, asombrado por el pandemónium.

—¿Pasa algo? Se les oye gritar desde el pasillo.

—Disensiones sobre planteamientos profesionales —contestó Garzón, muy en su papel de sénior.

—Pues a ver si disienten con más calma, que esto parecía un gallinero.

La inoportuna visita obedecía a que el comisario quería tener información directa sobre los primeros interrogatorios. Nos recompusimos emocionalmente para hacerle un informe oral compartido. Él, como era su obligación, nos animó a seguir e intentó tranquilizarnos.

—No pierdan la calma, muchachos —nos exhortó antes de salir—. Piensen que el juez nos da mucho margen para seguir interrogando al presunto culpable. No discutan entre ustedes por cuestiones de método. Colaboren al cien por cien. Todos a una como en Fuenteovejuna.

—Los jefes nunca se enteran de nada —exclamó el subinspector en cuanto estuvimos solos de nuevo.

—Será porque nunca les damos la información completa —afirmó Fraile. Luego agregó—: Ha llamado Margarita Estévez Roldán. Dice que si ahora que hemos detenido al principal sospechoso, podemos quitarle la escolta policial. Le he contestado que se la quitaremos. Si ustedes no tienen nada que objetar, daré la orden pertinente.

—¿Por qué no nos quiere nadie? ¡Deberían estar felices y contentos con alguien que se preocupa por su seguridad! —bromeó Garzón intentando aliviar las tensiones que aún flotaban en las ondas. Sin embargo, nadie se rio.

Después de aquella pequeña batalla campal, nos despedimos hasta el día siguiente. Yo llegué a casa bastante nerviosa. Tenía ganas de desahogarme y lo hice sin contemplaciones. Se lo conté todo a Marcos: los interrogatorios, los piques con Fraile, mi sensación de incomodidad y de fracaso. Él escuchó con la paciencia que lo caracterizaba y, al final de mis expansiones, me dijo algo que, lejos de serenarme, me desazonó más de lo que estaba.

—Curiosamente, eres vehemente en tu vida profesional y racional en tu vida privada. Quizá convendría que fuera al revés.

Noqueada por semejante análisis, tardé bastante en preguntar:

—¿Algún reproche concreto?

—¿Sabes cuántos días han pasado desde la última vez que hicimos el amor?

—No estoy inspirada, Marcos.

—Perdona, llevas razón. No debería haberte dicho eso.

—Pero lo has dicho.

—¿Lo borramos?

—De acuerdo.

Subió a su estudio porque tenía que acabar unos planos y yo me quedé a solas en el sofá. Me serví un dedito de whisky. No me apetecía leer, ni oír música, ni dormir. La idea que yo tenía sobre mí misma al parecer no coincidía con la percepción exterior de mi carácter. Yo nunca hubiera dicho que fuera «muy mía», ni me sentía arrastrada por la solidaridad entre mujeres, ni albergaba conciencia alguna de tener la vehemencia y la racionalidad cambiadas de casilla. Pero algo debía haber cuando los que me conocían se atrevían a calificar mi modo de actuar como lo hacían. A lo mejor debería visitar a un psicólogo, hacerme un estudio del karma, contactar con algún gurú orientalista, leer a Paulo Coelho o apuntarme a la Legión. Reflexioné sobre esta última posibilidad como la menos gravosa.

«Conócete a ti mismo», aconsejaban los griegos y después los romanos, pero eso no era tan fácil. Sí, los romanos, mucho aconsejar filosóficamente pero luego se comportaban como unos imperialistas y unos bestias de mucho cuidado. ¿Cuándo se había producido aquella conmoción dentro de mí, aquella esquizofrenia de qué soy y qué parezco? No tuve que pensar demasiado: cuando me había mostrado débil frente a los demás. Le había confesado a Garzón que me preocupaba la opinión de Fraile y él me tachaba de «muy mía» frente al susodicho. Había bajado la guardia frente al otra vez susodicho y él me enseñaba los dientes como nunca. ¡Por no hablar de mi propio marido! Había bastado con unos lamentos sociolaborales al volver del trabajo para que me hubiera dado la puntilla. ¡Ah, no!, reaccioné. Yo soy Petra y sobre esta piedra edificaré mi espacio. Tres narices me importa si es una cabaña imperfecta y perecedera, ¡aquí habito yo! Nadie ha dicho que sea necesario tener siempre la aprobación de los demás. No está escrito en ninguna tablilla, ni papiro, ni tratado, ni breviario, ni enciclopedia. ¡Al carajo!, exclamé para mis adentros. Apuré el whisky y me metí en la cama, tan fresca como una rosa primaveral.

11

En comisaría me esperaban para que interviniera en el interrogatorio de Darío Navarro, el antiguo socio de Torres. Me disculpé por la tardanza, siempre era la última del equipo en llegar. Navarro tenía unos cincuenta años. Alto y no mal parecido, dijo encontrarse en estado de shock tras la detención de Torres. Repetía como un mantra: «No puedo creérmelo, no es posible». Empezó con las preguntas el subinspector.

—¿Cuándo vio usted a Armando Torres por última vez?

—No he vuelto a verlo desde que deshicimos nuestra sociedad, hace más de un año.

—¿Cómo se conocieron?

—En el ejercicio de la profesión. Él trabajaba en una gran empresa y nos encontramos en alguna reunión de trabajo. Cuando él abandonó su constructora me llamó, porque en alguna ocasión le había comentado que pensaba montarme una por mi cuenta. Hablamos y decidimos asociarnos.

—¿Por qué se disolvió la sociedad?

—Por la crisis económica. Las cosas empezaron a ir mal, las obras escaseaban y vimos que no había futuro. Él se jubiló y yo seguí trabajando como aparejador *freelance*, que es lo que hago actualmente.

—¿Hubo problemas personales o profesionales entre ustedes?

—No, en ningún caso.

—Torres afirma que sí hubo diferencias.

—¿Eso ha dicho? ¡Me extraña! Debía referirse a los últimos tiempos de nuestra cooperación. Yo era partidario de cerrar enseguida la empresa y él estuvo resistiéndose un tiempo. Al margen de eso…

Entró Fraile en acción.

—¿Llegó a conocer bien a su socio?

—Bueno, nos veíamos mucho, pero afirmar que fuéramos amigos…

—¿Cómo era?

—No sé, un hombre un poco especial: solitario, un tanto retraído, pero amable con todo el mundo.

—¿Está usted casado?

—Divorciado.

—¿Le contó él que tenía la costumbre de acudir a agencias de contactos para conocer mujeres?

—Bueno, sí, en una ocasión en que cenamos juntos para hablar sobre temas de trabajo me lo comentó a los postres. Yo creo que era la primera vez que me hacía una confidencia personal, a lo mejor fue la última también.

Tomé la palabra.

—¿Le contó algo en concreto, alguna experiencia que hubiera tenido con alguna mujer?

—¡No, qué va! Ya les digo que era un tipo muy cerrado.

—¿Qué opinión le merecían las mujeres?

La pregunta lo sorprendió visiblemente. Se azoró un poco. Se miró las manos, entrelazó los dedos con nerviosismo.

—A ver, inspectora, puede que él me hiciera algún comentario, pero si lo digo ahora, fuera de contexto y con la acusación que tiene ese hombre sobre sus hombros… yo no quiero perjudicar a nadie con mi testimonio.

—No se preocupe por eso, nosotros valoraremos las palabras en su magnitud exacta.

—Pues, bueno, él solía hacer comentarios despectivos sobre las mujeres. Cuando tenía que enfrentarse a alguna por cuestiones de trabajo en las obras: una arquitecta, una encargada o una ingeniera, siempre protestaba, decía que eran exigentes y que no sabían negociar ni daban nunca su brazo a torcer.

—¿Y en el ámbito privado?

—En fin, sí, tonterías. Me aconsejaba que no me casara nunca de nuevo, que las mujeres complican las cosas, que siempre se mueven guiadas por el interés…

—¿Y qué pensaba usted de esos comentarios?

—¿Y qué quiere que pensara, inspectora? Armando debe tener ahora unos sesenta, eran los consejos de un solterón, de alguien que no vivía en la sociedad actual, que estaba en su mundo. Yo no le daba la más mínima importancia a lo que decía, la verdad. Le seguía la corriente y en paz.

—¿Se refirió a alguna de las mujeres con las que salía de modo violento? —quiso saber Fraile.

—No, nunca lo hizo.

—¿Le vio reaccionar en algún momento con brusquedad, o advirtió en él algún detalle de ira incontenible? —continuó el inspector.

—No, era un hombre tranquilo.

—¿Pensó usted en alguna ocasión, a lo largo de su relación con Torres, que éste pudiera tener algún problema mental?

—Pensé a veces que estaba como una cabra, con esas historias de ser tan solitario y su manía de salir con mujeres por medio de una agencia; pero son cosas que se piensan bastante alegremente. Si lo que me pregunta es si pensé que estaba loco, trastornado, con una enfermedad mental, pues no, nunca se me pasó por la cabeza.

—Y ahora que conoce las acusaciones que pesan sobre él, ¿le parece factible que sea un perturbado?

—¡No lo sé, inspector, no lo sé! La gente es extraña y

hace cosas que nunca hubieras esperado de ella. No puedo contestarle, no lo sé, aunque en principio no puedo concebir que sea un asesino.

—¿Tenía Torres algún amigo, alguien con quien pudiéramos contactar?

—Lo dudo, no creo que le hicieran mucha falta los amigos. Parecía feliz con el montaje de vida que se había hecho.

Le advertimos de la posibilidad de que el juez lo llamara para un nuevo testimonio y lo vimos marchar con el rostro un tanto compungido. Comentamos su declaración entre los tres.

—Disimula, pero en el fondo está horrorizado de haber compartido su oficina con un posible asesino —opinó Garzón.

—Es lo habitual —respondió Fraile—. De cualquier modo, ha sido interesante. No sabíamos tanto sobre la opinión que le merecían las mujeres.

—Pues ahora ya lo sabemos —fui contundente al hablar.

—Se trata de un dato importante, pero que no aclara si está o no en sus cabales.

—¿Se sabe algo de los informes psiquiátricos?

—No nos los darán hasta que estén concluidos los exámenes.

—¿Y por qué no podemos tener acceso a sesiones ya celebradas?

—Los psiquiatras se amparan en el secreto profesional.

—¡Tócate los cojones! —soltó Garzón—. O sea que se los contrata para que aclaren un misterio y ellos añaden más secretos. Es absurdo.

—El mundo de la enfermedad mental está lleno de cosas aparentemente absurdas —dijo Fraile, y no nos atrevimos a contestar.

El paso siguiente que habíamos preparado era crucial. En un nuevo interrogatorio nos disponíamos a enseñarle al detenido una serie escogida de fotografías en las que aparecían las víctimas. Eran imágenes crudas, algunas casi insoportables. Las últimas mostraban algunas instantáneas de las autopsias. Yo misma, cuando las habíamos seleccionado, sentí auténtico vértigo frente a aquellos cuerpos maltrechos, con las caras destrozadas a navajazos, que proclamaban el horror de las circunstancias, la indefensión de aquellas mujeres, la increíble crueldad con las que se las aniquiló. Se trataba de lograr que el presunto culpable se sintiera conmovido por la revisitación del espanto, aterrorizado por su capacidad de haber infligido tanto daño. En cualquier caso, debíamos estar atentos a sus más mínimas reacciones: parpadeos, enrojecimientos, respiraciones alteradas o cambios en el tono de voz. Para eso era mejor contar con seis ojos, que verían más que dos; de modo que sería todo el equipo quien llevaría a cabo la sesión.

Torres se presentó, como siempre, bien vestido y afeitado. El juez había determinado que no fuera conducido a la cárcel de Can Brians por miedo a que algún otro interno lo agrediera. Los asesinos de mujeres no tenían buena prensa entre los reclusos. No daba la impresión de que estar arrestado supusiera un gran quebranto para él. Se lo veía tranquilo, con las facciones relajadas y un aire de bonhomía que, fuera o no el asesino, se me antojaba completamente inadecuado a la situación. Me daban ganas de abofetearlo, porque su actitud proclamaba una especie de tolerancia hacia nosotros, como si estuviera seguro de que, tarde o temprano, acabaríamos dándonos cuenta de nuestro lamentable error. Lo acompañaba su abogado, imperturbable y seguro de sí mismo.

Fraile inició el interrogatorio sin pronunciar ni una sola palabra. Con un gesto seco, lanzó la primera fotografía sobre la mesa. Era una ampliación de tamaño considerable, a todo color. Paulina Armengol estaba tumbada en el suelo, cubierta parcialmente de sangre oscura, con un amasijo de carne tumefacta en lugar de rostro. Torres la miró desde lejos. Fraile tomó la fotografía y se la puso delante de la cara.

—Mírela bien —le conminó.

Los ojos del detenido se achicaron, como si intentara poner orden en aquel espantajo sin forma.

—¿La reconoce? Es la primera víctima encontrada, Paulina Armengol.

Torres estaba en trance, quieto como una estatua, absorbido en la contemplación de la muerta. Negó levemente con la cabeza, como si no pudiera creer lo que estaba viendo. Fraile no dejó que observara la foto mucho tiempo, colocó una nueva frente a él. El cuerpo de Paulina estaba esta vez desnudo en la morgue. Una tercera, dejada caer sobre la anterior, descubría el cadáver de Aurora Retuerto, con la cara surcada por varios costurones cárdenos. Armando Torres se derrumbó, empezó a llorar emitiendo sollozos desgarradores. Su abogado se tensó, intervino:

—Inspector, ¿cree que es necesario este procedimiento?

—Se trata de una simple identificación —replicó Fraile lleno de cinismo.

—Mi cliente ya ha admitido conocer a las víctimas. No es preciso remachar más el clavo.

Una furia inmensa se desató en mí.

—¿Qué teme, abogado, que la fina sensibilidad de su cliente quede herida para siempre? ¡Es el principal sospechoso de una serie de asesinatos, por Dios bendito. No estamos en el patio de un parvulario!

El abogado, que hasta el momento me había parecido un tipo frío y sereno, empezó inopinadamente a gritar:

—¡No me hable en ese tono, soy un abogado colegiado!

Torres había pasado de los sollozos a los aullidos. Fraile intentaba serenarme repitiendo «Petra, por favor». Con aquel griterío no había manera de aclararse. Torres se puso en pie y dirigiéndose a Garzón, el único que había permanecido callado, le dijo entre hipidos:

—Quiero declarar sin mi abogado. Dígale que salga, se lo ruego.

El abogado, estupefacto, lo tomó por un brazo:

—Pero Armando....

Torres no lo dejó continuar:

—Déjeme a solas con ellos, abogado Serret, por favor.

—Allá usted.

Quedamos los cuatro solos. Fraile intentó reconducir la situación, pero fue un intento inútil; en cuanto el sospechoso se vio libre de su aliado legal, se aferró al escritorio y de modo bastante dificultoso, se hincó de rodillas.

—¿Qué coño hace? —se le escapó a Garzón.

Una vez arrodillado, el detenido puso los brazos en cruz. Con la cara cubierta de lágrimas y mocos, la corbata ladeada y la voz implorante de un mendigo exclamó:

—¡Señores, mírenme bien, yo nunca haría algo semejante a una mujer, nunca, jamás! Se lo juro, lo juro ante Dios todopoderoso. Puedo ser un hombre insociable, puedo habérmelas dado de donjuán, pero soy incapaz de matar. Sométanme al suero de la verdad, a los aparatos que indican que alguien miente, a lo que sea. Verán que no miento, verán que yo nunca en la vida mataría ni una mosca.

Algo se removió con fuerza en mi interior. Me acerqué a él y le dije:

—¡Levántese, es usted patético!

Después, lo que me había impulsado a hablarle de modo tan despectivo siguió operando en mí hasta el punto de llevarme a hacer algo de lo que siempre deberé arrepentirme: lo abofeteé. Sin piedad, sin contemplaciones, sin el más mínimo dolor moral. Tanto Garzón como Fraile saltaron sobre mí para impedirme una segunda agresión. Es verdad que lo había golpeado sin fuerza, pero el impacto había sonado en toda la habitación. Fraile me dijo al oído:

—Pero ¿se ha vuelto loca, inspectora? Su abogado está fuera. Tranquilícese, por favor.

Me deshice de su mano, que me retenía levemente y salí sin mirar atrás. Fui a mi despacho, me encerré. Estaba tan nerviosa que abrí la ventana y me puse a fumar. Al cabo de un instante llamó Fraile. Le abrí. Estaba serio, pero no alterado.

—Ya se lo han llevado —dijo.

—¡Ah, muy bien! ¿Puedo hacer algo por usted, inspector? —dije en tono frívolo.

—Sí, dejar de joder los interrogatorios.

—¿Quiere repetir eso?

—Petra, comprendo que ese hombre le revuelva las tripas. Sin embargo, está usted dejándose llevar por su emotividad.

Nunca me había picado una avispa más asesina. Salté sobre él:

—¿Qué, qué ha dicho, mi emotividad? ¡Hasta aquí hemos llegado, Fraile! He aguantado sus aires de superioridad, su suficiencia y sus escasas habilidades sociales; pero no voy a tolerar que me tache de histérica.

—¡Yo no he pronunciado esa palabra!

—¿Se cree que soy tonta?, ¿a qué emotividad se refiere?

—¡Basta, Petra, es usted imposible!

Se largó mesándose los pelos. Estoy segura de que si se hubiera dejado llevar por su emotividad me hubiera arreado con algo. En ese momento Garzón asomó la cabeza por la puerta.

—¿Qué ha pasado?

—¿Tiene la bondad de esfumarse, Fermín?

—¡Siempre a sus órdenes, inspectora! —dijo en tono neutro, y desapareció.

Nunca me quedo contenta después de una bronca, jamás. Da igual que se haya producido en el ámbito doméstico o en el laboral, que esté implicado un amigo o la persona que más pueda detestar. No me gustan las broncas porque siempre dejan un eco sórdido. A diferencia de las batallas, son escaramuzas que contienen muy pocas oportunidades de heroicidad. Esta bronca en concreto me contrariaba extraordinariamente. Ya eran malas mis relaciones con Fraile en los últimos tiempos, como para culminarlas de aquella manera tan brutal. Tampoco me enorgullecía del soplamocos propinado al detenido. Cuanto más lo pensaba, más me percataba de que había sido un error. El abogado hablaría enseguida de violencia policial y eso perjudicaría la investigación. Aun así, debía reconocer al menos ante mí misma que aquel golpe casi infantil me había proporcionado placer. Estaba hasta las narices de aquel individuo egoísta, misógino y pequeño burgués. Todos los dedos de la culpabilidad apuntaban a Torres y allí lo teníamos, delante de nuestras narices, lloriqueando su inocencia como si la injusticia del mundo se cerniera sobre él. Quizá el inspector Fraile llevara razón, quizá debiera dejar de asistir a los interrogatorios en beneficio de la resolución del caso, también en pro de la paz general. Me impuse pensar muy en serio en esa posibilidad.

No fue preciso darle demasiadas vueltas. Al día siguiente, nada más entrar en mi despacho, el policía Domínguez me hizo saber que Coronas quería hablar conmigo. Allá me encaminé, segura del tema que íbamos a tratar. Me sorprendió no descubrirlo muy enfadado. Al verme, abrió los brazos como un cura en misa, y me soltó:

—¡Joder, Petra! ¿Dónde tiene la cabeza? ¿A quién se le ocurre darle un guantazo al sospechoso casi delante de su abogado? ¡Piense que el juez nos está haciendo concesiones con el plazo de interrogatorios! No querrá cargarse el único caso de asesinatos en serie que hemos tenido en la vida, ¿verdad?

—Lo siento, perdí los nervios. Pero no puedo evitar

una idea horrorosa: que habiendo atrapado a ese tipo, se nos escape por falta de pruebas concluyentes.

—La comprendo a la perfección, inspectora. Sólo pensarlo me pone los pelos de punta a mí también. Pero no tenemos más opción que interrogarlo, y justamente por esa razón hay que andarse con pies de plomo, hacer del interrogatorio un arma poderosa y racional, contener las emociones, tirar y aflojar, determinar los tempos, los crescendos, los pianísimos... es como dirigir una sinfonía, eso lo sabe usted muy bien.

—Sí, lo sé.

—En cualquier caso, si la he llamado es porque su colega Roberto Fraile me ha pedido que la saque de la sala de interrogatorios.

No me cogió del todo por sorpresa, pero no supe qué decir. Vi que Coronas esperaba mi reacción. No la obtuvo. Continuó:

—No contemplamos que salga del caso, sólo de los interrogatorios. Fraile opina que, al tratarse de un probable asesino serial de mujeres, usted se encuentra coartada por su sensibilidad femenina.

—Por la misma razón yo debería pensar que, al tratarse el asesino de un hombre, Fraile también es parcial.

—No la liemos, Petra, por favor. Le diré cuál ha sido mi decisión: no asistirá usted a los interrogatorios. Sin embargo, le pasarán las anotaciones pertinentes de cada una de las sesiones y escribirá usted el informe. Así permanece informada y sigue dentro del caso. Incluso puede presentarle a sus compañeros alguna pregunta o estrategia que se le ocurra.

—¡Magnífico! Doblemente castigada: no asisto a las preguntas y, encima, escribo el informe. ¿De verdad cree que merezco ese trato, señor?

—Lo que creo es que hay una parte de mi parlamento que no ha entendido bien, justo cuando he dicho: «Le diré cuál ha sido mi decisión». Puede retirarse, Petra.

Me retiré de mil amores. No quería pasar más tiempo asistiendo a mi propio linchamiento. Nadie parecía estar de acuerdo conmigo. Por otra parte, ¿qué esperaba? Si es difícil convencer a los demás con nuestros razonamientos, mucho más con nuestros arrebatos de cólera. Era consciente de que no me asistía el derecho a protestar y no protesté.

Garzón me esperaba en el pasillo. Enseguida le comuniqué la decisión del jefe.

—Sí, ya lo sabía —contestó él con cara de circunstancias.

—¿Y qué le parece?

—¡Hombre, Petra, no sé qué contestar! La verdad es que como se estila decir ahora: no estuvo usted muy afortunada. En otras palabras: la cagó. ¡Si por lo menos le hubiera arreado una hostia como Dios manda!, pero una bofetadita de nada con el abogado al otro lado de la puerta... ¿de qué sirve? En el futuro lo de las hostias déjemelo a mí, tengo más experiencia y sentido de la oportunidad.

Me reí con cierta tristeza. Llevaba razón. Ni siquiera mi aliado natural consideraba injusto que dejara de interrogar al sospechoso.

—Pero no se preocupe, aparte de las notas que le pasaremos, yo le haré comentarios al margen de cómo funcionan las cosas. ¿Quiere que tomemos una cerveza para despejar las nubes?

—No me apetece, Fermín. Mejor cúbrame la retirada. Me voy a casa. Necesito descansar.

—¡Descuide, inspectora! Al primero que pregunte por usted lo enviaré al infierno.

—No vaya a cagarla usted también.

—¡Qué va!, no sólo soy experto en hostias sino también en escaqueos. Le recuerdo que soy un policía de los de antes. Vaya tranquila.

Y tranquila me fui. También un poco harta, desfondada. Al final, una verdad brillaba con plena intensidad: un caso de asesinatos múltiples había sido demasiado para mí. No había templado bien los nervios ni aguantado la tensión. No estaba a la altura, en fin.

Al llegar a casa me encontré con la asistenta.

—Marina está en su habitación, hablando por el móvil. Mis hijos hacen lo mismo, ¡asco de móviles!, están echando a perder a la juventud.

Las opiniones de mi asistenta eran siempre de extrema contundencia, las expresaba además sin apagar el aspirador, de modo que venían inmersas en un tumulto de turbulencias que les confería una dimensión casi bíblica.

En efecto, Marina se encontraba sentada en su pequeño pupitre, lleno de libros y libretas abiertas, pero no estudiaba, sino que hablaba por teléfono. Colgó al verme.

—¡Qué pronto has llegado, Petra!

—He podido salir un rato antes. ¿No estás haciendo los deberes?

—Sí, pero había parado un momento para hablar con Delia. Es una de mis mejores amigas. Por cierto, que a ver si la puedo invitar un día a que venga a esta casa.

—Por supuesto, no hay ningún problema.

—Es que quiere verte.

—¿Ah, sí; para qué?

—Pues para eso, para verte. Como habéis cogido al asesino en serie, pues quiere ver la pinta que tienes.

En condiciones normales le hubiera dicho que tal curiosidad era absurda, que aún no habíamos cerrado el caso... pero me sentía fatal: señalada con el dedo por violenta y demasiado emotiva, amén de víctima de una injusticia. No sé si a todo el mundo le sucede igual, pero en aquellas circunstancias tenía la necesidad de mostrarme comprensiva y cariñosa, aunque sólo fuera para reivindicarme ante mí misma.

—Ya le he dicho que no podrá hacerte preguntas, que te pones de los nervios si te hacen preguntas sobre tu trabajo de poli. Y le da igual, quiere verte de todas maneras.

—Pues otro día que te toque estar en esta casa, la invitaremos a merendar. ¿Qué te parece?

—Vale, se pondrá muy contenta.

Siguió haciendo presuntamente los deberes y yo me fui al salón, me serví una copa y me senté. Sin saber cómo me quedé dormida, y sólo volví en mí cuando Pilar me sacudió suavemente una manga:

—Despierte, Petra. Yo me voy. Le he dejado judías verdes arregladas en la cocina.

—Gracias. Me las comeré —respondí aún en la inopia.

—¿Me ha entendido, Petra? ¿Se encuentra usted bien?

—Sí, perdone, sí. Me había quedado un momento traspuesta.

—Yo, de usted, me iría de vacaciones unos días.

—Sí, quizá me vaya unos años.

Sacudió la cabeza como si me dejara por imposible. Oí el portazo de salida y me incorporé. Deprimirme por el trabajo no era mi estilo, así que fui en busca de mi hijastra.

—¿Ya has acabado las tareas?

—¡Justo en este momento!

—Pues acompáñame a la cocina. Me ayudarás a cocinar.

Le encomendé partir los tomates para la ensalada. Me gustaba tenerla al lado, el cabello rubio cayéndole sobre la frente, la punta de la lengua asomándole por la boca para afinar más el corte. De pronto le pregunté:

—¿Te gustaría que dejara mi trabajo de policía, que me quedara siempre en casa? Así nos veríamos más.

No pensó ni un instante antes de responder.

—¡No, qué va, perderías muchos puntos! Y con Hugo y Teo ni te cuento. Ellos están encantados de que seas poli, les da mucha categoría con los amigos. Justamente el otro día decían que su padre acertó mucho más al casarse contigo que ahora su madre con la pareja que tiene. Un médico no mola nada, sobre todo si se pasa todo el tiempo dándoles la vara con la comida saludable.

—Por lo menos pueden hacerle preguntas sobre su trabajo sin que se ponga de los nervios.

—Sí, pero ¿a quién le interesa su trabajo? A quien más le fastidiaría que dejaras de ser poli es a la abuela. Llama todos los días a papá para preguntarle por lo del asesino en serie... como en las noticias ya no dicen nada...

—¿De verdad llama todos los días?

—No sé si todos, pero llama mucho. Oí cómo papá le decía el otro día que más valiera que llamara para preguntar por sus nietos, y no por un asesino.

Me miró con su cara espabilada y nos echamos a reír. Era evidente que mi identidad familiar pasaba por ser policía. Mi prestigio entre los más cercanos radicaba justo ahí. Pensé que no sería una buena idea pedir la jubilación anticipada o buscarme otra ocupación. Es cuando se huye precipitadamente cuando uno puede caer en una zanja con más facilidad.

A partir de aquel momento el caso se ralentizó. Fraile y Garzón interrogaban al sospechoso diariamente. Como yo tenía vetada la asistencia, me limitaba a escribir los informes con los datos que me proporcionaban ellos dos. No tenía acceso a la versión filmada, pero iba haciéndome una idea muy clara de lo que estaba sucediendo. El subinspector completaba la versión oficial con otra oficiosa en La Jarra de Oro. Me contaba prácticamente lo mismo que ya sabía, pero con su propio vocabulario y expresión. Por ejemplo, donde en el preinforme Fraile había escrito: «El sospechoso no da muestras de flaquear», Garzón interpretaba: «El cabrón de Torres sigue en sus trece, y tan fresco». Al parecer, el horror y las protestas de inocencia que hizo al principio de su detención se habían convertido en frialdad y desánimo. Mis conjeturas eran claras: se había dado cuenta de que nuestros interrogatorios iban en paralelo con las sesiones de los psiquiatras. Pensaba librarse de un modo u otro: o por falta de pruebas o siendo declarado irresponsable de sus actos.

En algunos ratos de inacción me analizaba a mí misma. ¿Por qué estaba tan segura de que habíamos dado con el auténtico asesino serial? Ni aun intentando sembrar la duda en mi conciencia lograba minar la seguridad que sentía. Puede que las pruebas que se acumulaban contra Torres fueran circunstanciales, pero ¡eran tan concretas, tan evidentes! No teníamos testigos ni hallazgos que pudieran pasar por una criba científica, pero los dedos etéreos de la culpabilidad lo señalaban desde cualquier ángulo. Otra cosa bien distinta era si aquel hombre estaba o no en sus cabales. ¿Los equipos psiquiátricos serían capaces de determinarlo? En cualquier caso, deberíamos acatar su resolución, y el juez la tendría en la mano si llegábamos a juicio. Siempre había pensado que, si se presentaban dudas razonables sobre la culpabilidad de un sospechoso, era mejor no condenarlo. Cualquier cosa antes de incurrir en los terribles errores que llevaban inocentes a las cárceles durante años hasta que casualmente se descubría quién había sido el culpable de verdad. Sin embargo, en aquella ocasión debo reconocer que yo misma, de haber formado parte de un jurado popular, hubiera enchironado a Torres sin pensarlo dos veces. Preocupante, quizá Fraile había obrado sensatamente apartándome del meollo de la investigación.

Pasado más de un mes, el juez quiso empezar a interrogarlo y perdimos temporalmente la dirección de esa pesquisa. Continuamos buscando pruebas. Entramos en el exasperante método de la revisitación y yo volví a incorporarme al equipo al cien por cien. Se revisaron todos los informes: de autopsias, de registros, de testigos, de interrogatorios, seguimientos... Cada día nos repartíamos aquella desairada tarea entre los tres.

Hacía tiempo que no intercambiaba demasiadas palabras con Roberto Fraile, nos limitábamos a lo estrictamente profesional. Pensé que nuestra relación de camaradería había quedado tan seriamente dañada que no se podría recomponer. Me equivocaba. Una tarde que estaba trabajando en mi despacho, entró el inspector de los *mossos* y me pidió permiso para sentarse.

—Quisiera hablar con usted, pero no sobre el caso —aclaró.

Levanté la vista del ordenador y me quité las gafas. Creo recordar que no sonreí.

—Usted dirá, Roberto —respondí intentando una naturalidad total en los gestos y el tono.

—Creo que le debo una explicación. Quiero que sepa y esté bien convencida de que, cuando pedí a sus superiores que le ordenaran ausentarse de los interrogatorios, no fue una decisión dictada por algo personal. De verdad pensé, Petra, que la emotividad que estaba usted demostrando y que no parecía capaz de controlar podía perjudicar los resultados de la investigación.

—No tiene que explicarme nada. Usted está al mando del equipo.

—Me gustaría añadir que en el ámbito de lo personal considero que es usted una excelente persona y una mujer extraordinariamente inteligente.

—Muchas gracias. ¿Algo más? —pregunté desabridamente.

—No, nada más.

Se levantó y caminó hacia la puerta. Cuando casi la había ganado, le espeté:

—Puede que no me deba ninguna explicación, pero lo que desde luego sí me debe es una disculpa.

Volvió sobre sus pasos con los ojos muy abiertos, se sentó de nuevo. No dejé que empezara a hablar.

—Me debe una disculpa por pensar que cuando detuve a Torres intentaba quitarles protagonismo a los *mossos d'esquadra* y a usted. Ésa fue una idea absolutamente vil, impropia de un buen compañero.

Contestó con celeridad, casi pisando mis últimas palabras:

—Lleva toda la razón, Petra. Me he arrepentido cien veces y ahora mismo me arrepiento de nuevo. No pensé lo que dije, eso es todo, me dejé llevar por un impulso ridículo y absurdo. Le ruego que me perdone, por favor.

—No importa, queda olvidado.

—¿Olvidará también que la hice marcharse de los interrogatorios? Creí que era mi deber, Petra, eso es todo. Le pido que me comprenda.

—Que lo perdone, que lo comprenda... ¿no está abusando de mí?

—Aún pienso abusar un poco más. Quiero pedirle algo privado.

—Adelante, le escucho.

—¿Quiere acompañarme el sábado a visitar a mi esposa? Su residencia está en Sant Cugat, suelo ir a las cinco de la tarde sin falta.

Mi sorpresa fue tan evidente que Fraile se vio en la obligación de explicarse:

—Siempre me pregunta por la gente que trabaja conmigo. Le hará gracia conocerla. ¿Qué me dice?

—Por supuesto, encantada, iré con usted.

Se levantó, ufano y sonriente. Por fin salió del despacho. Me quedé taciturna. ¿Por qué me invitaba a ir con él para ver a su esposa, a santo de qué? ¿Qué ventaja podía suponerle a ella mi presencia? Una institución psiquiátrica no es plato de gusto para nadie; y, sin embargo, se hubiera dicho que me estaba invitando a un *party*. Lo comenté con Garzón.

—¡Hombre, Petra! Parece usted tonta, con perdón. Roberto está intentando hacerla participar en lo más íntimo de su vida.

—¡Afortunadamente no me ha invitado a estar presente en su ducha matinal!

—¡No sea bruta! Se siente en deuda con usted. La gente es emotiva, familiar, no todo el mundo es tan silvestre como usted suele serlo.

—Tonta, bruta, silvestre... no se anime, Fermín.

—Todo lo digo de modo cariñoso.

—Hay otras maneras de demostrar cariño. ¿Por qué no me acompaña en esa visita?

—A mí no me ha invitado.

—Eso da lo mismo, dígale que quiere ir. Ya que tanto usted como él son gente emotiva y familiar, se lo agradecerá.

—¡Joder, inspectora!, pero es que eso de pasar una tarde en un sitio lleno de pirados...

—¡Hablando de brutos! Hágame ese favor, se lo ruego. Yo no sabré qué decir ni qué hacer, y usted es un genio para esas cosas. Siempre tiene la frase adecuada, la actitud idónea. ¡Ande, sea bueno!

Se rio *sotto voce*, como a mí me gustaba y, naturalmente, aceptó.

12

La tarde de aquel sábado se presentaba muy gris, casi al borde de algún chaparrón. Roberto Fraile vino a recogernos a mi casa, donde Garzón había acudido para la cita. Durante el trayecto el inspector se mostró alegre y charlatán, enseñando una cara distinta a aquella que conocíamos habitualmente. Yo estaba más callada de lo normal, empezando a demostrar que no sabía cómo afrontar aquella circunstancia. El único que seguía fiel a sí mismo era Garzón, que al cabo de diez minutos ya preguntó cuándo íbamos a parar a tomar algo.

La institución no tenía nada que ver con el imaginario gótico de un antiguo psiquiátrico. Tampoco era lujoso ni ultramoderno. Parecía una masía familiar en la que se hubiera instalado un colectivo; eso era en realidad. La única diferencia consistía en que los jardines estaban sólidamente vallados.

El recinto se encontraba bastante lleno de visitantes. En principio, nada distinguía a los foráneos de los internos, ningún uniforme, ninguna placa o identificación. Los únicos que llevaban batas de trabajo de color azul cielo eran los sanitarios. Acompañaban a enfermos o familiares de un lado a otro sin mostrar signos de apresuramiento o cansancio. Sonreían. De hecho, sonreía todo el mundo, como si en aquel edificio morara la felicidad.

Fraile preguntó a una enfermera, que nos instaló en una mesa con silloncitos de mimbre que había en un amplio pasillo. Por enormes cristaleras se filtraba la luz sin fuerza del atardecer. Pasados unos minutos apareció la esposa. Era alta, rubia, delgada, espiritual como un retrato renacentista, muy hermosa. Sonreía vagamente. Su mirada se posó en nosotros, pero daba la impresión de que observaba desde detrás de una mampara transparente, como si no nos viera del todo, como si sus ojos no consiguieran llegar a su objetivo. Fraile la abrazó, la besó en los labios, nos la presentó casi con euforia:

—Ésta es Elena. ¿Has visto a quién te he traído, Elena? Son mis compañeros de trabajo: Petra y Fermín. Tú querías conocerlos, ¿verdad? ¡Pues ellos han venido a verte, encantados de la vida!

Nos acercó una mano larga y fría. «Mucho gusto», musitó sin cambiar de expresión. Nos sentamos de nuevo y enseguida Fraile abrió un enorme bolsón que llevaba consigo. Fue sacando de él lo que parecía un pícnic: vasitos de cartón, una caja de galletas variadas, un termo y un envase de plástico lleno de bombones.

—Ahora vamos a tomar el té. Aquí no hay cafetería. Los familiares que venimos de visita traemos lo que queremos merendar. Es más práctico, más sencillo. Así cada uno se lo monta como quiere. Nosotros siempre tomamos el té, ¿verdad, querida?

El inspector parloteaba un tanto compulsivamente mientras los demás no encontrábamos nada que decir. La mujer asistía a los preparativos del té sin entusiasmo ni rechazo, siempre con la misma sonrisa congelada en el rostro.

—Cuéntanos qué has hecho esta semana, cariño.

—Talleres de cocina —respondió ella mascando una galleta.

—¡Fantástico, genial! Así no se te olvida guisar y, encima, aprendes nuevas recetas. Tendrás que hacérmelas cuando vuelvas a casa, ¿eh? ¿Y gimnasia, habéis hecho gimnasia?

Asintió desganadamente. Su marido le hablaba como a una niña, aunque su tono fuera normal. Intervino el subinspector:

—¿Qué deporte le gusta?

Cambió el gesto por primera vez y miró a mi compañero con algo similar a la alegría.

—¡El fútbol! —exclamó.

—¡Ah, vaya; como a mí!

—No tenemos un equipo femenino porque no hay bastantes mujeres que quieran jugar, y en el de hombres no dejan que entre. Pero después de cada clase de gimnasia me dan un balón y entreno un rato.

—¡Qué bien! ¿Y sigue la Liga por televisión?

—¡Claro, todos los partidos que hacen los vemos! Y cuando hay un Barça Madrid se organizan unos follones...

Se echó a reír tontamente. Garzón, viendo la vía abierta con ese tema, empezó a hablarle del Osasuna, del Logroñés, de nombres de futbolistas para mí ignotos, del campo del Mestalla y de cuánto había costado el último fichaje del Atlético de Madrid. Asombroso. A Elena todos aquellos detalles le resultaban familiares y parecía disfrutar asintiendo o negando, llevando los comentarios del subinspector hasta el final. La conversación se prolongó al menos una hora sin que disminuyera la sabiduría de él ni el interés de ella. Admiré a mi compañero más que si hubiera sido Newton y Miguel Ángel los dos en uno. No me había equivocado arrastrándolo hasta allí.

Cuando el balompié dio signos de agotamiento, Fraile se levantó y propuso a su mujer dar un paseo.

—¿Puede venir él también? —preguntó Elena señalando hacia Garzón.

—Si le apetece...

Atajé cualquier inicio de situación incómoda diciendo:

—Yo los espero aquí tomando otra tacita de té.

Me quedé sola. Las sombras de la noche empezaron a aparecer. Encendieron la luz eléctrica. Miré a mi alrededor, aquel pasillo kilométrico y vacío. A través de los ventanales pude advertir las primeras despedidas de los visitantes: golpecitos en la mano del enfermo, besos voluntariosos y sonrisas, siempre sonrisas. Sólo la firme convicción de que hubiera sido imperdonable me impidió huir precipitadamente de allí. Yo no estaba hecha para soportar el dolor humano, era algo superior a mis fuerzas, no estaba dotada para encararlo, para sobrellevarlo, para considerarlo como algo inevitable y natural. No sé qué haría si Marcos un mal día enloqueciera y tuviera que ir a visitarlo a un lugar como aquél. Me negaba a pensarlo, simplemente.

Cuando los tres paseantes regresaron ya era casi noche cerrada. Nos despedimos. Elena había vuelto a su estado inicial: sonreía vagamente y miraba sin acabar de ver. Su marido la besó en las mejillas, ella volvió a decirnos «Mucho gusto» y desapareció, caminando despacio por el corredor.

En el coche nadie dijo ni media palabra. Llegamos a casa de Garzón y cuando éste iba a apearse, Fraile abandonó su asiento y fue hasta él. Le dio la mano con fuerza y duración llamativa. Oí que le decía:

—Se lo agradezco de corazón, Fermín.

Tocaba entonces llevarme a mí. Tampoco hablamos en ese trayecto. Antes de que pudiera bajar del coche, paró el motor y se volvió a mirarme:

—¿Ha visto, Petra, qué panorama? Elena está infantilizada, incapaz de recuperar su identidad adulta. Por lo menos no sufre, los medicamentos la mantienen serena. ¿Usted cree de verdad que esa mujer podrá volver a casa, retomar su vida, comportarse como alguien normal? Eso me dicen los médicos, pero yo sé que no será así.

Ahora sí que de verdad no sabía qué decirle. Carraspeé, balbucí:

—En fin, Roberto...

Daba igual qué le dijera, él siguió en su trance personal.

—¿Qué puedo esperar yo de la vida?, dígame. No tengo mujer pero no soy viudo. Si alguna vez me olvido de todo y me siento feliz, enseguida me asalta su imagen: está, está ahí, en ese lugar del que yo creo que nunca saldrá.

Se quedó callado de pronto, mirándose las manos que descansaban sobre el volante.

—¿Comprende por qué trabajo tantas horas? Trabajar aleja el dolor. Además, me consuela encontrar al culpable de algo. ¡Un culpable concreto! Porque nadie tiene la culpa de mi situación. ¿Comprende, Petra?, nadie.

—No debe ser tan pesimista de cara al futuro. La medicina avanza mucho y...

Se dio cuenta de los esfuerzos que yo estaba haciendo y me interrumpió:

—Está bien, inspectora, no se preocupe. Nos vemos el lunes en comisaría, ¿de acuerdo? Le doy las gracias por haberme acompañado.

—Bien —musité, dándome por vencida de aportarle algún ánimo.

Antes de entrar en casa miré la luz que se filtraba por las ventanas del salón. Marcos estaría esperándome. La gente vive entre desgracias sin cuento, pensé, verdaderas tragedias que los condenan a un abatimiento del que es difícil salir. No basta con tener buen carácter, ni dinero, ni esperanza, el pozo es profundo, es aislado, y cuando has caído en él sabes bien que nadie te rescatará. Pegué un grito al cruzar el umbral:

—¿Marcos?

—¡Sí, estoy aquí!

Leía tranquilamente, sentado en un sillón. Le di un abrazo un tanto exagerado.

—¿Nos tocan los niños hoy?

—Me temo que sí. Llegarán esta noche.

—¡Perfecto, voy a hacer un pastel!

—¿Un pastel? Pero, Petra, tú no sabes cómo se hace un pastel.

—¡Tonterías!, buscaré en internet cómo se hornea un bizcocho, que debe de ser fácil, y luego lo embadurnaré con la Nocilla que come Marina para merendar.

—¿Y para qué te vas a meter en un lío semejante?

—Mira, no sé, me apetece hacer algo por la comunidad.

Se quedó mirándome con lógico escepticismo, pero enseguida supo que debía pasarme algo grave si había decidido hacer un pastel, y no añadió nada más. Me puse cómoda y entré en la cocina. De repente, me pareció un lugar tremendamente acogedor. Todo tenía un sentido entre alegre y cotidiano: las tazas de colores para el café, la tetera panzuda, el reloj de madera colgado en la pared... ¡Vaya mierda somos los seres humanos! Sólo apreciamos lo que tenemos cuando vemos el quebranto de los demás.

El lunes siguiente la comisaría estaba helada como un moco. Se había estropeado la calefacción. Oí cómo Coronas bramaba:

—¡Esto es tercermundista, coño! ¿No les dije que llamaran al técnico de urgencia?

—Como aún funcionaba mal que bien, comisario... —se defendía Domínguez.

—¡Claro, tenemos que esperar a que haya carámbanos de hielo colgando del techo!, ¿no?

Sonreí y me fui a mi despacho. Me encantaban aquellos sainetes costumbristas que se organizaban de vez en cuando, eran el antídoto perfecto para un exceso de modernidad. Ni Fraile ni Garzón estaban a la vista. Sobre mi mesa alguien, sin duda el inspector, había dejado unos folios con una nota para mí: «Informe psiquiátrico de Armando Torres». Estupendo, me enfrasqué en su lectura. Ni el vocabulario ni el estilo eran fáciles de entender, nada nuevo bajo el sol de la psiquiatría. Sin embargo, las conclusiones finales no dejaban margen a la duda: Torres, a quien llamaban «el individuo», no presentaba rasgos psicóticos, ni conflictos de personalidad evidentes, ni patología mental que hubiera podido ser diagnosticada durante las entrevistas y los estudios. Podía distinguir perfectamente entre el bien y el mal. ¡Fantástico!, pensé, por ese lado ya no se nos escaparía, ahora sólo faltaba que fuéramos capaces de encontrar pruebas concluyentes que no dieran pábulo a una sentencia exculpatoria.

Domínguez mostró la cara por la puerta entreabierta:

—Inspectora Delicado, el policía Juan Ortega quiere verla.

Le hice pasar aun cuando su nombre no me sonaba de nada. Sólo después de haberlo visto. Al verlo, reconocí al policía que practicaba el seguimiento de Bárbara Mistral.

—Inspectora, he venido porque quería comentarle una cosa. A lo mejor no tiene importancia porque no tengo certeza de nada, pero…

—Dígame, Ortega.

—Ayer, la señora Mistral fue a una sesión de la filmoteca como hace muchas veces. En esta ocasión me dio por entrar en la sala de proyecciones. Bueno, la verdad es que pasaban una película francesa de detectives y tenía curiosidad por verla, como este seguimiento está siendo tan infructuoso, pues me aburro bastante. Y me pareció que al menos me entretendría un rato…

—Continúe, Ortega.

—La señora Mistral estaba sentada al lado de un hombre y me pareció, sólo digo me pareció, que en un momento dado hablaban entre ellos.

—¿No pudo corroborarlo?

—No pude, inspectora, y eso que estuve tan atento que no me enteré de nada de la película.

—¿Salieron juntos del cine?

—No.

—¿Tuvo ocasión de fotografiar a ese hombre?

—Imposible, inspectora. Había bastante gente y casi todos se levantaron a la vez cuando acabó la sesión. No hubiera sido capaz de saber quién era el hombre que se sentaba a su lado. Me quedé en las últimas filas para no levantar sospechas.

—De acuerdo, Ortega. A partir de ahora entre en todas las sesiones a las que vaya Mistral y no se pierda ni un detalle, puede ser importante.

—De ésta salgo crítico de cine —soltó jocosamente.

Hacia el mediodía aparecieron Garzón y Fraile, cada uno por su lado. Fraile había pedido permiso al juez para un nuevo interrogatorio. Torres volvería a comisaría aquella misma tarde.

—¿Qué ha cambiado para que tenga alguna esperanza de que hable? —pregunté.

Fraile, señalando con un gesto el informe psiquiátrico que aún estaba depositado sobre mi mesa, respondió:

—Ese papel. Comentaré con el sospechoso que ha sido declarado como perfectamente responsable de sus actos desde el punto de vista médico. Le insistiré en que no podrá esgrimir locura o enajenación transitoria como eximente de una posible condena. Sus posibilidades de ser sentenciado como culpable son ahora mayores. Sólo le quedará un recurso para que la posible pena se vea aligerada: mostrar arrepentimiento y confesar.

Cabeceé para evidenciar mi desconfianza en aquella solución.

—No sé, Roberto, se olvida de que está asistido por un buen abogado. Él se encargará de recordarle que nuestras pruebas son frágiles.

—Hay que intentarlo.

—Cruzaré los dedos desde mi despacho.

—Petra, en fin, si usted quiere... y siempre que me prometa no arrearle a Torres un bolsazo... entre también al interrogatorio.

—De acuerdo, me dejaré el bolso en casa.

Nos quedamos solos Garzón y yo.

—¿Ha visto, Petra? Como está agradecido por lo del sábado, se ha puesto más suave con usted.

—¡Pues muy mal, nunca hay que mezclar lo personal con los asuntos del servicio!

—¡Joder, inspectora, cuando la miro es como si viera un puercoespín en un campo de cactus!

Entrecerré los ojos para que mi mirada pareciera asesina, pero me salió mal y los dos nos echamos a reír. Decidimos ir a comer mientras que Fraile sin duda se zamparía uno de sus *catering* bazofia en el trabajo.

Mientras dábamos cuenta de un plato suculento de alubias pintas, el subinspector comentó:

—¡Vaya vida la del inspector Fraile!, ¿verdad, Petra?

—Bastante jodida, sí.

—Ya le he contado muchas veces que mi difunta esposa era religiosa a tope. Pues bien, ¿sabe qué solía decir frente a las desgracias ajenas que le parecían especialmente tremendas? Decía que Dios sólo envía el sufrimiento que cada uno puede soportar. ¡Toma castaña! A mí aquello siempre me había parecido una cabronada de tomo y lomo. Va y resulta que tú eres un tío fuerte y entero. Entonces va Dios y te manda un marrón del carajo. ¡Hala, para que te vayas enterando, a ver si puedes con eso! ¿No le parece injusto?

—La religión siempre da explicaciones abstrusas para todas las injusticias.

—Pues mejor se quedaban callados, ¿no?

—Dios se queda callado y los sacerdotes interpretan como pueden su silencio.

—Por eso la cagan tanto.

—Por eso será. En cualquier caso, no creo que un plato de alubias sea el excipiente ideal para hablar de teología.

—Pero es bueno para el alma, no me diga que no. No hay nada como las alubias para experimentar la paz de espíritu.

No se lo dije, pero en el fondo estaba de acuerdo con él. La buena comida, la amistad, la risa y el vino eran el único fuego capaz de calentar el alma. En el supuesto de que ésta existiera, claro está.

Torres volvió a montar el numerito de renunciar voluntariamente a que su abogado estuviera presente en la sesión. Lo esperó sin embargo en el pasillo, listo para atacar como un perro guardián. Cuando me vio entrar en la sala con mis dos compañeros se puso en pie, vino hacia mí:

—¿Va a estar usted presente en el interrogatorio? —me espetó con mirada de odio.

—¿Algún inconveniente legal?

—Si mi defendido sufriera la más mínima coacción por su parte, ya no digamos cualquier agresión, puede dar por finiquitada su carrera policial.

—Descuide, abogado, vengo en son de paz.

—Más le vale.

Lo observé como si fuera un bulto molesto que se interpusiera en mi camino, Fraile me empujó levemente para que entrara en la sala de una vez. Curiosamente, la expresión de Torres al descubrir mi presencia no tuvo nada que ver con la de su letrado. Me sonrió con cara de monje budista o de papa en visita pastoral. Parecía dispuesto a llevar hasta las últimas consecuencias su comedia de hombre íntegro atrapado por los malos entendidos del destino.

Fraile se preparó para dirigir la sesión:

—Señor Torres, ¿ha tenido usted acceso al informe psiquiátrico que nuestros especialistas han elaborado sobre usted?

—Lo ha tenido mi abogado, y él me lo comentó.

—¿Sabe por lo tanto cuál es su contenido?

—Sí, el informe dice que soy un hombre normal, sin ninguna enfermedad de la mente.

—¿Y eso qué le parece?

—Me parece lo natural. No tengo el perfil de un psicópata asesino porque no lo soy. Nunca he matado ni he hecho daño a nadie. Ese informe lo prueba.

—No todos los asesinos son psicópatas por sistema.

—¿Ah, no? Pues ya me dirá qué tipo de hombre se necesita para cometer esos crímenes horribles de los que me acusan. Para mí, que soy un ciudadano corriente, esas barbaridades sólo puede hacerlas un loco.

Observé que, habituado a su nueva situación, ya no mostraba el nerviosismo ni la desesperación que exhibía tras ser detenido. Había ganado confianza y seguridad. Fraile siguió, sin perder la calma.

—La lectura que usted hace del informe se centra en la parte que podría beneficiarle, pero hay otra parte que se vuelve en su contra. ¿Se da cuenta de que cuando lo juzguen no habrá ningún eximente que pueda aligerar su condena? Será usted juzgado con toda la severidad que lleva consigo ser un criminal múltiple que además mutila a sus víctimas con inusitada ferocidad. Y ese cargo se abatirá sobre usted dando por sentado que sabía lo que hacía, que era consciente de su crueldad, del mal que infligía.

—Le he pedido a mi abogado que se quedara fuera para demostrarles, una vez más, mi buena voluntad. Pero si vuelve a dar por sentado que yo maté a esas mujeres lo llamaré y él le dirá que no se pueden hacer preguntas de ese tipo. Puede que yo sea una buena persona, pero no soy estúpido.

—Si no es estúpido, aún le queda la posibilidad de confesar ahora, de mostrar su arrepentimiento. Nosotros lo ayudaríamos, Torres, diríamos que estaba usted obnubilado, que pasó por un mal momento. Nuestro informe favorable le restaría sin duda años de prisión. Luego, con buen comportamiento en las instituciones penitenciarias, podría salir en pongamos…

Torres lo interrumpió sin alterarse. Fue categórico:

—No hay nada que confesar.

Salté de mi asiento sin poder contenerme:

—¿Cómo es posible la coincidencia de que esas tres mujeres hubieran estado con usted? ¿Por qué se escondió? ¿Por qué estaba aterrorizado cuando le detuve? ¡Conteste!

—Cuando me enteré de esas muertes me asusté, pensé que podrían cargarme a mí la responsabilidad, que quizá alguien pretendía involucrarme, alguien que tuviera algo contra mí.

—¿Qué, Torres, qué podrían tener contra usted? ¿Y quién, alguien le debe dinero, chantajeaba usted a alguien?

—¡No, inspectora, no! ¡No tengo enemigos! ¡No sé si efectivamente alguien quería perjudicarme o ha sido una pura casualidad!

Se abrió la puerta de golpe. Me volví bruscamente, pensando que era el abogado, pero a quien vi parado en el quicio fue a Coronas.

—Señores, ¿pueden venir un momento a mi despacho?

—No hemos acabado el interrogatorio, señor. Enseguida… —Fraile miraba, sorprendido, a nuestro jefe.

—El interrogatorio ha acabado, señores. Vengan, por favor.

El comisario no salió, sino que esperó a que lo hiciéramos nosotros. Nos acompañó hasta su despacho. Me fijé en que estaba blanco, ligeramente desencajado. Al llegar a nuestro destino descubrimos al comisario de los *mossos* sentado en una silla. Coronas ocupó su sillón tras la mesa. Se pasó las manos por la cara, de arriba abajo, con fuerza, como si quisiera borrar sus propios rasgos.

—Señores… —dijo solemnemente—. Han encontrado muerta a otra mujer. Con las mismas, idénticas características que las anteriores: puñaladas en el vientre, la cara destrozada y una nota de amor despechado.

Empezaron a zumbarme los oídos. Me quedé quieta, incapaz de reaccionar. Tampoco mis compañeros dijeron nada. Coronas continuó, con voz grave, tono uniforme.

—La mujer ha sido identificada. Se trata de Margarita Estévez Roldán. Supongo que la recuerdan. Ustedes me pidieron que cesara la protección policial sobre ella y yo lo autoricé. Tras haber detenido al principal sospechoso no me pareció que hubiera motivo para mantenerle la escolta.

Me dolían las cervicales, un dolor repentino, insoportable. Me llevé las manos a la nuca, apreté. Oía cómo Roberto murmuraba: «¡Dios!». Garzón avanzó un paso, titubeando:

—¡Pero no puede ser!

Coronas, desfondado, se dejó caer sobre el respaldo:

—Es lo que hay.

—¡Hostia! —culminó Garzón sus reacciones.

El comisario de los *mossos* tomó la palabra:

—Había ido a su gimnasio habitual. Nadaba siempre en la piscina a última hora de la noche. Salió a las diez y cuarto, prácticamente un poco antes de que cerraran el centro. Siempre solía aparcar en un callejón adyacente, cerca de la calle Craywinckel. Un callejón solitario. No pudo llegar a abrir su coche, el asesino la atacó antes. La encontró un vecino que volvía de una reunión de trabajo tardía. No hay testigos ni cámaras de seguridad que hayan podido grabar los hechos. La nota decía: «Ahora sí que ha acabado nuestro amor. Estamos en paz».

Coronas se levantó. Dándonos la espalda, se acercó hasta la ventana, se puso a mirar por ella. El silencio empastaba el aire. El jefe de la policía autonómica volvió a hablar:

—Dadas las circunstancias, debo decir que ninguno de ustedes tiene el más mínimo motivo para sentirse responsable de la decisión de levantar la protección a la víctima. Yo hubiera hecho exactamente igual. El juez de instrucción ya está presente en el lugar de los hechos. Cuando quieran, podemos ir a echar una ojeada. La Científica estará terminando su labor. ¿Vienes, Coronas?

—No, yo me quedo aquí. Pídele tú mismo al juez que decrete el secreto total sobre el caso. Intentaré ocuparme de que no haya la más mínima filtración a la prensa.

Ni siquiera se había vuelto hacia nosotros para hablar. El comisario estaba tocado. ¿Y quién no? Recogimos los abrigos en mi despacho. Yo tenía un nudo en la garganta. Fraile me tomó un brazo, haciendo una ligera presión.

—Encontraremos al asesino, ya verá.

Sonreí con tristeza y miré al techo. Era una simple maniobra que me evitaba llorar.

13

Al día siguiente, el comisario Coronas nos preguntó con toda seriedad si necesitábamos ayuda para el caso.

—Estoy dispuesto a ponerles al lado a cuantos inspectores sean necesarios. También pueden colaborar otras dotaciones de policías autonómicos. Pero si ustedes se sienten con ánimos de seguir tal y como están... no hay problema; yo garantizo su solvencia e idoneidad para culminar la investigación.

Fue una reacción muy de agradecer. Pensé con innecesaria malicia que la sombra de culpabilidad que sentía el jefe lo abocaba a ser comprensivo con los demás. Fraile dio el paso adelante de la decisión sin consultar con Garzón ni conmigo: seguiríamos solos, tal como estábamos. Tenía la total seguridad de que acabaríamos con éxito nuestras pesquisas. El subinspector rezongó en mi oreja cuando salimos:

—Será con éxito de público, porque como este crimen salte a los medios de comunicación, nos convertiremos en el culebrón más jugoso.

Fraile lo oyó y contestó con energía:

—Ahora es cuando debemos tener fe en nosotros mismos, subinspector.

—No, si yo fe tengo mucha y hasta esperanza y caridad, pero es que las cosas pintan mal, ¿qué quiere que le diga?

No era que las cosas pintaran mal, era más que eso. El cuadro que habíamos logrado esbozar con tanto esfuerzo se había emborronado y convertido en un caótico manchurrón. ¿Qué hacer, comenzar de nuevo la obra, intentar recomponer los trazos? Para empezar, el juez había dejado en libertad condicionada a Torres. Tenía los documentos de identidad retenidos, y la obligación de ir cada quince días al juzgado, pero estaba libre. Ni que decir tiene que nosotros obtuvimos sin dificultad permiso para intervenirle el teléfono y montamos un dispositivo complejo para seguirlo. Sin embargo, la esperanza de que diera un paso en falso era mínima. Había demostrado no ser ningún imbécil, de modo que se abstendría de darnos pistas, limitándose a quedarse quieto en un rincón.

Nos reunimos en mi despacho. Fraile continuaba animoso y dispuesto a comerse el mundo. Se movía con decisión, mantenía alta la moral. Ni siquiera cuando Garzón le planteó la cuestión palpitante, la auténticamente fetén, perdió su talante dinámico.

—¿Y ahora qué hacemos, inspector?

—Y bien... —respondió sin pensar demasiado—. Hemos investigado unos crímenes y llegado a unas conclusiones que no son absurdas ni inverosímiles. No podemos desechar todo lo atesorado hasta ahora. Hay que perseguir la estela de lo hallado.

—¡Pero nuestro presunto culpable estaba entre rejas cuando se ha producido la última muerte! —exclamé, un tanto exasperada.

—Es verdad, pero podría ser un cómplice, un autor material que llevaba a cabo las agresiones mientras Torres era sólo el cerebro.

—¿Con qué objeto, y por qué el autor material se independiza del cerebro y vuelve a matar?

—No lo sé, inspectora, no lo sé; pero usted sabe también que las preguntas globalizadoras son inútiles en cualquier pesquisa. Hay que ir poco a poco, paso a paso.

—Paso a paso sí que vamos... —intervino el subinspector—. Sólo que damos uno para delante y tres para atrás, como si estuviéramos bailando.

—Puede que sea así, pero la melodía siempre es la misma. Empezaremos de nuevo por investigar cuidadosamente el entorno de la última víctima. Margarita sí tenía familia, amigos, relaciones profesionales. Veremos. Además les señalo que falta la autopsia del cadáver. Quizá nos aguarda alguna sorpresa, alguna diferencia sustancial con el resto de víctimas que nos aporte un poco de luz.

El resultado de la autopsia fue un nuevo mazazo. El forense no albergaba dudas, ni las más razonables, de que el autor de aquella muerte había sido el mismo que el de las anteriores: la disposición de las cuchilladas mortales, de los tajos en la cara, la altura y fuerza del agresor... incluso el cuchillo que había utilizado era idéntico. Tampoco Margarita Estévez Roldán había ingerido sustancia estupefaciente alguna. Continuábamos frente a nuestro querido asesino en serie.

El móvil del último asesinato era más misterioso que en los demás casos. Si partíamos de una de las exculpaciones que Torres solía esgrimir con más frecuencia, había alguien que buscaba perjudicarlo cargándole muertes que no le correspondían. Esa posibilidad quedaba pulverizada por la evidencia de los hechos. Ningún perjudicador que se preciara desharía su obra cometiendo otro crimen del que en ningún modo, al menos material, podía culparse al perjudicado.

—¿Y si Torres, mientras andaba huido, se encargó de pagar a un sicario que matara a una de sus exchicas en caso de que a él lo capturaran? —apuntó Fermín Garzón.

—Demasiado alambicado e improbable —repuso Fraile—. Además, no podemos olvidar el dictamen del forense: fue la misma persona quien liquidó a todas las víctimas.

—Cabe la conjetura de que el autor material que imaginábamos fuera también el sicario —remachó Garzón su teoría.

Fraile hizo un gesto en el aire, que quería eliminar todo lo dicho.

—Nada, señores, basta de deducciones aventuradas. Tres pasitos adelante y uno al lado: vamos a bailar de nuevo. ¿Le parece bien interrogar usted a la familia, Petra? Yo me encargaré de echarle un ojo al restaurante propiedad de la víctima y el subinspector se entrevistará con los profesores y responsables del gimnasio al que acudió por última vez. Finalmente ellos han sido los que la vieron antes de morir.

Hablar con los hijos de Margarita me revolvía las tripas, pero sabía que sería el cometido que iba a tocarme en suerte. Las mujeres policía somos teóricamente las especialistas en tratar con familias traumatizadas. Y debo decir que aquellos dos vástagos de la muerta lo estaban realmente. La chica, unos treinta, lloraba a moco tendido. Al benjamín, veintitantos, le había correspondido el rol de los reproches: contra la policía, contra la sociedad, contra su propia madre. Las preguntas se le agolpaban en la boca y siempre empezaban por ¿cómo es posible?: ¿Cómo es posible que ustedes la abandonaran sabiendo que podía ser asesinada? ¿Cómo es posible que el culpable esté libre si la policía había declarado que se encontraba detenido? ¿Cómo es posible que en una ciudad como Barcelona sucedan estas barbaridades? ¿Cómo es posible que mi madre hiciera algo tan absurdo, tan impropio de ella como recurrir a una agencia matrimonial? Enseguida estuve segura de que aquel chico filtraría la noticia a la prensa. Por más que le pidiéramos que no lo hiciera, asegurándole que sería negativo para las investigaciones, era evidente que necesitaba extender su rabia y encontrar partidarios de su causa, perdida de antemano.

La hija se mostró más serena, aunque inconsolable.

Para mi profunda tortura se parecía físicamente a su madre: la misma cabeza altiva, las manos grandes, el modo de hablar directo y decidido. Dijo algo que acabó de dejarme deshecha:

—Mi madre era muy fuerte, muy segura de sí misma, pero estaba muy sola. Parecía que se comía el mundo, pero yo la había visto muchas veces quedarse callada de repente, mirando con tristeza a parejas que se besaban, que iban al restaurante a celebrar aniversarios de boda o días de San Valentín. Se acordaba siempre de cuando tenía una vida completa, de cuando estaba enamorada de su marido... No se merecía esto, inspectora, de verdad que no se lo merecía.

Ninguno de los dos tenía la más leve idea de quién había podido matar a su madre. Su madre no tenía enemigos, ni deudas, ni vicios, ni competidores envidiosos, ni empleados vengativos, ni amantes despechados.

Aquella noche llegué a casa hecha un trapo moral. Aun cuando me quemaba la información en la lengua, aun cuando hubiera querido desembarazarme del pesado fardo, en ningún momento se me ocurrió contarle a Marcos lo que había pasado. El secreto profesional ganó terreno a cualquier consideración egoísta, aunque los resultados fueron imprevisibles.

Marcos tampoco estaba de un humor demasiado glorioso. Había tenido una discusión desagradable con uno de sus clientes. Eso era algo muy poco habitual en él, que solía dejar los temas de trabajo fuera de las paredes de nuestra casa, pero en aquella ocasión decidió, con clara inoportunidad, hacerme partícipe de sus cuitas laborales.

—La gente es básicamente tonta —sentenció—. Hice los planos de una pequeña galería comercial para un empresario ya de cierta edad. Me dijo que quería una arquitectura novedosa, que saliera de los parámetros habituales. Le mostré lo que había ideado y estuvo de acuerdo; es más, le encantó. Y ahora, cuando ya han empezado las obras, me sale con que la torre central le parece demasiado atrevida y me propone que le corte un poco la longitud. ¡La torre central!, pero si esa torre es la base de toda la estructura. Pues bueno, no ha habido manera de hacerle bajar del burro y ahora tengo que recalcularlo todo. Además, a sabiendas de que va a quedar un bodrio de mucho cuidado, nada que ver con lo que había proyectado yo.

—Dile que no quieres hacerlo.

—Las cosas no funcionan así, Petra. Las obras ya han empezado, el proyecto lleva la firma de mi estudio y ya hemos cobrado una parte.

—Intenta convencerlo de que deje la torre como está.

—No me estás escuchando. Te he dicho que no ha habido manera de hacerlo cambiar de idea.

—¡Joder, Marcos, no me agobies! Si te contara lo que ha pasado hoy en el caso que llevo, si te lo contara... pero no te lo cuento. Me callo y en paz. Lo que ya me parece demasiado es que ahora tú me abrumes con tus problemas de obra.

—Sólo tus problemas cuentan, ¿no es eso?

—¡Marcos, mis problemas están relacionados con la vida humana! ¿No crees que eso es importante?

—Que yo sepa, las personas con las que tratas ya están muertas. Por mucho que averigües quién los envió al otro mundo, la vida ya no puedes devolvérsela, ¿no?

Di un respingo mezcla de ofensa e incredulidad. Sin contestar ni una palabra me encaminé al dormitorio y cerré la puerta de golpe. Al instante oí el portazo en el estudio de Marcos. Muy bien, visto lo visto y sintiéndome como me sentía: uno de los seres más desgraciados de la Creación, lo más prudente era meterme en la cama sin cenar e intentar dormirme pronto. Lo conseguí enseguída. Cuando estaba en lo mejor del sueño, oí entre brumas que Marcos entraba a acostarse. Me sopló al oído:

—Lo siento.

—Yo también —contesté, y recé porque la reconciliación acabara ahí porque necesitaba descansar.

Al día siguiente mis compañeros continuaban bajo el impacto del último asesinato, pero lo peor ya había pasado. Al menos todos habíamos perdido el gesto de haber sido sorprendidos por un ciclón. Me contaron sus movimientos del día anterior.

—En el restaurante no había nada que rascar. Los empleados están en estado de shock pero no saben nada. Ninguno de ellos vio a nadie sospechoso llegar al local en los últimos tiempos. A su patrona no la encontraron más nerviosa o alterada. Que ellos hubieran podido advertir, no se entrevistó con nadie ni recibió ninguna llamada especial.

—Tampoco en el gimnasio notaron nada raro. La recepcionista la vio entrar y salir, como siempre. El monitor de natación la saludó. Ella realizó los largos de piscina que solía hacer y después se marchó.

Hubo un silencio tras la puesta al día de todos nuestros datos. Un silencio lógico, pues no había gran cosa que comentar.

—Una vez más, no hay pruebas —se arrancó el subinspector—. Debemos sacar la conclusión de que es muy fácil matar.

—Nuestro querido asesino es un hombre listo, y ha preparado muy bien cada una de las muertes. Las víctimas fueron sorprendidas en lugares poco transitados o en horas intempestivas. En los alrededores del lugar de la agresión no había bancos ni otro tipo de locales públicos que contaran con cámaras de seguridad. No ha dejado restos orgánicos ni ha cometido el error de olvidar ninguna pertenencia. Hay que reconocerle un gran talento. Debió preparar a conciencia cada uno de los crímenes, estudiar los hábitos de las mujeres, escoger el *locus operandi* con enorme cuidado. Chapó —dije llena de desánimo.

—Lo del *locus operandi* me ha encantado, inspectora. Puede que no tengamos ni puta idea de cómo resolver este caso, pero por lo menos hablamos en latín —apuntó Garzón.

—Calma, señores. No se desanimen. Vamos a volver atrás. El camino por donde veníamos era el correcto, sólo que, al pasar, hay algo que no hemos visto —dijo Fraile con lo que parecía plena convicción.

—O algo que de ninguna manera hemos podido ver —dije.

—¡Por ejemplo al asesino, joder! Porque si este último crimen estuvo cometido por la misma mano, es obvio que la de Torres no era.

—¿Y qué me dicen de la última nota? Eso de «ahora estamos en paz» ¿significa que no habrá más mujeres asesinadas? —pregunté.

—No hay más en la lista que Torres frecuentó por medio de la agencia —afirmó Fraile.

—¿Y qué pasa con las anteriores?

—Que nosotros sepamos no las hubo, inspectora, al menos en la agencia.

—Me refiero a las chicas que aparecen en las fotos que él guardaba.

—Torres dijo que eran novias de otros tiempos. Recuerde que dimos orden de que se buscaran en las listas de víctimas de crímenes o agresiones, en las listas de desaparecidos, en la de posibles casos sin resolver... nada de nada.

—Sin duda hemos cometido algún fallo. Tenemos que interrogar de nuevo a Torres y preguntarle quiénes son todas esas chicas. En estos momentos y después de lo que ha pasado, me parece imprescindible —categoricé.

—A mí no me parece importante —adujo Fraile—. ¿Usted sabe el trabajón que nos costaría encontrarlas? Y total, ¿para qué? Si no están muertas no están muertas. Que en su día ligaran con el sospechoso no significa que tengan nada que ver en su conducta posterior.

—Puede que lleve razón —concedí.

—Sin embargo, es buena idea interrogar a Torres de nuevo, que vea que no ha disminuido la presión sobre él, que sigue en el punto de mira. Quizá hasta el momento no haya cometido equivocaciones, pero puede cometerlas si se pone nervioso al final.

Ésa fue la conclusión. Yo, sin embargo, pedí el archivo fotográfico de las antiguas novias de Torres y me pasé la tarde embebida en él. No sé qué esperaba encontrar. Sólo eran mujeres: jóvenes, de más edad, algunas casi hermosas, otras muy feas. Miré la última fecha. Correspondía a dos años atrás. Torres la había bautizado como Belarmina Mendizábal. Nadie sabía si era su nombre real. Debía tener más de cincuenta años. Llevaba una permanente muy marcada, que aglutinaba su pelo en torno a la cabeza con caracolillos perfectamente definidos. Usaba gafas de gruesos cristales. Era horrible, la verdad. Ni siquiera se molestó en sonreír cuando le tomaron la foto. ¿Quién se la haría, un viandante? Estaban en la plaza Cataluña, entre palomas. Habían escogido el marco preferido de todos los paletos que visitaban la ciudad desde tiempos inmemoriales. Ella se cogía con fuerza del brazo de su pareja. ¡Vaya historias que pasan en el mundo!, pensé. La gente solitaria es capaz de cualquier cosa para dejar de serlo, pero al final vuelve a imponerse en sus vidas la soledad. ¿Por qué fue aquella mujer la última que Torres frecuentó antes de requerir los servicios de una agencia? ¿Cómo se enteró de la existencia de una agencia tan poco publicitada? ¿Dejó de ligar del modo convencional porque las mujeres que encontraba eran cada vez de mayor edad, menos agraciadas? Preguntas que ya habíamos formulado y otras que no. Fraile estaba en lo cierto: debíamos volver a empezar, regresar al principio, investigar cada detalle, aunque en apariencia fuera banal. Habíamos trabajado con precipitación, buscando soluciones espectaculares, sobre todo, la confesión de Torres.

Las investigaciones policiales no eran ajenas al pálpito general de los nuevos tiempos: la prisa, la aceleración, el pensar que va a bajar el suflé y ya no servirá para nada. Nosotros también habíamos sido víctimas de los perros de la celeridad. Nos habían perseguido dando dentelladas al aire: los jueces, los periodistas, la absurda teoría de que un asesinato debe resolverse cuanto antes mejor. Ahora teníamos más tiempo, más perspectiva. O no. ¿Cuánto tardaría Coronas en exigirnos resultados? ¿No sería todo más urgente ahora que el asesino volvía a estar suelto? ¿Acaso el juez no nos reprocharía que no le presentáramos nuevas pruebas en vez de seguir en la senda anterior? Había dejado libre a Torres, la mano asesina era otra. ¡Dios nos coja confesados!, exclamé para mí.

Aquella misma tarde tuvimos de nuevo a Torres a nuestra disposición. Esta vez no hizo el menor intento de despegarse de su abogado. Había cambiado completamente de actitud. Si antes se había mostrado indefenso y participativo, ahora parecía incómodo y víctima de nuestro acoso. El imbécil del abogado, que iba cayéndome paulatinamente peor, nos endilgó una perorata inicial sobre la necesidad de aquel interrogatorio. Yo lo hubiera estrangulado, pero Fraile, más paciente, lo metió en vereda.

—La policía parte de la base de que su cliente está interesado en saber quién es el posible asesino de unas mujeres que habían tenido relación con él. La última: Margarita Estévez Roldán.

—Mi cliente contestará a sus preguntas, desde luego; pero debo hacer hincapié en que lo hará en calidad de testigo. No admitiremos ninguna cuestión que ponga en duda su honorabilidad e inocencia.

—Pues si viene como testigo no hace falta que usted esté aquí —le espetó un Garzón lúcido y concreto.

—Dadas las circunstancias, prefiero quedarme. El señor Torres ha sufrido los suficientes abusos por parte de su equipo —en ese momento me miró— como para vigilar de cerca cualquier contacto entre ustedes y él.

Fraile suspiró.

—Pasemos a los hechos —dijo.

En su mano obraba el informe económico que había elaborado el equipo del inspector Sangüesa. Empezó a preguntarle uno a uno por todos los ingresos de los últimos años, que no presentaban ninguna periodicidad ni consistían en cantidades exactas. Torres contestaba lo mismo que había dicho en los anteriores interrogatorios; no daba explicaciones contables convincentes, aunque tampoco se antojaban inverosímiles: deudas cobradas fuera de tiempo, intereses devengados de pequeñas cuentas canceladas ya. Nunca recordaba el nombre del deudor que pagaba, ni estaba en disposición de dar los números de cuenta con los que ya no trabajaba, ni siquiera del banco en cuestión. Era evidente que nos hallábamos frente a un defraudador que a lo mejor no había pagado impuestos en su maldita vida, pero las cantidades de las que hablábamos no eran lo suficientemente grandes como para pensar que estuviera involucrado en un asunto de los gordos. Aun así, yo conservaba la esperanza de que llegara a producirse un «efecto Capone» y que pudiéramos enchironarlo por una cuestión menor, tanta era la animadversión que me inspiraba aquel tipo. Respondía a las preguntas de Fraile con una tranquilidad pasmosa y una desfachatez más que considerable. Daba la sensación de que no se amilanaba ante la posibilidad de ser acusado de un delito económico. Considerando que se había librado de ser acusado de tres asesinatos con premeditación y alevosía, era casi normal que se columpiara en las respuestas.

Fraile no hizo comentario alguno cuando terminó el interrogatorio ni sacó ninguna conclusión frente al interrogado. Se limitó a anunciar:

—Es su turno, inspectora Delicado.

La sorpresa atenazó el gesto de abogado y cliente.

—Pensé que ya habíamos concluido —dijo el letrado.

—Pues ya ve que no —respondí secamente.

—¿Le parece absolutamente necesario...?

—Abogado: si va a obstaculizar mi labor policial, será mejor que salga de la sala. Como muy bien dijo hace un rato mi compañero, su presencia aquí no es un imperativo legal.

—¡Adelante, señora, pregunte lo que quiera! —dijo Torres con una impertinencia que me repateó.

—¿Está usted horrorizado por el asesinato de Margarita Estévez Roldán?

Una inesperada sorpresa atenazó a aquellos dos hombres, y también a los otros dos. Torres no contestó inmediatamente, lo pensó, necesitaba tiempo para saber qué le convenía decir. Se puso serio.

—Naturalmente que estoy horrorizado. Cualquier crimen me horroriza. Pero no sé si hay en su pregunta alguna intención que se me escapa o es algo personal.

—Es algo personal. Me dio la impresión de que después de haber salido con esa mujer, se sentiría usted muy afectado.

—Inspectora, vi una sola vez a esa señora, cené con ella. Una cena cordial y punto. Claro que me ha impactado que sea la víctima de un asesinato, pero como me hubiera sucedido con cualquier otra persona.

—Y sin embargo, gracias a ese crimen está usted libre.

El abogado casi se puso en pie, rojo de indignación.

—No sé a qué vienen esas insinuaciones insidiosas que no...

—A nada, abogado, a nada. Ya le dije que era algo personal. Por mí, hemos acabado.

Después de haberlo interrumpido, salí de la habitación con paso rápido y firme. Al cabo de un rato me reuní con mis compañeros en el despacho. Fraile, rápidamente quiso saber:

—¿Hay alguna razón específica para la pregunta que le ha planteado a Torres?

—Sólo quería devolverlo al meollo de los crímenes. Me ponía enferma su cambio de actitud.

—Sí —saltó Garzón muy decidido—, a mí también. Antes se arrastraba por los suelos como un gusano y ahora va de rey de la selva, el muy cabrón.

—En cualquier caso, si el forense no se equivoca, cosa que no es de esperar, él no cometió los asesinatos. Puede que contratara a un matón, que lo hicieran entre dos, lo que ustedes quieran, pero la mano que se cargó a Margarita fue la misma que se cargó a las demás. No lo olvidemos, a este pollo lo teníamos en la jaula.

Aunque pareciera ridículo a priori, recordar lo evidente era una práctica casi obligada en una investigación. De repente alguien del equipo se deja llevar por la subjetividad y arrastra consigo la opinión general. ¡Alto, cuidado!, las cosas deben ponerse en su sitio de nuevo. La realidad pura y dura tiene que verbalizarse con toda su carga de torpedos frustrantes. Este tío puede ser un asesino, un maldito hijo de su madre, pero... él no ejecutó materialmente los horribles crímenes. Volvamos a la línea de salida. Una técnica parecida era la que yo acababa de utilizar con Torres: puede que hayas quedado en libertad, que quedes exculpado como autor material de los hechos... pero, cuidado, todas esas mujeres estuvieron contigo, incluida la que acaba de morir.

—Creo que volveré a interrogarlo —informé—. Quiero preguntarle sobre Belarmina Mendizábal.

—¡Coño, Petra! ¿Y ésa quién es?

—La mujer que figura en la última foto de las que le incautamos a Torres, mi querido Fermín. Después de esa fecha sus conquistas ya se concretaron por medio de Vida Futura.

—¿Hay algo que esa mujer pueda aportar? —se interesó Fraile.

—No especialmente. Tengo curiosidad. ¿Por qué tras ella Torres recurrió a la ayuda profesional? ¿Y por qué mató a las que conoció por agencia y a las otras no?

—Pudo haber algún ligue del que no quede constancia fotográfica.

—Sí, ya lo sé; de todas maneras no pierdo nada preguntándole.

—Pues claro que no; además, de ese modo lo mantenemos en ascuas.

Nos miramos, satisfechos. Al menos dábamos la impresión frente a nosotros mismos de que lo que hacíamos servía para algo.

Al día siguiente se produjo la hecatombe que agoreramente yo pronostiqué. El hijo menor de Margarita Estévez Roldán había cantado a la prensa, y el suyo no había sido un gorgorito aislado o casual, sino un aria de verdadero tenor con do de pecho final: daba cuenta del asesinato de su madre y acusaba a la policía de ineficiencia y falta de interés. La estela de la declaración que concedió a un importante diario no se hizo esperar. Volvía el caso del asesino en serie en toda su magnitud: comentarios en tertulias televisivas, recopilación del caso punto por punto… el horror que tan bien conocíamos.

Coronas estuvo moderado.

—Yo me encargo de este marrón. Ustedes sigan con lo suyo.

Me mosqueaba tanta comprensión por su parte, tanta discreción y falta de alharaca en sus reacciones. Garzón, que era un lince aplicando la teoría «Malpiensa y acertarás», dio la siguiente explicación:

—Como tiene al ladito mismo a un homónimo de la Autonómica, no quiere pasar por un histérico, y mucho menos por un jefe cabrón con los subordinados.

El daño estaba hecho. Si contábamos con el silencio para que el asesino no supiera a qué atenerse, nos quedábamos sin esa baza. El juego del gato y el ratón regresaba con toda su crudeza. Yo pensaba en otras consecuencias más personales del episodio. Mis hijastros volverían a la carga con su curiosidad; por no hablar de mi suegra que encontraría cualquier excusa para llamar a su hijo intentando sonsacarle información sobre el terrible criminal. ¡Dios eterno!, aunque en la Edad de Piedra no hubiera estudios de ADN, investigar un crimen debía ser mucho más fácil al no existir tampoco periodistas.

El ramalazo informativo tuvo aún otra consecuencia que no había previsto. Al final del día, cuando ya estaba a punto de marcharme a casa, me llamó el policía que hacía el seguimiento de Bárbara Mistral.

—Inspectora, la sujeto acaba de entrar en su comisaría. A lo mejor quiere verla a usted.

¿La sujeto a aquellas horas? Nunca hasta el momento había manifestado el menor deseo de hablar con nosotros. Tanto Garzón como Fraile habían acabado su jornada de trabajo, lo cual en el inspector de los *mossos*, me extrañó. Me preparé para prolongar la mía un poco más.

Efectivamente, el policía que hacía el turno de noche me anunció enseguida la presencia de Bárbara Mistral. Me sorprendió ver su aspecto de nuevo: acicalada, llamativa pero con su eterno traje de ejecutiva formal. Empezó a hablar estando de pie:

—Inspectora, ya ha visto los periódicos, ¿no? Pues vengo a decirle que...

—Lo que tenga que decir dígalo sentada —la interrumpí muy seca, y añadí más amablemente—: Por favor.

—Me han hundido ustedes en la miseria, inspectora. Me dijeron una y mil veces que este asunto se llevaría con discreción. No sé si se ha entretenido en leer las declaraciones de ese chico, pero el caso es que da el nombre de mi agencia e incluso dice en la calle que está. ¿Qué le parece?

—Le aseguro que todo esto nos ha complicado la vida a nosotros también. Hasta ahora esos datos tan concretos no se habían filtrado a la prensa. Pero piense que no se ha tratado de una filtración por nuestra parte, sino de una declaración en toda regla del hijo de una víctima.

—Para mí el resultado es el mismo.

—Se le comunicó a ese chico que no debía decir nada, se le avisó de que cualquier palabra suya comprometería el resultado de la investigación. Pues bueno, no ha hecho caso. No es policía, no es funcionario judicial, nada se puede hacer en su contra.

—¿Y a mí qué me cuenta, inspectora? Yo tengo un negocio que sólo ha funcionado bien porque está basado en el silencio absoluto. ¿Y ahora qué? Ahora hasta el gato sabe que existimos. ¿Usted tiene idea de lo que me costó levantar esta agencia sin publicidad, sin internet, sólo con el boca a boca de nuestros clientes? No, no tiene ni idea. Pero es que no sólo se ha hecho público el nombre de Vida Futura, sino que encima se airea a los cuatro vientos que estamos implicados en una serie de asesinatos. ¿Cómo se puede interpretar eso? ¡De verdad, se lo juro, han acabado ustedes con mi medio de vida! ¿Quién aconsejará ahora a un amigo nuestros servicios? ¡Dígamelo!

—Bárbara, comprendo muy bien su estado de ánimo, pero que su agencia se ha visto implicada en varios asesinatos es un hecho incuestionable.

—Déjelo, sólo he venido a decirle que cierro la empresa.

—No se precipite, las cosas volverán a su cauce.

—Para entonces yo ya estaré completamente arruinada. Me asesoraré sobre si es factible demandarlos a ustedes por los perjuicios que me han ocasionado. No tengo ninguna confianza, pero lo intentaré.

—Lo siento, es lo único que puedo decirle.

Cuando salió estaba a punto de llorar, y a mí había empezado a dolerme la cabeza. Llegué a casa con la única idea de tomar una taza de té para poder tragar un buen puñado de analgésicos.

Marcos estaba en la cocina. Me sonrió.

—Ya sé que hoy es mejor no dirigirte la palabra.

—¿Ha llamado tu madre?

—Sí. He logrado disuadirla de que te llamara a ti personalmente.

—¿Está muy alterada por las noticias?

—Explota de pura curiosidad. Nunca hubiera imaginado que fuera tan morbosa. Pon un asesino en la vida de una señora burguesa y se convertirá en la lectora perfecta de sucesos.

—Le regalaré unas cuantas novelas negras para que tenga más material.

—¿Quieres cenar?

—Sólo un té. Me duele la cabeza.

—¿Te has planteado dimitir de este caso?

—En ningún momento.

—Yo te preparo el té.

Mientras lo hacía, me senté pesadamente a la mesa.

—Y todavía falta la reacción de los chicos —comenté.

—No te preocupes, al primero que pronuncie la palabra asesino lo pondré a pelar patatas como en la mili.

—¿Y qué vamos a hacer con tantas patatas peladas?

—Un puré.

Tomé mi té, mi alijo de ibuprofeno y me metí en la cama. Al poco rato ya me sentía francamente mejor.

14

Interrogar a Armando Torres se hacía cada vez más complicado. Era evidente que se sentía progresivamente a salvo de acusaciones, de modo que se dedicaba a ponernos toda serie de inconvenientes para venir a comisaría. Al final no tenía más remedio que acceder, pero su postura ante nuestras preguntas rozaba habitualmente la impertinencia. Fraile lo había requerido en varias ocasiones para hablar de sus cuentas bancarias, con nulos resultados. No recordaba nada. Aquella tarde había sido yo quien había reclamado su presencia. Antes de que yo le formulara la primera cuestión, su abogado ya estaba protestando.

—Mi cliente no puede estar en estas dependencias cada dos por tres, inspectora. Sería aconsejable que filtraran ustedes sus dudas dejando sólo los asuntos más imprescindibles.

—Lo tendré presente. Dígame, señor Torres, ¿qué puede usted contarme sobre sus novias anteriores a la agencia Vida Futura?

—¿Qué pito tocan mis novias en todo esto? ¿Por qué quiere saber de ellas?

En casos parecidos, la respuesta policial es de libro: «Soy yo quien hace las preguntas»; pero no quería que existiera ninguna tensión en aquel interrogatorio. Probablemente lo que pudiera averiguar sobre aquellas mujeres no serviría para nada, pero sentía curiosidad. Le respondí guardándome cualquier acritud.

—Sólo quiero saber por qué dejó usted de ligar por métodos tradicionales.

—A veces las chicas eran celosas, pesadas, cargantes. Algunas se enamoraban de mí y no me dejaban en paz. Pensé que en una agencia las cosas se desarrollarían de una manera más fría y profesional.

—¿Conserva el teléfono o la dirección de alguna de ellas?

—¡Ni pensarlo! Tiré a la basura todos los contactos de esas chicas.

—Tira usted a la basura la contabilidad de su empresa, las direcciones de sus amigas. Tiene una tendencia a borrar las huellas de su vida. Me gustaría saber por qué.

—Vivo el presente, inspectora. Es un consejo que le doy. A mí me ha funcionado bastante bien.

—¿Quién le habló de Vida Futura?

—Un tipo en un bar. Ya se lo he contado veinte veces a sus colegas. Oiga, no habrán asesinado también a alguna de esas mujeres, ¿verdad?

—Puede marcharse, Torres. Hemos terminado por hoy.

Les conté a mis colegas que había estado con el sospechoso.

—Intenté que hablara sobre sus novias, pero ya se ha afianzado en su papel de hombre seguro, de víctima de la ineficacia policial.

—¿Buscaba algún dato concreto? —preguntó Fraile.

—Me hubiera gustado pescarlo en algún renuncio hablando de esas mujeres, o que significara a alguna de ellas para abrir una nueva línea de investigación. De hecho, no hemos localizado ni a una sola.

—En su día comprobamos que no habían desaparecido ni sido asesinadas. Ya se lo dije una vez.

—Pero quizá si les hubiéramos formulado algunas

preguntas hubieran ratificado el carácter violento de Torres, contado algún episodio...

—Petra —me interrumpió Roberto—, hubieran sido otras tantas pruebas circunstanciales que no probarían nada. Ya tenemos indicios más llamativos en su contra, pero no han servido de gran cosa. Además, buscamos a otro asesino, recuérdelo. En cualquier caso, todas esas mujeres se habrán enterado de los detalles por la prensa y, dígame, ¿cuántas se han presentado ante nosotros voluntariamente para testificar? Ni una, inspectora. Por ese lado no hay nada que rascar, créame.

—Lleva razón, Roberto, quizá estoy dejándome llevar por la obsesión, empezando a hacer cosas sin sentido.

—No diga eso. Mientras podamos incordiar a Torres, acosarlo veladamente, está bien convocarlo con cualquier motivo.

—Empiezo a dudarlo. ¿Qué han estado haciendo ustedes?

—Hablando con los de la Científica —respondió el subinspector—. Todavía teníamos la esperanza de que en los últimos análisis apareciera algo: un rastro orgánico bajo las uñas del cadáver, un pelo ajeno entre los propios... pero no, no hay nada nuevo.

—Tengo la terrible sensación de que estamos llegando al final —dije, bastante desfondada.

—No pierda la esperanza, no se dé por vencida —me animó Roberto.

—Para vencer o ser vencido hace falta un enemigo, Roberto, y ya no sé contra quién luchar. Me he quedado sin armas, sin ideas, dando mandobles al aire con las manos desnudas. Creo que voy a presentar la dimisión. Supongo que el comisario no se opondrá a nombrar a otro agente para mi puesto.

—¡Ah no, Petra, ni de coña! Usted lo que quiere es estar fuera del equipo cuando Coronas nos quite a todos del caso.

—¿Cómo puede ser tan rastrero y tan vil para pensar eso de mí, Garzón?

—Usted no se va a ninguna parte, se queda aquí con los demás curritos aguantando el chaparrón cuando llegue.

—Yo haré lo que me pase por las narices, Fermín, y le recuerdo que es usted mi subordinado, así que no se pase ni un solo pelo.

Fraile, siempre sorprendido por nuestros volcánicos intercambios emocionales, ya fueran positivos o negativos, se interpuso bastante alarmado:

—¡Señores, por favor, haya calma. Quiero hablar! Estamos en un *impasse* y les ruego que lo tomen de esa manera. Ésta es una mala racha que cambiará.

—¿Cambiará, Roberto, cambiará? ¡Pues ya me dirá de qué manera! Como el asesino no sufra un ataque de súbito arrepentimiento y venga de rodillas a entregarse y pedirnos perdón...

—¡Caramba, inspectora, tampoco hace falta que sea sarcástica!

—¡Uf, inspector, no la conoce usted bien! —intervino Garzón ladinamente.

—¡Recapitulemos! —Fraile elevó el tono de voz—. Estaremos todos de acuerdo en que éste es un momento de crisis.

—Este caso es una crisis permanente —rezongué.

—De ustedes he recibido muchas y valiosas enseñanzas —continuó Roberto en plan patriarcal—. Y una de ellas es que en los momentos de desesperación, se debe hacer un alto y emborracharse.

Garzón y yo nos quedamos parados, esperando ver en qué concluía aquel parlamento.

—Pues bien, no hay más que hablar. Entierren ustedes el hacha de guerra y vámonos inmediatamente a un bar.

—Sugiero que no sea La Jarra de Oro —apuntó

Garzón—. Si con la que está cayendo alguien le va con el cuento a Coronas de que estamos privando ahí delante, se nos puede caer el pelo.

Contra toda lógica, prudencia y sentido del honor policial, buscamos un bar alejado de comisaría para poner en práctica las sabias enseñanzas que nuestro compañero autonómico había asimilado con tanto aprovechamiento y prontitud.

Empezamos por la cerveza. La verdad es que yo no estaba de humor. Sólo me gusta beber cuando me siento contenta, pero en aras de la concordia general, me sumé a la fiesta. A la tercera jarra, Fraile ya estaba piripi. ¿Por qué se empeñaba en empinar el codo si no era capaz de aguantar el alcohol? Empezó a decir tonterías:

—Olvidémonos de las pruebas. Vayamos a nuestro instinto de sabuesos. Según ustedes, ¿quién es el asesino? Hagamos una hipótesis aunque esté cogida con alfileres.

—Torres es el asesino —afirmé.

—Defina cuál es su móvil y cómo se justifica el último crimen.

Le pegué un buen tiento a mi cerveza, no me apetecía aquel juego.

—El móvil es complejo. Torres es un individuo solitario, medio pirado, no es alguien normal. Ha buscado la compañía femenina para neutralizar algún trauma que padece: su madre, un amor de juventud fracasado... yo qué sé. Llega un punto en el que está tan alienado emocionalmente que decide acudir a una agencia discreta para que el ligar con mujeres tenga un estímulo profesional; pero sus ligues siguen siendo una pifia. Entonces decide matar a las chicas y para ello contrata a un sicario.

Fraile negaba con la cabeza, imprimiendo a sus gestos un aire beodo.

—¡Qué mal, inspectora, qué mal! Su hipótesis es una verdadera caca, si me permite usted la expresión. En primer lugar, Torres ha sido diagnosticado como perfectamente cuerdo por los psiquiatras. Y lo del sicario... ¿cómo contacta con un sicario un tipo tan normalito como él? Los sicarios no crecen en los árboles, hace falta estar un poco en el mundo del hampa para saber dónde encontrarlos. Su nariz de sabuesa no ha dado ni una; mejor se entrena usted como perro trufero.

—¡Por eso quiero dimitir!

Hizo como que no me oía o, en efecto, no me oyó. Prosiguió con aquel estúpido ejercicio.

—A ver, subinspector, es su turno.

—Yo creo que Torres ligó con una mujer especialmente celosa que se ha convertido en su verdadero y único amor. Ella, que sí es una pirada de tomo y lomo, le ha pedido que se deshaga de sus últimas mujeres. No puede soportar que sigan vivas y además es una prueba de amor que le exige a él. Entonces Torres acepta el reto y entre los dos se las van cepillando. La mujer lo espera ahora en la sombra, hasta que los ecos del caso del asesino en serie se vayan disipando y luego dentro de un tiempo... ¡habrá triunfado el amor!

Fraile reía a carcajada limpia. Daba golpes en la mesa como un Falstaff enloquecido.

—¡Es usted un romántico, Garzón. Ni aunque viviera cien años más se me ocurriría nunca una cosa tan descabellada!

El subinspector me miró con cara de circunstancias. Estaba tan hasta el gorro como yo de aquella situación. Pero Fraile disfrutaba, o se encontraba ya trompa total.

—Señores, para celebrar que aún existen hombres con fe en los sentimientos más elevados, vamos a pedir una botella de cava. Es ése el protocolo, ¿no? Primero cerveza, luego cava y, para finalizar, un gin-tonic o dos.

—Yo creo que ya hemos bebido suficiente —le dije en tono neutro.

—Es usted una aguafiestas, inspectora.

—Yo también pienso que deberíamos parar.

—¡Otro que tal! De acuerdo, nos saltamos el cava. Pasamos a las copas duras y después despedimos la sesión.

Garzón y yo estábamos tan frescos, nuestra resistencia al alcohol era proverbial, pero ambos nos dábamos cuenta de que era una inconsciencia dejar que Fraile cayera redondo.

—Una copa y nos vamos, ¿de acuerdo, inspector?

—Es usted una buena persona, subinspector. Cuando resolvamos este caso y nos den una condecoración, pediré que la suya sea más grande, con un lazo vistoso. ¡La cruz del mérito pediré para usted!

Trajeron las copas, brindamos. Fraile elevó la suya con cierta dificultad:

—Por nuestro querido asesino, al cual, esté donde esté y sea quien sea, acabaremos por atrapar.

Dicho esto, se desplomó lentamente en la silla y de la silla pasó al suelo, donde se quedó tumbado sin aparentes señales de vida.

—¡Hostia! —exclamó Garzón—. ¡Estamos apañados!

Se acercó el camarero, el dueño del local y un par de *hipsters* que bebían en la barra. Ofrecían llamar a una ambulancia. El subinspector los tranquilizó a todos.

—No se preocupen. No está acostumbrado a beber y se ha mareado un poco.

El *hipster* más joven, barbita recortada y chaleco de lana, objetó:

—Me parece que está en coma etílico.

—Una simple curda, muchacho. Ayudadme a levantarlo, con eso bastará.

Lo levantaron de mala manera y, afortunadamente, Fraile respondió lo suficiente como para arrancarse a caminar. Fui a buscar el coche y, al llegar, descubrí a aquella extraña pareja: Fermín de pie y Roberto sentado en una silla sacada del bar para la ocasión.

—Me encuentro fatal —exclamó el etílico desde el asiento de atrás tras la complicada maniobra de abordaje.

—¿Recuerda dónde vive?

Nos dio la dirección y, gracias al navegador, pudimos coronar el salvamento. O eso creímos, porque en el momento de bajar del coche Fraile pidió:

—¿No pueden acompañarme hasta el piso?

Garzón subió con él.

—¡No le ponga el pijama que es tarde! —le grité. Luego encendí la radio mientras esperaba. «¡Vaya borrachera más tonta!», pensé. Pero el alcohol es así, traicionero, unas veces no te hace nada y otras se ensaña contigo. Al cabo de cinco minutos que se me antojaron eternos, vi salir a Garzón de la entrada. Hubo algo en él que me alarmó, venía corriendo, la cara demudada, hacía gestos con las manos que no conseguía entender. Bajé la ventanilla.

—¡Petra, venga inmediatamente!

—¿Qué pasa? ¿Se ha puesto peor?

En ese momento sonó mi teléfono móvil. Garzón me dijo:

—¡Conteste!

—Pero...

—¡Conteste!

Era el comisario Coronas. Su mensaje fue conciso y directo:

—Vaya inmediatamente a la calle Industria esquina Cerdeña, ha aparecido muerta otra mujer. Llame usted misma a Garzón. Ya hay una dotación que ha ido para allá.

Colgué, sin saber lo que hacía. El subinspector me dijo:

—A Fraile le ha llamado su jefe también.

—¿Y va a venir con nosotros?

—Insiste en ello. Se está lavando la cara a fondo. Es mejor que no lo dejemos solo. Pararemos en un bar para que se atice catorce cafés.

—En aquella esquina hay una farmacia. Compraré medicinas mientras bajan.

Aparqué como pude y compré ibuprofeno y vitamina B12. Poco después, lívido como un aparecido, Fraile tragaba todos aquellos potingues de dos en dos, ayudado por un bidón de café bien cargado. Intenté disuadirlo de que viniera con nosotros.

—Podemos decir que le ha dado un desmayo, que le ha subido la temperatura de repente.

Fue inútil, negaba con la cabeza firmemente.

—Parece que cada vez que me tomo dos copas, el asesino ataca con más fuerza —acertó a decir.

—Igual es de la liga antialcohólica —lo embromó Garzón.

—Señores, por favor. Si tardamos más en llegar los jefes nos degradan —exclamé.

Salimos los tres a toda máquina, como tres vampiros que hubieran visto un ajo. Al llegar, la calle había sido cortada por la poli. Gracias a los cielos y a la hora intempestiva, aún no había llegado nadie de responsabilidad. El cuerpo de la víctima había sido tapado por una lona. Garzón se acercó para verlo. Yo, como de costumbre, preferí esperar. Fraile aún estaba lento y torpe. Pensé que quizá no se le declarara una resaca, pero puede que se le estuviera abriendo un agujero en el estómago a causa de los medicamentos y el café. El policía que estaba al mando de la dotación se me acercó enseguida:

—Inspectora, a la mujer la agredieron cuando se disponía a entrar en el portal. El cadáver estaba lleno de sangre y con la cara destrozada. Hay un testigo que vio a un hombre huyendo.

—¿Dónde está?

Señaló con la cabeza hacia un joven que esperaba junto a las barreras de protección. Evidentemente a partir de cierta hora, sólo jóvenes transitaban las calles. Fraile y yo fuimos hacia él. Nos contó que volvía de estudiar en casa de un amigo. Al doblar la esquina, vio un par de bultos: uno en el suelo y el otro en pie, sin duda un hombre. Ese hombre ni siquiera volvió la cabeza para mirarlo, en cuanto lo avistó de reojo, empezó a correr y se perdió enseguida.

—Ni siquiera me acerqué para comprobar qué era el bulto del suelo. Ya se notaba que era una persona y que había pasado algo malo. Los llamé a ustedes enseguida. Me asusté mucho, la verdad.

—Lo ha hecho muy bien. ¿Puede describir al hombre?

—Era alto y bastante fuerte.

—¿Edad?

—No debía ser demasiado joven por la forma en que iba vestido. Llevaba una especie de abrigacho, no sé cómo decirle.

—¿Un gabán?

—Eso sería, ancho y cuadrado, bastante largo.

—¿La cara, el pelo?

—Ni idea. Lo vi de espaldas.

—¿Qué hacía cuando lo descubrió, se inclinaba hacia el bulto del suelo, se levantaba?

—No hacía nada, estaba de pie. Inspectora, ¿era el asesino en serie del que hablan ahora todo el tiempo?

—Es posible, no lo sabemos aún.

—¡Qué fuerte! ¿Y si viene a por mí?

—Por lo que me está contando, a usted ese hombre no pudo verlo. No tiene nada que temer.

Fraile, ya más normalizado, se dirigió al testigo:

—Señale en qué dirección exacta se fue ese hombre.

El chico no dudó lo más mínimo en su explicación. Fraile llamó al policía a cargo de la dotación y le ordenó interrogar a todos los vecinos que hubieran podido ver al hombre en su recorrido de huida, empezando por el portal en el que, teóricamente, debía vivir la víctima.

Garzón regresó a nuestro corrillo blanco como la cera.

—Lo mismo de siempre. Otra víctima más. La cara destrozada a navajazos. Esto no tiene fin. Sólo hay una diferencia: no le han puesto encima ninguna carta de amor.

—Por lo que ha declarado el testigo, quizá al asesino no le dio tiempo. En cuanto sintió que alguien se acercaba, se largó sin mirarlo siquiera.

Me llamó un policía:

—Inspectora, el testigo pregunta si puede marcharse. Mañana tiene que madrugar.

Llegué hasta el joven:

—Deje todos sus datos: nombre, dirección y teléfono, número de carnet de identidad.

—Sí, ya se lo he dado todo a ese policía. Él mismo lo ha apuntado.

Se despidió cabizbajo y dio tres pasos. Lo llamé:

—Está seguro de que era un hombre, ¿verdad? En ningún caso podía ser una mujer.

Me miró como si no comprendiera mis palabras y muy serio dijo:

—Era un hombre, de eso estoy seguro; lo demás no le puedo decir.

A partir de ahí se produjo la coreografía habitual. Llegaron los compañeros de la Científica, el forense, nuestros jefes y el juez. Ambos comisarios pegaron una mirada general y volvieron a marcharse, con cara de máxima preocupación. Los teléfonos de ambos no paraban de sonar y ellos, después de alejarse un poco, contestaban en voz baja y empezaban a cabecear afirmativamente con un ritmo regular. Las máximas autoridades debían estar llamándolos a capítulo.

La Científica se puso a lo suyo, el forense también y sólo el juez vino hasta nosotros para comentar:

—Esto es una verdadera pesadilla. Por más que repaso y repaso los folios de la instrucción que estoy haciendo, cada vez entiendo menos, de verdad. A lo mejor sería conveniente que otro compañero juez estuviera a cargo de este embrollo.

Fraile, poco después, me dijo en un aparte:

—Como pongan a otro juez la hemos cagado. Con éste nos llevamos muy bien. Además no se aclara, y cuando un juez no lo tiene claro, a todas las peticiones contesta que sí.

—¿Y cómo quiere que se aclare el pobre, Roberto? Nosotros tampoco le proporcionamos buen material.

—¿Y usted, sigue pensando en dimitir de nuestro equipo?

—Es posible, no he tenido tiempo de pensarlo bien. Como vamos a cadáver por minuto…

—No se precipite, Petra. La precipitación es mala consejera.

—También lo es el alcohol.

—¡Ni me hable! He prometido mentalmente que no volveré a beber. Si acaso una copita de cava en Navidad.

—Eso se promete en todas las resacas, ¡cómo se nota que no tiene usted experiencia!

Llegó el subinspector, en plan blasfemo literal:

—¡Hostia puta, la que faltaba! Ahora resulta que esa mujer no vive en esta finca y de los vecinos no la conoce ni el Cristo que la parió.

—¿Iba documentada?

—¡Qué coño! Los de la Científica le han abierto el bolso y no llevaba carnet.

—Tranquilícese, Fermín. Va a conseguir que le dé una subida de tensión —dijo Fraile.

—¡Pero es que tenemos mala suerte, joder! Ahora a ver cuánto tardan en identificarla. Sólo falta que nos caiga una puta maceta de un balcón y nos parta la morra.

—No sea tan vulgar, por favor —lo increpé. A Fraile le divertía semejante desmadre.

La desgracia no quiso que cayera maceta alguna sobre nuestras cabezas, pero quizá nos obsequió con algo peor:

llegaron periodistas de variado pelaje. Tuve tiempo de impedirle a Garzón que fuera a rechazar sus preguntas.

—Déjenme a los plumillas a mí, que les digo cuatro palabras —exclamó justiciero.

—¿Por qué no los dispersa con un bote de humo? —le solté tomando la iniciativa con los «plumillas».

Me acerqué a ellos para pronunciar las frases diplomáticas que habrían oído tantas veces: «No hay nada que declarar, habrá información oficial más adelante, no pueden permanecer aquí, les ruego que no entorpezcan la labor de los investigadores». Lo único que conseguí fue que se apartaran unos metros más allá, para seguir acechando con sus cámaras y micrófonos. Pero el Cuarto Poder es así, ellos piensan que son el Primero.

Mandé un wasap a Marcos: «Hoy no iré a dormir. Crisis total», y continué dando vueltas por el lugar del crimen. Vinieron unos miembros de la segunda dotación de policía:

—Inspectora Delicado, hay un testigo. Un señor mayor del edificio de enfrente.

—Tráigalo.

Llamé a mis compañeros. El pobre señor mayor venía envuelto en una bata de noche bien abrigada. Por debajo se descubría su pijama rayado. No parecía asustado ni nervioso. Inició su parlamento:

—Tengo un gato que es tan viejo como yo. Se llama *Guacamole*. Es que vivo solo, soy viudo. Por la noche, antes de irme a la cama, lo saco a la terraza, que es donde tiene su bandeja higiénica. ¿Ustedes saben lo que es una bandeja higiénica?

Me apresuré a afirmar, pero daba lo mismo, él ya había elaborado un relato, ideal para ese minuto de gloria que le llegaba al final de la vida. Mejor no interrumpirlo.

—Una bandeja higiénica es donde los gatos hacen sus necesidades. Pues bueno, cada noche yo le abro a *Guacamole* para que obre en consecuencia. Me entienden, ¿verdad? Dejo la puerta abierta más de un cuarto de hora para no apresurarlo y yo me voy a asearme y lavarme los dientes. Lo que pasa es que hoy no fui al lavabo porque estaba enganchado a una película de la tele que justo terminaba y quería enterarme del final. Como estaba con la puerta de la terraza abierta, de repente oí como unos gritos de mujer y me asomé. Entonces vi a un hombre de pie y a una mujer tirada en el suelo. En ese momento apareció otro hombre por la esquina y enseguida el hombre primero se marchó por allí.

—¿Cómo eran los gritos? —pregunté.

—Pues unos gritos, no sé qué quiere decir.

—¿Eran gritos de espanto, de dolor, de auxilio?

—No sé, decía algo, como si estuviera muy, muy cabreada. Debe ser lo que ahora llaman una agresión de género, ¿verdad?

—¿Ésa es la impresión que le causó a usted?

—No sé, inspectora. Yo soy un hombre mayor y tampoco estoy perfecto del oído.

—Pero a usted le dio la impresión de que al chillar decía algo.

—Sí, pero no estoy muy seguro. Si tuviera que jurarlo...

—¿Cómo era el hombre que huyó? —intervino Fraile.

—Alto, fuerte, grandote. Tenía todo el pelo canoso. La cara no se la vi.

—¿Vio cómo atacaba a la mujer?

—No vi nada. La mujer estaba en el suelo y él de pie, quieto, mirándola. De verdad que si supiera algo más se lo diría. Aunque sea viejo soy un buen ciudadano.

—Desde luego que lo es. Su testimonio nos ha ayudado mucho. Se lo agradecemos.

Se fue tan contento. Lo observé mientras desaparecía, con una mezcla de simpatía y piedad. No sólo las mujeres estaban solas, también los viejos, los niños, los ejecutivos, los ricos y los pobres, quizá incluso las mascotas. Barcelona era una gran ciudad llena de solitarios.

Hicimos los tres una melé.

—El chico que dobló la esquina llega a hacerlo un minuto antes y esa mujer estaría viva —dijo Garzón.

—Pero está muerta. El hecho de que a este señor le pareciera que estaba increpando a alguien prueba que quizá ella conocía a su agresor. Uno no suele hablar cuando lo atacan por la calle, se limita a gritar desaforadamente, a pedir socorro, o se calla.

—Petra —dijo Fraile gravemente—, debemos dar credibilidad a ese testimonio, pero dentro de un orden. El propio testigo ha dicho que no sería capaz de jurar su afirmación.

—Los viejos acaban por no tener fe en sí mismos —aduje.

Había sido convocado el doctor Guitart, el mismo forense que realizó las autopsias de las demás víctimas. Su primer dictamen se repitió también: agresión con cuchillo y la cara destrozada a navajazos.

—¿Para cuándo la autopsia? Ya sabe que la urgencia es máxima.

—No antes de pasado mañana, inspectora.

—Denos por lo menos un primer dictamen mañana.

—Lo intentaré; pero trabajar bajo tanta presión no es conveniente.

—¡Todos estamos trabajando bajo una tremenda presión! Pero no hay más remedio, es evidente.

Cabeceó, poniendo cara de circunstancias.

—Lo intentaré.

—Pasaremos por la mañana.

—¡Por Dios, Petra, que no sea antes de las doce del mediodía, déjeme respirar!

Fraile me dijo que había gestionado muy bien la petición al forense.

—Yo no me hubiera atrevido a presionarlo tanto.

—¡Presión, presión... es el propio asesino quien imprime esa presión! Resulta que todo el mundo en esta maldita ciudad dice trabajar bajo presión: «Ando muy liado, no tengo tiempo ni para comer, voy de culo...». ¿Y nosotros hemos de tomarnos las cosas con calma? ¡Un asesino anda suelto, demonios, y en cualquier momento puede volver a actuar!

Me di cuenta de que el inspector me observaba con una media sonrisa.

—Parece que ha dejado de pensar en presentar su dimisión, ¿me equivoco?

—¿Cree que con este panorama he tenido tiempo de pararme a pensar?

—No, claro, claro... —respondió en tono burlón.

Eran las cinco de la mañana. La ópera siniestra había acabado por fin. Levantamiento del cadáver, ultimada la recogida de pruebas y testigos... Los últimos cantantes éramos nosotros tres. Llamamos al director de escena para saber en qué debía consistir nuestra próxima actuación. Coronas fue taxativo:

—Váyanse a casa. Descansen el mínimo necesario para su funcionamiento e inspiración y después vuelvan a la carga.

Fraile había recibido de su jefe las mismas instrucciones. Garzón hizo sus comentarios habituales.

—Pues si yo descanso lo que necesito no me van a ver el pelo en una semana. Estoy hecho cisco. ¿Por qué no hacemos una acampada de esas tan apañadas en su despacho, inspectora?

—Yo quiero pasar por casa y darme una ducha.

—¿Se apunta usted al despacho, inspector Fraile? Esta vez le cedo el sofá.

—Vale, no me apetece volver a casa. Pero el sofá lo ocupa usted, considerémoslo una prerrogativa de la edad.

—No me dejen porquerías tiradas por el suelo —me despedí sonriendo.

Marcos estaba duchándose cuando llegué.

—¿Adónde vas tan pronto? —le pregunté. Me contestó con otra pregunta:

—¿Y tú de dónde vienes tan tarde?

—¿De verdad quieres saberlo?

—Mejor no. Tengo una reunión en Gerona.

—¿Hoy vienen los chicos a cenar?

—Hoy no les toca.

—Pues menos mal. No me siento con ánimos.

—¿Temes preguntas?

—A mogollón.

—¿Debo esperar una llamada de mi madre?

—Sin duda ninguna, te llamará.

—Pues por ella me enteraré de por qué has llegado tan tarde.

Me dio un beso en la frente y fue a vestirse. Yo me desplomé sobre la cama e inmediatamente me dormí.

Eran cerca de las ocho cuando me desperté. No había llamadas en mi móvil. Tomé una ducha, me cambié de ropa y salí pitando hacia comisaría sin haber desayunado. Al entrar, fui informada enseguida de que Fraile y Garzón estaban en La Jarra de Oro. Allí acudí, necesitando un café más que el aire que entraba en mis pulmones.

—¿Qué tal han dormido en mi despacho?

—Mejor que en la cámara nupcial del palacio de Oriente —hizo Garzón de portavoz.

—Me alegro. ¿Hay novedades?

—Dentro de un rato nos pasan nota detallada de lo que había en el bolso de la víctima. Ya han hecho las pruebas de huellas —me informó Fraile.

Ambos estaban mojando churros en sendas tazas de chocolate caliente.

—¿Y este desayuno tradicional? —pregunté.

—Necesitamos reponer fuerzas, inspectora. Y lo mismo debería hacer usted. No pensará empezar a currar con sólo un expreso en el cuerpo —dijo el subinspector.

—Ni hambre tengo.

—Debería comer algo, Petra. Piense que no sabemos lo que nos depara el destino en la jornada de hoy.

—¡Vaya, Roberto! ¿Se suma usted al sindicato de padres?

—No le haga caso, la inspectora es así: tirando a borde.

Por no seguir oyéndolos, pedí un café con tostadas. Me pusieron al corriente de las no novedades: los jefes estaban tranquilos, gestionando la crisis al parecer. Los periódicos digitales habían informado del crimen de una mujer, pero aún no habían incidido en el asesino en serie porque les faltaba la confirmación oficial, que una rueda de prensa de los jefes les daría un par de horas más tarde. Me imaginé a los dos comisarios toreando de nuevo a los periodistas. Atroz situación, no hubiera querido estar en su pellejo.

Al regresar a las dependencias policiales sonó mi móvil. Era Guitart.

—Petra, ¿puede venir al Instituto de Medicina Legal?

—Usted me dijo que no antes de las doce.

—Venga dentro de una hora, así tengo un poco más de tiempo para acabar. Quisiera comentarle algunas cosas.

—Allí estaré sin falta.

Mi cabeza empezó a acelerarse por etapas. Primero, sorpresa. Después, extrañeza. Finalmente, ansiedad, voracidad por saber. En cualquier caso, el pobre forense se había puesto las pilas; apenas eran las nueve. Algo había encontrado lo suficientemente importante como para hacerme adelantar la visita. El móvil volvió a sonar. Lo cogí con auténtico estrés; pero no era el forense, sino el policía que hacía el seguimiento de Bárbara Mistral.

—Inspectora, la sujeto está vaciando su oficina de trabajo con un camión de mudanzas, de los pequeños.

—Sí, muchas gracias, ya lo sé.

—¿Ya lo sabe?

La pregunta me pareció que iba teñida de reproche. Me impacienté:

—Sí, estaba informada. Es que la sujeto cierra su negocio. ¿Algo más?

—Últimamente no ha ido al cine.

—Muy bien, perfecto, ¿algo más?

—Sí, ¿qué hago, inspectora?

—¿Cómo que qué hace? Siga cumpliendo su cometido. Si en un par de días todo continúa sin novedad, igual le levantamos el seguimiento a la sujeto, ya le avisaré.

—Es que, claro, veo que pasa el tiempo y yo y mi compañero...

—Perfecto, perfecto; quedamos de ese modo, muchas gracias —lo interrumpí.

¡En aquellos momentos dando el coñazo con «la sujeto»! ¡Todo el mundo piensa que su pequeña parcela de trabajo es la única y principal! Avisé a mis compañeros que me frieron a preguntas a las que era incapaz de responder. Tuve que poner un abrupto punto final:

—Señores, por favor, les aseguro que no sé nada. Lo que les he dicho y basta. Dejen de acosarme.

—¡Joder, Petra, está usted de un mal humor! —exclamó el subinspector.

—Estoy simplemente nerviosa, no me toque las narices, Fermín.

Fraile nos miraba de reojo con cierta perplejidad, como siempre que intercambiábamos malos modos, fuera de cualquier trato oficial o jerárquico. No le dimos oportunidad de experimentar más aquel pequeño escándalo porque durante todo el trayecto en coche hasta el Instituto Forense, guardamos un silencio prudente. ¡Dios, si después de todas las expectativas que había creado en nosotros la llamada del forense sólo nos decía cuatro chorradas, la siguiente víctima sería él!

El doctor Guitart era un cuarentón alto, fuertote, cordial, acostumbrado a andar entre cadáveres como quien lo hace entre flores. Por eso me impactó que estuviera tan serio y que nos hiciera pasar a su despacho nada más llegar. Las otras veces que habíamos hablado con él, lo habíamos hecho en el laboratorio, en el pasillo, en cualquier parte. En esta ocasión no sólo nos recibía formalmente sino que nos ofrecía asiento y café. No pude esperar a que acabara con los requisitos de la cortesía, lo abordé:

—¿Qué pasa, doctor Guitart, ha encontrado algo especial?

Para mi desesperación contestó con otra pregunta:

—¿Han identificado ya a la víctima?

—Todavía no. ¿Por qué lo dice?

—Porque en esta primera exploración los resultados han sido sorprendentes. Para empezar les diré que el conjunto de la agresión se ha realizado con más fuerza física que en los casos anteriores: puñaladas más profundas, más desgarradoras, más destructivas. Tampoco la disposición de las puñaladas era la misma. En el presente cuerpo había sólo cuatro, que fueron suficientes para llegar a órganos vitales y causarle la muerte. En los cadáveres anteriores llegamos a contar hasta... —buscó en los papeles que llevaba en la mano— hasta diez puñaladas en el caso de Aurora Retuerto.

Nos observó con intensa mirada y sólo pudo hallar nuestros ojos pendientes de él.

—Prosiga, por favor —le instó Fraile en un casi susurro.

—Por el contrario, la desfiguración del rostro se llevó a efecto con cortes mucho más superficiales que en los demás cadáveres. —Buscó de nuevo en sus notas—. Por ejemplo, en el caso de Berta Cantizano, uno de los cortes le seccionó el lóbulo de la oreja izquierda. Nada de ese ensañamiento se puede ver aquí. Aquí los cortes son como trazos, como los que podría hacer un pintor en un cuadro. ¿Me explico?

Nuestras tres cabezas asintieron mecánicamente.

—Y un hallazgo fundamental: el arma homicida no era la misma. Aquí también se actuó con un cuchillo, pero de punta más roma y una anchura de hoja notablemente superior. En consecuencia: estoy convencido de que el asesino de esta mujer no identificada no es el mismo que el de las anteriores.

Un mutismo hermético se instaló en la reunión. Ante la ausencia de reacciones por nuestra parte, el forense continuó:

—Los resultados de la exploración son tan inesperados, que he pedido a un compañero que revise mi trabajo y dé su opinión. En estas circunstancias es lo más prudente. El mismo especialista estará presente durante la autopsia. Ya conocen el viejo aforismo: cuatro ojos ven más que dos.

—¿Cuándo se realizará? —preguntó Garzón.

—Tenía previsto hacer antes la de un niño que se ha caído por un terraplén. Ha sido algo accidental, pero la familia, lógicamente, está tan alterada que me parecía una cuestión humanitaria darle prioridad a la autopsia del pequeño para entregarles el cadáver y que puedan enterrarlo pronto y calmar su ansiedad. Sin embargo, visto lo visto, esta tarde empezaremos con la mujer.

—¿A qué hora podemos saber resultados?

—Calculo que sobre las ocho.

—¡Pues casi esperamos por aquí! —dejó caer Fraile al desgaire.

—¿Está loco, inspector? ¡Ni hablar, son muchas horas! Que esperen en el pasillo no hará más rápidas las cosas. Sólo van a conseguir ponerme nervioso, y de nervios ya andamos sobrados, ¿no?

Salimos mansamente del edificio, como en una procesión meditativa, como en el cortejo de un funeral.

Cada uno estaba encerrado en sus pensamientos y no intercambiamos ni una sola palabra hasta que Garzón comentó:

—¡Joder!, entre el niño caído por un terraplén y la descripción de las cuchilladas tengo el estómago más revuelto que una bullabesa. ¿Podemos parar a tomar un té?

Paramos en un bar tranquilo y nos sentamos en una mesa alejada de la barra. Pensé que el subinspector, una vez en el lugar indicado, se arrancaría pidiendo un bocadillo de jamón, pero su malestar tipo bullabesa debía ser real, porque en efecto, se limitó a un simple té, que Fraile y yo secundamos. Cinco minutos más tarde de tener la taza delante, por fin Fraile comentó:

—Y bien, ¿qué me dicen?

—Todo lo que se me ocurre son preguntas, y supongo que eso no le interesa.

—Adelante con las preguntas.

—Usted primero.

—De acuerdo, la gran pregunta, la pregunta terrible es: ¿estamos frente a un efecto llamada? ¿Algún chalado ha querido emular a nuestro querido asesino en serie?

Ésa era, en efecto, la gran pregunta. Los medios de comunicación habían dado los suficientes detalles como para que la respuesta fuera positiva. En el mundo enloquecido y extraño en el que vivimos, de gente solitaria pero conectada por los sótanos vía internet, no resultaba tan absurdo pensar que algún pirado hubiera querido imitar a aquel «héroe».

—Si es así, la cagará enseguida —opinó Garzón—. Puede que nuestro asesino sea un hombre cuidadoso y muy listo, pero este imitador no tiene por qué ser igual. Estoy seguro de que cometerá algún error, si es que no lo ha hecho ya.

Fraile y yo cruzamos una mirada preñada de dudas. Lo que decía el subinspector podía ser cierto... o no. Matar sin que te vean, en plena calle, estaba resultando más fácil de lo que nadie podía pensar, y no se necesita un genio para llevar a cabo algo fácil.

Volvimos a comisaría. Por hacer algo y calmar los nervios, repasé de nuevo la lista de objetos hallados en el bolso de la víctima: pañuelos de papel, un bolígrafo, un blíster de aspirinas, tres pintalabios de distintos colores, un espejito, un polvera... La única conclusión que podía extraerse de allí era que se trataba de una mujer celosa de su aspecto, poco más. Llevaba ropa de precio medio, discreta, y unos buenos zapatos de piel, semejantes al bolso. Que el asesino le hubiera quitado el billetero, probablemente el teléfono también, debía contemplarse como un intento de borrar su identidad, en ningún caso como el móvil de un robo. Y si el agresor era un imitador del original, ¿por qué quería anular la identidad de la víctima? Sólo se me ocurrían dos razones: no la había escogido al azar o buscaba dificultar la labor policial. Si no la había escogido al azar, quizá nos encontrábamos no frente a un pirado, sino frente a un avispado, alguien que quería hacer desaparecer a la víctima cargándole las culpas al famoso asesino en serie.

A mediodía, con la cabeza a punto de estallar, fui a buscar a mis compañeros para ir a comer. Roberto, últimamente, se apuntaba al restaurante sin dudarlo un minuto. Quizá le habíamos convencido de las ventajas de una dieta caliente, o quizá quedarse en comisaría dándole vueltas a lo mismo se le antojaba ya inútil.

El menú consistía en lentejas estofadas y pollo al horno. Ni siquiera Garzón parecía hambriento, pero comimos, con la conciencia de que lo que nos esperaba necesitaría de toda nuestra fuerza. No hubo comentarios sobre el caso, prácticamente no conversamos. Parecíamos tres tipos que se preparaban anímicamente para fracasar.

Pasamos la tarde como pudimos y a las siete en punto nuestra ansiedad se desbordó. Fraile se presentó en mi despacho.

—Sigue sin haber ningún aviso de persona desaparecida —dijo, y añadió—: Ya sé que es un poco pronto, inspectora, pero sugiero que salgamos ya hacia el instituto.

Me sonó a gloria su sugerencia. Cerré los cajones y el ordenador, cogí mi gabardina, recogimos al subinspector y salimos pitando..

Hicimos tiempo dando un pequeño paseo silencioso y a las ocho en punto entramos en el Anatómico Forense. El doctor Guitart nos recibió enseguida.

—Y bien, señores, hay confirmaciones y novedades. La mujer tenía cerca de sesenta años, en apariencia buen estado de salud... no había tomado estupefacientes, no había comido ningún alimento sólido, si bien en su estómago hemos encontrado restos de algún medicamento que ya hemos pasado a laboratorio para su análisis.

—¡Bien! —susurró Garzón.

—Lo tengo todo grabado, pero si necesitan informe escrito tendrán que esperar un poco más. ¿Quiere ver por fin a la víctima, inspectora? Es usted la única que no le ha dado una ojeada. La hemos recompuesto bastante bien, no le impresionará.

Fuimos los cuatro al depósito y Guitart abrió el cajón. Me quedé perpleja. Acerqué mi cara a la de la víctima, la observé bien. El forense se disponía a encerrarla de nuevo pero le tomé bruscamente el brazo para impedírselo. Busqué mis gafas en el bolso, las saqué y, sin pedir permiso, se las puse al cadáver con cuidado. No me cabía la menor duda.

—Yo sé quién es esta mujer —afirmé categóricamente—. Se llama Belarmina Mendizábal, una antigua novia de Armando Torres.

15

Aquello dio un vuelco absoluto a la situación. En primer lugar, la idea de pedirle a Coronas que me relevara del caso desapareció de mis planes. Allí había material para culminar positivamente la investigación y no pensaba apearme del coche en marcha. Por su parte, Coronas también recapacitó, ya que, debido a las presiones, había decidido relevarnos a todos en pleno (o al menos eso dijo). Cambió de opinión, afrontó las protestas que venían incluso del Ministerio del Interior, y luchó porque nuestro equipo continuara al frente. Todo ello no quiere decir que tuviéramos la más mínima idea de cómo iban a desarrollarse los hechos, pero al menos contábamos de nuevo con caminos por recorrer, dejábamos de estar varados, salíamos del círculo vicioso.

Aquel cadáver imprevisto era efectivamente el de Belarmina Mendizábal. Se pudo constatar su identidad y, en el colmo de la fortuna, la víctima tenía una hermana a la que localizamos con facilidad. Se llamaba Emérita. Algo ya sabíamos antes de empezar con las pesquisas: los padres de las Mendizábal no tenían piedad a la hora de poner nombres a sus hijas.

Evidentemente, las hipótesis adquirían unos tintes tan kafkianos que resultaba más sensato no plantearlas. ¿El asesino empezaba a remontarse en el historial amoroso de Torres, más allá de sus ligues en la agencia? Belarmina era la última de las novias que Torres había tenido por su propia selección. Sin embargo, el informe forense descartaba que su asesino fuera el mismo de los casos anteriores. Torres estaba vigilado día y noche. ¿Quién y por qué quería desembarazarse de aquella mujer, quizá ella sabía algo? Garzón no se mostraba tan contento como Fraile y yo:

—Sí, ustedes están encantados de la vida con las novedades, pero yo cada vez lo veo más crudo. Esto es un lío del carajo del que no sé cómo vamos a salir.

—Tenga fe, subinspector —lo embromé con una sonrisa—. ¿Acaso no ha visto usted las avecillas del campo? Nada les falta, todo se lo proporciona el Señor nuestro Dios.

—¡No sé qué coño tienen que ver las avecillas del campo con todo esto!

—Es usted un malhumorado y un gruñón.

Intenté pellizcarle cariñosamente la barbilla y él se zafó con brusquedad. Fraile, que aunque pasara la vida entera con nosotros nunca se acostumbraría a nuestros dramas bufos, se quedó mirándonos con expresión de censura.

—Señores, de verdad no entiendo cómo se les ocurre ponerse a armar pitorreo en estas circunstancias.

—¿Qué sugiere que hagamos? —le solté—. ¿Envolvernos en un sudario y soltar lamentos?

A Garzón se le escapaba la risa bajo el bigote. Se dirigió a nuestro compañero con tal de disimular.

—No le haga ningún caso, Roberto. Aunque la inspectora parezca normal, es una excéntrica.

—Nada de eso, caballeros. Lo que ocurre es que, por primera vez en este jodido caso, veo el final.

—Pues que Dios le conserve la vista —exclamó Garzón.

Entró Domínguez y, consciente de la importancia del recado que venía a transmitirnos, ni siquiera saludó, sino que se limitó a anunciar:

—Han localizado el domicilio de la víctima. Un equipo de la Científica va para allá.

Le arrebaté el papelito que llevaba en la mano donde estaba escrita la dirección y me volví hacia mis compañeros:

—Me siento como una auténtica avecilla del campo, ¿ustedes no?

—Una excéntrica, ya se lo digo yo. —Se volvió Garzón hacia Fraile.

Domínguez, que era gallego, se encogió de hombros y desapareció. Nosotros fuimos tras él.

El piso de Belarmina se encontraba en la calle Blesa, una arteria central del barrio de Poble Sec. Aquella zona que se extendía a los pies de Montjuïc había sido en tiempos un barrio completamente popular y vecinal. Hoy en día y por esos movimientos extraños que se dan entre la población de las grandes ciudades, estaba de moda como destino lleno de locales y bares. En el entresuelo de uno de aquellos edificios, bastante astroso, vivía o mejor había vivido Belarmina Mendizábal. Los compañeros de la Científica habían empezado con sus funciones de registro minucioso. Y para nuestra sorpresa, también estaba allí nuestro juez, al que había avisado Coronas.

—¿Cómo lo ven, señores? —nos preguntó.

—Ahí andamos —contesté utilizando una típica expresión española que nunca había entendido demasiado bien.

—¿Tienen alguna hipótesis? —reincidió en sus preguntas.

—No queremos hacerlas porque todas nos suenan a ciencia ficción.

—Pues lo mismo me pasa a mí —se sinceró—. ¿Han interrogado ya a la hermana de la víctima?

—Están buscándola. Hemos querido echar antes un vistazo por aquí.

—De acuerdo. Manténganme informado. Les aseguro que este caso está empezando a no dejarme dormir.

Cuando se hubo alejado, Garzón rezongó:

—Como todo el mundo vaya informándonos de sus insomnios, vamos jodidos.

No hice caso de su mal humor. Nos internamos en el piso de Belarmina. Era espantoso, poco más que una cueva habitable. Las paredes, grisáceas, necesitaban una capa de pintura desde tiempo inmemorial. Los muebles, baratos y de pésimo gusto, estaban desvencijados. La pequeña cocina era un poema de descuido y suciedad. El cuarto de baño amenazaba con infecciones a quien se atreviera a cruzar la puerta. Todo el conjunto destilaba una impresión de dejadez, de miseria e incluso marginalidad.

—¡Vaya palacete! —exclamó el subinspector.

El jefe de la Científica que supervisaba el registro,vino rápidamente a nuestro encuentro.

—Alguien ha registrado la vivienda —dijo enseguida—. Los cajones del dormitorio estaban revueltos, había papeles por el suelo. Se han llevado el ordenador: en aquella mesa han quedado los cables colgando y la silueta del aparato se ve claramente en la superficie de la mesa llena de polvo.

—¿Podemos echar un vistazo?

—Por encima, inspectora, y no me toquen nada, por favor.

El pánico de la Científica a la alteración de pruebas les hacía olvidar en ocasiones que también éramos policías y sabíamos perfectamente qué debíamos hacer. Observamos con detenimiento los detalles: en alguna pared había colgadas láminas con marco que exhibían a elegantes modelos de alta costura luciendo trajes sofisticados.

Me paré frente al gran armario que ocupaba toda una pared de la alcoba. Estaba cerrado. Le di una voz al jefe científico:

—¿Puedo abrirlo?

Vino él y lo abrió, con su mano enfundada en finos guantes de látex. Ante mis ojos aparecieron un montón de perchas de las que colgaban muchos vestidos de diferentes colores, americanas, abrigos, pantalones. Toda la ropa estaba en perfecto estado, planchada, ordenada. Formaba un contraste notable con la incuria del piso en conjunto. Llamé a Fraile para señalárselo.

—Es curioso, sí —se limitó a comentar el inspector.

—Lo único que le importaba era su imagen externa —deduje a bote pronto.

Llegó Garzón. La vecina del piso de enfrente nos esperaba en el rellano. Era una mujer mayor, ataviada con una informe bata. Dijo vivir sola. Fraile empezó las preguntas:

—¿Conocía usted a Belarmina Mendizábal?

—Hace muchos años que las dos vivimos aquí. ¿Puedo saber qué ha pasado?

—La han asesinado.

La mujer bajó la vista, se santiguó.

—¡Dios mío! —murmuró—. Las que vivimos solas estamos siempre en peligro. —Luego tomó aire y añadió con más brío—: Aunque en su caso no me extraña, la verdad.

—¿Podemos pasar a su casa y charlar un momento con usted?

—Pues claro, adelante.

Su vivienda era sencilla y anticuada, pero se veía limpia, en orden. Declinamos su invitación a café. Llevada por el viejo sentido español de la hospitalidad, insistió en su oferta, que aceptamos por fin para no contrariarla. Mientras estaba en la cocina le dije a Fraile:

—Mi opinión es que la dejemos hablar todo lo que guste. No hay que coartarla demasiado con preguntas.

—Completamente de acuerdo —afirmó—. Aunque yo intentaría que nos dijera inmediatamente si ha visto a alguien rondando en las últimas horas.

—Por supuesto, de acuerdo también.

Cuando regresó se había cambiado la vieja bata por un cárdigan, viejo también. Puso la bandeja con el café encima de una mesita baja y nos sirvió cuidadosamente. Arrimada a la pared había una estantería repleta de bibelots: perros de cerámica, una reproducción dorada de la Virgen del Pilar, jarrones con flores artificiales, figuritas de porcelana que representaban pastorcillas de otra época, un escudo del Barça... La televisión ocupaba un lugar central y había sido cubierta por un primoroso tapete bordado. Pensé que, en el fondo, prefería la cueva de Belarmina a aquel pequeño museo de los horrores.

Fraile, atento al detalle, alabó el café de la señora y demarró sin más demoras. Y no, la vecina no había visto ni oído nada especial en las últimas horas.

—Es que tomo pastillas para dormir —aportó como explicación—. Desde que me quedé viuda hace seis años, el médico me las recetó porque no conseguía descansar.

—Antes nos dijo que no le extrañaba que a Belarmina la hubieran asesinado. ¿Puede explicarnos eso un poco mejor?

—Bueno, no es que yo esperara que mataran a esa pobre, ni que sepa nada al respecto, pero últimamente mi vecina estaba fatal.

—¿Qué quiere decir?

—Es un poco largo de explicar. Belarmina estaba enferma de los nervios, pero de las de verdad, de las de ir al psiquiatra. Desde que vivía aquí a veces pasaba temporadas en el sanatorio, luego la soltaban, estaba un tiempo bien, pero al final siempre tenía que volver.

—¿Sabe de qué enfermedad exacta estaba diagnosticada? —pregunté.

Me miró sin comprender, titubeó:

—Pues... no sé, pero no era una depresión como las que ahora tiene todo el mundo; no, era algo más. Vivía de una pensión de invalidez por enfermedad mental de larga duración.

Intercambié miradas con mis compañeros.

—¿Está segura de eso?

—Desde luego que lo estoy. Ella misma me lo contó hace años. No trabajaba ya. Es que al principio, como ella era soltera y mi marido taxista, que se pasaba casi todo el día fuera de casa, pues nos hicimos bastante amigas. No salíamos juntas ni nada de eso, pero charlábamos de vez en cuando un buen rato en el rellano de la escalera, o en la azotea, cuando íbamos a tender la ropa. Entonces me contó que ella había estudiado corte y confección y trabajaba en un taller que fabricaba ropa interior de señoras, una marca muy importante. Después le pasó lo de los nervios y lo tuvo que dejar.

—¿Hace mucho de eso?

—¡Sí, mucho!, por lo menos quince años o más. Yo siempre la conocí enferma.

—¿Cómo era, qué le contaba?

—¡Uy, y yo qué sé! Era rara, eso está claro. Pero siempre me pareció buena chica. La pobre estaba muy sola. Tenía una hermana, pero se veían poco. Decía que su hermana no la quería, que siempre iba a la suya. En fin, cosas de familia. Con los años Belarmina cada vez estaba peor, más cerrada, más callada. Yo creo que empezó a tomarme manía porque al fin y al cabo, yo era una mujer que había tenido un marido, un hogar de verdad. Tengo un hijo que vive en Zaragoza y dos nietos. Voy a verlos y ellos vienen en Navidad… no sé si me explico, se daba cuenta de que yo era feliz como todo el mundo y que ella no tenía nada, estaba abandonada y mal de salud. A veces las personas somos así, echamos la culpa de nuestras desgracias a los que no las tienen. Es muy triste, pero es así.

—¿Nunca la visitaba nadie, no tenía amigos o novios?

—Nunca la visitaba nadie. A veces, cuando volvía de una temporada en el sanatorio me contaba que había hecho alguna que otra amistad, pero luego no se sabía más.

Ya me dirá usted qué amistades pueden hacerse en un sanatorio mental.

Sus palabras me incomodaron por Fraile, que hizo un pequeño gesto de rechazo con los ojos, como si alguien le hubiera aproximado en exceso una luz.

—¿Y en cuanto a novios?

—Tuvo uno no hace mucho, o eso contaba. Casi ya no nos hablábamos y de repente me paraba en la escalera cuando yo iba a comprar y empezaba dale que te pego con que tenía un novio estupendo y que se iba a casar pronto. Yo la verdad es que le daba largas porque a estas alturas me parecía que lo mejor era tener con ella el menor contacto posible. Una persona tan extraña y que cada día está de una manera acaba siendo un problema. Como últimamente, que si coincidíamos en la puerta, me volvía la cara. Además, dejaba su bolsa de basura en el descansillo en vez de bajarla al contenedor como los demás. Un día que le llamé la atención de buenas maneras me miró con una cara de odio que me puso los pelos de punta. No, quita, quita, prefería bajársela yo. Con este tipo de gente que no está bien de la cabeza nunca se sabe por dónde te pueden salir.

—Ese supuesto novio, ¿llegó a presentárselo o lo vio usted en alguna ocasión?

—No, nunca. Pensé que se lo inventaba, pero algo debía de haber, porque en esos meses iba hecha un pincel, con ropa siempre nueva, zapatos de tacón, además salía mucho. Pero si tenía novio poco le duró.

—¿Puede decir cuánto, quiero decir cuánto tiempo la vio más arreglada, más contenta?

—Eso sí que no se lo puedo asegurar, serían tres meses, cuatro… no lo sé.

Ya en la calle, comprobé que Fraile tenía mal cuerpo. Por muy vacunado que estuviera acerca de los comentarios populares sobre la insania mental, las coincidencias eran excesivas: alguien que entra y sale de un psiquiátrico, una mujer, la soledad, la falta de fiabilidad... Él mismo propuso que tomáramos una cerveza. Paramos en un bar.

—El tal Torres las escogía siempre solitarias —afirmé.

—Igual que lo era él —apostilló Garzón.

Roberto no decía nada, bebía sorbos en silencio, con la mirada un tanto extraviada. Le hice al subinspector un mínimo gesto de complicidad que él enseguida entendió. Dijo la primera chorrada:

—¡Joder!, ¿han visto la capillita de la Virgen del Pilar que se gastaba la señora? ¡Le colgaba un enchufe por detrás! Seguro que estará rodeada de luces rojas como si fuera un burdel.

—¡Garzón! —me escandalicé falsamente. Él siguió, tan campante.

—Eso me recuerda a un caso que pasó en mi pueblo hace años. El día que se celebraban las primeras comuniones, todas las madres de niñas se esmeraban para que el vestido de su hija fuera el mejor. Las de los niños no tanto, que les plantificaban el traje de marinerito o de almirante y en paz. Pues hubo una buena señora, la mujer del electricista concretamente, que le cosió a su niña una ristra de bombillitas de Navidad en los entresijos del vestido, y en el momento justo en que le iban a dar la hostia, la peque encendió un interruptor y ¡zas! Se quedó más iluminada que un escaparate. ¡El cura se llevó un susto de cojones!

Fuera inventada o real, encontré la historia del subinspector francamente floja. Sin embargo; cumplió su objetivo, porque cuando miré a Roberto Fraile descubrí que se había tapado la cara con las manos y reía entre dientes. Luego su risa aumentó y acabó por soltar una carcajada bien audible. Sacudió la cabeza:

—Es usted la berza, subinspector. Cuando resolvamos el caso voy a echarle de menos.

—Pues entonces no se preocupe, estaremos juntos hasta el año tres mil.

Puse orden una vez que el *impasse* de tristeza pareció superado.

—Si han acabado de decir gilipolleces y privar cerveza podríamos pensar en volver al trabajo, ¿no les parece?

Les pareció. En comisaría nos esperaba Emérita Mendizábal. Ya la habían conducido al depósito para que efectuara el reconocimiento del cadáver de su hermana. Se notaba que había llorado. Tenía los ojos ligeramente irritados y la nariz como un pimiento. Era tan fea como la difunta: cara caballuna, mandíbula prominente, cabello encrespado, gafas gruesas... Quizá la madre de ambas quiso compensar con nombres rimbombantes lo desagradable que atisbó en las recién nacidas. Pensé que en aquellas circunstancias debía entrarle con máxima diplomacia y respeto a su dolor, pero era una mujer dura. Lo primero que se le ocurrió fue preguntar por qué éramos necesarias tres personas para hablar con ella. Le expliqué que formábamos un equipo y, torciendo el gesto, nos metió prisa.

—Pregunten lo que quieran, pero piensen que yo tengo que volver al trabajo.

Tenía una voz antipática, una manera agresiva de disparar las frases, sin mirar nunca a la cara. Era protésica dental, tres años mayor que Belarmina, soltera. Vivía sola en un piso del Ensanche. Fraile le pasó un papel con la dirección en la que había sido encontrado el cuerpo de su hermana. Lanzó la primera pregunta sustancial:

—¿Sabe qué podía estar haciendo su hermana en este lugar el día y a la hora de su asesinato?

Leyó sin demasiado interés. Se encogió de hombros.

—Ni idea. Pero que yo no lo sepa no quiere decir nada.

Se quedó callada, cruzó los brazos y dejó el papel descuidadamente sobre la mesa.

—¿Puede explicarse, por favor?

—Es muy fácil. Mi hermana y yo nos veíamos poco. Cuando quedaba con ella tomábamos un café en un bar y punto. Nunca me contaba nada, yo lo prefería así.

—¿Cuándo se vieron por última vez?

—Hará más o menos un mes. Pero antes de seguir creo que tendría que explicarles qué tipo de persona era Belarmina.

—Adelante, la escuchamos.

—Belarmina estaba diagnosticada como esquizofrénica. Había pasado temporadas en una institución mental y se medicaba diariamente. Nunca fue normal. Mientras mis padres vivieron, ella estaba en la casa familiar. Cuando murieron los dos me la llevé conmigo, pero resultó un desastre. Quería tener su propia casa, ser independiente. Se escapaba, desaparecía tres o cuatro días y volvía hecha una mendiga. Horrible. Decidimos entre las dos que le buscaríamos un piso y que yo la supervisaría en la medida de lo posible.

—¿La mantenía usted?

—Tenía una pensión de invalidez total que le bastaba para pagar alquiler y comida. Yo le he ido pasando dinero. No soy una mujer rica, pero mis padres eran gente ahorradora. Tenían algún dinero invertido en fondos del banco. Cuando iban agotando el plazo y nos devolvían la inversión y lo acumulado, yo lo dividía en dos y le daba la mitad a mi hermana. No eran cantidades grandes, ya se lo pueden imaginar. Pero tuve que dejar ese sistema, porque Belarmina hizo muchas locuras, a veces se lo gastaba todo de una tacada, y nadie sabía en qué. La solución que encontré fue ir gestionándole yo el dinero. Se lo ingresaba poco a poco cada mes para que ella lo fuera empleando.

—Entiendo —intervine—. ¿Se llevaba bien con su hermana?

Avinagró el gesto, la boca adoptó un rictus que iba del desprecio a la tristeza.

—Yo no soy una santa, ¿sabe, inspectora? He hecho lo que he podido, pero llega un punto en el que tampoco voy a dedicar mi vida entera al cuidado de mi hermana. Yo también tengo mi trabajo, mis problemas. Y ella no era fácil, de verdad. Al principio yo estaba pendiente de todo: qué hacía, con quién iba, a qué se dedicaba... Pero con una persona que tiene esa enfermedad no se puede tratar normalmente. Me ha dado miles de plantones, me ha mentido, me ha acusado delante de la gente de cosas terribles, me ha insultado a la cara. Un día hasta me agredió.

Se calló, como si un nudo en la garganta la atenazara.

—¿La agredió? —preguntó el subinspector.

—Estábamos en mi casa, en la cocina y, sin venir a cuento, cogió un cuchillo y me amenazó. Estiré los brazos para protegerme, le pedí que no hiciera tonterías y ella me pegó un golpe en la mano. Yo no creo que en el fondo quisiera herirme, pero como llevaba el cuchillo, me cortó un poco. Tuve que ir al hospital. Luego la pobre lloraba. No estaba en sus cabales. Pero yo no tengo la culpa. Desde entonces, cuando nos veíamos ya no le preguntaba nada, ni me interesaba a fondo por su vida. Comentábamos tonterías: el tiempo, el color que estaba de moda. Ella me contaba a veces batallas extrañas, planes que había hecho, viajes imaginarios que planeaba y yo le contestaba siempre que muy bien, que perfecto, que adelante. Le llevaba la corriente como a los locos, ésa es la verdad.

—¿Su hermana tuvo un novio en los últimos tiempos? —quise saber.

Se quedó pensando, me miró con desazón, como si en el fondo nosotros no comprendiéramos nada, como si todo lo que estaba contándonos no fuera suficiente para anular la importancia de cualquier detalle sobre lo que su hermana dijera o hiciera.

—Algo me comentó, hará un año más o menos. Dijo

que se iba a casar con un hombre muy bueno que le había pedido matrimonio. Necesitaba dinero para el ajuar. Le di algo y nunca más se supo. Pero piensen que también me había hablado de una tienda de ropa de niño que iba a montar, de una operación de cirugía estética que quería hacerse... cualquier cosa. Luego el tema nunca volvía a salir.

—¿Hacía eso para pegarle sablazos económicos? —disparó a bocajarro el subinspector.

—¡No, no lo crea! El dinero no le importaba demasiado. Con lo que tenía se apañaba muy bien.

—Entiendo que no llegó a presentarle al hombre con el que decía que iba a casarse —afirmé.

—No, nunca.

—Y el nombre, ¿se lo mencionó?

—No sé, no me acuerdo.

—¿Armando, quizá? ¿Armando Torres?

—¿Armando? Sí, es posible. Armando me suena. Pero entiéndanme, eso no significa nada. Mi hermana estaba loca, ¿comprenden? ¡Loca! Miren cómo ha terminado, machacada en la calle, peor que un perro.

No pudo contenerse por más tiempo, se echó a llorar, tapándose la cara por completo para hurtarse a nuestra mirada.

—¿Tiene alguna idea de quién o porqué la ha asesinado? —di una última vuelta de tuerca.

Negaba con la cabeza, sin poder hablar. Le toqué tímidamente el codo.

—Tranquilícese, Emérita. Ya hemos terminado por hoy. Tendrá que declarar ante el juez y quizá volvamos a necesitarla en los próximos días.

Sacó un pañuelo de su bolso, se sonó.

—¿Se encuentra bien? ¿Quiere que alguien la acompañe hasta su casa?

—No, estoy bien. Gracias.

Salió arrastrando los pies, derrotada, gris, fea. Dejó

tras de sí un reguero de compasión, también de repugnancia. Así son las tragedias humanas, pensé: vulgares, sórdidas, ocultas y terribles. Miré a mis compañeros, nadie hablaba. Nuestros cerebros estaban calientes como hogueras.

—¿Miente? —sugirió el subinspector.

Fraile, que casi no había participado en el interrogatorio, dijo sin pensarlo:

—No miente. Lo que ha contado es así, absolutamente real, y ahora esa mujer tendrá que lidiar con la culpa que probablemente ha empezado a sentir por no haberse ocupado de su hermana.

Nuevo silencio general. ¿Pensábamos, o quizá sólo intentábamos aclarar el embrollo de nuevos datos que se agolpaban y amenazaban con devorar cualquier lógica que intentáramos imprimirle al asunto? Fui la primera en hablar:

—Quizá ya hemos encontrado a nuestro querido asesino en serie. Quizá sea una mujer.

Me callé, para comprobar la reacción de mis compañeros. Resultó escueta.

—Siga, por favor —se limitó a decir Fraile mientras Garzón me miraba como un sapo deslumbrado por un farol.

—Les recuerdo que Óscar Llimona, uno de los testigos que en su día interrogamos, dijo ver a una mujer huyendo de la escena del crimen de Berta Cantizano.

—¿Y sólo eso le hace pensar que...? —inició el subinspector.

—Imaginemos... —le interrumpí— que Belarmina Mendizábal se enamoró de Torres a conciencia, a fondo, de verdad; nada de uno de esos proyectos ilusorios de los que ha hablado su hermana. Se enamoró y, con motivo o sin él, pensó que le esperaba un futuro junto a ese hombre. A partir de ahí ya no es preciso imaginar: quería cargarse a todas sus novias.

Me escuchaban como niños a una contadora de cuentos. Garzón saltó en cuanto dejé de hablar.

—¿Y usted cree que una perturbada es capaz de idear algo tan complicado? ¿Y cómo lo hizo?

Ahí fue Fraile quien saltó.

—No nos equivoquemos, subinspector. Un esquizofrénico o un psicótico pueden tener una inteligencia por encima de la media, a veces netamente superior. Pero hay un montón de cosas imposibles en la teoría de la inspectora.

—Pero deben reconocer que mi teoría tiene cierta lógica.

—La tiene, sin duda la tiene —dijo Fraile—. De hecho, pienso que debemos intentar descartarla o corroborarla inmediatamente. Hay que interrogar de nuevo a Óscar Llimona. Hay que meter prisas para que nos den los objetos hallados en casa de Belarmina. Hay que hablar con el forense para saber si una mujer de su fuerza y complexión pudo llevar a cabo físicamente esos asesinatos. ¿Les parece bien?

La mente práctica de Fraile funcionaba al cien por cien. Yo hubiera necesitado más tiempo para traducir en hechos concretos todas las consecuencias de mi teoría. Y en el fondo, deseaba que tras esas diligencias, se produjera un descarte y no una corroboración. Seguía teniendo ganas de hincarle el diente al cabrón de Armando Torres. Aparte de que, cazar muerto a un asesino en serie, pierde parte de su glamur.

16

El testigo que vio a una mujer huyendo de la escena del crimen de Berta Cantizano no fue difícil de localizar. Recordé su cara en cuanto lo vi.

—Óscar Llimona, inspectora. ¿Qué tal?

Me cogió por sorpresa la informalidad de su saludo, tan juvenil.

—Pues ya ve, por aquí, investigando —dije para ponerme a su altura.

—Vaya palo el de ese asesino, ¿verdad?

—Un palo, sí. Voy a enseñarle una foto, Óscar. Quiero que me diga si reconoce a la mujer que dijo ver la noche de la muerte de…

No me dejó acabar.

—¡Jo, inspectora! Ya le dije aquella noche que iba un poco tocado. Si no fui capaz entonces de asegurarle nada, ahora menos, con el tiempo que ha pasado.

—A veces las imágenes se quedan en la retina y el cerebro las reconoce cuando vuelven a aparecer.

—Vale, pero no le garantizo nada.

Puse frente a sus ojos la fotografía en la que Belarmina estaba con Torres. La observó con atención.

—¿Ese tío es el asesino? —preguntó.

—Céntrese en la mujer.

—¡Qué fea es! Pues… podría ser, más o menos, así a bote pronto… claro que también podría no ser. De alta era algo por el estilo, pero... ¡ni idea, inspectora, de verdad!

—En ese caso tendrá que acompañarnos al depósito de cadáveres e intentar reconocer el cuerpo.

Dio una sacudida, un paso atrás.

—¡Hostia, inspectora, eso sí que no! Me mareo si veo una gota de sangre y no puedo entrar en un hospital ni para ver a un amigo.

—No verá ninguna sangre. El cadáver está recompuesto. Es como una muñeca de cera.

—¡Ni hablar! Yo no he visto nunca un muerto y no sé si lo resistiré.

—¿Sabe qué puede sucederle a un testigo que entorpece la labor de la policía?

No contestó. Se limitaba a remolonear e ir repitiendo en voz baja: «¡Joder, joder!». Era como si le hubiera pedido que se metiera desnudo en la jaula de un león. Fui a buscar al subinspector para que me acompañara. No estaba segura de poder soportar sola tantos signos de pusilanimidad. Garzón me comprendió enseguida, y la circunstancia le permitió incidir en una de sus retahílas predilectas:

—¡Es que los jóvenes están agilipollados, joder! No hacen la mili, no han pasado ninguna guerra... Ese chico debe creerse que un cadáver es como los de esas películas de zombis tan asquerosas que les gusta ver.

—No me lo aleccione, ¿eh, Fermín? Limítese a darle ánimos.

—¡Un par de leches, es lo que le daría!

Empecé a dudar de que solicitar su compañía hubiera sido una buena idea, pero allá fuimos los tres. Al llegar al depósito, Óscar Llimona se paró antes de entrar.

—¿Y ustedes creen que es necesario...?

Yo iba a soltarle alguna frase seca aunque reconfortante, pero se me adelantó Garzón.

—Oye, tío, como no entres ahí y te comportes como Dios manda, te vas a enterar. ¿Tú has oído hablar a los periodistas de la brutalidad policial? ¡Pues a ver si te crees que se lo han inventado ellos!

Mano de santo. Asintió con la cabeza como un niño formal y tiró para delante arrastrando sus miedos.

Frente al cadáver se tranquilizó. La imagen de la muerte no debía parecerle tan terrible como había temido. Nuestros fantasmas siempre son más espantosos que la realidad. Le dejamos pensar. Por fin dijo:

—No sé qué decirles. No estoy seguro. Podría ser la mujer que vi porque de alta era más o menos como esta señora. Hay una cosa que… aunque aquella era rubia teñida, tenía el pelo como ésta, así como… estropajoso —dijo la última palabra en voz baja como si temiera ofender a la muerta—. Pero yo todo esto no podría jurarlo delante de nadie. Me entienden, ¿verdad?

—Está bien. Es suficiente.

Al salir a la calle se lo veía aliviado y contento.

—¿Se encuentra bien como para irse solo?

—¡Claro, inspectora! Si total no ha sido nada.

—Si quieres puedo llevarte en coche hasta tu trabajo —le propuso Garzón.

Negó varias veces de modo forzadamente amable. Yo creo que en aquel momento Garzón le daba más miedo que cualquier cadáver.

—No podríamos contar con su testimonio como prueba cabal… —dije mientras lo veíamos alejarse a buen paso—, pero nos ha recordado una cosa importante.

Tomé mi móvil y llamé a Emérita Mendizábal. Respondió enseguida.

—Emérita, soy la inspectora Delicado. ¿Usted recuerda si su hermana se tiñó temporalmente de rubio en los últimos meses?

Tardó en contestar, probablemente buscando motivos para mi pregunta.

—Sí, sí que se tiñó. Una de sus locuras. Estaba horrible. Le pedí que no volviera a hacerlo. Le dio por reírse.

—¿Cuándo ocurrió eso?

—No me acuerdo muy bien. ¿Tres meses, cuatro? Por ahí andará. ¿Puedo preguntar por qué quiere saberlo?

—Por nada, una mera comprobación técnica. No es importante.

Al colgar clavé la mirada en los ojos del subinspector.

—¡Bingo! —dije arrojando por la borda mi reputación de ser refinada.

—Pero…

—¡No me agobie, no me diga nada! Paso a paso, Fermín, paso a paso. ¿Volvemos a entrar en el depósito?

—El funcionario de antes me ha dicho que el doctor Guitart no volverá hasta las cuatro de la tarde.

—¡Cojonudo! ¿Sabe que voy a hacer? Evitar mi divorcio. Iré a buscar a mi marido a su despacho y comeré con él. Nos vemos luego aquí mismo.

17

Estaba muy atenta a la cara de Marcos cuando me viera. Quería atisbar su reacción exacta, qué podía haber tras la sorpresa inicial que sin duda sentiría: ilusión, fastidio, alarma… Exactamente igual que cuando interrogamos a un sospechoso. En los últimos días me había comportado como si viviera sola en el mundo. La pasión del trabajo se había superpuesto a cualquier otro interés. Mi marido no había protestado en absoluto. Una actitud cómoda para mí, pero que al mismo tiempo me hacía sentirme mal. Resulta que desaparezco de la vida de los que me rodean y todo sigue como antes. Ni siquiera mis hijastros habían preguntado por mí. Yo parecía prescindible a todas luces. Recapacité, como siempre hago frente a mis sentimientos, y me di cuenta de hasta qué punto era inmadura mi sensación. ¿Qué quería, recriminaciones, lamentos amorosos, protestas sobre mi escaso compromiso familiar? ¡De ninguna manera!, pero sí me hubiera gustado percibir cierto resquemor, un vacío que mi presencia llenaría felizmente. Ser mujer es un incordio, pensé. Nuestra envidiable capacidad para atender varios frentes al mismo tiempo, nuestro polimorfismo natural, nos permite ahondar en muchos roles, pero cada uno de esos roles comporta fatalmente un deseo de perfección inasumible.

Todas las mujeres que habían hecho grandes cosas en la historia del mundo se habían visto en la necesidad de limitar los flancos de su personalidad. O eres científica o tienes cinco hijos. Eran raras ambas circunstancias a la vez. Existen ejemplos, por supuesto, madame Curie estaba casada y tuvo una hija, pero sólo una. Y Santa Teresa de Jesús, aunque no dejó descendencia por motivos obvios, contaba con una vena práctica y otra mística, ambas de increíble intensidad. Por un lado, era capaz de hablar con Dios de tú a tú. Por el otro, se pateaba los caminos de Castilla fundando conventos. Mujeres excelsas, claro está. Sobre inspectoras de policía con marido y cuatro hijastros no había casuística entre las notables. Me deprimí un poco. Lo máximo a lo que yo podía aspirar era a descubrir al asesino de unas pobres mujeres solitarias. Y mientras conseguía ese hito dudoso, dejaba que se marchitara el único núcleo sentimental de mi vida.

En fin, debo decir que la reflexión siempre me lleva a las contradicciones, a montarme yo solita unos líos del carajo, de modo que dejé de pensar y, como si mi decisión hubiera tenido premio, vi cómo Marcos salía de su despacho hablando con un colaborador. Le hice señas con la mano y... sonrió, una sonrisa amplia, segura, acogedora. Ni la satisfacción de haber descubierto el radio era comparable a ser recibida de aquel modo. Eso pensé momentáneamente. Cuando volviera a reflexionar, seguramente pensaría lo contrario.

—¿A qué se debe este honor? —dijo dándome un beso.

—No podía vivir sin ti. ¿Qué te parece?

—Lógico y natural. ¿Comer algo perturbaría tu felicidad después de haberme visto?

—¡Al contrario, se vería potenciada!

—Pues vamos allá. Te voy a llevar a un sitio de moda entre arquitectos.

—¿No hay peligro de que te encuentres a algún colega?

—Si me lo encuentro lo ignoraré, y si fuera necesario, le escupiré en la cara.

—¡No, demasías no, que vengo en busca de paz de espíritu!

No hubo demasías ni encuentros que molestaran. Marcos me llevó a uno de esos restaurantes de Barcelona, minimalista de diseño y de cocina, que yo tan poco frecuentaba en el ejercicio de mi profesión, más dada a bares cutres y guisos sustanciosos. Estuvimos a gusto, charlamos, nos reímos... como una pareja normal. Marcos tuvo el infinito tacto de no preguntarme por el trabajo, y gracias a eso conservé la impresión de que era una mujer cuasi humana, alguien que deja puntualmente su puesto laboral para una comida improvisada con su esposo. Nada que ver con víctimas acribilladas a navajazos, asesinos en serie o locas agresivas. Aquel pequeño receso de cotidianidad me sirvió para no perder por completo la razón.

Tras el oasis, de nuevo el desierto. Garzón me esperaba junto a Roberto Fraile frente a las puertas del Anatómico Forense. El doctor Guitart enseguida nos recibió. Aportó noticias sobre el análisis toxicológico del cadáver de Belarmina.

—Había tomado diacepán, un tranquilizante como ustedes saben, y también un antidepresivo del tipo tricíclico. Sin duda seguía un tratamiento psiquiátrico. No había drogas ni alcohol en la sangre.

—Doctor Guitart, hay una pregunta muy diferente que queremos plantearle. Una mujer de la envergadura, la altura y la fuerza de Belarmina Mendizábal, ¿hubiera podido realizar las heridas mortales que acabaron con la vida de las víctimas del asesino en serie al que buscamos?

La sorpresa se asomó a sus ojos haciendo que los achinara. Pensó un momento antes de responder.

—¿Quiere decir si ella pudo ser la asesina?

—Sí, eso quiero decir.

Volvió a pensar, esta vez durante más tiempo y con más intensidad.

—Sí, en principio, sí. Sus características físicas no la excluirían. ¿Es eso lo que piensan, que ella es la asesina?

—Es una posibilidad.

—Pero entonces…

—¡No nos haga ninguna pregunta, doctor, por la sencilla razón de que no sabremos respondérsela! Hay que esperar aún para tener alguna seguridad.

—¡Jo, pues ya pueden darse prisa. Esto está poniéndose más interesante que una novela de misterio!

Me pareció que el forense había reaccionado con cierta frivolidad, pero era inútil pretender que todos los que nos ocupamos de la muerte violenta no acabemos segregando una capa de insensibilidad que nos protege por completo, haciéndonos un tanto odiosos.

De vuelta en comisaría sacamos una primera conclusión: si el cadáver conservaba restos de medicación era porque no la había abandonado, y entonces con toda seguridad no hacía mucho que había visitado a algún médico. Ese tipo de medicaciones requiere receta para ser expedida en una farmacia, y no es habitual que los enfermos puedan acumular en su casa una gran cantidad de pastillas. Eso evidenciaba que habíamos dejado un hueco en la investigación: no sabíamos qué psiquiatra trataba a Belarmina, y su testimonio tenía para nosotros un innegable interés. Fraile fue a llamar a Emérita. Regresó cinco minutos después.

—Dice que no sabe el nombre del médico, pero sí que la trataban en el hospital de Sant Pau.

—¿Cuándo podremos tener las pruebas recogidas en casa de la víctima? —preguntó el subinspector.

—Mañana por la mañana traerán a comisaría las que no hayan pasado a disposición del juez.

—Bien, entonces creo que debemos dedicar el resto de la tarde a la psiquiatría.

Tomamos los tres el coche y nos plantamos en el magnífico hospital de Sant Pau. Algunos turistas, atraídos por su belleza modernista, metían la nariz en los jardines. Entramos en la zona de pabellones y recorrimos túneles que parecían pasadizos secretos hasta llegar a las consultas ambulatorias. Una enfermera nos indicó dónde estaba el área de psiquiatría. Nos dimos a conocer frente a la recepcionista. El nombre de Belarmina Mendizábal no parecía sonarle de nada. Buscó en el ordenador, nerviosa desde que había sabido que éramos policías. Dio un suspiro de alivio y anunció:

—Sí, aquí está. A esta señora le corresponde el doctor Oller. A la derecha la segunda puerta. Le aviso y él me dice si los puede recibir.

Tuvimos que esperar veinte minutos. Algunos pacientes también esperaban sentados en bancos. Una mujer daba un suspiro profundo de vez en cuando, como un lamento. Fraile la miraba con inquietud. Intenté que se distrajera:

—El hospital está quedando precioso tras la remodelación.

No me escuchaba, pensaba en enfermedades mentales, quizá en su mujer, o quizá en el caso. Estaba completamente ausente, sin ninguna expresión en la cara. Me abstuve de volver a intentarlo. Garzón comentó en voz baja:

—Se me cierran los ojos, me está entrando un sopor... lástima que no haya por aquí una máquina de café.

Un joven con bata blanca abrió la puerta y miró en todas direcciones. Levanté la mano. Nos hizo pasar a su pequeño consultorio.

—¿En qué puedo ayudarlos?

Le enseñamos nuestras placas policiales. Bromeó:

—Me siento impresionado, la verdad.

—Queremos sólo hacerle unas preguntas sobre su paciente...

—Sí, ya lo sé, sobre Belarmina Mendizábal. ¿Qué ocurre con ella?

—La han asesinado —anuncié.

—¡Dios! —masculló, visiblemente conmocionado.

—¿La trataba usted?

—Sólo desde hace un año. Es una paciente que heredé de mi antecesor, el doctor Segura, ya jubilado. Tengo su ficha aquí.

Tecleó en el ordenador. Paró de pronto y se quedó mirándonos.

—Es terrible. ¿Quién la ha matado?

—No lo sabemos aún. Cuéntenos sobre ella, por favor.

Volvió a la pantalla. Leyó:

—Diagnosticada desde hace veintitrés años de esquizofrenia. A veces venía a pasar consulta, otras faltaba sin ninguna explicación. Ése es un comportamiento bastante habitual entre los aquejados de esta dolencia. Ocurre lo mismo con la medicación, si no hay alguien que esté muy pendiente de ellos, la abandonan a temporadas, recaen. La esquizofrenia es una enfermedad incurable, de origen genético. Gracias a los medicamentos se puede controlar, aunque nunca al cien por cien. Esta paciente había sido ingresada en cuatro ocasiones. La estancia más larga duró cinco meses.

—¿Era agresiva su paciente?

—¿Ha muerto en una pelea?

—No podemos dar detalles, doctor. Espero que lo comprenda. Queremos saber si en alguna ocasión Belarmina Mendizábal había pasado por algún estado de violencia, si había quizá atacado a alguien.

—No me consta. Era reservada, resultaba muy difícil hacerla hablar, lo cual no es positivo. Cuando el enfermo se abre, siempre es posible intentar un poco de psicoterapia, una ayuda más. Pero creo recordar que en su caso nunca existió ese recurso.

—¿Cree recordar? ¿Cuándo la visitó por última vez?

—Hace mucho que no aparecía por aquí.

—En el informe toxicológico de su cadáver se han hallado psicótropos y tranquilizantes.

—No es de extrañar, podía conservar pastillas desde tiempo atrás y tomarlos al sentirse mal. Estos enfermos oyen a veces voces que los persiguen y entran en estado de obsesión. Pero les cuesta pedir ayuda, piensan que ellos solos pueden controlar la situación.

—Partiendo de un caso hipotético, ¿su paciente hubiera sido capaz de urdir asesinatos, de llevarlos a cabo incluso? —pregunté.

—Inspectora, no puedo contestarle a eso de un modo científico. Como le digo, hace mucho tiempo que no veía a esa mujer. Ignoro el grado de deterioro que pudiera presentar su enfermedad.

—Le hablo de una mera hipótesis.

—En medicina no se trabaja con hipótesis.

—Tampoco en el ámbito de la investigación, pero hay veces que la teoría nos ayuda a descartar posibilidades o, por el contrario, a tomarlas en consideración.

—Pues hablando teóricamente y sin referirme a nadie en concreto... sí, un esquizofrénico podría matar.

—¿Y convertirse en un asesino, quiero decir con plena conciencia y voluntad?

—¡Nunca un enfermo de esas características cuenta con lo que nosotros llamamos una conciencia plena! Viven en su mundo, inspectora, un mundo ajeno al de los demás.

—Y en su mundo puede pasar cualquier cosa.

Se encogió de hombros, con ademán de desesperación. Comprendí que no diría ni una palabra más, probablemente porque mis preguntas entraban en la especulación científica más gratuita, pecado que no pensaba cometer.

Al subir a nuestro coche Fraile me lo ratificó, con buen conocimiento de causa.

—Un psiquiatra nunca le dirá nada concreto, Petra. Ni aunque esté preguntándole por un paciente en particular. Lo sé muy bien. La enfermedad mental huye de certezas, eso es lo más terrible de todo.

También era mala pata que aquel caso estuviera tomando un sesgo tan cercano a la locura. El pobre Fraile lo pasaba fatal. Nadie sabía qué veía él cuando nosotros calibrábamos el estado de aquella mujer loca. Me hubiera encantado poder mitigar su inquietud descartando la culpabilidad de Belarmina, pero cada vez estaba más convencida de que ella había sido la asesina que habíamos buscado desesperadamente. Tal conjetura planteaba un montón de problemas que dejaba sin resolver. ¿Quién la había matado a ella, por qué y, sobre todo, qué buscaba quien lo hiciera imitando el bárbaro sistema de las puñaladas y la cara destrozada a navajazos? ¿Ponernos en la pista? Hubiera sido difícil relacionar el crimen de Belarmina con nuestro asesino en serie si su cadáver no hubiera presentado los mismos signos que el resto de víctimas. ¿Podíamos considerar que Belarmina había tenido un cómplice? Ésa fue la pregunta que les transmití a mis dos compañeros en cuanto pudimos reunirnos en el despacho. Garzón saltó enseguida:

—¡Ostras, inspectora, lo de cómplices en serie no está escrito en ningún libro policial!

El segundo inconveniente vino de Fraile.

—Veamos, Petra; si partimos del supuesto de que Belarmina obró en base a su locura. ¿A quién podía convencer para que la ayudara en un plan tan delirante?

—A otra mujer despechada, quiero decir, a otra perjudicada por las falsas promesas amorosas de Torres.

—¡Es tan improbable, tan enrevesado!

—¡De acuerdo, lo es!, pero alguien tiene que haberse cargado a esa mujer, y quien lo ha hecho está relacionado con nuestro caso.

—No tiene por qué. Nos estamos olvidando del efecto imitador. Ya que tenemos en España tan pocos asesinos en serie, cuando se ha presentado uno de verdad, el ejemplo puede haber hecho fortuna en cualquier pirado —intervino Garzón.

—Eso sería factible en el caso de que Belarmina no hubiera sido novia de Torres, pero habiéndolo sido, ¿no le parece demasiada casualidad? —objeté.

—Aún no hemos interrogado a Torres después de este crimen. ¿No creen que ya va siendo hora? —planteó sensatamente el subinspector.

—Debe estar esperando fuera —nos sorprendió Fraile—. Lo cité esta mañana.

—¡Joder, Roberto, es usted un máquina, un auténtico fenómeno, sí señor! —exclamó Garzón—. ¿Y sabe si ha venido con su abogado?

—Estoy seguro de que sí, enseguida lo veremos.

—¡Con lo gordo que me cae!

—¡Normal, Fermín! De lo contrario sería la primera vez que a un policía le cae bien el abogado de un sospechoso —respondió el inspector.

—Suponiendo que Torres sea un sospechoso —dije en voz baja. Garzón no tardó en responder:

—A estas alturas, señores, ya no sé quién es el asesino, ni el sospechoso y tengo dudas sobre la mismísima madre que me parió.

Con una frase tan poco ortodoxa sonando aún en el aire, fuimos al encuentro del seductor. Se me revolvió el estómago cuando lo vi. Su corta estatura, los andares de hombre seguro de sí mismo, la sonrisilla superior. Hubiera vuelto a saltar sobre su cuerpo rechoncho sólo por su aspecto. Descubrí que estaba comportándome frente a él como uno de esos perros que no toleran a alguno de sus congéneres por alguna razón que a los humanos se nos escapa. Yo sí sabía, sin embargo, por qué Armando Torres me encolerizaba de aquel modo: un tipo insignificante, vulgar, anodino e inútil. Un cabrón cuyo único objetivo era ligar con mujeres solitarias a las que abandonaba después. Me sentía cargada de razones, autorizada moralmente para machacarlo. A causa de tal despliegue de subjetividad, preferí morderme la lengua, atarme mentalmente las manos a la espalda y participar lo menos posible en el interrogatorio. Fraile llevó la voz cantante.

—Señor Torres, no hemos anunciado todavía a los medios de comunicación la identidad de una mujer asesinada en las últimas jornadas. El asesino utilizó el mismo método que quien mató a las mujeres que ocupan nuestra investigación.

Torres y su abogado se miraron entre sí. Fue este último quien le contestó a Fraile.

—Inspector, todo este asunto es algo muy desgraciado, terrible en realidad; pero mi cliente no tiene nada que ver con él. ¿Puedo preguntar por qué le hace venir hasta sus dependencias?

—La identidad de la última víctima sí le concierne —continuó mi compañero sin alterarse—. La mujer asesinada es Belarmina Mendizábal.

La mirada del abogado se disparó, inquisitiva y rápida, hacia Torres. Éste se encogió de hombros.

—No sé quién es —dijo.

—Yo creo que sí lo sabe —objetó Fraile, y le puso ante los ojos la fotografía en la que Belarmina y él mismo estaban cogidos del brazo.

Torres la miró con interés, pero sin demostrar inquietud.

—¡Por todos los demonios, ya me acuerdo! ¿Esta mujer ha aparecido muerta? ¡No me lo puedo creer!

—¿Fue novia suya?

—¿Novia mía? ¡Por Dios, salí con ella un par de semanas! En total debíamos vernos tres o cuatro veces. Enseguida me la quité de en medio. Era un peligro, estaba como una cabra. Me llamaba a todas horas, incluso a media noche. Le entró una especie de amor furioso y por más que yo le decía que no había nada de nada entre nosotros, hacía como si no se enterara y seguía dándome la lata. Un día va y me dice por teléfono que estaba preparando el ajuar para nuestra boda. ¿Se lo pueden creer? ¡Nadie había hablado de boda ni de nada que se le pareciera! Entonces ya empecé a tomármelo en serio y quedé con ella en un bar. Antes de dejarme hablar comenzó a soltar que me quería muchísimo, que se había enamorado por primera vez, que yo era la ilusión de su vida. Entonces la paré en seco. Tuve que decirle con todas las letras que no significaba nada para mí y que si continuaba acosándome pensaba denunciarla.

—¿Cómo reaccionó ella?

—Pues no me acuerdo muy bien, creo que se echó a llorar y antes de que montara un número en la cafetería donde estábamos, me levanté y me largué. Pagué la consumición antes, eso sí, porque soy un caballero.

—¿En algún momento lo amenazó con vengarse de usted?

—No, pero le aseguro que lo pensé, y que durante unos días estuve preocupado. Ésa fue una de las razones por las que cuando me hablaron de una agencia de contactos muy discreta, me decidiera a recurrir a ella. No podía arriesgarme a ir conociendo piradas por ahí. Si quería salir con amigas, necesitaba que alguien hiciera una mínima selección.

—¿Cómo conoció a Belarmina?

—Desayunando en un bar. No era guapa, pero me pareció atractiva, muy misteriosa. ¿Misteriosa?, ¡loca perdida es lo que estaba!

—¿No volvió a verla más?

—Por suerte, no. ¡Menuda pesadilla!

—Mi cliente… —se decidió el abogado a participar.

—Su cliente no está acusado de nada. Pueden marcharse —espetó Fraile.

El letrado intentaba sacar alguna información sobre el crimen, pero el inspector, elevando el tono de modo autoritario, repitió:

—¡He dicho que pueden marcharse!

Cuando estuvimos solos, Garzón comentó lo que todos teníamos en mente.

—¡Un caballero, menudo caballero! «Que te den morcilla, monada, pero por lo menos te pago el café».

—Si no llega a echarlos, Roberto —dije yo—, hubiera sido capaz de darle un sopapo.

—Ya me he fijado. —Rio el subinspector—. Ponía usted una cara como si se hubiera tragado un cóctel de hiel y vinagre.

—Me hubiera sabido mejor que verle la cara de nuevo a ese cabronazo.

Fraile zanjó nuestros improperios con una pregunta que era resumen al mismo tiempo:

—¿Y bien?

Abandoné mi estado de cabreo para decir con plena convicción:

—En esa mujer está la solución del caso.

Ambos compañeros dieron un suspiro profundo. El inspector lo tradujo al decir:

—¡Pues vamos allá!

No fuimos muy lejos. En el pasillo topamos con Domínguez. Agitó el pulgar hacia la derecha como si hiciera autostop.

—Inspectora Delicado: han dejado en su despacho las pruebas ya inventariadas. Vinieron tres hombres para acarrearlas.

Lo del acarreo me sonó fatal, pero el verbo estaba empleado con toda propiedad. Cuando vimos la cantidad de bolsas, bolsitas, cajas y cajitas que los policías habían depositado por todas partes, sentimos caer sobre nosotros las gotas frías de un chaparrón.

—¡Cojones! —exclamó escuetamente Garzón.

—Había pensado que el día de hoy estaba amortizado —comenté.

—Yo creo, señores, que amortizado ya está. Cierre

usted su despacho con llave y mañana nos liamos con las pruebas desde buena mañana.

—Verá, subinspector, si a ustedes no les importa, creo que me quedaré un rato —afirmó Fraile, tal y como me imaginaba. Enseguida le repliqué:

—Si usted se queda, yo también. Ya lo conozco lo suficiente como para estar segura de que se pasará la noche en blanco.

—¡Joder, esto me pasa por trabajar con gente más joven que yo! —soltó Garzón—. También me quedaré, qué remedio. Pero tiene que prometerme, inspectora, que de madrugada organizaremos un campamento como el de la otra vez y descansaremos un rato.

—¡Claro, como a usted siempre le toca el sofá! —lo embromé.

—¿Será posible?, ¡qué falta de caridad cristiana! Esta vez se lo cedo.

—Ni hablar, Fermín, ese sofá le corresponde por derecho natural.

Llamé por teléfono a Marcos.

—Querido: no hay rosas sin espinas. Hemos comido juntos pero no iré a dormir.

Hubo un silencio. Por fin oí la voz preocupada de mi marido.

—Bien, de acuerdo, Petra, pero hoy me he dado cuenta de que estás adelgazando muchísimo. ¿No deberías controlar el estrés?

—El estrés se me pasará en cuanto podamos hacer el amor cuatro días seguidos.

—¿Crees que eso llegará?

—Ya está llegando, querido. Confía en mí.

Garzón apareció con una sonrisita complacida después de haber telefoneado a su mujer.

—¿Sabe, inspectora? Beatriz me ha dicho que piensa hablar con usted para comprobar que estas noches que no voy a casa me las paso trabajando. Está un poco celosa. Fíjese, a estas alturas y aún se imagina que puedo largarme de juerga por ahí.

—¡Y usted encantado de que sienta celos!

—¡Hombre, siempre es un puntazo! ¡Si supiera que voy a dormir sólo un par de horas y en un jergón!

—Márchese, Fermín, no se preocupe. Queda relevado de cualquier obligación. Mañana se incorpora y en paz.

—¡Ni hablar! Me sobra fuerza para dormir en la copa de un pino.

—Lamentablemente no tenemos pinos aquí; de lo contrario, se iba a pasar la noche colgado de una rama como penitencia por su pavoneo.

Se reía por lo bajo muy a gusto, como siempre le había visto hacer tras mis ingenuas invectivas. De repente me di cuenta de que Fraile nos miraba con cierta melancolía. Él no había hecho ninguna llamada. No tenía a nadie a quien avisar.

Empezamos a revisar todas las pruebas. El hecho de que hubiera tal cantidad de ellas se explicaba por la idiosincrasia de la víctima. Era una de esas personas que guardan cualquier objeto, cualquier papel. Por ejemplo, obraba en nuestro poder una caja llena de billetes de autobús. Había tickets de tintorería, de supermercado. Conservaba también recortes de periódico que me apresuré a escudriñar en busca de noticias sobre el asesino en serie. No hubo suerte, casi todas versaban sobre desfiles de moda y entrevistas a diseñadores. En un gran sobre estaban archivadas recetas de cocina: sanfaina, besugo en papillote... facturas de agua, facturas de luz. Aparte del gusto por atesorar, no existía en todos aquellos materiales ningún indicio que hiciera sospechar sobre la locura de su propietaria. Hay mucha gente que tiene manías, desde los que no se desprenden de nada hasta los que coleccionan objetos impensables. Por el rabillo del ojo veía de vez en cuando a mis compañeros haciendo lo mismo que yo: pasar revista minuciosa a toda aquella basura. La falta de reacciones me llevaba a pensar que estábamos todos igual: nada nos llamaba la atención.

Hacia las tres de la mañana hicimos una pausa y tomamos café. Volvimos al tajo. Empecé a notar los primeros síntomas de cansancio: me picaban los ojos. Aun así, hice de tripas corazón y abrí una caja más. Dentro se encontraban entradas de museos y espectáculos: el teatro Goya, el museo Picasso, varios cines... y varios tickets de la filmoteca. Me paré a pensar. Miré la fecha. Eran recientes, y eso contrastaba con las fechas del resto de tickets, que se remontaban bastante en el tiempo. Salí al pasillo. Después de haber buscado en mi agenda comprobé quién hacía el seguimiento nocturno de Bárbara Mistral: Juan Zaragoza. Lo llamé.

—¿Juan? Soy la inspectora Petra Delicado. ¿Está usted frente a la casa de la sospechosa?

—Sí, inspectora, a la orden. Todo está tranquilo por aquí. La sospechosa entró en su casa a las ocho de la noche y no se ha movido.

—¿A qué hora lo releva Juan Ortega?

—A las ocho de la mañana.

—Dígale que me llame, por favor.

Los años no pasan en balde, como suele decir el catálogo de tópicos españoles. Tampoco para mí. A las cinco de la madrugada me atacó un sueño feroz. Garzón hacía más de una hora que se había tumbado en su reivindicado sofá. Dormía a pierna suelta, emitiendo un pequeño ronquido profundo y tenaz. Me dirigí a Fraile, que seguía inspeccionando objetos.

—Deberíamos intentar dormir un poco, Roberto.

Me hizo caso y, frotándose los ojos, se tumbó. Ya estábamos en la disposición de camping policial. Pensé que si alguno de nuestros jefes llegaba a descubrirnos en semejante circunstancia, se quedaría completamente acojonado.

Con la sensación de que acababa de acostarme oí por fin mi nombre, que Fraile repetía sin cesar.

—Petra, despierte, son ya las siete y media.

Hice un esfuerzo ciclópeo. Me levanté. En ese momento me sentía la más desgraciada de las mujeres, hasta tenía ganas de echarme a llorar. Vi que Garzón se tambaleaba por el despacho con aspecto de momia de serie B. Quizá no había sido una buena idea quedarnos a trabajar toda la noche; ahora veríamos quién era el valiente que se ponía de nuevo a la labor.

Pasamos por el lavabo y les presté mi peine a los caballeros. Como los hombres hispanos han perdido mucho aguante y ganado mucha sofisticación, el inspector autonómico dijo:

—Si acaso a mitad de mañana iré un momento a casa para cambiarme de camisa.

—¡Y yo! —se sumó el subinspector—. Tengo la sensación de que apesto.

—Debería cambiarme yo también, ponerme un vestido que haga juego con mis ojeras moradas —bromeé.

—De eso nada, inspectora. Está usted fresca como una rosa, requeteguapa es como está.

—Gracias, Fermín. O me mira usted con buenos ojos o después de esta noche toledana ya no le queda capacidad para juzgar.

—¡Nada que no pueda solventarse con un buen desayuno en el bar! Yo me arreo una tortillita de patatas bien jugosa con un tercio de cerveza y me quedo como la Bella Durmiente después de un año sobando.

—¡Es usted de un basto, subinspector...

—Sabiduría popular, querida jefa.

Fraile se reía por lo bajo. De pronto nos preguntó:

—Si yo no estuviera delante, ¿igual harían ustedes todo este teatro?

—¡Naturalmente! —le contesté—. Hicimos un curso en el Actor's Studio para poder convivir.

Cruzamos la calle habiendo superado el trauma del madrugón gracias a nuestro talante festivo. Ya dentro del bar, Garzón se plantificó delante de la barra observando las tortillas en el expositor con el mismo interés que un astrónomo escudriña los planetas.

—¡Uf!, he dicho que la tomaría de patatas, pero viendo esta variedad me entran las dudas.

Se decidió por una paisana, mientras Fraile y yo sólo ordenábamos café y cruasán. Habíamos empezado ya a comer cuando sonó mi teléfono. Era el policía Ortega, a quien había olvidado por completo.

—Inspectora Delicado…

—¡Hola, Ortega! —lo interrumpí—. Le pedí a su compañero que me llamara usted para saber si en los últimos días…

—Un momento, inspectora… —me interrumpió él— es que hay una incidencia. Hace cinco minutos la sospechosa ha salido de su casa cargada con una maleta. No creo que sea nada raro porque estos días ha ido y venido desde su empresa a casa llevando bultos todo el tiempo. Pero hoy ha tomado un taxi. La estoy siguiendo.

—Perfecto. Dígame en qué dirección va en cuanto lo tenga claro.

—De acuerdo, inspectora. A la orden.

Mis contertulios me miraron con curiosidad.

—No es nada, sólo una comprobación. Luego les cuento.

Seguimos con el desayuno, ahora en silencio. Al cabo de diez minutos el teléfono volvió a sonar.

—Inspectora, la sospechosa se dirige al aeropuerto.

—¡En cuanto entre en el edificio, deténgala!

—¿Con qué cargos? ¿Qué le digo?

—No le diga gran cosa. Ya vamos para allá. —Me volví hacia mis extrañados compañeros—. ¡En marcha, señores, en el coche les comento la cuestión!

Tras el comentario en marcha, un tanto atropellado, vinieron las preguntas al aire, atropelladas también.

—Pero, inspectora, ¿de qué vamos a acusarla?

—¡Y yo qué coño sé, Garzón! De momento la detenemos, luego ya se verá.

—¿No hubiera sido más prudente indagar antes adónde se dirige?

—Demasiado arriesgado, Roberto.

—¿Y si sólo va al aeropuerto para despedir a algún familiar?

—¿Cargada con una maleta? —pregunté-contesté a Garzón.

—De hecho, no le hemos prohibido en ningún momento que viaje.

—¿Quieren dejarme en paz? Estoy siguiendo una intuición. Si no tiene fundamento, le pediré disculpas y aquí no ha pasado nada.

No se atrevieron a demostrarme con más cuestiones su alarmado escepticismo, lo cual me tranquilizó sólo en parte, porque todos sus reparos tenían un fondo más que sobrado de razón.

Nuestro hombre nos esperaba en la zona de salidas internacionales y junto a él se encontraba Bárbara Mistral, alterada, nerviosa, con la cara pálida y las manos temblorosas. En cuanto nos vio empezó a hablar a toda velocidad:

—No tienen ningún derecho a detenerme. ¡Déjenme inmediatamente, voy a perder el avión!

—¿Adónde pensaba viajar?

—Me voy unos días de vacaciones. ¡Tengo derecho a moverme con libertad!

—Enséñenos su billete.

Se resistió un momento, miró a su alrededor. Por fin abrió el bolso. Si sus manos temblaban antes ligeramente, ahora casi no podía controlarlas. Sacó un billete, que casi le arrebaté. Leí y pregunté:

—¿Va a pasar unos días en Brasil?

—Después de todo lo que ha sucedido necesito un poco de relax. Eso no es un delito.

—¿Dónde está su billete de vuelta?

—Una amiga me dijo que era más barato comprarlo allí. Cuando llegue me lo dará.

—Acompáñenos, por favor. Queda detenida por el asesinato de Belarmina Mendizábal.

Garzón sacó las esposas y me miró interrogativamente. Asentí. Cuando estaba poniéndoselas, ante la mirada sorprendida de la gente que pasaba, Bárbara se echó a llorar. No paraba de mirar en todas direcciones, angustiada. La tomé con firmeza del codo, impulsándola para que caminara. Lo hizo y tras dos pasos, se paró.

—¿Puedo hacer una llamada?

—Ya la hará en comisaría. Es lo que estipula la ley.

Fraile se quedó un instante en suspenso, me hizo apartarme del grupo y susurró:

—Déjela llamar desde el móvil.

Inmediatamente comprendí, afirmé con la cabeza, regresamos junto a los demás.

—De acuerdo, puede llamar. Haremos una excepción.

—¿Con las esposas puestas?

Garzón se las quitó y ella se apartó un pequeño trecho de nosotros. Marcó y dijo cuatro frases nerviosas. Luego se echó de nuevo a llorar. Nos acercamos.

—¿A quién ha llamado?

Negaba con gestos, incapaz de hablar. Se encontraba completamente bloqueada. No se resistió cuando le quité el móvil. Miré la llamada. No figuraba ningún nombre junto al número.

—¿A quién ha llamado?

Lloraba de modo convulso. Marqué el número del policía que estaba interviniendo el teléfono. Enseguida tuve la información que buscaba.

—Sí, inspectora. Ha hablado con un hombre. Le ha dicho: «¡Me han cogido! ¡No te marches sin mí, no me dejes sola!». El hombre ha contestado: «No tengas miedo. Ya volveré más adelante a por ti, todo se arreglará», y ha colgado.

Me dirigí a Bárbara, que estaba descompuesta.

—Quienquiera que sea no volverá a por usted, y usted será acusada de asesinato en primer grado. Probablemente será acusada de todos los asesinatos en serie que tan bien conoce. Dígame quién es el hombre.

Bajó la vista, sus ojos eran sólo dos borrones arrasados por las lágrimas.

—Darío Navarro —musitó.

Nos quedamos perplejos. Sólo la buena memoria del subinspector Garzón logró hacernos reaccionar.

—¿El antiguo socio de Armando Torres? —preguntó.

Ella asintió, los temblores dominaban ya todo su cuerpo.

—¿Iba a viajar con usted a Brasil? —pregunté.

Volvió a asentir. Fraile se puso en marcha. Se dirigió a Ortega:

—Lleve a esta mujer a comisaría.

Luego tomó el teléfono y pidió con urgencia varias dotaciones de *mossos d'esquadra*. Mientras llegaban, intentamos como pudimos vigilar las puertas. Afortunadamente, enseguida vimos que paraban varias furgonetas policiales. Fraile habló con el jefe.

—No dejen salir a nadie —le oí decir.

Los tres corrimos hacia la puerta donde estaba anunciado el vuelo a São Paulo. Empezamos a mirar nerviosamente a todo el que se movía por la zona. Nos separamos. La fortuna hizo que fuera yo quien lo avistara. Lo reconocí enseguida. Estaba en la barra de un bar, echado hacia delante, intentando que su rostro fuera poco visible. Me acerqué y me descubrió. Empezó a caminar a toda prisa hacia las salidas. El camarero lo increpaba, se iba sin pagar. Avisé a Fraile por teléfono mientras lo seguía. Echó a correr y fui tras él. Me dolía de pronto la cabeza, sentía pinchazos en el pecho. Se topó de frente con Roberto, hizo un quiebro y aceleró su marcha enloquecida. Cuando descubrió a los viajeros agrupados en una de las puertas, a quienes la policía impedía salir, dio la vuelta y se dirigió hacia dentro de nuevo. Fraile ya casi lo alcanzaba. Faltándole apenas un metro para ponerse tras él, saltó a sus piernas y lo hizo caer. Ambos rodaron por el suelo. Casi inmediatamente llegó Garzón, jadeante, y colocó uno de sus pies sobre el cuerpo del hombre, como si fuera una presa de caza recién cobrada.

—¡No se mueva! —ordenó. Estaba apuntándole con su pistola.

Fraile se puso en pie. La gente gritaba. Me coloqué junto a Fraile, le dije:

—Muy espectacular.

Sonrió, sin resuello, respondiendo:

—Me duele la rodilla.

En ese momento un montón de policías autonómicos se cernió sobre nosotros. Fraile sacó su placa del bolsillo. Fue suficiente para que se calmaran. Una señora japonesa se puso a aplaudir. A una distancia prudencial se había formado un grupo de curiosos que no perdían detalle. Me avergoncé. Sinceramente puedo afirmar que siempre he sido partidaria de cierta discreción en el ejercicio profesional.

18

A Coronas le encantó que nuestra persecución y caza del sospechoso en el aeropuerto saliera en los periódicos con grandes titulares. Hubiera preferido, por supuesto, que los refuerzos que se pidieron hubieran sido de la Policía Nacional, pero nadie es perfecto. Cuando, muy sonriente, nos preguntó por el desenlace del caso, tuvimos que disipar un poco su entusiasmo.

—De momento, no hay aún desenlace, señor. Pero estamos en ello —afirmé.

—Ahora ya está chupado, comisario —remató Garzón con una seguridad que no sé de dónde sacaba.

—Chupado o sin chupar, quiero resultados inmediatos. Vayan a su casa, descansen unas horas y cuando estén de vuelta no paren de trabajar hasta que el caso esté cerrado. ¿Me he expresado con claridad?

—Meridiana, señor —respondí.

Fraile unió las órdenes de su jefe a las del nuestro y también se fue a dormir unas horas. Naturalmente antes de abandonar la comisaría, hicimos detener de nuevo a Armando Torres. Teníamos a tres sospechosos en comisaría, cada uno por separado. Saber qué demonios íbamos a hacer con ellos ya era otra cuestión.

—No sé cómo voy a poder dormir sabiendo que nos esperan esos tipos —dijo Fraile.

—Piense que a lo mejor pasa mucho tiempo antes de

que pesque una cama, eso lo ayudará —le replicó el subinspector—. Por cierto, en previsión de nuevos campamentos, cuando vuelva voy a traerme una manta de viaje. La última noche pasé frío.

—Si no le parece un abuso, traiga también un termo de café de ese que hace su esposa.

—Ya lo había pensado, Roberto. No es un abuso, será un placer.

En casa no había nadie. Entré directamente en el cuarto de baño y abrí la ducha. Me miré en el espejo: pelos revueltos, ojeras, piel grisácea... afortunadamente el espejo no recoge los olores. Sentí terror por mi propio abandono. Nadie debería entregar tanto al trabajo. Ningún ente civilizado puede presentar semejante aspecto y no ser consciente de ello. Pensé que cuando me jubilara sólo quedaría de mí un rescoldo de lo que había sido. La hoguera de mi vida lo quemaba todo en una combustión acelerada, un incendio con llamas de las que llegan hasta el techo. Y, sin embargo, ¡qué carajo!, ¿con cuántos asesinos en serie volvería a enfrentarme? Muy pocos, probablemente ninguno. No, mi querido asesino, fuera quien fuese, merecía un esfuerzo final, aunque todo mi cuerpo se convirtiera en ceniza.

Dormí como un leño, sin sobresaltos, sin sueños. Al despertar me sentía francamente mejor, aunque no me miré en el espejo como medida cautelar. Mientras me vestía reaparecieron en mi mente las imágenes del aeropuerto. Habíamos montado una buena escena cinematográfica. La filmoteca, pensé, gracias al séptimo arte estábamos en la recta final del caso. Demasiada casualidad que tanto Belarmina como Bárbara fueran usuarias de la filmoteca. Era sin duda un punto de encuentro que no levantaría sospechas. Podía apostar algo a que el hombre que Ortega vio, aquel que le pareció que hablaba con Bárbara, era Darío Navarro: alto, fuerte, pelo cano, distinguido... la misma descripción del testigo que descubrió el cuerpo de Belarmina, del vejete que vio a un hombre huyendo de allí. Él debía ser el asesino. De acuerdo, pero ¿de quién, únicamente de Belarmina o de todas las víctimas anteriores? ¿Y por qué? ¿Y qué relación había entre los tres detenidos? Me había autoimpuesto no hacer ni una sola hipótesis, pero eso no impedía que un montón de preguntas me asaltaran. ¿Por qué, quién? No conseguía entender nada aun cuando los protagonistas del caso estaban señalados con una enorme cruz. Darío y Bárbara eran amantes, proyectaban huir juntos. De acuerdo, muy bien, ¿pero? Torres y Darío habían sido socios. Muy bien, ¿y?

Salí de casa como si alguien me persiguiera, aunque sólo era prófuga de la curiosidad. En comisaría se encontraban las respuestas y hacia allí me dirigí a toda velocidad. Antes de entrar, el guardia de la puerta me dijo que mis compañeros de caso me esperaban en La Jarra de Oro. Sólo entonces me di cuenta de que no había comido nada y de que hacerlo me daría fuerzas para continuar. Fraile y Garzón debían haber hecho idéntico razonamiento, porque me los encontré frente a una mesa bien cargada de viandas.

—Acomódese y zampe, inspectora —me interpeló Fermín—. Nos aguardan horas duras y no quiero que alguien palme de inanición.

—Seguro que no será usted.

—¡Ni que lo jure! Si el estómago protesta, soy capaz de largarme en medio de una confesión.

Me senté y pedí un sándwich vegetal, que a Garzón le pareció poca cosa. Mientras comíamos daba la impresión de que todos temíamos hablar. Fue Roberto quien arrancó el precinto del tema que flotaba en el aire.

—¿Por quién vamos a empezar? Hay que elaborar una estrategia.

—¿Le parece importante? —preguntó el subinspector.

—Me parece capital. Si se dedican a inculparse entre

ellos hay que partir de un punto inicial, después ver qué careos deben ser los primeros.

—¿Tienen alguna idea de cómo meterle mano a todo esto?

—Ninguna. Estoy sumido en la confusión —respondió Fraile.

—Pues métame en la confusión a mí también, inspector. Puede que hayamos trincado a los culpables, pero no tengo claro de qué son culpables en realidad.

—¿Qué les parece si empezamos por la mujer? —sugerí—. Ya se ha iniciado en la delación y es la única que tiene motivos claros para seguir.

—El tipo iba a dejarla pringada y volver a buscarla después. ¡Menudo morro! —exclamó Garzón.

Me palpitaba el corazón al cruzar la acera. Habíamos llegado al episodio final, pero nada nos autorizaba todavía a exhibir el cartel de «caso cerrado», y las cosas podían torcerse todavía. Crucé los dedos en un gesto supersticioso impropio de mí.

Empezamos por Bárbara Mistral. El tiempo en el calabozo no había conseguido serenarla. A tenor de su aspecto había llorado sin parar. Tenía los ojos hinchados, las facciones desdibujadas. Nada quedaba de su habitual aire acicalado de ejecutiva eficiente. Semejante estado de ánimo beneficiaba nuestros propósitos. No buscábamos que contestara a preguntas estratégicas sino que se desmoronara psicológicamente y soltara una completa confesión. Le hice de entrada un resumen de sus nada envidiables circunstancias.

—Bárbara, ha sido usted detenida en trance de huir del país en compañía de un presunto cómplice. Está usted implicada en el asesinato de Belarmina Mendizábal, pero tenemos serias sospechas de que puede estarlo también en los crímenes de cuatro mujeres, todas clientas de su agencia matrimonial. Si no nos cuenta lo que sucedió exactamente, pasaremos nuestras investigaciones al juez que instruye dichos casos y él sin duda la acusará de asesinato en primer grado. Ya no se trata de que le convenga hablar, sino de que no tiene más remedio que hacerlo si no quiere salir seriamente mal parada de este asunto.

Había fijado la vista en el suelo y me escuchaba sin moverse. Se hizo un silencio tenso que duró al menos cinco minutos. Por fin arrancó con voz apagada.

—Hablaré.

—Perfecto, la escuchamos. Tómese el tiempo que necesite, ninguno de nosotros tiene prisa.

—Yo no maté a esa mujer, ni siquiera la conocía. Tampoco maté a ninguna de mis clientas.

—Muy bien, díganos entonces quién lo hizo.

—No lo sé. Sólo sé que Darío Navarro mató a Belarmina. Él mismo me lo dijo. Me contó que esa mujer estaba loca, que lo había amenazado muchas veces hasta que un día se encontraron, él se puso nervioso y discutieron. La golpeó y al caer ella se hirió accidentalmente y murió.

—Belarmina fue hallada con muchos navajazos en el abdomen y la cara desfigurada con el mismo cuchillo, como el resto de víctimas. ¿No sabía usted eso?

—No.

—¿Por qué Belarmina amenazaba a Darío Navarro?

—No lo sé.

Se elevó la voz de Fraile, serena, recia.

—No vamos bien, Bárbara. Si se ha decidido a contarnos algo, debe ser la verdad, la verdad completa y exacta. Le aseguro que hacernos perder el tiempo empeorará su situación.

—Eran cosas entre ellos de las que yo nunca me enteré.

—¿Entre ellos, quiénes son ellos? —saltó Garzón casi gritando.

—Armando Torres y Darío.

—¿Qué tipo de cosas había entre ellos?

—Eran socios, y cuando dejaron de serlo algo debió pasar. El caso es que Torres le hacía chantaje a Darío.

—Cuéntenos eso un poco más despacio.

—Darío nunca quiso decirme nada. Torres empezó a matar a esas mujeres para vengarse cuando Darío no le quiso pasar más dinero. Quería que la agencia quedara marcada.

—¿Y Belarmina?, ¿y la mujer que fue asesinada mientras Torres ya estaba vigilado?

—¡No sé nada, le juro que yo no sé nada! Pregúntele a ellos, yo no tengo nada que ver en este lío.

Había chillado, volvía a llorar convulsamente.

—Tranquilícese —le pidió Fraile.

—¡No quiero tranquilizarme, no quiero estar aquí! ¡Yo no he matado a nadie!

Empezó a temblarle todo el cuerpo. Se tapó la cara con las manos. Nos miramos entre nosotros. Le hice un gesto de retirada a Fraile, asintió.

—Vamos a dejarla para que descanse un poco. Mientras tanto procure serenarse y pensar. Piense en lo que le conviene, Bárbara. Decir la verdad siempre tiene su premio. Es usted demasiado joven para pasarse veinte o treinta años encerrada en la cárcel. Piénselo. Luego volveremos a hablar con usted.

Domínguez se la llevó, descompuesta, fuera de sí. Al quedarnos solos habló Garzón.

—¿Cómo se come esto, señores? No entiendo nada. ¿Esta tipa está fingiendo?

—Miente, pero no finge, está jodida de verdad —respondí.

—Miente, ¿en qué?

—Aún no lo sabemos, Fermín, no me ponga nerviosa.

Hicimos pasar a Darío Navarro. Pude mirarlo con detenimiento quizá por primera vez. Era apuesto, de aspecto maduro y varonil. No parecía demasiado nervioso, quizá resignado, un tanto indiferente. Exhibía una leve sonrisa irónica que me soliviantó. Decidí iniciar el interrogatorio aparentando saber lo que no sabía. A veces esa táctica me había dado resultados.

—Lo preparó usted todo muy cuidadosamente. Nada de usar el teléfono por si estaba pinchado. Nada de dejarse ver juntos, por si Bárbara era seguida. Muy bien, casi todo perfecto. Naturalmente al final había que arriesgarse yendo al aeropuerto y ahí sí cometieron un error. Si su novia no hubiera llevado una maleta, quizá el policía que se encargaba de ella no hubiera sospechado.

—Ya se lo dije, pero no me hizo caso. Nunca puedes fiarte del todo de una mujer.

Me miró, haciendo más amplia su sonrisa sardónica. Era un tipo correoso y difícil. Procuré no inmutarme.

—¿Por qué Armando Torres estaba chantajeándolo?

—¿Eso les ha contado mi novia?

Pronunció la palabra «novia» con un marcado retintín.

—Eso ha contado, pero dice que no conoce las razones.

—Aunque yo se las hubiera explicado, dudo que hubiera llegado a entenderlas. No es buena con los números.

—Así que es cuestión de números. ¿Puede ser un poco más claro?

—Ya sabe lo que suele ocurrir cuando se disuelve una sociedad; sobre todo si te has asociado con un pirata.

—¿Torres es un pirata?

Se echó a reír con desprecio.

—Torres es... ¿qué les podría decir? Torres es un pirata, un pervertido y un asesino. No sé si necesitan más información.

—Sí la necesitamos, pero vayamos por partes. De momento sólo queremos saber por qué le estaba chantajeando a usted.

—Torres había sido un buen trabajador desde hacía años. Por eso me pareció que sería un buen socio también, pero se cansó de trabajar y todo se fue al carajo en nuestra empresa. Cuando partimos peras quería quedarse con un montón de dinero que no le correspondía. Al final llegamos a un acuerdo y se conformó. No volví a verlo más, yo conocí a Bárbara y me puse a ayudarla en su negocio de contactos. Entonces un buen día, va Torres y reaparece como cliente. No sé cómo se enteró de que la agencia existía, supongo que había estado siguiéndome o alguna cabronada por el estilo. Excusen el vocabulario, pero tratándose de ese tipo no hay otro que le vaya mejor.

—Prosiga.

—Todo se complicó. Venía, no pagaba, pero lo peor era que todas las mujeres que salían con él acababan completamente escaldadas. Torres es un pervertido, las mujeres eran su punto débil. A saber qué prácticas sexuales les propondría a esas chicas, pero el caso es que todas salían rebotadas. Se convirtió en un dolor de cabeza para nosotros, hasta que un día me harté y le dije que pensaba denunciarlo. Lo eché a patadas de la agencia.

Se quedó callado. Su sonrisa irónica desapareció.

—Siga, por favor.

—Vino a verme y me amenazó con ir matando mujeres a las que había conocido por nuestra mediación profesional. Pensaba asesinarlas e ir dejando pruebas que inculparan a la agencia. La policía no tardaría en atar cabos. Entonces intentó chantajearme y lo mandé a la mierda. Me di cuenta de que estaba loco, pero no me imaginé hasta qué punto, porque resultó verdad que cumplía su amenaza y fue matando a antiguas clientas.

—¿Por qué no acudió usted a la policía en cuanto se produjo el primer crimen? —intervino Fraile.

—No sé, inspector, estaba acojonado, pensé que podrían acusarme de algo.

—¿Vio usted cómo se cometían todos esos asesinatos y sabiendo quién era el culpable no lo denunció?

—Oiga, inspector; pueden acusarme de ocultación o como coño se llame eso, pero no de asesinato. He tenido la suerte de estar jugando a las cartas cada vez que una de esas chicas fue asesinada. Soy miembro de un club de póker donde se juega hasta el amanecer. Me fijé por si venían mal dadas y dio la coincidencia de que en cada crimen yo estaba de timba. Cualquiera de los que jugaron conmigo se lo puede ratificar.

—Feliz coincidencia —comenté con retranca.

—No es casualidad, voy con mucha frecuencia. No es ilegal ni jugamos dinero: cuatro chavos y mucha cerveza, ése es nuestro plan. Compruébenlo.

—Lo comprobaremos —afirmó Garzón.

—¿Cómo se gana usted la vida, señor Navarro? —pregunté.

Volvió a su gesto cínico. Suspiró.

—Acabo de decírselo, ayudo a mi novia en su negocio.

—¿Sin aparecer por el lugar, sin figurar en ninguna parte?

—Es una empresa de tipo familiar, y existe una cosa llamada internet. Desde casa puedo trabajar perfectamente. Soy de los que piensan que, siendo pareja de la dueña, es preferible no dejarse ver demasiado, los empleados pueden tomarte por el pito del sereno.

—A lo mejor resulta que, como a Torres, es usted de los que no les gusta trabajar.

Se irguió en su asiento, adelantó el cuerpo, estiró el índice hacia mí de modo amenazante:

—¡No tiene usted ni puta idea de lo que está diciendo! ¡Yo fui quien le dijo a Bárbara cómo debía montar esa maldita agencia! ¡Yo supervisé todo el proceso! ¡Mía fue la idea de la absoluta confidencialidad que hizo a la empresa diferente de las demás! ¡Sin mis consejos esa chica no hubiera levantado el vuelo jamás!

Garzón se acercó a él, lo tomó por las solapas.

—No sé cuántas hostias le han dado en la vida, pero si vuelve a hablarle a la inspectora en ese tono, yo le daré la más gorda.

A pesar de la amenaza, Navarro ni miró al subinspector, seguía teniendo los ojos clavados en mí, intentando inocularme su odio profundo. Yo lo observaba sin mover ni un músculo de la cara que pudiera denotar alguna expresión.

—Hay un problema en su versión —intervino Fraile gélidamente—. Cuando asesinaron a Margarita Estévez, la quinta víctima, Torres estaba vigilado; de modo que no pudo ser él.

—Contrataría un sicario, digo yo; se supone que de eso saben ustedes más.

—Y también tenemos el caso de Belarmina Mendizábal, una antigua novia de Torres.

—¡Claro, asesinaba a las que conocía, más claro no puede estar!

—En esta ocasión hay dos testigos que vieron a un hombre junto al cadáver. La descripción que dieron coincide al milímetro con la suya.

—¡Vaya, apuesto a que sí! ¡Es como una película! —soltó una risotada.

Fraile me miró, cerré los párpados en señal de asentimiento.

—Puede marcharse.

—¿A mi casa?

Nadie le contestó. Domínguez se lo llevó de nuevo al calabozo. La reacción que el subinspector había contenido no tardó en aflorar:

—¡Este tío es un pájaro de mucho cuidado! Les aseguro que por poco que pueda, no va a salir de esta comisaría sin probar mi puño derecho, o el izquierdo, que en eso no tengo manías.

—Tranquilo, Fermín, no vayamos a cagarla por una cuestión de formas —le advirtió Fraile.

—¿Y qué hacemos ahora? ¿Llamamos a Torres? Ése, por lo menos, le pone más de los nervios a la inspectora que a mí.

—Sería partidaria de hacer un receso —dije.

—Un largo receso —coincidió el inspector—. Voy a organizar una rueda de reconocimiento con los testigos que tenemos y ustedes vayan comprobando la coartada de ese club de póker.

—¿Y a Torres lo dejamos esperando?

—A partir de ahora empieza a contar la guerra de nervios, Garzón, y las esperas sin noción de qué está sucediendo son ideales para eso.

Nos pusimos en marcha inmediatamente. El club de póker al que Navarro se refería estaba en la parte baja de la calle Santaló, barrio pijo. Al entrar nos sorprendió el rumor ambiental que se oía. Hablamos con el encargado, un tipo de mediana edad que parecía pasar de todo.

—¿No hay ningún sitio tranquilo donde podamos hablar?

—Les molesta el murmullo, ¿verdad? Pues dentro de la sala es aún peor. A veces tengo que dar un par de palmadas para que bajen el volumen. Yo ya me he acostumbrado, pero es mortal. Los señores son muy finos, pero todos juntos parecen un gallinero.

—¿Es que sólo hay hombres? —preguntó Garzón.

—Hay mujeres también, pero son menos numerosas. La clienta estándar es una señora de avanzada edad. Casi siempre son mujeres que viven solas, viudas y demás. Aquí echan la tarde, tienen compañía y con las jugadas de póker ponen a funcionar sus neuronas. Con los hombres es más o menos lo mismo, pero muchos se quedan hasta el amanecer.

—¿Podemos dar una ojeada a la sala? —pedí.

Nos condujo desde la pequeña recepción a la sala de juego. El nivel de ruido aumentó. Había muchas mesas de cuatro jugadores, todas funcionando con plena animación. En efecto, casi todos los participantes eran hombres mayores, alguna señora también, y también de edad más que madura. Nadie pareció advertir nuestra presencia, les importaba poco lo que pudiera suceder fuera de su partida. En el aire flotaba una fragancia indefinida, como de muchas lociones para después de afeitar mezcladas. Me fijé en los clientes: bien peinados, luciendo colores discretos en su atuendo, las manos bien cuidadas sujetando las cartas de la baraja. Otro refugio de seres solitarios, pensé. Asociaciones excursionistas, centros culturales, agencias de contactos, clubes de póker... Barcelona debería ser proclamada la ciudad internacional de los solitarios. A mi lado el subinspector no perdía detalle.

—¡Joder! —me susurró al oído—. ¡Vaya timba que se han montado! ¿Quiere que hagamos una redada como en las películas de la ley seca?

—Mejor lo dejamos para otro día —respondí.

Al salir, el encargado nos metió en un despachito, del que desalojó a una chica que trabajaba en el ordenador pidiéndole que vigilara la entrada.

—¿Qué quieren saber exactamente? —inquirió mirándonos con curiosidad.

Garzón le mostró la fotografía de Navarro tomada tras su detención.

—¿Reconoce a este hombre?

Se caló unas modernas gafas de aumento. Observó con atención.

—Sí, claro, es cliente. Del nombre no me acuerdo.

—Darío Navarro.

—¡Justo, eso es! ¿Ha hecho algo malo?

—No lo sabemos aún. Díganos qué sabe de él.

—Bueno, sin ser un niño era más joven que los otros. Se inscribió no hace más de un año y venía con bastante frecuencia. Ahora hace días que no lo veo. Enseguida me fijé en él porque desde el primer momento me daba propina. Cuando empezó a hacerlo le dije que no había costumbre, pero me contestó que le daba igual, que como todo estaba muy bien organizado quería agradecérmelo. Me daba veinte euros cada vez, no vayan a creer que era calderilla.

—¿Y a usted no le extrañó? —inquirió el subinspector.

—Pues sí, claro que me extrañó, por eso le advertí que nadie me daba nada. Pero si a usted alguien insiste en regalarle veinte euros tampoco es cuestión de hacer un desprecio, ¿no le parece?

—¿Tiene usted su historial de asistencias?

—¡Desde luego que lo tengo! Los guardamos un par de años por si hay inspecciones de Hacienda y quieren justificantes. Voy a buscar las listas.

Tecleó en el ordenador que había abandonado la chica e imprimió unas hojas, que nos tendió.

—¿Están también contempladas las horas en que permaneció en el local?

—Sí, en este casillero. Me parece que se queda siempre toda la santa sesión de tarde, y no cerramos hasta el amanecer.

—¿Le importaría dejarnos un momento a solas?

—Para nada, lo que ustedes me digan.

Salió e inmediatamente Garzón y yo sacamos nuestra pequeña chuleta con las fechas de todos los crímenes. Escrutamos y comparamos los papeles ambos al mismo tiempo, para mayor seguridad. No existía la más mínima duda: Navarro había jugado al póker durante todas las fechas que correspondían a los asesinatos del presunto asesino en serie, y en los horarios aproximados que el forense había determinado como momentos de la muerte se hallaba en el club de póker. Había una excepción: no había comparecido el día que mataron a Belarmina Mendizábal. Nos miramos con la preocupación marcada en el rostro.

—Otra vez tengo que preguntar: ¿cómo se come esto?

—¡No lo sé, Fermín, no me toque la moral!

—¿Estará conchabado con Navarro el encargado del club?

—A mí no me da esa impresión. No nos hubiera contado lo de las propinas generosas.

—¿Por qué no?

—Porque es un claro detalle inculpatorio. Navarro le dio esas propinas para que se fijara bien en él. Así quedaría evidente su coartada.

—Eso es verdad.

—Además no tiene ninguna pinta de mentir. Dígale que venga.

Tan fresco como una rosa el hombre entró en el despacho.

—¿Hay algo que le llamara la atención en Darío Navarro? Algo extraño: ¿estaba nervioso, se mostraba ausente? —pregunté.

Pensó un momento y luego se encogió de hombros.

—No, aparte de los veinte euros todo me pareció de lo más normal. Espero de verdad que ese hombre no se haya metido en nada feo. Los periódicos lo cuentan todo y eso puede dañar la reputación del club. No es que yo sea el dueño, pero es un trabajo cómodo y no me pagan mal. Me jorobaría mucho tener que dejar mi puesto.

A la salida del club avistamos un bar y allí nos dirigimos ambos sin habernos puesto previamente de acuerdo. Nos quedamos en la barra y pedimos café. Garzón parecía desazonado cuando comentó:

—O sea que a este tío sólo se le podría imputar una muerte. Para las demás tiene coartada.

Lo miré con intensidad, quizá porque a medida que hablaba iba reflexionando sobre lo que decía:

—No caiga en el riesgo de la cuantificación, subinspector. Cualifiquemos esas muertes. La hipotéticamente atribuible a Darío Navarro es especial, recuérdelo.

—La de Belarmina es especial porque no fue la misma mano asesina.

—¡Pero acabamos de comprobar que Navarro siempre estuvo en ese puto club! ¿Qué pasa entonces, el tío es inocente por completo de las otras muertes?

—No lo sé, pero me apuesto doble contra sencillo a que a Belarmina se la cargó él.

—¿Por qué?

—Todavía no tengo ni idea, pero si en la rueda de reconocimiento que está preparando Fraile ambos testigos reconocen a Navarro, tendremos pruebas contra él, y supongo que acabará cantando.

Se pasó las manos por la cara como si quisiera borrar tanta duda, tanto razonamiento abortado por los hechos.

—¡Joder con el asesino en serie, este caso es una pesadilla! Creo que, si lo resolvemos, pediré la jubilación.

—Se aburriría sin trabajar.

—No lo crea, desde que me he aburguesado tengo muchas aficiones. Por ejemplo, jugar al golf.

—Me cuesta imaginarlo dándole a la pelotita en sus últimos años.

—¡Porque no tiene piedad de mí! Me he pasado la vida picando piedra y ahora que podría ser un burgués...

—Eso del burgués está pasado de moda, además, usted es policía hasta la médula de los huesos.

—Será por eso por lo que me duele hasta la médula de los huesos.

Me eché a reír, y le propiné unos cuantos golpetazos amistosos en la espalda.

—¡Quieta, inspectora! ¿qué quiere, acabar conmigo?

—Volvamos a comisaría a ver cómo lleva Fraile el tema. Quizá ya ha vuelto del juzgado.

Se hizo el remolón, ronroneó como un gato viejo.

—¿Sabe qué le digo, Petra?, que eso de las ruedas de reconocimiento es un coñazo. Hay que ir al juzgado, buscar candidatos parecidos al sospechoso... El inspector Fraile se las apañará perfectamente solo, incluso puede que le guste manejarse sin nosotros.

Levanté mucho las cejas, en señal de incomprensión.

—¿Y entonces, qué podemos hacer?

—¿Por qué no nos vamos a dar un paseo al parque de la Ciudadela? Piense que luego nos meteremos en esa jodida comisaría, con esos cabrones de sospechosos que tenemos, y no sabemos cuándo podremos salir.

—Aún no se estila escoger los sospechosos en un cásting.

—Pues no estaría nada mal.

Me quedé mirándolo con simpatía. Estaba cansado, agobiado quizá por la situación.

—Lleva razón, Fermín. El contacto con la naturaleza nos irá bien. Espero que no haya pensado también en un pícnic.

—Esta vez, lo perdono.

—Pues andando.

La fauna humana que se paseaba por el parque a aquellas horas era afortunadamente pacífica. Al principio nos sentíamos completamente desubicados entre jóvenes, mamás, gente mayor y algunos turistas despistados. Después fuimos adaptándonos al aire fresco, al trino de pájaros, a la sombra que nos ofrecían los árboles al pasar. En ningún momento hablamos, concentrados sólo en atesorar para más tarde alguna reserva de paz.

Nos sentamos en un banco y descansamos. Me di cuenta de que Garzón estaba adormeciéndose. Lo dejé tranquilo, yo me hubiera tumbado cuan larga era para dormir a pierna suelta. No lo hice, cualquier riesgo de que un policía urbano viniera a desalojarnos estaba por demás. Un poco sí debí trasponerme porque cuando mi móvil sonó en el bolsillo de la gabardina, me sobresalté.

—Petra, ¿dónde demonios están? —reconocí la voz de Roberto Fraile.

Miré hacia el árbol más cercano.

—Debajo de un ciprés.

—¿Muertos y enterrados?

—Algo así.

—Pues vuelvan inmediatamente a comisaría. Hay novedades importantes.

—¿No podría adelantarnos...?

Había colgado. Garzón tenía los ojos pequeños y borrosos.

—¿Se puede creer que me había dormido profundamente, inspectora? ¡Hasta he soñado!

—¿Con la resolución del caso?

—No. Soñaba que era Navidad y me hacían regalos.

—¡Lástima, hubiera podido ser un sueño profético!

Salimos disparados a buscar la salida. El parque me parecía entonces un espejismo. Ni siquiera sabía cómo habíamos llegado ni qué pintábamos allí.

19

Roberto Fraile estaba tan entusiasmado que ni siquiera nos preguntó de dónde veníamos ni por qué habíamos tardado tanto en volver. Ambos testigos habían reconocido a Darío Navarro como el hombre presente en el lugar del crimen de Belarmina Mendizábal. ¡Un pleno al diez! Según nos narró muy ufano, ambas identificaciones habían sido rotundas. Incluso el joven que declaró en un principio no haber visto bien la cara del sospechoso, lo señaló sin ningún género de dudas.

—¡Empezamos a partir de concreciones, compañeros, se acabaron las conjeturas! —concluyó, esperanzado.

—Nosotros hemos comprobado la coartada de Navarro en el club de póker y funciona en todas las mujeres menos en Mendizábal.

—¡Perfecto!, que asesinó a Belarmina es un hecho que probaremos sin dificultad.

—¿Y el móvil, y el asesino en serie, y Margarita Estévez?

—¡No me atropellen, por favor! Dijimos que iríamos paso a paso y paso a paso vamos a ir.

—Muy bien, ¿y el siguiente paso cuál va a ser? Tenemos a Torres aún sin interrogar. ¿Qué hacemos: careo entre los dos hombres, interrogatorio en solitario a Navarro, careo entre él y la mujer, careo entre los tres? —inquirí en batería.

—Lo primero es redactar el informe de los últimos acontecimientos.

—¡¿Cómo?! —formamos un dueto escandalizado el subinspector y yo.

—Mi jefe, que no es el suyo, me ha echado la bronca porque llevamos tres días sin informar por escrito, y ustedes serán tan solidarios que me ayudarán en esta ingrata labor, ¿o no?

—No es por no echarle una mano, Roberto —intervino el subinspector—. Pero en estos momentos de estrés y con todos los sospechosos a nuestro alcance, ponerse a rellenar papeles me parece una pérdida de tiempo.

—Pero justo ese tiempo que parece perdido juega a nuestro favor. Cuanto más esperen esos tres en el calabozo, más nerviosos se pondrán.

—Ya verá cómo el abogado de Torres no tardará en tocar los cojones —volvió Garzón a la carga.

—Eso no me preocupa, el juez también está a nuestro favor.

—Lo único que tenemos en contra es saber qué demonios ha pasado en este maldito caso —opiné de mal humor.

Fraile me miró con una sonrisa tristona y abrió los brazos en señal de impotencia.

—¿Me van ayudar con los informes sí o no, inspectora?

—Lo ayudaremos, ¡a ver qué remedio nos toca!

No sé por qué protestábamos tanto. En realidad, la redacción de informes siempre ayuda a fijar los hechos, a darles un orden racional. Pero lo malo fue que cuando acabamos con los malditos informes era tardísimo. Sin embargo, ninguno de los tres hizo el más mínimo movimiento para marcharse. Nos reunimos en mi despacho. Garzón lo tenía claro:

—He traído provisiones y café para el campamento nocturno. Esta vez todo estará organizado como Dios manda. Beatriz también me ha dado tres mantitas de viaje para que nos arropemos. Dice que por la noche refresca mucho.

—¡No hubiera tenido que molestar a su esposa, subinspector! —exclamó Fraile emocionado.

—Ella es así, Roberto, le gusta cuidar de los demás. Ya verá qué tentempié nos ha preparado. ¿Qué les parece si empezamos a comer? Voy a bajar al parking para recoger el material y de paso controlo si ya se ha marchado todo el mundo.

—Lo ayudo, bajo con usted —se ofreció nuestro compañero.

Al quedarme sola suspiré profundamente, estiré los brazos y las piernas. Lo que de verdad me apetecía era regresar a casa y dormir en mi cama amplia, blanda y con un señor dentro. De repente se me había pasado el hambre de saber y las conjeturas sobre el caso habían pasado a un segundo lugar. Sólo tenía sueño, cansancio, hartazgo y dolor de espalda.

Los muchachos reaparecieron cargados como para subir al Everest: bolsas de plástico, neverita de camping y un gran paquetón que debía contener las mantas. Me entró la risa floja.

—¿Ha previsto que nos quedemos a vivir en comisaría, Fermín?

—Todos tenemos una edad, inspectora, y si de verdad queremos rendir en el trabajo, habrá que prevenir los bajones que podamos sufrir, especialmente yo, que soy el más viejo.

—Optimizar las circunstancias, como suele decirse —se pitorreó Fraile.

—¿Por qué no ha traído una ducha portátil?, nos hubiera venido bien —me uní al pitorreo.

—Ustedes pueden decir misa, pero yo no vuelvo a pasar otra noche toledana. Aparte el ordenador, Petra, y quite todos esos papeles de su mesa, que vamos a organizar el ágape.

Ante nuestros ojos incrédulos Garzón sacó de su mochila un mantelito a cuadros rojos y blancos y lo extendió sobre mi mesa. Después, mientras silbaba bajito una canción irreconocible, fue colocando vasos y platos de papel, cubiertos de plástico. Al final aparecieron las fiambreras, que destapó con una sonrisa de felicidad: tortilla de patatas, carne empanada y unos emparedados de queso y jamón. Acabado este cometido levantó un dedo en el aire y dijo festivamente:

—Por si se les ocurre decir que falta algo, he dejado este detalle golfo para el final.

En ese momento echó mano al bolsillo de su americana y extrajo una botella de vino. Soltó una carcajada teatral, y del otro bolsillo hizo emerger un sacacorchos.

—*Voilá!* —dijo por fin.

Yo estaba más animada que sorprendida, pero Fraile no salía de su estupefacción. El pobre, cuando creía conocer por completo nuestra tendencia a cierta excentricidad, veía que éramos capaces de llegar más lejos. Sólo fue capaz de balbucir:

—¡Madre de Dios, alcohol en comisaría!

—¡Y no piensen que es un peleón! Un reserva buenísimo. De eso no es responsable mi esposa. Yo mismo aprovisiono siempre la bodega del hogar.

—Se ha convertido usted en un burgués puñetero.

—Petra, no me toque las bolas o se queda sin cenar.

El bueno de mi subordinado estaba feliz en su papel de padre nutricio. Viendo que a Fraile le costaba reaccionar y seguía anonadado frente a los manjares, lo puso en acción.

—Y usted, Roberto, en vez de quedarse ahí pasmado, saque las mantas de la bolsa y colóquelas bien colocadas en el sofá, que ahí abultan.

Lo obedeció al instante. Se había convertido en nuestro máximo jefe en cuestiones de intendencia. Nos sentamos como pudimos alrededor de mi mesa, que era un poco alta para comer. Garzón abrió y escanció el vino. Después, cada uno de nosotros se sirvió a discreción comprobando en cada bocado hasta qué punto teníamos hambre.

—¡Está todo delicioso! —exclamé—. Mañana mismo le hago mandar un ramo de flores a Beatriz. Es lo menos que debemos hacer para darle las gracias por su amabilidad.

—Yo quiero participar también en el regalo —afirmó Roberto hincándole el diente a un filete empanado.

Cuando estábamos en lo más álgido de aquella improvisada celebración, alguien abrió la puerta sin llamar. Se hizo el silencio y en el umbral vi al comisario Coronas, con las gafas puestas, mirando un papel que llevaba en la mano. Le oímos decir:

—Oiga, Petra, en el informe de hoy...

Luego levantó los ojos y su siguiente palabra fue una exclamación:

—¡Madre santísima!, pero ¿esto qué es?

—Si gusta... —soltó equivocadamente el subinspector.

Coronas, atónito, pasaba la mirada por los platos servidos, la botella abierta, los vasos a medio vaciar, todo primorosamente colocado sobre aquel mantel tan hogareño.

—Pero, señores... —acertó a decir, sin conseguir darle continuación a la frase.

Los hombres, que siempre se arrugan frente a la autoridad, se quedaron callados. Yo enseguida salté:

—Vamos a quedarnos toda la noche trabajando, comisario, y estamos haciendo un tentempié.

—Ya veo, ya. Más que un tentempié parece que vayan a quedarse firmes hasta el día del Juicio. ¿Y aquello? —preguntó señalando las tres mantas de viaje que reposaban sobre el sofá—. ¿Hay cama redonda después?

—Comisario Coronas, a usted todo esto debe parecerle un poco excesivo, pero debo decir que ya nos hemos quedado tres noches enteras en comisaría y sólo buscábamos un poco más de confort: cenar adecuadamente, descansar algún rato suelto...

—Pero, Petra, una cosa es traerse una fiambrera de plástico y calentarla en el microondas que tenemos a tal efecto y otra montarse unas bodas de Caná. ¿No se da cuenta? Este despiporre me parece una falta de respeto. Lo normal es que se vayan a casa y vuelvan por la mañana.

Había elevado el tono y mis compañeros seguían callados. Me cabreé.

—Con todos los respetos, señor, a lo que he dicho debo añadir que por todas estas noches, incluida la presente, ninguno de nosotros se ha apuntado ni una sola hora extra. De modo que estamos trabajando gratis para el contribuyente.

—¡Petra Delicado, siempre consigue usted ponerme la cabeza como un bombo! ¡Está bien, cenen, duerman y márquense unos pasodobles si es su gusto, pero al final quiero todo esto limpio como una patena! ¡Y el mantelito me lo queman, que ya es demasiado cachondeo!

Dio media vuelta airada y, cuando ya iba a salir, se volvió para encararse con el pobre Roberto. Meneó un índice amenazante ante sus narices y le dijo:

—Y usted, Fraile, sepa que si me entero que anda contando este episodio a los *mossos d'esquadra*, me encargaré de que lo degraden hasta el último escalón, ¿estamos?

Fraile afirmó varias veces con la cabeza y susurró:

—Descuide, señor.

El portazo resonó en los pasillos de todo el edificio. Dirigí mis ojos hacia Garzón.

—¿No habíamos quedado en que se aseguraría de que no había nadie en la comisaría?

—No se me ocurrió mirar en la oficina del jefe, como siempre se larga el primero... pero no se preocupe, lo ha hecho usted muy bien.

—Desde luego, mejor que ustedes, que no han dicho ni mu.

—Sólo queríamos darle la ocasión de lucirse. Sigamos cenando, ya no volverá.

Acabamos la cena y lo cierto fue que la visita de Coronas se nos olvidó pronto. Garzón sacó de la inagotable mochila unos bomboncitos de licor y nos concentramos en la primera taza de café de la que iba a ser una larga noche.

—Voto por interrogar a Navarro de nuevo —dijo Fraile.

—¿Razones? —pregunté.

—Darle la noticia de que los testigos lo han reconocido.

—Yo me guardaría ese dato para un momento más crucial.

—¿Razones? —me imitó Fraile.

—Debemos acorralarlo cuando tengamos más claros los móviles —aduje.

Se extendió entre nosotros un silencio pensativo.

—De acuerdo —concluí.

—¿Y si le diéramos otra pasadita a la mujer? —terció de repente Garzón.

—Más adelante. La noche es joven aún —afirmé.

—¿Eso no se dice cuando se está de fiesta?

—Usted lo ha dicho, subinspector. Vaya a buscar a Torres al calabozo y que empiece la fiesta ya.

—¿Es legal interrogar a los sospechosos de este modo tan... poco premeditado? —intervino Fraile.

—Se trata de una emergencia.

Desapareció, fresco como una rosa. Nuestra cena campestre le había infundido energía y valor. Yo no compartía su ánimo exultante aunque hubiera disfrutado igualmente del festín. Miré a mi compañero.

—¿Tiene alguna estrategia, Roberto?

Negó con la cabeza.

—Yo tampoco —admití.

—Pues entonces la fiesta empieza mal.

Sentí un cansancio infinito cuando Garzón regresó acompañado de dos policías. Traían consigo a Torres. Volver a empezar me causaba la terrible sensación de que estábamos dando vueltas en torno a un punto del que no éramos capaces de salir. Le hice un gesto a Roberto para que empezara él. Asintió con los párpados. Disparó:

—¿Por qué le hacía usted chantaje a Darío Navarro?

Torres se quedó descolocado. Empezó a hablar atropelladamente.

—A estas horas, y sin mi abogado, considero que es un atropello...

Fraile lo interrumpió abruptamente.

—Oiga, Torres, quizá no se ha enterado usted de que lo tiene crudo, pero yo se lo voy a explicar: su exsocio está acusándolo del asesinato serial de todas esas mujeres que usted conoce tan bien. ¿De acuerdo? De modo que conteste a lo que le pregunto de una puta vez y piense seriamente en lo que se está jugando.

El sospechoso se había puesto pálido. Tragó saliva.

—¡Eso es absurdo! Mataron a otra mujer cuando yo estaba bajo arresto y fue la misma persona que asesinó a las demás.

—Eso lo dice usted.

—¿Por qué entonces el juez dio orden de que me soltaran, eh?

—El juez hace lo que nosotros le indicamos con tal de capturar al culpable. Nadie dictaminó que esa mujer fuera liquidada por la misma mano. Se hizo para que usted se confiara y cometiera algún error —mintió Fraile con descaro. Me quedé de piedra, iba fuerte y decidido.

—¡Está intentando liarme! ¡Quiero que llamen a mi abogado!

—Su abogado no tiene nada que hacer aquí. Déjelo

durmiendo tranquilamente. Es probable que cuando sepa la verdad no quiera defenderlo por más tiempo.

—Además es un capullo —se unió inopinadamente Garzón, viendo que se había abierto la veda.

Sólo faltaba que me añadiera yo al acoso, y lo hice con placer.

—Hay otra persona que lo señala como asesino: Bárbara Mistral.

—¿Y qué valor tiene eso? La Mistral es la amante de Navarro, están juntos.

—¿Y cómo lo sabe usted?

—Porque lo sé.

—Ella dice que usted estaba chantajeando a su exsocio hasta que él se negó a pagar. Entonces urdió el plan de los asesinatos para que ellos cargaran con las culpas.

—¡Es justo al revés! ¿Pero no se dan cuenta? Él me chantajeaba a mí. Él mató a las mujeres para endosarme las muertes porque yo ya estaba harto de mantener a esos dos por la cara.

Los tres nos quedamos sorprendidos.

—¿Por qué lo chantajeaba Navarro? —inquirió Fraile.

—Cosas de la sociedad que tuvimos juntos, impagos a Hacienda, irregularidades en general.

—¿Y por asuntos de dinero se carga a un montón de tías? No le creo, señor mío, me parece demasiado —siguió Fraile.

—¿Y si se trata de mí sí se lo cree?

Intervino Garzón con enorme fiereza, los ojos centelleantes, la mandíbula prieta.

—Es que en tu caso, cabrón, hay un tema que cuenta mucho. Te gustan las mujeres, ¿verdad? Te gusta ligártelas sin esfuerzo, prometerles el oro y el moro y después, cuando ya les has sacado todo el jugo sexual, lo que te pone es clavarles un cuchillo en la barriga y ver cómo se les salen las tripas. Ahí sí se te empalma en serio. Y luego les rajas la cara mil veces para correrte bien a gusto. ¿A que he dado en el clavo?

Torres se echó a temblar, se cubrió la cara con las manos, empezó a sollozar.

—Nunca he matado a nadie, nunca. Lo que dice es asqueroso.

Fraile aprovechó aquella bajada de defensas para cogerlo por la solapa de la chaqueta, lo zarandeó.

—¡Confiese, Torres, es la única manera de que el juez lo trate con un poco de clemencia!

—No tengo nada que confesar —balbuceó.

—Cuéntenos lo del chantaje, nos ha interesado, ya ve usted —dije con aire frívolo, ignorando por completo su desconsuelo.

—Él me chantajeaba.

—¿Por qué?

—Por asuntos de dinero, ya lo he contado.

—Eso es una patraña. También nosotros se lo hemos contado, pero se lo repetiré: no le creemos.

Lloriqueaba como el cobarde que yo recordaba el día que lo apresé. Seguimos machacándolo: «Confiese, diga la verdad». A Garzón le dio otro de sus arrebatos de orientación sexual:

—Te gustaba matarlas, ¿verdad, hijo puta? ¡Un placer especial! Y si encima le sacabas un rendimiento pudiendo chantajear al colega ¡tanto mejor! ¡Y encima se le podía acusar a él de tus crímenes, todos contentos! No, si está claro que este montaje ha sido un chollo para ti.

Tras más de una hora de avasallarlo repitiendo siempre las mismas preguntas, se desfondó, dijo que se encontraba mal. Decidimos que volviera al calabozo. Nos quedamos los tres, no tan cansados como él pero suficientemente vapuleados como para tomar otra taza de café.

—¿Lo estamos haciendo bien? —se preguntó Fraile—. ¿No tendría uno de nosotros que oficiar de policía bueno?

—Creo que no —contesté—. Es muy pusilánime, la línea dura le viene al pelo.

—Así que se acusan los dos de hacer exactamente lo mismo: chantaje y asesinatos para la inculpación del otro —comentó Garzón.

—Sucede con frecuencia. Se dan ideas entre ellos —respondió Fraile.

El café estaba fuerte, sabroso, y se mantenía caliente todavía. Nos relajamos un poco. Pasada media hora, Fraile hizo la pregunta que todos nos temíamos:

—¿Y ahora?

—¿Un careo? —ofreció el subinspector.

La duda flotaba en el aire.

—Hay que macerarlos un poco más —dije convencida—. Todavía están demasiado enteros. ¿Por qué no llamamos a la mujer? No conviene que vaya quedándose al margen.

Acuerdo general. Garzón fue en su busca. Saqué un peine de mi bolso, me peiné mirándome en el cristal de una ventana. Afortunadamente veía mi propia imagen un tanto borrosa. Cuando se presentó ante nosotros, Bárbara Mistral no estaba mucho mejor: los ojos hinchados, arrugas muy marcadas, color verdoso en la piel... Si hubiera podido alcanzarle un espejo en ese momento y ponérselo delante, hubiera confesado todo lo que sabía con absoluta seguridad.

—Hola, Bárbara. No nos gusta despertar a la gente cuando duerme en paz, pero el trabajo es lo primero para nosotros. Lo comprende, ¿verdad?

Me miró como si estuviera drogada. Se encogió de hombros. Yo proseguí, remarcando mi voz cantarina y dándole incluso un tono de felicidad.

—¿Quiere un café? —le ofrecí.

Volvió a hacer un gesto de indiferencia. Se lo serví sin preguntar más.

—Es que el tiempo apremia, ¿sabe, Bárbara? Han

muerto demasiadas mujeres, demasiadas, y necesitamos encontrar al culpable para que pague por sus crímenes. Todos los implicados pagarán, por supuesto, pero cada uno según su nivel de responsabilidad. Pongamos el ejemplo de usted misma. Es evidente que la acusarán. Si es cierto que Torres cometía esos asesinatos y usted lo sabía, su culpa será no haber acudido a la policía para informar y así evitar otras muertes. Pero no será lo mismo que si la acusan de ser cómplice. Y no digamos nada si la acusación es haber cometido usted misma esos actos espantosos.

Despertó de su letargo, se inclinó hacia delante y exclamó:

—¡Yo no he matado a nadie!

—Bien, luego hablaremos de eso. Pongamos otro ejemplo del que todavía no hemos hablado. Imaginemos que el asesino no es Armando Torres sino su novio, el señor Darío Navarro. Porque quizá, y sólo digo quizá, la historia que nos ha contado sobre el chantaje sucedió justamente al revés: era su novio quien estaba chantajeando a Torres y cuando Torres se negó a pagar ni un euro más…

—No es verdad —dijo con mucho menos ímpetu que la primera vez—. Darío estaba en el club de póker cuando mataron a esas chicas.

—¡Se lo sabe muy bien! —soltó Fraile en tono sarcástico.

—Iba casi siempre.

—Sin embargo, cuando mataron a Belarmina Mendizábal no acudió a su club —apunté.

—¿Y a mí qué me cuenta? ¡Yo no soy él!

—Cierto, cierto. ¿Sabe una cosa? A Darío lo han reconocido dos testigos cuando huía de la escena del crimen de Belarmina.

Me miró con intensidad.

—Me está mintiendo.

Intervino Garzón con acritud.

—Aquí no mentimos, señora. De eso tiene usted la exclusiva. Ha estado mintiendo todo el rato y me gustaría saber por qué. ¿Qué pretende, ayudar a ese tío que quería dejarla tirada en el aeropuerto? ¡Debe estar muy enamorada!

—¡Eso no es asunto suyo!

Hice un gesto con la mano pidiendo paz.

—Calma, calma, señores. Bárbara tiene razón, no es asunto nuestro que ella quiera exculpar a su novio. Como bien dijo antes, ella no es él. Y con respecto a ese punto se me ocurre preguntarle una cosa: ¿dónde estaba usted en todas las fechas de los asesinatos?

—No lo sé, en mi casa, supongo.

—Así que usted no tiene coartada.

—No necesito ninguna coartada.

—¿Quién dice que no? —saltó Fraile—. Si como parece Navarro estuvo siempre jugando a las cartas, a lo mejor fue usted quien se cargó a esas mujeres.

—¿Por qué iba a hacer eso? ¡Fue Torres quien las mató!

—No adelantemos acontecimientos —siguió mi compañero—. Vamos a ayudarla a hacer memoria.

Sacó un papel donde estaban escritas todas las fechas de las muertes y comenzó una estrategia demoledora. Con lentitud exasperante cantaba el nombre de la víctima y el día y hora de su asesinato inmediatamente después. Luego le preguntaba a Bárbara Mistral qué estaba haciendo en ese periodo de tiempo. Ella contestaba que no tenía ni idea, y Fraile con paciencia, con un tono de voz sermoneante y falsamente cariñoso, la instaba a recordar:

—Vamos a ver, Bárbara. Era una madrugada. Recuerdo que hacía frío ese día. ¿Había tomado usted café a esa hora? Supongo que todavía no, aunque hay personas que se levantan muy temprano para poder tener un rato de tranquilidad y silencio antes de ir a trabajar.

¿Abrió usted la agencia a la hora habitual? Intente recordarlo, por favor. Es muy importante para usted.

Tras más de una hora y media con aquella dinámica enloquecedora, yo no podía prolongar ni un minuto mi aguante. Tenía los nervios destrozados, como si en vez de a la sospechosa, Fraile me estuviera interrogando a mí. No era la empatía con aquella mujer lo que conseguía sacarme de quicio, sino una tendencia mía a la ósmosis, que absorbe las incidencias del ambiente general, y aquel ambiente estaba electrificado.

—Salgo un momento a tomar el aire —dije. Fraile asintió y Garzón vino conmigo.

Salimos al exterior de la comisaría. Eran las cuatro de la madrugada. La calle, desierta. Noche muy oscura. El subinspector respiró hondo varias veces.

—¡Coño con el *mosso d'esquadra*! ¡Vaya mala leche que se gasta! ¡La está machacando a conciencia!

—Lo está haciendo muy bien. Esa mujer miente.

—¡Pues claro que miente! Ha cometido un error garrafal demostrando que sabía la coartada del novio.

—Cierto. Y no está intentando protegerlo, sino protegerse a sí misma. Es cómplice, eso seguro.

—¿Entonces Navarro es el asesino de todas las mujeres por algún medio que desconocemos? ¿Y la coartada del club no sirve para nada?

—¡Pare el carro, Fermín! He salido un ratito para aliviar la tensión, no para que me vapulee.

—Perdone, inspectora. Lleva razón. Le echo una carrerita. Hasta dos esquinas más allá. El que llegue el último, maricón.

Empezó a correr como alma que lleva el diablo. Tras la sorpresa, reaccioné y le seguí poniendo todo mi empeño en alcanzarlo. Lo conseguí, corríamos como dos locos el uno al lado del otro, jadeando, intentando que la risa no interrumpiera la fuerza de la zancada. Cuando ya llegábamos a la meta, sobrepasé un poco a mi oponente y éste, antes de que lograra tocar la pared del edificio esquinero, se lanzó sobre mí haciéndome un placaje descomunal. Rodamos por el suelo, entre frenéticas carcajadas, y allí nos quedamos riéndonos, patas arriba como dos escarabajos que hubieran perdido el juicio. Por fin el subinspector se levantó con dificultad y me ayudó a hacer lo propio.

—¡Es usted un maldito tramposo!

—¡Joder, Petra, como dije lo de maricón, no podía perder de ninguna manera! Si usted pierde, ser maricón o no le da igual.

Lo miré con afecto.

—Es usted el colmo de la corrección política.

—Hago lo que puedo. ¿Volvemos? Igual esa chica ha cantado y nosotros aquí haciendo el indio.

Regresamos a comisaría. Me sentía mejor. De pronto me entristecí. Las mujeres solitarias que habían perdido la vida seguían allí, mirándonos con ojos acusadores, y era como si nosotros las hubiéramos olvidado por completo, enfrascados en un juego meramente intelectual, sin piedad ni sentimientos de ningún tipo.

Fraile seguía frente a la chica. Ella, sentada, él, de pie. Del rostro de nuestro colega no había desaparecido la sonrisa gélida que ostentaba cuando nos marchamos. Miré a la sospechosa. Estaba pálida, temblorosa, devastada. El inspector decidió liberarla.

—Muy bien, Bárbara. Descanse un poco, luego seguimos.

Al segundo de que Garzón saliera para acompañar a la sospechosa al calabozo, Fraile se había tumbado sobre el sofá. Los rasgos se le habían aflojado y la sonrisa cínica había desaparecido de su rostro. Vi cómo se frotaba varias veces los párpados en señal de cansancio.

—¿Se encuentra mal, Roberto?

—Estoy hecho migas. Llevar máscara fatiga un montón.

—Le sirvo café.

Lo estaba tomando cansinamente cuando entró el subinspector, que se lanzó inmediatamente sobre él.

—¿Ha sacado algo en claro?, ¿ha dicho algo mientras estábamos fuera?

—¡Calma, Fermín, déjelo respirar!

—No se preocupe, ya estoy bien. La mujer no ha confesado nada, pero oculta algo concienzudamente. De momento, no ha variado su versión. Echa todas las culpas sobre Torres. Insiste en que Navarro mató a Belarmina por accidente.

—¡Joder! —mascculló Garzón.

—Pero este interrogatorio no ha sido en balde. Está destrozada psicológicamente. Ante cualquier nuevo estímulo, cantará.

—¿Qué hacemos ahora? —pregunté.

—Vamos a darle otra pasadita a Navarro —respondió Fraile.

—¿Y no deberíamos intentar dormir un poco? Una horita será suficiente.

—No hay tiempo, Fermín. Esta noche es nuestra oportunidad. No volveremos a tener a los sospechosos tan a tiro nunca más. Surgirán complicaciones, pedirán nuestra cabeza cuando se enteren de estos interrogatorios a media noche, todos querrán meter baza: los abogados, el juez, Coronas, el comisario de los *mossos*. Esta noche los tenemos a nuestra merced. Ahora o nunca.

Garzón se encogió de hombros con resignación. Se sirvió más café. Se me ocurrió proponerle:

—¿Quiere irse a casa si se encuentra mal?

Dio un atlético respingo:

—¿Cómo dice? Supongo que está de broma, inspectora. Aún soy capaz de hacerle un placaje de rugby de los que la dejarían un mes sin poder andar.

—En ese caso, adelante, vamos a continuar.

Fraile, que se había quedado un tanto descolocado con lo del placaje, me pidió en un suspiro:

—Lleve ahora las riendas usted, inspectora. Así me relajo.

Asentí y compartí la estrategia que pensaba llevar a cabo con Navarro.

—Voy a hacerle creer de alguna manera que la principal sospechosa es su amante. Seguiremos sin decirle que ella lo acusa de la muerte accidental de Belarmina. Quizá eso lo envalentone.

—No se pase, inspectora, que luego nos acusarán de malas prácticas policiales —adujo Roberto—. Aunque después de lo que estamos haciendo, poco más podrán añadir.

Me callé que él había mentido descaradamente no hacía tanto. Lo último que se me hubiera ocurrido en esos momentos era poner en riesgo la unidad del equipo por alguna estúpida discusión.

Garzón fue a por Navarro, que se mostró tan bravucón como de costumbre. Los dos policías del calabozo se retiraron.

—Eso de despertar a la gente a media noche para interrogarla no debe ser legal en absoluto —dijo Navarro.

—Pensábamos que los remordimientos quizá lo hubieran mantenido en vela —inicié en plan cínico.

—Estoy muy tranquilo.

—Mejor así. Lo primero es anunciarle que dos testigos le han reconocido como la persona que huía del lugar del crimen de Belarmina Mendizábal.

—¡Ja!, me imagino la validez legal que tiene un reconocimiento en plena noche.

—Veo que está muy legalista.

—En cuanto contrate a un abogado me sacará inmediatamente de aquí. Pero no tengo prisa, quiero que se convenzan de que no pueden acusarme de nada.

—¿Ni siquiera de querer proteger al culpable?

La sorpresa le afloró al rostro, pero enseguida la controló.

—¿Proteger yo a Torres? ¡Sí, justo en eso estaba pensando!

—No me refería a él. Verá, estamos convencidos de que usted mató a Belarmina, pero no sabemos por qué. Es posible que estuviera tratando de proteger a alguien por quien tiene un aprecio especial. Quizá Belarmina sabía algo de esos horribles crímenes en serie y usted se ofreció a...

—¿Lo que está diciendo es que Bárbara ha confesado esos crímenes?

—Aquí las preguntas las hacemos nosotros.

—Si está intentando liarme, inspectora, mejor déjelo. El asesino es Armando Torres. Él me chantajeaba y como es un maldito pervertido se fue cargando a clientas de la agencia para echar mierda sobre nosotros.

—Cuando murieron Margarita Estévez y la Mendizábal, él estaba bajo vigilancia policial.

—¿Y a mí qué me cuenta? Pudo emplear a un sicario, ¿no?

—Usted también pudo hacerlo.

—¿Para qué? Ustedes han requisado mis cuentas bancarias, ¿hay trazos de que yo haya pagado a un sicario? Porque a un sicario se le paga, ¿no? Al menos eso tengo entendido.

—Tampoco en las cuentas de Torres figuran cantidades pagadas sin receptor conocido.

—¡Por favor! No irá a comparar las cuentas de nuestra empresa, claras y pasadas por Hacienda religiosamente, con los números que pueda tener un tío que vive de quién sabe qué.

—En España, por desgracia, el dinero negro circula como el viento.

—Pues circulará en todas direcciones, ¿no? ¿O es que la dirección de ese viento sólo viene encarrilada hacia mí?

—Será mejor que hablemos entre todos como buenos ciudadanos que somos. Subinspector Garzón, ¿sería tan amable de hacer venir al señor Torres? —Me volví hacia Navarro y añadí—: Antes de que le asalten las dudas le diré que el procedimiento es perfectamente legal. Solemos llamarle careo.

Garzón se levantó al instante y corrió a cumplir mis órdenes.

[illegible]

Navarro [illegible]

—[illegible] gracia, señor Navarro?

—Es [illegible] muy ocurrente. Siga, por favor, tengo ganas de [illegible]

[illegible]

20

Torres se quedó sorprendido al descubrir que Navarro estaba en mi despacho. Por más que escudriñé su cara no encontré ninguna reacción especial, sólo sorpresa en un principio, tensión de las facciones después. Hicimos que se sentaran el uno frente al otro, si bien a una distancia prudencial que pudiera ralentizar cualquier ataque físico. Navarro tenía pintada en la boca una sonrisa irónica que no varió al aparecer su antiguo socio. Garzón estaba de pie junto a Torres, Fraile en la misma posición junto a Navarro. Yo me coloqué apoyada en la mesa. Fraile empezó:

—Como no hemos encontrado demasiadas similitudes entre sus versiones de los hechos, pensamos que entre los dos quizá puedan hacer memoria con más facilidad.

—Ja, ja —pronunció las dos supuestas carcajadas Navarro haciendo hincapié en su lado ridículo.

—¿Le hace gracia, señor Navarro?

—Es usted muy ocurrente. Siga, por favor, tengo ganas de que nos divirtamos un rato.

—Pues que continúe la diversión. ¿Puede repetir quién es, según su opinión, el asesino en serie que nos ocupa?

Navarro no pareció incomodarse demasiado. Todo su cuerpo exudaba desprecio.

—El asesino acaba de entrar en esta oficina. Es este señor que se llama Armando Torres.

Torres enrojeció, su tensión interior, que se notaba a simple vista, hacía que los ojos estuvieran entrecerrados y las mandíbulas prietas. Si hubiera habido silencio total en la oficina, creo que hubiéramos podido oír cómo le rechinaban los dientes. Sin embargo, no hizo ademán de querer decir nada. Fraile prosiguió con voz muy pausada.

—Díganos por qué está convencido de su afirmación.

—Este señor se dedicó a chantajearme hasta que yo me negué a seguir pagándole. Entonces fue asesinando a mujeres que había conocido por medio de la agencia para hacernos aparecer como sospechosos, porque además, como es un pervertido, le daba placer.

Torres sacudía la cabeza como si no pudiera creer lo que estaba oyendo. Estiró un brazo e intentó decir algo.

—Guarde silencio. Aún no es su momento de hablar —lo atajé. Fraile preguntó:

—¿A propósito de qué lo estaba chantajeando?

—Asuntos económicos de cuando disolvimos nuestra sociedad. Impagos a Hacienda que figuraban a mi nombre, cosas por el estilo que podían complicarme la vida.

Era mi turno. Me dirigí a Torres.

—¿Es verdad lo que cuenta su exsocio?

Se quedó un momento en silencio, mirando al suelo con especial intensidad.

—Es verdad que él me pagaba alguna cantidad de vez en cuando.

Mis compañeros y yo hicimos el mismo gesto de atención y sorpresa.

—Eso no es lo que declaró anteriormente.

—Es que… Les contaré la verdad. Estaba asustado y no me atreví a decirlo desde el principio. Además, chantaje es mucho decir. Navarro resultó ser un desastre como socio. Asaltaba la caja cuando le daba la gana. No pagaba a los proveedores, se embolsillaba el dinero que debía guardar para impuestos. Me harté y deshicimos la sociedad. Con mi edad ya no me resultaba nada fácil encontrar otra oportunidad de trabajo y, cuando se me agotaron los ahorros, decidí que era justo que él fuera reembolsándome el dinero que me había robado. Le pedí que me dejara entrar como cliente en la agencia y que... bueno, y que fuera dándome alguna cantidad de lo que él ganaba sin problemas.

—¿Y cuando se negó a seguir, aceptemos reembolsándole, quiso forzarlo de alguna manera, como por ejemplo intentando cargarle una serie de crímenes?

—¡Eso es absurdo, inspectora! ¿Quién es el loco que mata por una cosa parecida? Lo que sucedió fue que de repente dejó de pagarme y unos días después vi en las noticias el primer crimen y luego el resto, yo estaba... bueno, estaba muy asustado. Me escondí, de verdad temía que acabaran inculpándome de esas atrocidades.

—Usted acaba de decir que ningún loco mataría por asuntos económicos. ¿Cree que su exsocio sí era capaz?

—A lo mejor él tiene otras razones que no se atreve a reconocer.

—Él mismo le dirá lo que tenga que decir.

Navarro se puso inopinadamente en pie y en dos zancadas se plantó frente a Torres.

—¡Gusano asqueroso! ¡Tú sí que tenías razones para matar! ¡Eres un mamón pervertido que se te pone dura torturando y matando a mujeres!

Ya lo había cogido por la pechera cuando Garzón y Fraile saltaron sobre él. Al verse libre, Torres corrió a parapetarse tras su asiento. Estaba despavorido.

—¡No dejen que me haga nada, por favor!

Entre los dos hombres obligaron a Navarro a sentarse de nuevo. Fraile le advirtió:

—Si vuelve a intentar algo lo esposaremos, ¿entendido?

—Espóselo, por favor —imploraba Torres casi al borde del llanto.

—¡Y usted cállese y siéntese de una puta vez! —lo increpó un categórico subinspector.

—¿Quién mató a Margarita Estévez Roldán? —preguntó Fraile de improviso.

Torres respondió inmediatamente con voz histérica:

—Él la mató, él mató a todas esas mujeres. Yo no soy capaz de matar, ¿pero no lo ven?

Como Navarro guardaba silencio, Fraile se dirigió a él.

—¿Quién la mató, Navarro? Confiese ahora.

—No lo sé, no sé quién mató a esa mujer.

Cualquier chulería o cinismo había desaparecido de su rostro. Ahora se le veía serio, demudado. Tomé a Garzón del brazo y lo hice salir al pasillo, donde aguardaban los dos policías.

—Vayan a buscar a Bárbara.

Permanecimos en silencio los cuatro. Torres sollozaba sin hacer ruido. Al regresar el subinspector con la sospechosa, Navarro se puso de pie. Un fuerte empellón de Fraile lo impulsó hacia su asiento. Bárbara los miró a los dos. Estaba en peor estado que nunca, daba la impresión de que iba a desmayarse. Miró a su amante sin demostrar ninguna emoción. Éste susurró:

—¿Estás bien, cariño? ¿Te han hecho algo?

Habíamos acercado una silla y le indicamos que la ocupara. Lo hizo sin rechistar. Se movía como una zombi. Temí que no abriera la boca. Fraile me pidió con la mirada que iniciara yo el triple careo.

—Aquí estamos, Bárbara. Estos dos hombres se acusan mutuamente de los terribles asesinatos. Creo que debemos terminar ya con esta historia. Le ruego que cuente lo que sabe, por favor.

Ella miró al techo intentando abortar el llanto que se le acumulaba en los ojos, pero no lo consiguió y un reguero de lágrimas empezó a deslizarse por su rostro.

Crucé los dedos porque aquello era una buenísima señal. Entre los tres investigadores hicimos un gesto acordado de no intervención. Navarro, al verla llorar de aquella manera, alargó la mano y con voz enternecida, dijo:

—Aguanta, cariño, no tienen nada firme contra nosotros. Todo esto pasará enseguida.

—¡Cállese! —contravino el acuerdo de silencio Garzón.

Ella miró fijamente a su amante, se secó las lágrimas y tomó aire.

—No, todo esto se acabó, no puedo más —dijo resolutivamente.

Él se removió en su asiento, intentaba que Bárbara lo mirara, alcanzó a decir:

—Cariño...

—¡Déjame en paz! Cuando digo que todo se ha acabado también me refiero a lo nuestro. ¡Estoy harta de que me manejes como a una marioneta, de que me utilices para tus planes, de que me tomes por una imbécil! En el aeropuerto ya vi cuánto me quieres, pero te diré algo: lo sabía desde el principio. Como debe ser verdad que soy una imbécil, pensé que con el tiempo me querrías alguna vez. Pero no, al conocerme debiste decir: ¡Mira, una imbécil que me puede sacar de un apuro económico!

Navarro saltó inmediatamente:

—Bárbara, tu pequeña agencia matrimonial por internet era un desastre. ¡Fueron mis ideas y mi trabajo lo que lo cambió todo, lo que te daba para vivir! ¡Nunca me he aprovechado de ti!

—No es momento para historias. —Se volvió hacia mí—. Inspectora, quiero declarar.

—Adelante, la escuchamos.

—Armando Torres no mató a esas mujeres, Darío tampoco lo hizo.

Aunque mis oídos devoraban sus palabras, mis ojos

estaban pendientes de la reacción de Navarro. Comprobé que en su cara aparecía el signo clarísimo del alivio. Bárbara se había callado. De modo melifluo, casi sin atreverme a intervenir, susurré:

—Continúe, por favor.

Sin embargo, en ese momento, Torres se levantó para decir atropelladamente:

—¿Lo ven? ¡Yo no he matado nunca a nadie, soy incapaz de matar ni una mosca, se lo repetí mil veces y ustedes no me creyeron!

—¡Cállese! —volvió a elevar la voz el subinspector.

Bárbara se había quedado callada. El corazón me latía a toda máquina.

—¿Quién mató a esas mujeres? —repetí de modo casi dulce.

—Belarmina Mendizábal —respondió escuetamente.

Darío Navarro había empezado a asentir con la cabeza, como si le asistiera de repente toda la razón del mundo. Torres se había quedado literalmente boquiabierto. Navarro dijo:

—Ya sé que hubiéramos debido avisar a la policía, pero...

—¡Cállese! —le ordené imitando el método del subinspector.

—¿Puede explicarnos eso desde el principio? —terció Fraile.

—Esa mujer era clienta de la agencia. Salió un tiempo con Armando y se enamoró de él. Él, como siempre hacía, la mandó a freír espárragos al cabo de poco. La tal Belarmina estaba loca, loca como una cabra. Se presentó en mi despacho y me amenazó con un cuchillo. Quería que le diéramos la dirección de Armando. Dijo textualmente que pensaba cargárselo, así mismo confesó sus intenciones, fíjense si estaba loca. Por supuesto no quisimos decirle nada sobre la dirección o el teléfono de Armando. Un mes después apareció muerta la primera mujer, luego la segunda. Como no había podido vengarse del tipo que la plantó, iba a vengarse de las otras que habían salido con él.

Paró de hablar, miró al suelo. Fraile no tardó en preguntar:

—¿Cómo sabía Belarmina con qué mujeres había salido Torres?

Bárbara miró por primera vez a su amante con cara de pánico.

—No lo sé, supongo que lo siguió, supongo que al final le dio pena matarlo y creyó que matar a sus novias era una buena opción.

Negué con la cabeza varias veces y me sorprendió que Fraile estuviera haciendo exactamente el mismo gesto.

—No, Bárbara, no cuadra en absoluto su confesión. Lo que hizo triunfar a su agencia fue la absoluta discreción. Nadie excepto ustedes sabía el nombre de esas mujeres. Nadie excepto ustedes sabía dónde vivían —dije de corrido.

—Belarmina Mendizábal mató a esas mujeres y les destrozó la cara —se afianzó.

—Muy bien —intervino Fraile—. Pongamos por caso que así fuera. ¿Quién la mató a ella entonces?

—Eso no lo sé.

Aparentemente había decidido cambiar su primera versión del crimen accidental que su novio había cometido. Reinó el silencio de nuevo.

—¿Por qué no avisaron ustedes a la policía?

—¿Puedo hablar? —preguntó Navarro.

—No —respondí.

—Es que quizá yo pueda explicar…

—¡Cállese! —machacó Garzón su estribillo.

Bárbara volvía a estar temblorosa de nuevo tras los momentos de calma que había mostrado mientras hacía su confesión.

—Lo hicimos mal, ya lo sé. Hubiéramos debido acudir a la policía.

—¡¿Lo hicieron mal?! —bramé—. Están matando mujeres delante de sus narices, saben quién es el culpable y no dicen ni pío. Sin embargo, usted dice que lo hicieron mal como si se tratara de no pagar una multa de tráfico. ¡Ya basta de estupideces!

—¿Por qué no avisaron a Armando de lo que estaba sucediendo? No quisieron darle su dirección a Belarmina para protegerlo, pero luego dejan que le inculpemos sin intervenir —la acosó Roberto.

—Teníamos miedo de que la agencia quedara salpicada por un escándalo —se defendió.

—No. No es eso lo que sucedió. Yo voy a decirle exactamente qué es lo que pasó —empecé, sintiéndome clarividente—. Armando Torres les estaba chantajeando y ustedes pagaban sin rechistar. Cuando Belarmina se presentó en la agencia buscando a Torres para cargárselo, fueron ustedes quienes la convencieron de desviar sus instintos asesinos hacia las antiguas novias de él. Le facilitaron los nombres y direcciones de esas mujeres. Es más, la ayudaron a planear escrupulosamente esas muertes de modo que pudieran hacer de Torres el sospechoso ideal. Era un plan milimétrico: ustedes se libraban de Torres sin mancharse de sangre.

Hice una pausa. Bárbara había empezado a llorar copiosamente. Navarro tenía la cara encarnada y sus manos asían los reposabrazos del asiento como si fuera en un coche a toda velocidad. Continué, segura de mí misma, como esos profesores que cuando explican una complicada lección se dan cuenta de que la entienden cabalmente por primera vez.

—Pero Belarmina se había convertido en una máquina de matar. Aún tenía un nombre en su poder: el de Margarita Estévez Roldán. Ustedes hablaron con Belarmina, intentaron hacerle ver que más muertes no eran necesarias, pero ella no quiso escucharles y la asesinó también, demostrando así que Torres no era el culpable de aquellos crímenes porque ya estaba vigilado. ¡Tremenda equivocación! Es lo que pasa con las personas que tienen perturbadas sus facultades mentales, se les puede utilizar, pero sólo hasta un punto. Después, sólo ellos mandan en su desorden emocional. Les faltó darse cuenta de eso. Fueron capaces de estar seguros de la locura de esa mujer, pero debieron haberle dado los nombres de las mujeres uno a uno y no todos a la vez. Ella se sentía con el deber divino de la venganza y quiso completar la lista hasta el final.

Bárbara lloraba a borbotones. Yo seguí, por encima del ruido de su llanto.

—Entonces fue cuando su amante se decidió a acabar con esta historia y mató a Belarmina, y no accidentalmente, mi querida señora. Se asustaron ustedes de la potencia del arma que habían utilizado, ¿verdad? ¿Quién podía ser el próximo: ustedes mismos, los empleados de la agencia? Incluso esa mujer podía acudir a la policía contando que había culminado su hazaña. ¿Es verdad o no? —berreé, y luego repetí con tales gritos que me dañaban la garganta—. ¡¿Es verdad o no?!

Ella se dejó caer hasta el suelo, apretándose los pliegues de la blusa, tenía arcadas, lloraba y por fin chilló:

—¡Sííí... Es verdad! ¡Déjenme ya, déjenme!

Torres, que había permanecido mansamente en su silla, se levantó de un salto y se precipitó sobre Navarro. Le puso ambas manos alrededor del cuello gritando:

—¡Cabrón, maldito, cabrón!

Entre los tres no podíamos desasirlo de su presa. Ante el escándalo de gritos, sillas caídas y forcejeos, entraron el par de policías que estaban esperando en el pasillo. Nos ayudaron a restablecer una calma relativa.

—¿Nos llevamos a alguien, inspectora? —se ofreció uno de ellos.

—No, todavía no hemos acabado.

Creo que mis compañeros se sorprendieron de mi decisión de continuar con aquel abrupto careo. La escena era como el final de una batalla: Navarro maldecía por lo bajo, restregándose el cuello, Bárbara estaba doblada en el suelo con los brazos por encima de la cabeza como si estuviera protegiéndose de un bombardeo aéreo. Nosotros resollábamos tras el esfuerzo y Torres lloraba a moco tendido. Pero yo seguía teniendo las ideas bien ordenadas en mi mente. Miré a Armando Torres.

—Y todo esto por unas miserables deudas económicas.

Él empezó a negar con mucho ímpetu, de manera que la mucosidad que se le había acumulado en la cara saltó al aire por ambos lados. Sentí asco de aquel hombrecillo patético, al mismo tiempo que fascinación por lo que se disponía a decir. Curiosamente, ninguna piedad.

—Hace dos años él mató a una mujer delante de mí. Era una puta. Yo lo vi.

Aquella frase sembró el más absoluto desconcierto general. Hasta la inerme Bárbara elevó el rostro del suelo para poder oír lo que Torres acababa de escupir. Navarro se pasó las manos desesperadamente por la cara. Fraile tomó la palabra.

—Vamos a serenarnos todos un poco. No tenemos ninguna prisa. Aquí el señor Torres va a hacernos un relato pormenorizado de lo que acaba de decir.

Torres respiraba fatigosamente. Navarro había vuelto a su actitud primitiva: máscara facial y sonrisa irónica. Tomé a Bárbara del brazo y la ayudé a levantarse, indicándole que ocupara su sitio de nuevo.

—Adelante, lo escuchamos.

—¿Pueden darme un poco de agua?

Garzón llenó un vaso de plástico y se lo alcanzó. Bebió con avidez. Luego empezó a hablar con algo más de calma.

—Ustedes ya saben que me gustan las mujeres, y eso no es un delito. Cuando Darío y yo éramos socios... bueno, lo cierto es que como él tenía también mucha afición a las chicas, de vez en cuando nos corríamos alguna juerga en común. Contratábamos a una prostituta y en mi apartamento de la Barceloneta... en fin, ya se imaginan: bebida, música... lo que se suele hacer en estos casos. Hace un par de años...

—Afine más la fecha, por favor —lo interrumpió Fraile.

—No puedo recordarlo exactamente. Debió ser antes de verano, a finales de mayo o principios de junio, quizá. Aquel día conocimos a una puta colombiana en un bar. Era joven, muy divertida, muy sensual. Estuvimos tomando copas y vacilando con ella. Nos hacía reír. De madrugada decidimos ir a mi apartamento para... bueno, para montárnoslo los tres. Íbamos bastante borrachos y en mi casa bebimos más. Nos lo montamos y después, no me acuerdo muy bien por qué, Navarro y la chica discutieron.

—¿Por dinero?

—Es posible, nunca lo he sabido con claridad porque iba muy borracho. Yo creo que no fue por dinero, sino que la chica lo insultó. El caso es que en un minuto él le había soltado una torta y ella, que estaba muy pasada de vueltas, se le echó encima y lo mordió. Entonces Navarro se puso hecho una furia, yo no lo había visto nunca así, y empezó a golpearla a lo bestia. Primero con los puños, luego cogió una silla y se la estampó en la cabeza. Ella se cayó al suelo y dejó de moverse. Estaba muerta, con la cabeza reventada.

Se quedó callado, bajó la vista.

—¿Qué sucedió entonces?

—Navarro vino hacia mí y me dijo que había sido un accidente, que cerrara la boca o me mataría a mí también. Entonces se la llevó diciendo que iba a echarla en algún sitio de Montjuïc y que yo tenía que limpiar toda la sangre y todo el apartamento hasta que no quedara nada en absoluto de lo que había pasado.

—Y usted lo obedeció.

—Sí.

—¿En ningún momento pensó en denunciar lo sucedido?

—No. Yo... —Le tembló la voz un momento. Se repuso y dijo con rotundidad—: No.

—Dígame el nombre de la chica.

—¡Quién sabe el nombre real! Nos dijo que se llamaba Fresón.

—¿Fresón?

—Sí. Estuvimos al tanto de los periódicos en los días siguientes y casi no hubo información sobre su muerte.

—¿Qué edad debía tener?

—Era muy joven. Yo creo que no debía llegar ni a los veinte.

—Una historia muy edificante —me permití opinar.

—Es verdad, inspectora, una historia asquerosa. Yo puedo ser un encubridor y un golfo y un chantajista y todo lo que ustedes gusten llamarme, pero nunca he matado a nadie. ¡Nunca, jamás! Y no sólo eso, tampoco le he pegado nunca a nadie. ¿No lo ven?, soy un cobarde, ésa es la realidad.

Fraile parpadeó varias veces, se pasó los dedos por la frente, como si se enjugara una inexistente gota de sudor. Dirigiéndose a Navarro, le preguntó:

—¿Qué piensa usted de esta historia?

El otro, que no se había inmutado, respondió con aquella odiosa sonrisa:

—Pues que es una historia muy bonita.

—¿Pero falsa?

—¡Por supuesto! Pero es que, fíjense, incluso si fuera verdad, ¿quién les dice que fui yo y no Torres quien se la cargó? Podía haber sido todo completamente al revés.

—Es Torres quien lo chantajeaba a usted; por algo sería, ¿no?

En ese momento Bárbara intervino sin pedir permiso.

—Todo lo que dijo la inspectora es verdad. Antes yo estaba muy nerviosa, pero ahora estoy tranquila y lo vuelvo a decir: a ése se le ocurrió lo de utilizar a la Mendizábal para matar a las chicas y cuando ella actuó por su cuenta, él la mató. Ésa es la verdad y lo juraré delante del juez. Y quiero decir una cosa: yo no sabía que él había matado a una puta hace un tiempo, pero seguro que también es verdad; es un violento, yo lo sé muy bien porque más de una vez lo he tenido que sufrir.

—¡Jua, jua, jua! —exclamó teatralmente Navarro.

—¡Cállese! —le mandó Garzón según su ya costumbre.

—Se cree usted muy listo, ¿verdad? —le soltó Fraile.

—¡Ay, perdone! Es que me estaba imaginando la cara del juez cuando intenten acusarme con los testimonios de una amante despechada y un exsocio pervertido sexual de los crímenes que ha cometido ¡una loca!; cuando ya se sabe que los locos son de lo más respetable y la base de la sociedad.

Sin haber dado el más mínimo signo premonitorio, Fraile dio un fastuoso salto felino y aterrizó sobre Navarro propinándole una batería de puñetazos cortos y contundentes. El sospechoso sólo acertaba a cubrirse la cara con las manos. Garzón, tras haber pronunciado un «¡hostia!» bien sonoro, se precipitó sobre nuestro compañero intentando inmovilizarle los brazos en la espalda. Fraile repetía espasmódicamente por lo bajo:

—Así que no te gustan los locos, ¿eh, cabrón?

Me dirigí a la puerta en dos zancadas y pedí refuerzos a grito pelado. Inmediatamente se presentaron los dos policías a los que ordené:

—Llévense a esos tres a los calabozos. Y luego vuelva para informarme de que todo ha ido bien.

Garzón había conseguido aplacar a Roberto y le susurraba al oído:

—¡Cálmese, por Dios, inspector. Ya ha pasado, cálmese!

Nos quedamos los tres solos, sin mirarnos, sin hablar. Fermín se descuajeringó sobre el sofá, resoplando.

—¡Hostia! —repitió sin que se pudiera determinar esta vez el contexto de su exclamación.

Entró uno de los policías:

—Ya están bajo llave sin problema. Una noche movidita, ¿eh, inspectora?

—¡Lárguese! —fue mi única contestación.

Fraile se frotaba la cara, como intentando despertar de un mal sueño. Dijo de pronto en voz baja.

—Lamento lo que ha pasado. Discúlpenme.

No respondimos. Como tocado por un resorte, Garzón se puso en pie y miró el reloj.

—Supongo que lo que toca ahora es ponerse en contacto con Casos sin resolver y que se pongan en marcha.

Asentí. Él prosiguió:

—Pero da la puñetera casualidad de que son las seis y media de la mañana. La gente aún no está operativa a estas horas. Sin embargo, en La Jarra de Oro abren a las seis. Considerando que no queda ni una gota de café, les propongo que vayamos a ver qué pueden ofrecernos.

Descolgué mi gabardina del perchero, también la cazadora de Fraile. Se la tendí. La cogió sin mirarme. Salimos de comisaría cansinamente, cruzamos hasta el bar. Éramos los primeros clientes del día. El dueño nos recibió de buen talante:

—¡Sí que madrugamos hoy! —exclamó.

—¿Está la cocina abierta? —preguntó Garzón.

—¡Abierta y funcionando como las calderas de Pedro Botero!

Nos sentamos a una mesa. Nos trajo las cartas.

—Mientras nos pensamos qué vamos a comer, vaya

trayendo doce litros de café bien cargado —pidió el subinspector.

—¡Marchando un alijo de cafeína para la ley y el orden! —cantó el propietario de insólito buen humor para aquellas horas.

Revolviendo el azúcar en su taza, Garzón empezó su perorata, muy serio:

—Han estado ustedes brillantes, de verdad. Los felicito, ningún policía del mundo lo hubiera hecho mejor. Claro que...—añadió— yo tampoco estuve nada mal cuando gritaba: «¡Cállese!». Los tíos me hacían caso, joder. Nunca hubiera pensado que tenía tanta autoridad. Lo malo va a ser cuando tengamos que redactar el informe del careo.

—Va a parecer *Bodas de sangre* —comenté.

—Un toque racial siempre viene bien —se animó el subinspector.

Los dos empezamos a reír. Primero, en tono suave. Después, a carcajada limpia, a tumba abierta. Fraile nos observó con incredulidad como siempre hacía en casos semejantes. Agitó la cabeza en señal de dejarnos por imposible, como solía también hacer. Al final, abandonó su gesto cariacontecido y se sumó a nuestro alborozo; si bien en algún momento me dio la impresión de que estaba al borde del llanto.

21

La fortuna, que en este caso policial nos había parecido seria hasta la petrificación, nos sonrió por una vez. Se localizó la incidencia de la joven prostituta muerta dos años atrás. No se llamaba Fresón, sino María Rosario Mendoza. Colombiana. Su cadáver había sido repatriado tiempo atrás y entregado a su familia de allí. La investigación había resultado infructuosa porque nadie en Barcelona la reconoció y las pruebas eran escasas, si bien, y ahí sí lucía sonrisa la fortuna con toda su plenitud, había sido hallado un pelo sobre el cuerpo que no pertenecía a la mujer. La Científica ya había empezado con las pruebas de ADN, comparando el cabello con uno de Torres y otro de Navarro. Otra sonrisa más de la diosa de la suerte y tendríamos trincado al culpable. Nuestras apuestas se inclinaban abiertamente hacia Navarro, claro está, y la responsabilidad de todos aquellos asesinatos encadenados caería igualmente sobre él. No sería el único en salir pringado de aquel asunto siniestro. El juez tendría que enfrentarse a un auténtico follón para calibrar las acusaciones que debía cargar sobre cada uno de ellos: ocultación, complicidad, inducción al asesinato, asesinato alevoso con premeditación… ¡Al pobre le habíamos pasado un buen marrón! Pero estaba contento, en realidad todo el mundo estaba contento como siempre sucede cuando salen bien las cosas.

El análisis de ADN confirmó a Darío Navarro como el asesino de la pobre Fresón. Coronas nos felicitó, Elías Pinzón, comisario de los *mossos*, también. Y todo el personal de comisaría hizo lo propio. Ambos jefes supremos dieron una rueda de prensa que les sirvió no sólo para informar, sino para alardear de colaboración entre los distintos cuerpos de la poli. Lo vimos por televisión. Dijeron que era uno de los casos más complejos de la historia criminal del país. Dijeron que las investigaciones habían durado más de lo habitual a causa de dicha complejidad. Quedaron bien frente a los ciudadanos.

Los periodistas se pusieron las botas resaltando los aspectos más morbosos del tema, y, como había tantos, disfrutaron a más no poder. Supongo que la gente se lo pasó igualmente bien, escandalizándose, horrorizándose y gozando a partes iguales. Y eso que la cosa era un tanto difusa, porque cuando uno se decidía a compadecer a las pobres víctimas, mujeres solitarias en busca de amor que habían sido burladas, asesinadas y desfiguradas a navajazos, va y resulta que el autor material es otra pobre mujer trastornada, burlada y masacrada a su vez. Difícil. No encontrar a un malo malísimo que haga de chivo expiatorio del horror suele dejar al respetable con mal cuerpo. No dar con una víctima que lo sea al cien por cien tampoco gusta demasiado. Se pone uno a pensar dónde empieza y acaba la maldad y el resultado es hacerse un taco morrocotudo. Bueno, pero da igual, comparado con la frialdad y el aburrimiento de las noticias sobre la Unión Europea, el despliegue informativo de unos crímenes *comme il faut*, con su misterio, miseria y pasiones, siempre es un caramelo.

Los únicos un poco frustrados en aquel jolgorio general éramos los tres investigadores propiamente dichos. Habíamos logrado cerrar el caso, pero no había resultado cierta la hipótesis del asesino serial. Había habido muertes en serie, de acuerdo, pero el culpable no era un asesino en serie con todas sus características definitorias. Nada de un psicópata que en su más cerrada intimidad urde sus fechorías, las comete y las adorna para convertirlas en un reto policial. No era como los de las películas, vamos. Tanto pensar en mi querido asesino en serie y luego esa figura infernal queda desvaída por componentes varios. En fin, ningún asesino es perfecto.

El día del careo crucial y después de haber dado cuenta del temprano desayuno en el bar habitual, hicimos acto de presencia ante Coronas para informarlo someramente. Después pedimos permiso para ir a descansar. Garzón recogió sus mantas, lamentando que no hubieran servido de mucho, y cada uno regresó a su hogar. Yo, personalmente, me pasé durmiendo cerca de doce horas seguidas, sin sueños, sin interrupción, como dicen que duermen los ángeles. No sé lo que estos seres etéreos hacen en estos casos, pero yo tuve la precaución de pegar un cartelito en la puerta del dormitorio que rezaba: «No me despertéis». Funcionó.

Cuando abrí por fin los ojos, no sabía qué hora era, ni dónde estaba y apenas recordaba mi nombre. Todo volvió a la normalidad al entrar en el salón y ver a un apuesto cincuentón que identifiqué como mi marido. Me sonrió.

—¿Caso cerrado?

Asentí.

—¿Estás bien?

—Todavía no lo sé.

Se acercó a mí y me abrazó, sin soltarme en un buen rato. Se estaba calentita y a salvo entre sus brazos. Según su costumbre, no me hizo ninguna pregunta sobre el caso recién resuelto. Se lo agradecí, aunque en el fondo me sentía levemente mosqueada por su falta de curiosidad. Me preguntaba si se debía a su delicadeza natural o a que simplemente intentaba preservarse de la necesaria crueldad de mi trabajo. Sin deseos de ser borde, me decanté por la primera opción.

En los días sucesivos, toda la familia de Marcos me demostró que la falta de curiosidad no era una marca en el ADN. Los gemelos me crujieron a preguntas sobre los asesinatos múltiples. Su padre consideró que Marina debía estar siempre ausente de esos interrogatorios. Pensaba que era demasiado tierna para enterarse de los turbios entresijos de aquella historia. Eso ponía a la niña al borde de la rebelión contumaz, y se pasaba el tiempo protestando y asegurando que, aunque no habláramos del tema en su presencia, ella ya lo sabía todo incluidos detalles escabrosos.

—En ese caso no te hace ninguna falta preguntar —concluía su padre con buena lógica aplicada.

—¡No es justo! —contraatacaba ella en plan generalista.

—Hay muy pocas cosas justas en la vida, Marina, ya lo verás.

—¡Pues vaya! —finalizaba ella sus reivindicaciones sin que yo supiera muy bien qué significaba esa exclamación.

Todo se complicó cuando un par de días después, se presentó en casa mi suegra habiendo avisado con sólo unas horas de anticipación. Venía exultante, pletórica, excitada y, según contó, atiborrada de café. Si en nuestro pequeño jardín alguien hubiera excavado una trinchera, yo me hubiera refugiado en ella engalanada con un casco de la primera guerra mundial. Pero no, había que recibirla, agasajarla y, naturalmente, responder a sus preguntas sobre el caso. A fe mía que había llevado a efecto un trabajo concienzudo. Tuvo la paciencia de recortar y subrayar todo el material publicado en prensa e incidía en los temas que no había entendido bien. Eso sólo al principio, porque la cosa fue derivando subrepticiamente hacia los fallos que, según ella, habíamos cometido.

—¿Cómo es posible que no os dierais cuenta de que el amante de Bárbara Mistral se reunía con ella en la filmoteca?

—Bueno, Elvira, las cosas no son tan evidentes como parecen cuando todo se ha aclarado. En primer lugar, no relacionábamos de ninguna manera a Bárbara con Darío Navarro. Él no figuraba en la lista de sospechosos y ella no hizo nada que pudiera ser considerado como fuera de lo normal, ni recaían sobre ella sospechas muy claras.

Se encogió de hombros y su cara traslucía que mi explicación no le resultaba demasiado satisfactoria, pero a pesar de ello, siguió.

—¿Por qué no os pareció extraño que Bárbara cerrara la agencia? Era una pista clara de que pensaba huir.

—Lo es ahora, cuando hemos visto que lo intentó. Pero que cerrara la agencia después del escándalo y de que todo el mundo se hubiera enterado de su existencia no era algo fuera de lógica.

—Pero...

—Elvira, creo que ya es suficiente.

Me miró, francamente contrariada. Enseguida rectifiqué mi tono y posición.

—Todo se ve muy diferente cuando estás sumido en las incógnitas de una investigación complicada. Los acontecimientos se solapan unos a otros, los indicios quedan a veces aislados, relegados por informaciones que a priori parecen más importantes. Sin embargo, puedo asegurarte que sin tu participación este caso no se hubiera resuelto. Lo que hiciste resultó básico, crucial, y lo hiciste tan bien que me siento muy orgullosa de ti.

Se sonrojó visiblemente. Una oleada, también evidente, de placer, recorrió su cuerpo de arriba abajo.

—En fin, Petra, tampoco creo que sea para tanto.

—Lo es, y para demostrártelo —improvisé— voy a hablar con nuestro comisario para presentártelo y que él te dé las gracias personalmente en nombre de todo el cuerpo policial.

Aquello fue demasiado para ella. Me saltó sobre el

cuello y me propinó dos besos ardorosos que me dejaron llena de embarazo y perfume francés. Hablaría con Coronas. Como aún pervivía la euforia por la resolución del caso, no se negaría a hacer el paripé. Sólo esperaba que mi suegra no le contara con demasiado lujo de detalles lo monísimo que era el uniforme de los camareros del resort indio.

Epílogo

Hicimos una comida para celebrar el cierre del caso. El lugar, un buen restaurante del Borne. Los comensales, exclusivamente: Fraile, Garzón y yo. No permitimos que la cita se oficializara, tampoco que se apuntara nadie más. Como condición pusimos que no hablaríamos de ningún aspecto del último trabajo que resultara desagradable o luctuoso. El plan era olvidar lo malo, base necesaria para la felicidad.

Estábamos los tres de excelente humor. Pedimos los platos que nos apetecieron, y los vinos que mejor los acompañaban. El subinspector se olvidó del colesterol sin hacer excesivos esfuerzos. Por la tarde no teníamos que regresar al trabajo. Todo pintaba bien. Hubo bromas e invectivas para todos, del tipo que uno hace a las personas que aprecia. Sobre Garzón cayó la burla del buen comer y salió a colación, naturalmente, el pícnic que habíamos montado en comisaría.

—Coronas se quedó acojonado —dije yo—. En todos sus años de profesión nunca había visto nada igual.

—Claro —comentó el subinspector—. Es muy bonito eso de tenernos trabajando la noche entera sin ni siquiera un kit de supervivencia.

—Pues al kit que usted se marcó sólo le faltaba un camarero con pajarita —rio Fraile.

—¡Qué va, qué va!, cuatro cosillas imprescindibles para nuestra inspiración.

—¿Y qué me dice de las mantas? —pregunté.

—Que fue una pena que no se usaran. Un sueñecito a media noche no nos hubiera venido nada mal.

Reímos con ganas y luego me tocó el turno a mí.

—Lo bueno de este caso —comenzó Fraile—. Es que me ha hecho conocer bien a la inspectora.

—¿Ah sí? —solté en tono de chanza—. ¿Y ha llegado a alguna conclusión?

—¡Por supuesto que sí! No es usted nada fiable. Se la ve tranquila, civilizada, fría tal como es, y de repente le entra un cabreo del demonio y se pone como una furia.

—¿Yo? —afecté incredulidad—. Pero si soy una de las personas más anímicamente estables del censo nacional.

—¡Y una leche! —replicó Garzón—. Que se lo cuenten al pobre Torres, que le tenía más miedo que a un nublado.

—Habíamos quedado en no hablar de cosas desagradables.

—Es verdad, tampoco yo puedo ponerme como ejemplo en esta ocasión —reconoció Roberto.

—Resulta curioso que yo que soy el más viejo y el más chusquero haya sido el único que se ha comportado de manera más acorde con el reglamento. Ustedes dos, muchos estudios, academias de policía y todo lo demás y a la mínima le largaban una hostia al lucero del alba.

Los dos encartados protestamos ruidosamente sin poder contener las carcajadas. Garzón ya estaba en vena y en vena prosiguió:

—Usted también ha resultado cambiante, Roberto. Cuando apareció por nuestra comisaría se alimentaba de basura empaquetada, y ahora nos come usted muy bien. Por no hablar del alcohol...

—Sí, han resultados ustedes una influencia maravillosa en lo que a vicios se refiere.

Nuevas risas, nuevas protestas... De repente mi colega de los *mossos* se puso serio.

—Ya sé que no es el contexto ideal para decir algo que no sea pura broma, pero de todas maneras quiero hacerlo, porque esta comida es una celebración pero también una despedida. ¿Cierto?

Cabeceamos sin saber dónde pensaba ir a parar.

—Pues bien, he de decirles que cuando los conocí me parecieron una pareja un tanto, ¿cómo decirlo?... ¡singular! Me costó cogerle el tranquillo a sus ironías, sus pullas, sus desmitificaciones de todo y de todos, esos teatros perfectamente escenificados que montan entre ustedes como si estuvieran discutiendo... No sé, me daba la impresión de que les faltaba formalidad y de que me sería difícil integrarme en su equipo.

Reímos un poco por lo bajo, procurando no interrumpirlo.

—Ustedes saben cuáles son mis circunstancias familiares, nada fáciles. Quiero que sepan que trabajar con ustedes me ha ayudado de verdad. He comprendido lo importantes que son los momentos de simple distensión: una comida conjunta, unas risas, un café. También he comprendido que ser formal y ser triste no es lo mismo y, sobre todo, me he dado cuenta de que la tragedia total sólo logra amargarte la vida cuando te tomas a ti mismo demasiado en serio. Les doy las gracias, de corazón.

El subinspector tenía los ojos velados por la emoción. Yo estaba azarada, sin saber qué decir. Levanté la copa y me disponía a brindar por cualquier cosa cuando oí a Fraile continuar:

—¡Aún no he terminado! No vayan a pensar que todo son flores en mi discurso. No, ahora quisiera añadir que hay algo negativo que me han hecho ustedes soportar. Y esto es que... ¡estoy hasta los mismísimos cojones de haber tenido que tratarlos siempre de usted! ¿Dónde se ha visto que en pleno siglo XXI, entre compañeros y haciendo un duro trabajo que implica un trato muy personal, sigan con las costumbres a la antigua española? ¡No lo podía creer y aún no lo creo!

Estallamos en sinceras carcajadas. Garzón apuntó:

—Llevas razón, tío. Vamos a apear el tratamiento, que nunca es tarde.

—¡Garzón, un poco de respeto! —grité, divertida.

Salimos a la noche, fresca y clara. Llegaba la inevitable despedida. El subinspector se colocó frente a nuestro compañero.

—¿Vas a ir este sábado a ver a tu esposa? —le preguntó.

Fraile se quedó parado, tardó un momento en contestar.

—Sí, claro. Iré por la mañana.

—¿Te importaría que te acompañara? Es que le he comprado una cosa que me parece que le gustará: una colección de cromos de fútbol. Está entera. Ella sólo tiene que ir pegándolos en el álbum. Así se informa de cosas, qué pinta tiene el delantero del Betis, en qué año ganó Portugal su primer mundial... ¡qué sé yo!, esas cosas que les interesan a los futboleros. He pensado que podría entretenerse.

El inspector autonómico estaba bloqueado, sin palabras. Por fin dijo, aparentando naturalidad:

—Por supuesto que puedes acompañarme, será un placer. Mi mujer se pondrá contentísima con los cromos. A nadie se le había ocurrido algo así. Te llamaré el día antes para quedar.

Se dieron un abrazo que, en caso de estar allí depositadas, hubiera levantado nubes de polvo de sus espaldas. Luego me tocó despedirme a mí.

—Mira, Roberto, yo no iré con vosotros. Es que no sirvo para esas cosas, nunca sé qué decir. Me pongo nerviosa, tristona, y al final siempre es peor. Me gustaría que me entendieras, que no te enfadaras conmigo.

Sonrió abiertamente, me puso ambas manos sobre ambos brazos y dijo:

—La gran Petra Delicado. ¿Cómo podría enfadarme contigo?... ¡Serías capaz de arrearme un mandoble!

—Rio.

—¡Contrataría a un sicario para que te liquidara! —se inmiscuyó Garzón.

Entonces Fraile me dio un par de sonoros besos en las dos mejillas y añadió:

—Cada uno es como es. Lo que pasa es que nunca tenemos tiempo ni ganas de descubrir al otro.

—¿Nos visitarás de vez en cuando? —pregunté.

—¡Desde luego! Y nos pegaremos una cuchipanda en La Jarra de Oro.

Hizo un gesto de adiós con la mano y caminó hacia su coche.

—No vendrá —le comenté al subinspector, que estaba a mi lado un tanto compungido.

—Pues lo siento, porque es un buen tío. ¡Ojalá se pasara a la Policía Nacional!, así lo veríamos de vez en cuando.

—No lo hará. ¿Y sabe una cosa?, seguirá comiendo cualquier porquería mientras trabaja en su despacho. Porque él lo ha dicho muy bien: cada uno es como es. Las experiencias conjuntas sirven para conocer a los otros, pero no para cambiar.

Enfilamos hacia nuestro coche andando despacio. De repente mi compañero quiso saber:

—¿Qué tal con su suegra? ¿La recibió por fin Coronas?

—¡No me hable! La recibió, le dio las gracias de manera oficial y le regaló uno de esos objetos espantosos que tenemos para obsequiar en plan relaciones públicas. Se cayeron genial. En realidad, sólo que el comisario sea un hombre casado nos ha librado de emparentar.

El subinspector se reía a gusto bajo su bigotón.

—La llevo a casa.

—No. Prefiero ir andando.

—¿Está segura? Es muy tarde.

—Me irá bien.

Lo vi abrir la portezuela y encajar frente al volante su estómago considerable. No se volvió para saludar, su mente ya estaba en otra parte. A mí me costaría más olvidarme de aquel caso. Pasarían días, quizá meses hasta que lograra disipar los efluvios de aquel asunto morboso y miserable. No sería nada fácil olvidarme de aquel querido asesino en serie que resultó ser dos.

Caminé lentamente por la calle. Respiré, suspiré. Cualquiera hubiera podido confundirme con una de esas mujeres solas que pueblan la ciudad sin que nadie se entere.

19 de junio de 2017

¡Encuentra aquí tu próxima lectura!

Escanea el código con tu teléfono móvil o tableta.
Te invitamos a leer los primeros capítulos
de la mejor selección de obras.